商務英語溝通力UP

職場必學情境會話課

作者 Michelle Witte

譯者 李璞良　審訂 Helen Yeh

如何下載 MP3 音檔

MP3
寂天雲 APP

❶ 寂天雲 APP 聆聽：掃描書上 QR Code 下載「寂天雲－英日語學習隨身聽」APP。加入會員後，用 APP 內建掃描器再次掃描書上 QR Code，即可使用 APP 聆聽音檔。

❷ 官網下載音檔：請上「寂天閱讀網」（www.icosmos.com.tw），註冊會員／登入後，搜尋本書，進入本書頁面，點選「MP3 下載」下載音檔，存於電腦等其他播放器聆聽使用。

Contents

Part 4 Making a Speech and Presentation 致詞或做簡報

Part 5 Running a Meeting 主持會議

01

商務電話基本禮儀
Basic Business Telephone Etiquette

使用良好的電話禮儀 Using good telephone etiquette

1 Be polite 要有禮貌

Use the phone professionally: be polite, respect other people's time, and use voice mail wisely. Just because you're not face to face doesn't mean you don't have to show basic **courtesies**[1].

❶ **Treat everyone equally.** Treat the **initial**[2] operators or receptionists with the same respect you show their bosses.

❷ **Focus on the caller.** Eating or chewing gum while talking, **carrying on**[3] other conversations, or obviously working on other tasks while talking on the phone all show disrespect for the person on the line.

❸ **Be helpful.** When answering the phone, ask how you can help the caller.

❹ **Don't demand special treatment.** Sometimes we all have to wait **on hold**[4]!

講電話時要顯示出專業：要有禮貌、顧及對方的時間並善用語音留言信箱。不要因為不是面對面的直接接觸，就失去了基本的禮貌。

❶ 平等地對待每一個人：你對待總機人員或接待人員的態度，要跟你對待他們老闆的態度沒有二致。

❷ 專心與來電者講話：在講電話的同時吃東西、嚼口香糖、和旁人講話，或是一邊忙著自己手頭上的事，都顯示出對通話另一方的不尊重。

❸ 樂於助人：接聽電話時要詢問來電者的需求。

❹ 不要求特殊待遇：有時候我們就是得在電話這頭等一下！

1. courtesy [ˈkɝtəsɪ] (n.) 禮貌
2. initial [ɪˈnɪʃəl] (a.) 最初的
3. carry on 進行
4. on hold 等電話

2 Respect other people's time 要顧及對方的時間

❶ **Don't leave people on hold.** Even if you can't help a caller right away, check in on him or her periodically—every 30 seconds, preferably—to let the caller know that you are still aware of his or her presence and that you will help as soon as you can.

❷ **Identify[5] yourself.** When taking a call, identify yourself and your company; when answering someone else's phone, inform the person of whose phone you have answered. When making a call, give your name, organization, and purpose of call as clearly as possible.

If you speak to a receptionist and tell him or her the purpose of your call, don't assume your message will be passed on when you are put through, repeat your name and purpose of the call to the next person you talk to.

❸ **Make sure the person you've called has time for you.** Ask if the person you've called has time to speak to you, whether you are calling unexpectedly or following a prearranged plan. If the person doesn't have time to talk, try to set up a time in the future before **getting off[6]** the phone. Conclude business phone calls by thanking the person you are speaking to for his or her time.

❹ **Keep your calls to business hours.** Unless you've specifically arranged it, try not to call before 9:00 a.m. or after 6:00 p.m.

❶ **不要讓來電者空等**：即使需要讓對方稍待，也要定時再和對方確認一下，最好是每 30 秒確認一次。要讓對方知道你有留意他的電話，而且會盡快處理。

❷ **表明自己的身分**：接聽電話時，先報上自己和公司的大名。代接他人電話時，也要告知來電者你是代接誰的電話。打電話時，盡量清楚交待自己的姓名、所屬機構的名稱以及來電目的。

如果對方是總機人員，當你告知來電目的時，不要認定他們一定會把你的訊息給傳達出去，因此，務必得再次把自己姓名和來電目的告訴你要致電的對象。

❸ **確認你致電的人有時間接聽**：不論你是很唐突地打了電話過去，或是已經事先約定好，都應該詢問對方是否有時間和你交談。如果對方沒有時間交談，就盡可能約好下次來電時間後再掛上電話。在結束商務電話前，得先向對方致意，感謝他願意在百忙中抽空接聽電話。

❹ **盡量在上班時間撥打商務電話**：除非事先有特別排定好，否則最好避免在早上九點之前或晚上六點之後撥打電話。

---

5. **identify** [aɪˋdɛntəˌfaɪ] (v.) 識別　　6. **get off** 結束

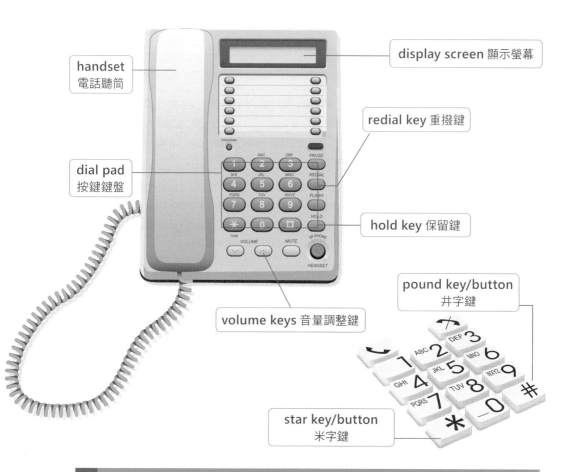

handset 電話聽筒

display screen 顯示螢幕

redial key 重撥鍵

dial pad 按鍵鍵盤

hold key 保留鍵

volume keys 音量調整鍵

pound key/button 井字鍵

star key/button 米字鍵

3 Use voice mail wisely 善用語音留言信箱

❶ **Leave detailed messages so people can take action.** Your **voice mail message**[1] should allow the listener to take appropriate action. At the bare minimum, leave your name, company, phone number, time of call, and purpose of call.

❷ **Respond promptly[2] to messages and voice mail.**

❶ 留下詳盡的訊息，好讓對方可以據此進行後續的處置：語音留言應該讓對方可以採取適當的行動。務必在最短的時間內，留下自己姓名和公司名稱、電話號碼、致電時間以及來電目的。

❷ 別人所留的訊息和語音留言要立刻回覆。

1. voice mail message 語音留言
2. promptly [ˋprɑmptlɪ] (adv.) 迅速地

10

More Expressions 🎧 001

A 在電話上表明自己的來歷 Identifying Yourself on the Phone

1	Hi, this is Kelly Blair with Blair Associates. I'm calling for Wanda Kirwin.	嗨，我是布萊爾聯合事務所的凱莉・布萊爾，我想找汪達・柯溫。
2	Hi, this is Kelly Blair. I have a one o'clock **phone interview**³ with Wanda Kirwin.	嗨，我是凱莉・布萊爾，要在一點鐘和汪達・柯溫進行**電話面試**。
3	Good morning. This is Kelly Blair of Blair Associates, and I'm trying to reach Wanda Kirwin.	早安，我是布萊爾聯合事務所的凱莉・布萊爾，想要聯絡汪達・柯溫。

B 詢問對方是否有時間 Asking About Time

4	Sorry to call **unannounced**⁴—have you got a second to **brief**⁵ me on the project?	抱歉，**沒有事先通知**就冒昧打電話來。不知您可否抽出片刻時間為我**簡介**這個計畫？
5	Am I interrupting anything?	我有打擾到您嗎？
6	Have you got a minute?	可以打擾一會兒嗎？
7	Is this **a good time**⁶/Is this a bad time?	這**時間適合**／這時間不適合嗎？
8	Do you have time for a **quick chat**⁷ about the report?	您有沒有時間可以讓我們**很快地談談**這份報告？

3. **phone interview** 電話面試
4. **unannounced**
　 [ˋʌnəˋnaʊnst] (a.) 未通報的；突然的
5. **brief** [brif] (v.) 向……介紹情況
6. **a good time** 合宜的時間
7. **quick chat** 很快的交談

🎧 002

C 排定下一通電話以進行追蹤 Arranging Follow-up Phone Calls

9	Let's try to talk this afternoon instead.	這件事就改成下午再談吧。
10	Let me finish this up, and I'll ring you back in 20 minutes—will that work for you?	先讓我完成手上的這件事，二十分鐘後再回電給您。您覺得這樣的安排好嗎？
11	I'll be free at four o'clock—could you call me back then?	我四點鐘有空。可不可以那時候再打電話給我？
12	I'm really **swamped**[1] this morning, but I can give you the information first thing tomorrow.	今天上午我實在忙翻了，但明天一大早就可以先把這些資料給你。

D 語音留言 Leaving Voice Mail Messages

13 Hi, this is Laurel Herman of Gingerbread Houses, and it's 2:15 on Tuesday. I'm calling to ask you a few questions about the **catering**[2] event next week. Please call me back at (718) 234-3039. Thanks.

嗨，我是薑餅屋的蘿瑞爾・赫爾曼，現在是星期二下午兩點十五分，有關下個星期的外燴，我還有些問題想請教您，請回電給我，電話是 (718) 234-3039，謝謝。

14 Hello, this is Wanda Kirwin of Kirwin Events. I'm returning your call. It's 3:00 on Monday, and I'll be in the office until at least 6:00, so please try me back at (202) 293-9894. Thanks.

喂，我是柯溫活動公司的汪達・柯溫，我是要回覆您稍早的電話，現在是星期一下午三點，六點之前我都還會在辦公室裡，請撥 (202) 293-9894 這支電話找我，謝謝！

15 Hi, this is Harold at Gingerbread Houses. I'm calling to let you know that the changes you requested for Tuesday's event have all been confirmed and **carried out**[3]. If you have any questions, please call me back at (301) 887-4403; otherwise, I'll see you on Tuesday afternoon. Thanks.

嗨，我是薑餅屋的哈洛，打這通電話主要是讓您知道，您對星期二的活動所要求的那些變更事項，已經全部確認，並會照著進行。如果有任何問題，請回電至 (301) 887-4403 找我，不然就星期二下午見了，謝謝。

---

1. **swamp** [swɑmp] (v.) 使忙得不可開交
2. **catering** [ˋketərɪŋ] (n.) 承辦酒席
3. **carry out** 執行

Listening Practice

🎧 003

_____ **1 The man** _____

    Ⓐ asks if it's a good time.

    Ⓑ leaves a message.

    Ⓒ takes a call.

🎧 004

_____ **2 The man should have** _____

    Ⓐ said his phone number.

    Ⓑ said his name and organization.

    Ⓒ said his name and phone number.

🎧 005

_____ **3 The woman should have** _____

    Ⓐ left her phone number and her name.

    Ⓑ left her phone number, purpose of call, and a message.

    Ⓒ left her phone number, purpose of call, and time of call.

Ans: A, B, C

接電話和撥打電話
Taking Calls and Making Calls

接電話 Answering the telephone 🎧006

1 Joan answers the phone. 喬安接起電話。

J Joan   **CA** Caller A

J Good morning, you've **reached**[1] the offices of Johnson and Pelt. This is Joan speaking. How may I help you?

CA Good morning. I'd like to talk to someone about patenting a process I've developed.

J You'll want to speak to Laura in our patents department. Please hold for a moment while I **transfer**[2] you there.

J 早安，這裡是強森和沛爾頓的辦公室，我是喬安，請問有什麼需要嗎？

CA 早安，我想找人談談，好為我所研發的一項製程申請專利。

J 您得找我們專利部門的蘿拉談談，請稍待片刻，我會把您的電話轉過去。

2 Joan transfers the call and takes another call.
喬安轉接了這通電話後，又接起另一通電話。

J Joan   **CB** Caller B

J Good morning, Johnson and Pelt. This is Joan speaking. May I help you?

CB Hello . . . I was trying to reach Pelt **plumbing**[3].

J I'm afraid **you've got the wrong number**[4].

CB Oh, I'm sorry. Thanks.

J 早安，這裡是強森和沛爾頓的辦公室，我是喬安，有什麼要幫忙的嗎？

CB 你好，我要找沛爾頓水電公司。

J 您恐怕打錯了。

CB 哦，抱歉，謝謝。

3 Joan hangs up and answers another call.
喬安掛上電話後，又接起另一通電話。

J Joan   **CC** Caller C

J Good morning, Johnson and Pelt. This is Joan speaking.
How may I help you?

CC Good morning. I'm calling for Jack Pelt.

J May I ask who's calling?

CC This is Sam Johnson.

J And can I tell Mr. Pelt what this is **regarding**⁵?

CC I'm an old friend of his—he'll know me.

J 早安，這裡是強森和沛爾頓的辦公室，我是喬安，請問有什麼需要嗎？

CC 早安，麻煩請傑克・沛爾頓聽電話。

J 請問您是哪位？

CC 我是山姆・強森。

J 有什麼事嗎？等會兒我好告訴沛爾頓先生。

CC 我是他老朋友，他一定認識我。

1. **reach** [ritʃ] 與……取得聯繫
2. **transfer** [træns`fɝ] (v.) 把電話轉過去
3. **plumbing** [`plʌmɪŋ] (n.) 水電行
4. **You've got/dialed the wrong number.**
   = You have the wrong number. 你打錯電話了。
5. **regard** [rɪ`gɑrd] (v.) 與……有關

rotary-dial telephone
撥鍵式電話

cordless phone
無線電話

push-button landline telephone
按鍵式有線電話

smartphone 智慧型手機

More Expressions 🎧 007

A 接電話 Taking Calls

1	Good afternoon, Helix Industries.	早安，這裡是海力士公司。
2	Helix Industries, may I help you?	這裡是海力士公司，可以為您效勞嗎？
3	Good morning, Helix Industries. This is Clara speaking. May I help you?	早安，這裡是海力士公司，我是克萊拉，有什麼要幫忙的嗎？
4	Good afternoon, Jim Usherton's office, Clara speaking.	午安，這裡是吉姆・奧喜頓的辦公室，我是克萊拉。

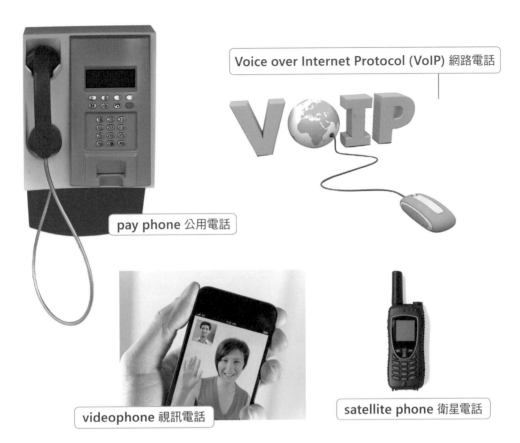

Voice over Internet Protocol (VoIP) 網路電話

pay phone 公用電話

videophone 視訊電話

satellite phone 衛星電話

B 撥打電話 Making Calls

5	**May I speak to** Jim Usherton, **please**[1]?	我可以請吉姆・奧喜頓先生聽電話嗎？
6	This is Howard James of Double Helix Technologies calling for Jim Usherton.	我是雙海力士科技公司的霍華・詹姆士，想要找吉姆・奧喜頓先生。
7	Hi, **I'm trying to reach**[2] Jim Usherton.	嗨！我想找吉姆・奧喜頓先生。
8	**I'd like to speak to**[3] someone in your **human resources department**[4], please.	我想請貴公司人力資源部門的人聽電話。

1. **May/Could I speak to . . . , please?** 我可以（某人）請聽電話嗎？
2. **I'm trying to reach/contact . . .** 我要聯絡的是（某人）。
3. **I'd like to speak to . . .** 我要找（某人）。
4. **human resources department** 人力資源部門

008

C 要求來電者提供訊息 Requesting Information From Callers

9	May I tell her who's calling?	我可以告訴她是哪位打來的嗎？
10	Who's calling, please?	請問您是哪位？
11	Who shall I say is calling?	請問是哪位？待我告訴他。
12	May I ask what this is regarding?	請問有什麼事嗎？
13	May I ask who you are calling, please?	請問您要找誰？

D 請來電者稍等 Asking the Caller to Wait

14	Could you hold on a moment/minute, please?	請稍等一下。
15	Just a moment/minute, please.	請稍待片刻。
16	Please hold on.	請稍待一下。
17	I'm not sure if he's in yet. **Hold on**[1] and I'll check for you.	我不確定他回來了沒。請稍等，我為您確認一下。
18	Sorry. I've got another call coming in. Can I call you later?	不好意思，有另外一個電話插播，我等一下再回電給您，可以嗎？

E 來電者要找的人不在
The Person the Caller Is Looking for Is Absent / The Caller Has Made a Mistake

19	I'm sorry, but there's nobody here by that name.	很抱歉，這裡沒有人叫這個名字。
20	I'm afraid you've got/dialed the wrong number.	您恐怕是打錯電話了。
21	I'm sorry. She is **unavailable / not available**[2] right now.	抱歉，她現在不方便接電話。
22	She is **on the phone / on another line / on another call**[3] right now. Please call back later.	她現在在電話中，請稍後再來電。

---

1. **hold on** 稍等
2. **unavailable** [ˌʌnəˈveləbḷ] / **not available** (a.) 抽不開身的
3. **on the phone / on another line / on another call** 電話中

23	He is in a meeting right now. Please call back later.	他現在在開會,請稍後再來電。
24	He is on his **lunch break**[4].	他在午休。
25	She is **away from / not at her desk**[5] at the moment. Could you please call back later?	她目前不在位子上,可以請您晚點再打來嗎?
26	He is not in the office. Could you please call back later?	他不在辦公室,請稍後再來電。
27	He is out of the office right now.	他外出了。
28	He has left for the day.	他已經下班了。
29	He is on a **business trip**[6].	他出差了。
30	He is not at this company anymore.	他不在這間公司了。
31	She **is off / on leave / not on duty**[7] today. I'm her **substitute/deputy**[8].	她今天休假,我是她的職務代理人。
32	He is on **annual leave**[9]. I'm his substitute/deputy today. How can I help you?	他休年假,我是他的職務代理人。有什麼可以幫忙的嗎?

F 請來電者稍後再打　Asking the Caller to Call Again Later

33	Would you mind calling again later?	您能晚點再打來嗎?
34	Could you call back in ten minutes?	您能十分鐘後再打來嗎?
35	Could you call again after one-thirty?	您能一點半以後再打來嗎?
36	Would you mind calling back around two?	您可以兩點左右再打來嗎?
37	Please call back around three o'clock.	請三點左右再打來。

4. **lunch break** 午休
5. **away from / not at one's desk** 不在座位上
6. **business trip** 出差
7. **be off / on leave / not on duty** 休假
8. **substitute** [ˈsʌbstəˌtjut] /**deputy** [ˈdɛpjətɪ] (n.) 代理人
9. **annual leave** 年假

G 轉接電話 Transferring Calls

38	Please hold and I'll transfer you to Mr. Usherton's office.	請稍候，我將把您的電話轉接到奧喜頓先生的辦公室。
39	Hold one moment while I transfer you.	請稍候，我馬上為您轉接。
40	I'll transfer you to the person in charge.	我把電話轉給負責的人。
41	I'll **put you through to**[1] human resources now.	我現在就幫您轉接到人力資源部。
42	I'll get you someone in sales.	我幫您找業務人員來聽。
43	OK. I'll get her.	好的，我請她來接電話。
44	I'm sorry, Mr. Usherton is **on another line**[2]. Is there anyone else who can help you?	抱歉，奧喜頓先生正在電話中，您還想找其他人嗎？
45	I'm getting a **busy signal**[3] at Mr. Usherton's office. Can I transfer you to someone else?	奧喜頓的辦公室正忙線中，我可以把你的電話轉給其他人嗎？
46	Could you put me through to extension number 254, please?	你能替我轉接電話到分機 254 嗎？

H 結束通話 Ending the Call

47	Thank you for calling.	謝謝你來電。
48	Let's keep in touch. Goodbye.	讓我們保持聯絡，再見。

1. **put you through to** 轉接到
2. **on another line** 在接另一個電話
3. **busy signal** 忙線中的信號

各種假的英文說法

- **personal leave** 事假
- **sick leave** 病假
  （**call in sick** 打電話請病假）
- **official leave** 公假
- **menstrual leave** 生理假
- **marriage leave** 婚假
- **funeral leave / bereavement leave / compassionate leave** 喪假

- **maternity leave** 產假
  （**maternal** 指「母親的」）
- **paternity leave** 陪產假
  （**paternal** 指「父親的」）
- **injury leave** 公傷假
- **unpaid leave** 無薪假
- **typhoon day** 颱風假

Listening Practice

🎧 009

1 The woman _____
   Ⓐ makes a call.
   Ⓑ transfers a call.
   Ⓒ holds a call.

2 This is an example of _____
   Ⓐ a wrong number.
   Ⓑ a busy signal.
   Ⓒ holding.

3 The man is _____
   Ⓐ ordering a call.
   Ⓑ making a call.
   Ⓒ taking a call.

4 The woman will check the office to see _____
   Ⓐ if Karen Newton is on hold.
   Ⓑ if the man's phone is off the hook.
   Ⓒ if Karen Newton's phone is off the hook.

Ans: B, A, B, C

處理留言和轉述訊息
Taking Messages and Transferring Information

處理留言 Taking a message 🎧 010

1 Joan answers the phone. 喬安接起電話。

J Joan   **CA** Caller A

J Good afternoon, Johnson and Pelt. May I help you?

CA Hi, I'd like to speak to Ed Johnson, please.

J Mr. Johnson **is away from his desk**[1] at the moment. May I take a message, or would you like his voice mail?

CA Let me give you a message, please. This is Wei Li from Global Solutions. I wanted to **touch base with**[2] him about our **presentation**[3] next week.

J OK . . . can I ask you to spell your name, please?

CA Of course. It's W-E-I, L, as in lion, I.

J Thank you. And your number, please?

CA I'm sure he has it, but I'll give it to you again. It's (202) 449-9930. Please ask him to call me back **ASAP**[4].

J Certainly. To confirm, this is Wei Li of Global Solutions, you're at (202) 449-9930, and you want to talk about the presentation, correct?

CA That's it, thanks.

J I'll pass along the message as soon as Mr. Johnson returns.

J 午安,這裡是強森和沛爾頓的辦公室,請問有什麼需要嗎?

CA 嗨,我想請艾德・強森先生聽電話。

J 強森先生目前不在座位上,要我幫您留言嗎?還是您想要語音留言?

CA 麻煩您留言給他,我是全球產品服務的李偉,想要找他討論下個星期的簡報。

J 沒問題,我可以請教您的大名怎麼拼嗎?麻煩您了!

CA 當然,Wei 是 W-E-I,Li 是 L-i,其中 L 就是 Lion 這個字的 L。

Ⓙ 謝謝。麻煩您把電話號碼也告訴我好嗎？

CA 我確定他有我的電話，不過我還是再給你一次，電話是 (202) 449-9930，請轉告他盡快回我電話。

Ⓙ 一定會的，我再確認一下，您是全球產品服務的李偉，電話號碼是 (202)449-9930，想要討論簡報的事，對吧？

CA 沒錯，謝謝。

Ⓙ 等到強森先生一回來，我就馬上替您轉達。

2 Joan takes another call. 喬安又接起另一通電話。

Ⓙ Joan　　CB Caller B

Ⓙ Good afternoon, Johnson and Pelt. This is Joan speaking. May I help you?

CB Hi, I'm calling for Errol Pelt.

Ⓙ Mr. Pelt is away this afternoon in meetings. Would you like to **leave a message**[5], or would you like me to put you through to his voice mail?

CB Voice mail is fine, thanks.

Ⓙ 午安，這裡是強森和沛爾頓，我是喬安，請問有什麼需要嗎？

CB 嗨！我要找艾洛・沛爾頓先生。

Ⓙ 今天下午沛爾頓先生出去開會了，您要不要留言？還是要我幫您轉接到他的語音信箱？

CB 轉接到語音信箱好了，謝謝。

1. **be away from one's desk / be not at one's desk** (某人)不在位子上
2. **touch base with** 和……聯繫
3. **presentation** [ˌprɛznˈteʃən] (n.) 簡報
4. **ASAP = as soon as possible** 盡快
5. **leave a message** 留言

23

More Expressions 🎧 011

A 處理留言　Taking a Message

1	Would you like to leave a message?	您要留言嗎？
2	I can take a message for him, if you like.	有需要的話，我可以替您傳話。
3	Can I take a message for her?	需要我幫忙轉告她嗎？
4	Would you like me to **pass a message on to**[1] her?	您需要我傳話給她嗎？
5	Do you want me to have him return your call?	要不要我請他回電給您呢？

B 處理訊息　Taking Information

6	Could I have your name, please?	可以請教您貴姓大名嗎？
7	And you're with (which company) . . . ?	您是來自(哪間公司)……？
8	Can you tell me what this is regarding?	可以告訴我您有什麼事嗎？
9	Will Mr. Johnson know what this is regarding?	強森先生會知道是哪方面的事嗎？
10	Is this an **urgent matter**[2]?	有急事嗎？
11	Is that your **direct line**[3]?	這是您的專線嗎？
12	When is a good time to reach you?	什麼時間聯絡您比較適合？

1. **pass sth. on to sb.** 把某物遞給某人
2. **urgent matter** 急事
3. **direct line** 專線

C 轉接到語音信箱　Transferring to Voice Mail

13	Would you prefer her voice mail?	您想要在她的語音信箱裡留言嗎？
14	Would you care to leave a message on his voice mail?	在他的語音信箱裡留言好嗎？
15	Mr. Pelt's out of the office. I'll put you through to his voice mail.	沛爾頓先生不在辦公室，我可以幫你轉接到他的語音信箱。
16	Mr. Pelt's requested that his calls be put through to his voice mail.	沛爾頓先生要求要把他的電話轉接到語音信箱。

Listening Practice

For Mr. Pelt		
Date	Time	a.m./p.m.
M *		
Of *		
Phone		
Follow-up action		
☐ Called	☐ Please call	☐ Will call again
☐ Returned your call	☐ Wants to meet	☐ Needs attention
Message		
Signed		

⇨ * **M** in this case stands for Mr. , or Ms.; the title of the person who has called.
⇨ * **Of** indicates the company the caller works for.

For		
Date	Time	a.m./p.m.
M * Victoria Leonard		
Of *		
Phone		
Follow-up action		
☐ Called	☐ Please call	☐ Will call again
☐ Returned your call	☐ Wants to meet	☐ Needs attention
Message		
Signed		

⇨ * **M** in this case stands for Mr. , or Ms.; the title of the person who has called.
⇨ * **Of** indicates the company the caller works for.

Important Notice 🎧 014

For		
Date	Time	a.m./p.m.
M *		
Of *		
Phone		
Follow-up action		
☐ Called	☐ Please call	☐ Will call again
☐ Returned your call	☐ Wants to meet	☐ Needs attention
Message		
Signed		

⇨ * **M** in this case stands for Mr. , or Ms.; the title of the person who has called.
⇨ * **Of** indicates the company the caller works for.

Ans:
1. Andy Marx; ☑Returned your call; Everything is on for next week.
2. Plus Design; ☑Please call; Ms. Leonard is subcontracting on the Jones project.
3. Mr. Park; Park Associates; (212)448-8694; ☑Please call; Mr. Park was hoping to set up a meeting with you next week.

PART **1** Talking on the Telephone 電話交談

總機談話
Switchboard Speaking

> 總機接電話 **Taking calls at a switchboard** 🎧 015

1 The operator answers the phone. 總機接起電話。

O Operator　　**CA** Caller A

O Harmony Inc., what's your party's **extension**[1], please?

CA 662, please.

O Thank you, transferring you now.

O 這裡是和諧公司，請問要轉幾號分機？

CA 麻煩轉 662 號分機。

O 謝謝，馬上替您轉接。

2 The operator takes a second call. 總機又接了第二通電話。

O Operator　　**CB** Caller B

O You've reached Harmony Inc., what's your party's extension, please?

CB I'm sorry. I'm not sure what the extension is. I'm trying to reach Jeanette Langdon.

O Hold on one moment while I look her up. OK—Ms. Langdon's extension is 650. I'll transfer you now.

O 您已撥進和諧公司，請問要轉幾號分機？

CB 抱歉，我不知道分機號碼，我要找珍娜・蘭登。

O 請稍候，我來查查她的分機號碼。好的，蘭登女士的分機是 650，我現在立刻幫您轉接。

1. extension [ɪkˋstɛnʃən] (n.) 電話分機

3 The operator takes a third call. 總機又接了第三通電話。

O Operator　　**CC** Caller C

O Harmony Inc., what's your party's extension, please?

CC I need to speak with Sam Jones at 655. It's an emergency.

O Please hold. (After a moment) Mr. Jones' **line is busy**[2]—would you like me to **break into his call**[3]?

CC Yes, please. It's urgent.

O 這裡是和諧公司，請問要找幾號分機？

CC 我要找 655 分機的山姆・瓊斯先生，我有急事。

O 請稍候。(片刻後)瓊斯先生目前忙線中，要我替您插撥嗎？

CC 好，麻煩你了，這事很緊急。

2. **one's/the line is busy** 某人／電話忙線中
3. **break into sb's call** 插撥某人的電話

More Expressions

A 詢問分機號碼或電話線相關問題
Asking for Extension or Line Information 🎧 016

1	Do I have to go through the operator? Can't I **dial direct**[1]?	我一定得透過總機轉接？不能直撥嗎？
2	What extension are you trying to reach?	您想聯絡幾號分機？
3	What's your party's extension?	您要找幾號分機？
4	Whose line would you like?	您要找誰聽電話？

B 要求轉接或是連線　Asking to Be Transferred or Connected

5	I'm trying to get into the **conference call**[2].	我想加入電話會議。
6	I'm trying to find **directory assistance**[3].	我想尋求查號服務。

C 要求轉接或是連線　Transferring Calls 🎧 017

7	Transferring you now.	現在正幫您轉接。
8	I'll transfer you now.	我現在就替您轉接。
9	Connecting you now.	現在正幫您連線。
10	I'll connect you now.	我現在就替您連線。
11	Please hold for Ms. Langdon.	請稍候一下蘭登女士。
12	Putting you through now.	現在就幫您轉接。
13	I'm sorry. I can't transfer you to an **outside line**[4]. I can give you Ms. Langdon's number, though.	抱歉，我不能把您的電話轉到外線，不過可以把蘭登女士的電話號碼給您。

D 提供電話號碼和連繫方式
Providing Information About Phone Numbers and Access

14	Ms. Langdon's number is (304) 558-8300, extension 650.	蘭登女士的電話號碼是 (304) 558-8300，再轉分機 650 。
15	Ms. Langdon's direct line is (304) 558-8365.	蘭登女士的專線是 (304) 558-8365 。
16	Ms. Langdon is at extension 650.	蘭登女士正在分機 650 上講電話。

Listening Practice

Part 1 🎧 018

_____ **1** The man doesn't know _____.

    Ⓐ his party's name

    Ⓑ his party's extension

    Ⓒ his party's line

_____ **2** The man does not _____.

    Ⓐ dial direct

    Ⓑ reach his party

    Ⓒ learn his party's extension

Part 2 🎧 019

_____ The man will probably ask _____.

    Ⓐ if the woman wants to hold

    Ⓑ if the woman wants to engage the call

    Ⓒ if the woman wants to break into the call

Part 3 🎧 020

_____ The man wants to reach _____.

    Ⓐ a department

    Ⓑ a person

    Ⓒ a directory

Ans: B, A, C, A

1. **dial direct** 直撥
2. **conference call** 電話會議
3. **directory assistance** 查號服務
4. **outside line** 外線

PART **1** Talking on the Telephone 電話交談

處理通訊上遇到的困難
Dealing With Communication Difficulties

處理通訊上遇到的困難
Dealing with communication difficulties   🎧 021

1 Difficulty hearing or recording information
無法聆聽或記錄訊息

J June   **J** Jay

J Could you please tell Mr. Taylor that June Yu called? It's about the Hanyecz account. We need to set a date for the . . .

J I'm sorry, I didn't catch that last bit. We've got **a bad connection**[1]. Could you please repeat that?

J Yes—the Hanyecz account. We need to set a date for next month's meeting.

J And could you please spell Hanyecz?

J Sure, it's H-A-N as in Nancy, Y-E-C as in cat, Z as in Zebra.

J Got it, thanks.

J 可否請您告訴泰勒先生，瓊・游有打電話來，是有關海耶克帳戶的事，我們得訂出個日期，好...

J 抱歉！我沒聽清楚最後那幾個字，看來我們的**通訊狀況不太好**，可否請您再說一次？

J 好，是海耶克帳戶的事，我們得為下個月的會議訂出個日期。

J 可否請你拼出 Hanyecz 這個字？

J 好，是 H-A-N，N 是 Nancy 的字首 N，然後是 Y-E-C，C 就是 cat 的 C，最後一個字母 Z 則是 Zebra 的字首 Z。

J 知道了，謝謝。

1. a bad/poor connection/reception 收訊不良

C as in "**cat**"   K as in "**kind**"   S as in "**sky**"

D as in "**dog**"   L as in "**light**"   T as in "**Tom**"

E as in "**elephant**"   M as in "**magic**"   U as in "**unique**"

F as in "**Frank**"   N as in "**Nancy**"   V as in "**video**"

G as in "**girl**"   O as in "**Obama**"   W as in "**water**"

H as in "**house**"   P as in "**people**"   X as in "**x-ray**"

A as in "**apple**"   I as in "**ice**"   Q as in "**question**"   Y as in "**yes**"

B as in "**book**"   J as in "**joy**"   R as in "**red**"   Z as in "**zebra**"

🎧 022

2 Difficulty understanding information 無法理解訊息

J June   **J** Jay

J Could you also make sure Mr. Taylor knows that it's his responsibility to arrange the monthly meeting for this month?

J I'm sorry, I'm not sure I understand. The meeting you talked about earlier isn't the monthly meeting?

J No, that's a special meeting to discuss some issues with their account. The monthly meeting is something different.

J OK, let me make sure I've **got this straight**². Mr. Taylor needs to call you about a meeting about the Hanyecz account, and he also needs to arrange for the regular monthly meeting you have?

J That's it.

J 能否請你務必也要讓泰勒先生知道他負責安排這個月的月會?

J 抱歉,我不太了解您的意思,您剛剛所提的那次會議不是月會嗎?

J 不是的,那個特別的會議是要討論有關他們帳戶的一些問題,和月會不同。

J 好,先讓我確定我已**完全弄清楚這些事**。泰勒得打電話給您,說明開會討論海耶克帳戶的事,另外他也要安排你們原有的定期月會,是嗎?

J 就是這樣。

2. **get sth. straight** 把某事弄清楚

33

電話號碼唸法

❶ 英語母語者唸電話號碼時習慣每個數字分開唸。

❷ 通常唸 3 或 4 個數字後會稍作停頓。

❸ 數字「0」在電話號碼中經常唸作「oh」。

❹ 如果兩個一樣的數字連在一起，在英式英文中通常用「double」
　 這個字表示，在美式英文中則是將這個數字唸兩遍。

寫法		唸法
281-7309		two—eight—one, seven—three—oh—nine
526-0866	BE	five—two—six, oh—eight—double six
	AE	five—two—six, oh—eight —six—six

More Expressions 🎧 023

A 確認通訊的困擾所在　Identifying Communication Difficulties

1	There's a lot of **static**[1] on this line.	這條線路常常有靜電干擾。
2	I didn't hear that last bit—you cut out for a moment.	最後幾個字我沒聽到，你剛好斷訊了一會兒。
3	This line is really **fuzzy**[2].	這條線路的通訊真的很模糊不清。
4	Are you moving or something? Your voice keeps **going in and out**[3].	你是不是在走動還是怎樣？怎麼你的聲音一直斷斷續續的。

1. static [ˋstætɪk] (n.) 靜電
2. fuzzy [ˋfʌzɪ] (a.) 模糊不清的
3. go in and out 斷斷續續地

B 要求對方再說一遍　Asking for Repetition

5	I didn't catch that. Could you repeat that, please?	我沒聽清楚，可否請您再說一遍？
6	Come again?	再說一次？
7	What's that again?	再說一次好嗎？
8	Could you say that again?	您可以再說一次嗎？
9	I'm afraid I can't hear you.	不好意思，我聽不太清楚。
10	Could you speak up a little, please?	可以請你再大聲一點嗎？

Words and phrases to avoid 避免使用的語句	Suggested alternatives 建議使用的說法
Hang on. 你不要掛。	Will you hold the line please . . . 可以請您稍等一下嗎？
	One moment, please . . . 請等一下。
He/she's out. 他出去了。	I am sorry but Mr./Mrs. . . . is not in the office at the moment. Can I take a message for you? 很抱歉，〇〇先生／太太現在不在辦公室裡，您要我幫您留言嗎？
Mr. Who? 你說你是哪位？	Could you repeat that, please? 可以請您再說一次嗎？
What's that you said? 你在說什麼？	Could you say that again? I'm sorry, but the line is not very clear. 您可以再說一次嗎？很抱歉這個電話線路不是很清楚。

C 要求澄清或是提供更多訊息
Asking for Clarification or More Information 🎧024

11	Could you spell that for me?	你可不可以把它給拼出來？
12	Is that C-A-N **as in**[1] Nancy, T as in Tom, N as in Nancy?	是 C-A-N，N 是 Nancy 的字首 N，T 為 Tom 的 T，N 則為 Nancy 的字首 N，對不對？
13	I'm afraid I don't understand.	恐怕我還是不了解。
14	I don't think I follow you.	你的話我還是沒聽懂。
15	Could you **elaborate**[2] on that, please?	可不可以請您針對它再詳細說明一些？

D 確認訊息　Confirming Information

16	Let me read that back to you.	讓我再覆誦給你聽。
17	Let me just confirm this information.	讓我再確認一下這個訊息。
18	Let me double-check this with you.	讓我和你一同覆核一遍。
19	Let me make sure I've **got** this **down**[3] correctly.	讓我確認一下自己是否已把這事正確無誤地記了下來。

1. **as in** 如同；就像
2. **elaborate** [ɪˋlæbəret] (v.)
   詳細說明（+on）
3. **get sth. down** 寫下

Listening Practice

Part 1 🎧 025

_____ The woman _____.

(A) didn't understand what the man said
(B) couldn't hear what the man said
(C) couldn't spell what the man said

Part 2 🎧 026

_____ The man _____.

(A) confirms information
(B) doesn't catch information
(C) offers information

Part 3 🎧 027

_____ The man's voice is _____.

(A) unclear
(B) going in and out
(C) repeated

PART **2** Making Arrangements and Appointments
做出安排和約定

安排會議
Arranging a Meeting

安排會議 Arranging a meeting 🎧 028

G George   **J** June

G I think we need to sit down **face to face**[1] before we move ahead on this.

J Agreed. Have you got a free minute this week?

G Let me check my schedule. It looks like I can do Thursday or Friday. Which works for you?

J Thursday's out for me. I'm going to be swamped. Friday's good, though. The afternoon is **wide open**[2].

G Let's try to meet early in the afternoon, if possible. How does one o'clock sound?

J One is great. I'll **book**[3] the **conference room**[4] before I leave today.

G Terrific. I'll tell the rest of the team.

G 我想我們得先面對面坐下來，才好繼續進行這件事。

J 我同意，這個星期你有時間嗎？

G 我查看一下行事曆，好像星期四或星期五可以抽出些時間，這兩天哪天您可以？

J 星期四不行，那天我會忙得人仰馬翻，不過星期五倒不錯，整個下午都會有空。

G 如果可能的話，那天下午我們早點碰個面，你看一點鐘如何？

J 一點很好，我會在今天下班前預訂好會議室。

G 好極了，我會轉告小組的其他同仁。

---

1. **face to face** 面對面的
2. **wide open** 完全開放的
3. **book** [bʊk] (v.) 預訂
4. **conference room** 會議室

More Expressions ∩029

A 詢問會議形式 Asking About Ways to Meet

1	Do you prefer to meet face to face or online?	你傾向面對面開會還是線上會議？
2	To make everything more convenient, could we do an online meeting?	為了使一切更方便，我們可以在線上開會嗎？
3	Do you think an online meeting would **suffice**[5]? Or do we need to discuss face to face?	你覺得線上開會就可以了，還是需要面對面討論？

B 建議會面的時間 Suggesting Times to Meet

4	How does Friday sound?	星期五怎麼樣？
5	Let's make it a lunch meeting on Thursday.	我們就在星期四利用午餐的時間碰個面。
6	Let's do Wednesday morning, then.	既然這樣，我們就在星期三早上進行吧。
7	I think Tuesday seems like **the best bet**[6] for everyone.	我想星期二對每個人來說似乎都是**最適合**的。
8	Thursday is fine for/with me.	星期四我可以。
9	That date works for me.	這日期我可以。
10	Next Tuesday sounds good.	下週二聽起來可行。

5. suffice [səˋfaɪs] (v.) 足夠   **6. the best bet** 最適合的選擇

C 詢問會面的時間 Asking About Times to Meet

11	Will Wednesday morning work?	星期三上午適合嗎？
12	Is this week **doable**[1]?	這個星期可以嗎？
13	What's your Tuesday looking like?	你覺得星期二如何？
14	Which is better for you, afternoons or mornings?	下午或上午，哪個對你較適合？
15	How about the day after tomorrow at seven p.m.? Is that OK with you?	後天下午六點怎麼樣？你可以嗎？
16	Are you free/available on Friday?	你星期五方便嗎？
17	Can we meet on March 5th?	三月五日可以見面嗎？
18	Would Tuesday afternoon suit you?	星期二下午適合嗎？
19	What date do you have in mind?	你想要哪一天開會？
20	Is there any chance of scheduling a meeting next Monday?	有可能把會議安排在下週一嗎？

D 拒絕會面的時間 Rejecting Times to Meet

21	Tuesday is out.	星期二不行。
22	I'm afraid I can't do Monday morning, but the afternoon will work.	星期一上午恐怕不行，但下午就可以。
23	I'm afraid (that) I have another appointment then.	我那時有另外一個約。
24	I'm afraid I can't because I'm on a business trip that week.	恐怕不行，那週我要出差。
25	Sorry. I can't make (it to) the meeting.	抱歉，我無法參加會議。
26	It looks like my Friday is totally booked.	我在星期五的時間好像滿檔了。
27	I don't think I'll be able to make Wednesday work.	我想星期三不行。
28	I'll be too busy on Thursday, but I could **catch up with**[2] you Friday morning.	星期四我太忙了，但星期五上午倒可以和你碰個面。

---

1. doable [ˈduəb!] (a.) 可做的；可行的
2. catch up (with)（與某人）碰面

E 安排會議地點　Arranging the Venue of a Meeting

29	I'll have my assistant arrange a venue for our annual general meeting.	我會請助理安排我們年度股東大會的地點。
30	The venue for our annual **year-end party/banquet**[3] was a five-star hotel.	我們**年終餐宴**的地點是在五星級飯店裡。
31	Can you check the availability on January 23rd? We need a room which can hold/accommodate 60 people.	你能否查一下 1 月 23 日是否有空位？我們需要一個可用容納 60 人的房間。

3. year-end party/banquet = end-of-year party/banquet 尾牙；年終餐宴

Listening Practice

Part 1　⌒ 030

_____　The meeting will be on _____.
　Ⓐ Thursday
　Ⓑ Wednesday
　Ⓒ Tuesday

Part 2　⌒ 031

_____　1 Sarah _____.
　Ⓐ will be out of the office on Friday
　Ⓑ is free on Friday
　Ⓒ is busy on Friday

_____　2 The meeting will be on _____.
　Ⓐ Thursday afternoon
　Ⓑ Thursday morning
　Ⓒ Friday

Ans: A, C, A

PART **2** Making Arrangements and Appointments
做出安排和約定

和客戶或主管約定見面
Arranging an Appointment With a Client or Supervisor

要求和主管會面
Asking for a meeting with a supervisor

🎧 032

E Elsa　　**K** Kevin

E Hi, Kevin. Have you got a minute?

K Sure. What's going on, Elsa?

E I was hoping I could **set up**[1] a time to talk to you about my responsibility level and my position here. Will you have time in the next week to sit down with me?

K Of course. I hope everything is going alright for you here.

E Oh, it is. I just wanted to talk about where I might be able to go and what new roles I might be able to **take on**[2] in the future.

K Well, that's great, I'm glad you're being **proactive**[3] about this. It looks like I'm going to be free tomorrow and Friday. Do you have a preference?

E How about Friday? We can meet over lunch if that's more convenient for you.

K That'll be great. Listen, please send me an email to confirm this and please let me know exactly what you want to discuss. That'll make it easier for me to answer your questions.

E 嗨!凱文,現在有空嗎?

K 有,怎麼啦,艾爾莎?

E 我希望可以安排時間和您討論我在這的工作職責和職位,下星期您有時間和我一起坐下來談談嗎?

K 當然可以,希望你在這裡一切順利。

E 哦,我在這兒一切都很好,只是希望談談我可以有什麼作為,以及未來又可以擔任什麼樣的角色。

K 那很好呀,真高興你在這件事上這麼主動積極,明天和星期五我好像都有空,你認為哪個時間比較好?

E 星期五怎麼樣？如果方便的話，我們可以一起用午餐，邊吃邊談。

K 很好，聽著，請寄給我一封電子郵件確認這件事，並讓我知道你想要討論的議題，這樣我就可以更容易回答你的問題。

1. **set up** 安排；設定

2. **take on** 扮演（角色）；承擔（責任、工作）

3. **proactive** [pro`æktɪv] (a.) 積極主動的

> **pencil something in** 把時間安排給某事
> **pencil somebody in** 把時間安排給某人

- We'll **pencil in** the dates for the next two meetings and confirm them later.
  我們稍候會安排好接下來兩場會議的日期並確認。

A 要求和主管會面　Asking for a Meeting With a Supervisor

1 I was hoping we could arrange a time to talk.
我希望我們可以安排個時間談談。

2 I was wondering if we could set up a time to discuss my role on the upcoming project.
不知道我們可不可以安排個時間，來討論一下我要在即將到來的專案上扮演什麼角色。

3 Would it be possible for us to meet sometime this week? I'd like to have a chance to talk to you face to face about some personnel issues.
這個星期我們是否可以抽空碰個面？我希望有機會和你面對面談談一些人事方面的問題。

4 I'd appreciate it if we could **make** some **time**[1] to talk about the deadline coming up. If you could **pencil me in**[2] for tomorrow afternoon, we can always confirm or reschedule in the morning.
如果我們能夠抽空談談最近這次的截止期限，我會很感激的。你可以先暫定明天下午和我談，而我們早上可以隨時確認或另行安排。

B 要求和客戶會面　Asking for a Meeting With a Client

5 I think we should go over the **deliverables**[3] together, if possible. Will you have time for a meeting in the next few days?
我想如果可能的話，我們應該一起核對出貨，這幾天你能抽出時間和我碰面嗎？

6 I think we need a quick project update meeting, so you know where we are. Are you able to come to our office any time next week?
我想我們應當很快地召開個計畫更新會議，好讓你知道我們目前的進度，下個星期你能抽空來我辦公室一趟嗎？

7 If it won't **take up**[4] too much of your time, I'd like to discuss some aspects of the new contract with you. Would you have time for a lunch this week?
如果不會佔據您太多時間的話，我想和您一同討論這項新合約的一些問題，這個星期您有空和我吃個飯嗎？

8 I'd love to have the opportunity to show you what this new product can do. Can we arrange a time for me to demonstrate this for you at your office?

真希望能夠有機會向您展示一下，這個新產品具有什麼樣的功能，可以安排個時間，讓我在您辦公室裡為您展示這項產品嗎？

1. **make time** 騰出時間

2. **pencil sb. in** 把某人暫定到行事曆中

3. **deliverable** [dɪˋlɪvərəbl] (n.) 可出貨的產品

4. **take up** 佔用，佔據（空間、時間）

Listening Practice

Part 1 🎧 034

_____ **1** The woman wants to talk about _____.

    Ⓐ a report   Ⓑ a supervisor   Ⓒ a deadline

_____ **2** The man will _____.

    Ⓐ meet with the woman this afternoon

    Ⓑ email the woman this afternoon

    Ⓒ attend a meeting this afternoon

Part 2 🎧 035

_____ **1** The meeting _____.

    Ⓐ will be held tomorrow morning

    Ⓑ will be held Tuesday morning

    Ⓒ will probably be held on Tuesday morning

_____ **2** The woman wants to confirm with _____.

    Ⓐ her team   Ⓑ her supervisor   Ⓒ her client

Ans: A, B, C, B

安排時程表
Arranging a Schedule

安排時程表 Arranging a schedule   🎧 036

V Vera   **M** Martin

V Excuse me, I'm putting together Jenny's schedule for the month and I wanted to talk to you about some of your regular meetings.

M Sure.

V OK, I see that you're scheduled to meet every Monday at 4:00 pm. That'll be fine except for Monday the 24th, when Jenny has a meeting at two that may run long. Is it alright if I **push back**[1] your meeting until 4:30, **just to be on the safe side**[2]?

M That should be fine. Those meetings are pretty casual.

V Great. Just a few more things—you two are meeting with a client on Wednesday the 10th at three. I assume that's **written in stone**[3]?

M Yes, that meeting can't be changed. We've been trying to sit down with that client for weeks.

V OK. I'll just have to **juggle**[4] a few other appointments to make sure she can get there. One more thing: I've got a meeting between you, Jenny, and the marketing director penciled in for the 15th. Has that been confirmed?

M You know, I'm still not sure. The last time we spoke, he talked about perhaps **bumping** it **up**[5] to the 14th. I'm going to have to get back to you on that when it's **firmed up**[6].

V 對不起，我正在彙整珍妮的每月時程表，我想和您談談有關您定期會議的一些事情。

M 沒問題。

V 好，我看到每個星期一的下午四點，您都安排了會議，這些時間都可以，除了 24 號星期一，因為珍妮這天兩點鐘有個會議，可能拖得很久。為了謹慎起見，我想把您這次的會議時間延後到四點半，可以嗎？

run long 拖延（原定的時程）	■ to go beyond the scheduled time—for example, when a meeting is expected to end at 4:00 but continues until 4:45.
push back 向後推	■ cause to move back by force or influence
written in stone 確認的；不可更改的	■ firmly scheduled, unchangeable
bump up 提高；提前	■ to increase suddenly or move to an earlier time
firm things up 敲定某事	■ to make something more definite or less likely to change
can't-miss 不容錯失的；非常重要的	■ certain to have a favorable result, performance, or reception; very important
back burner 次要地位	■ to assign something a lower priority or give something less prominence; a place for lower-priority tasks
crop up 突然出現	■ appear suddenly or unexpectedly
move up 提升	■ be promoted, move to a better position; to move to an earlier time
duck out 逃避；提早離開	■ to escape doing something; to leave early

Ⓜ 應該沒問題，這些都不是什麼正式的會議。

Ⓥ 那很好，對了，還有一些事。您們倆要在 10 號星期三的下午三點鐘和客戶開會，這是確定**不能再改**的嗎？

Ⓜ 沒錯，那場會議絕不能變更，因為好幾個星期以來，我們都一直想要和那位客戶坐下來開個會。

Ⓥ 好，那我就得**更改**些其他的約會，好確定她可以赴會。還有件事，您和珍妮以及行銷主管在 15 號那天有暫定一個會議。這已經確認了嗎？

Ⓜ 我還不確定，上回我們談到時，他說或許會**提前**到 14 號。等到時間**確定**下來，我再來跟你說。

1. **push back** 把……向後推
2. **(just) to be on the safe side**
   謹慎起見；以防萬一
3. **written in stone** 確認的；不可更改的
4. **juggle** [ˈdʒʌɡl̩] (v.) 更改；更動
5. **bump up** (v.) 提前
6. **firm up** (v.) 確定

More Expressions 🎧 037

A 排定活動的先後順序　Prioritizing Events or Activities

1　I wish I could make the presentation, but my meeting with the CEO is a <u>can't-miss</u>.

真希望我能夠做這場簡報，但是和執行長的會面也絕不可錯過。

2　I'm going to have to **put** our discussion **on the <u>back burner</u>**[1] for the moment, because I have to deal with some problems that have <u>**cropped up**</u>[2] with the report.

我得暫時擱置我們的討論，因為我得處理在這篇報告裡突然出現的一些問題。

3　If I can <u>move</u> my progress report meeting <u>up</u> a half hour and push ours back, I should be able to go to both.

如果我可以把進度報告會議提前半小時，並且把我們的會議往後延的話，那麼兩場會議便都可以參加了。

4　If this meeting runs long, I'm going to have to <u>duck out</u> to get to my lunch on time.

如果這場會議會拖很久的話，我就要偷溜才能準時吃午餐。

---

1. put sth. on the back burner
　放在次要位置；暫時擱置一旁

2. crop up 突然發生

Listening Practice

Part 1   🎧 038

_____ ① Who will the woman meet with first on Monday?
ⒶDisparate Design.
ⒷGlenn.
ⒸThe CEO.

_____ ② The woman has a breakfast meeting on _____.
ⒶMonday at 9:00
ⒷWednesday at 8:30
ⒸWednesday at 9:00

- -

Part 2   🎧 039

_____ ① When will the woman report to the contractors?
ⒶOn Tuesday morning.
ⒷAt the board meeting.
ⒸAt lunch.

_____ ② When will the woman meet with the man?
ⒶOn Tuesday morning.
ⒷBetween lunch and dinner.
ⒸOn Tuesday afternoon.

Ans: B, B, A, B

PART ② **Making Arrangements and Appointments**
做出安排和約定

取消或變更時間
Canceling or Changing Times

把約定延期 Postponing an appointment

From:	Jenny Levy (j.levy@bigtech.com)
To:	Martin Wallace (m.wallace@bigtech.com)
Subject:	Postponing our new business discussion

Hi Martin,

I'm really sorry, but I'm going to have to postpone our talk about new business possibilities. We've hit a few **snags**[1] in the Remmington project, and it looks like I'm going to have to fly out to one of the sites to help **sort things out**[2]. I'll end up being out of the office during the time we were scheduled to meet.

I know that this is an important brainstorming session for us to have, so I hate to **postpone**[3], but I really need to take care of the Remmington issues first. I'm not quite sure how long they'll need me at the site, but I don't expect to be there past Wednesday. As soon as I come back, let's set up another time to meet.

I'm sorry again for the inconvenience. Thanks for your understanding!

Best,

Jenny

1. **snag** [snæg] (n.) 意料不到的障礙
2. **sort things out** 解決事情
3. **postpone** [post`pon] (v.) 延期;延遲

發文：	Jenny Levy (j.levy@bigtech.com)
收文：	Martin Wallace (m.wallace@bigtech.com)
主旨：	延後我們的新業務研討會

嗨，馬汀：

真的很抱歉，但我一定得延後我們的新業務討論會。在雷明頓計畫中，我們碰到了一些**意料之外的阻礙**，看來我得搭機前往其中的一個地點，以協助他們處理善後。因此，在我們預定會面的期間，我一定不會待在辦公室裡。

我知道對我們來說，這是個相當重要的腦力激盪會議，因此自然不希望**延期**。但是，我真的得先解決雷明頓的問題。目前還不太確定他們到底要我在那個地點待多久，但預計應該不會拖過星期三，因此只要我一回來，我們便可安排其他的會議時間。

造成不便之處請見諒，並感謝您的體諒。

祝　安好
珍妮　敬上

More Expressions 🎧040

A 變更預定碰面的時間 Changing the Time of an Appointment

1　I've just realized that I've double-booked that afternoon. Can we move our appointment to the next morning?

我剛剛才知道，那天下午我已經重複預約了，因此是否可以把我們的約定挪到隔天上午？

2　Things are starting to get really **hectic**⁴ here, with the deliverable deadline **looming**⁵. Would it be alright with you if we pushed our meeting back to next week?

隨著出貨時間逼近，目前狀況有點兵荒馬亂。如果把我們的會議往後挪到下個星期的話，不知道您是否方便？

---

4. **hectic** [ˈhɛktɪk] (adj.)
興奮的；忙亂的；鬧哄哄的

5. **looming** [lum] (v.) 陰森地逼近

51

3 It looks like I was wrong when I said I'd be free at three—I've actually got another appointment at that time. Can we meet at two instead?

我說過三點鐘有空，看來是錯了，實際上那時我還另外有約。可否改成兩點鐘碰面？

4 I hate to have to reschedule, but the project manager has just called and needs me urgently, so I won't be around this afternoon. Would it be possible for us to talk first thing tomorrow instead?

真遺憾我們得另行安排時間，專案經理剛剛才打電話來，十萬火急地需要我幫忙，因此今天下午我應該不會有空了，不知道我們是否可以改到明天一大早就先談談？

5 Would it be possible for us to change the meeting time from ten to eleven? I've just realized I've got a **schedule clash**[1].

我們可不可以把會面的時間由十點改到十一點？我剛剛才知道我的行程安排有衝突。

6 Due to today's terrible weather, I recommend that we **stay put**[2] today and reschedule our meeting for another time later this week.

今天的天氣實在糟透了，我建議我們今天就別出門了，把會議改到這週稍後吧。

B 取消碰面　Canceling an Appointment

7 I'm terribly sorry, but I'm going to have to miss the **board**[3] meeting due to an emergency.

真的很抱歉，由於發生緊急事件，看來我勢必要錯過這次的董事會了。

8 Unfortunately, the emergency project meeting means I'll have to miss our appointment. Please accept my apologies. I hate to cancel on you like this.

很不巧地，我們剛好召開了緊急計畫會議，也就是說我勢必無法趕上我們的約會，請接受我的致歉，其實我也不願去取消與您的約會。

9 I'm sorry I couldn't give you much more notice, but I'm afraid I'm going to have to cancel our lunch. Some **pressing**[4] issues have **come up**[5] that I'll have to stay at the office to take care of.

抱歉無法事先通知你，但恐怕我得取消我們的午餐約會了。因為發生了一些緊急的問題，因此我不得不待在辦公室處理。

10 I deeply regret that I'll have to cancel our meeting this afternoon. I'm very sick and won't be in the office at all today.

真的很抱歉，我必須取消今天下午的會面，因為我病得實在很重，看來今天一整天都不會在辦公室。

1. **schedule clash** 行程有衝突
2. **stay put** 留在原地
3. **board** [bord] (n.) 董事會
4. **pressing** [ˋprɛsɪŋ] (adj.) 急切的；急迫的
5. **come up** (v.) 出現

Part

2

做出安排和約定

09

取消或變更時間

Listening Practice

Part 1 🎧 041

_____ 1 The man _____.
  Ⓐ changes the time of an appointment
  Ⓑ reschedules an appointment
  Ⓒ cancels an appointment

_____ 2 The appointment was to be between _____.
  Ⓐ Debra Cho and Fred Cooper
  Ⓑ Fred Cooper and George Harris
  Ⓒ Debra Cho and George Harris

Part 2 🎧 042

_____ 1 The man _____.
  Ⓐ cancels a meeting
  Ⓑ confirms a meeting
  Ⓒ reschedules a meeting

_____ 2 The man and the woman will meet _____.
  Ⓐ at three   Ⓑ at two   Ⓒ in the morning

Ans: C, C, C, A

初次會面
First Meetings

珍妮和馬丁在某商展上會面
Jenny and Martin meet at a trade show

🎧 043

J Jenny   **M** Martin

J Oops, excuse me.

M No problem at all.

J Pardon me, but I feel like I see you at these trade shows all the time. I suppose I ought to introduce myself if we're going to keep **running into each other**[1]. I'm Jenny Malone.

M Martin Finch. Nice to meet you.
I recognized you as well. So, who do you work for?

J I'm with Hardy and Sons, You?

M Spiros. So, what do you think of the show?

J Honestly, last year's was better. This one seems rather empty . . . **in my humble opinion**[2].

M I had exactly the same feeling. I'm afraid it's going to be a waste of time.

J 噢，對不起。

M 沒關係。

J 不好意思，我在這次商展中好像常常看到你。如果我們倆要不時地打照面的話，我應該要自我介紹一番才對。我是珍妮・馬龍。

M 我是馬汀・芬奇，很高興認識你。對了，我也認出你來了，你在哪裡工作？

J 我在哈迪與桑斯那裡做事，你呢？

M 我在史派羅斯服務，對了，你覺得這次商展如何？

J 老實說，去年的比較好，這次似乎很空洞……這只是我個人的淺見。

M 我也有同感，恐怕這只是浪費時間。

handshaking
握手

saluting
行禮

bowing
鞠躬

waving
揮手；招手

More Expressions 🎧044

A 自我介紹 Introducing Yourself

1	Hi, I'm Laurel Price. Nice to meet you.	嗨，我是勞雷爾・普萊斯，很高興見到你。
2	Hello there, I'm Virginia Nyugen.	你好，我叫維吉尼亞・諾根。
3	It's a pleasure to meet you, finally. I've heard a lot about you.	真高興終於和你見到面了，久仰您的大名。
4	Tamaz Petofi. Pleased to meet you.	在下塔馬茲・裴多菲，幸會。
5	**Allow me to introduce myself**[3]—I'm Martin Finch.	**請容在下自我介紹一番──**我叫馬汀・芬奇。
6	Hi, everyone. My name's Peter Klein, and I'm the Director of TMC Company.	大家好，我叫彼得・克萊茵，我是 TMC 公司的協理。

---

1. **run into sb.** 巧遇某人
2. **in one's humble opinion** 依個人愚見
3. **Allow me to introduce myself.** 請容在下自我介紹。

B 介紹其他 Introducing Someone Else

7	Virginia, this is Tamaz. Tamaz, Virginia.	維吉尼亞，這位是塔馬茲；塔馬茲，這位是維吉尼亞。
8	Tamaz, this is Laurel. We've known each other for ages.	塔馬茲，這位是勞雷爾，我們認識好多年了。
9	Laurel, I'd like you to meet my colleague, Virginia. We've just started working together.	勞雷爾，我想向您引見我的同事維吉尼亞，我們才剛開始共事。
10	**May I present**[1] my old friend Martin? Martin, this is Laurel, my supervisor.	讓我介紹我的老朋友馬汀嗎？馬汀，這位是勞雷爾，我的上司。
11	Martin, meet Virginia. She's also just moved here from overseas.	馬汀，來見見維吉尼亞，她也剛從海外搬到這裡。
12	Tamaz, I'd like to introduce you to my friend, Martin.	塔馬茲，我想向你介紹我的朋友馬汀。

C 回應別人的介紹 Responding to an Introduction

13	I'm pleased to **make your acquaintance**[2].	很高興認識你。
14	Very nice to meet you.	見到你真好。
15	It's a pleasure.	很榮幸認識您。
16	Lovely to meet you.	見到您真是太棒了。
17	Great to meet you.	能和您見面真是備感榮幸。
18	I'm happy to join you today.	很高興今天能和大家一起參與。
19	It's a pleasure to meet you all today.	很高興見到大家。
20	I'm thrilled to be here.	很開心在這邊。

D 詢問交通狀況 Asking About Travel

21	Did you travel far to get here?	你來這裡的路途會很長嗎？
22	Did it take you a long time to get here?	你來這邊花很多時間嗎？
23	Did you drive here or take the bus?	你是開車還是搭公車？

---

1. may I present 讓我介紹⋯⋯   **2.** make your acquaintance 認識你

Listening Practice

Part 1 🎧 045

_____ The man and the woman _____.

Ⓐ are being introduced

Ⓑ introduce themselves

Ⓒ know each other

Part 2 🎧 046

_____ Which sentence is true?

Ⓐ Haruko and Gloria have known each other for ages.

Ⓑ The first woman and Gloria have known each other for ages.

Ⓒ The first woman and Haruko have known each other for ages.

Part 3 🎧 047

1 What is the relationship between the man and Ayesha?

Ⓐ They work together.

Ⓑ They know each other from school.

Ⓒ It is unknown.

2 Which statement is true?

Ⓐ The first man introduces Nasser and Ayesha.

Ⓑ Ayesha introduces the first man and Nasser.

Ⓒ Nasser introduces himself to the first man.

Ans: B, C, A, A

PART ③ English for Socializing 社交英語

談論工作
Talking About Jobs

談論你從事的行業
Talking about what you do for a living

🎧 048

Ⓐ Alison　　Ⓡ Rob

Ⓐ So, Rob, what do you do?

Ⓡ I'm in sales. I'm the regional sales manager for Dynasty Tech. I **cover**[1] the Mid-Atlantic states.

Ⓐ Wow, interesting. How did you get started in that **field**[2]?

Ⓡ Well, I've always been a people person, so I wanted to do work where I could really connect with others. Also, I've always been fascinated by marketing and selling, so sales seemed a natural fit. How about you? What **line of work**[3] are you in?

Ⓐ I'm an industrial designer, actually.

Ⓡ Industrial design? What does that mean?

Ⓐ Well, **in a nutshell**[4], I design products that you use in your everyday environment—computer cases, sinks, shower heads—that kind of thing. I'm **the head of**[5] our large-product design division.

Ⓐ 羅伯，你從事什麼工作？

Ⓡ 我是做業務的。在朝代科技公司擔任地區業務經理，範圍涵蓋大西洋沿岸的中部各州。

Ⓐ 哇，很有趣。你是怎麼在這個領域裡起步的呢？

Ⓡ 我一直是個擅長交際的人，所以希望在這方面可以發揮所長，藉著工作和人們做密切的聯繫。此外，我也一直對行銷和銷售的工作十分著迷，因此業務就很自然成了我的首選。你呢？你又是從事哪一行的？

Ⓐ 我其實是個工業設計師。

Ⓡ 工業設計？那是什麼？

Ⓐ 簡單地說，舉凡你日常環境中所用到的產品都是我會設計的東西，像電腦主機殼、水槽或蓮蓬頭之類的東西，我是公司裡大型產品設計部的主管。

More Expressions ∩ 049

A 請教別人從事哪一行 Asking What Someone Does

1	What do you do?	您在從事哪一行？
2	What's your job?	您是從事什麼工作的？
3	What line of work are you in?	您從事哪一行？
4	What industry are you in?	您在哪個產業服務？
5	What field are you in?	您是在哪個領域裡服務？

B 請教別人工作的詳細情況
Asking for Details About Someone's Job

6	Where do you work?	您在哪裡工作？
7	Who do you work for?	您是做什麼的？
8	What's the name of your company?	貴公司的大名是？
9	How long have you been in your position?	您在目前的職位上做了多久了？
10	What are your main responsibilities?	您主要的職責是什麼？
11	What are your **day-to-day**[6] duties?	您的平常任務是什麼？
12	What's your role?	您的角色為何？

---

1. **cover** [ˋkʌvɚ] (v.) 涵蓋 (n.) 蓋子；封面
2. **field** [fild] (n.) 領域
3. **line of work** 行業
4. **in a nutshell** 簡單地說
5. **the head of**（某部門的）主管
6. **day-to-day** [de tu de] (a.)
   日常的；每天的

59

C 描述你的行業　Describing Your Industry　🎧 050

13	I work in education.	我是從事教育工作的。
14	I work for a design company.	我在一家設計公司裡服務。
15	I'm in the medical profession.	我是從事醫療事業的。
16	My field is engineering.	我是在工程這個領域裡服務。

D 描述你的職位　Describing Your Position

17	I'm a teacher.	我是個教師。
18	I work in the marketing department.	我在行銷部門服務。
19	I'm in charge of[1] large group sales.	我負責大型的集團銷售。
20	I'm the chief of our southern region.	我是本公司南區的主管。
21	I'm responsible for our day-to-day operations.	我負責本公司的日常營運事宜。
22	I handle[2] report writing and editing.	我負責報告的撰寫與編輯。

1. **to be in charge of** 負責
2. **handle** [ˋhænd!] (v.) 處理

Listening Practice

Part 1 🎧 051

_____ 1 The man's industry is _____.
   Ⓐ telecommunications
   Ⓑ electrical engineering
   Ⓒ contracts

_____ 2 The man is a/an _____.
   Ⓐ contract officer
   Ⓑ electrical engineer
   Ⓒ communications officer

_____ 3 The man's company is _____.
   Ⓐ New Heights
   Ⓑ Telecommunications Technologies
   Ⓒ Daily Work Technologies

- -

Part 2 🎧 052

_____ 1 The man mainly _____.
   Ⓐ works as an architect
   Ⓑ does drawings
   Ⓒ meets with contractors

_____ 2 The woman is _____.
   Ⓐ an artist
   Ⓑ a contractor
   Ⓒ an architect

Ans: A, B, A, B, A

談論家庭
Talking About Family

談論家庭 Talking about family 🎧 053

R Rob　　**K** Kevin

R Are you married, Kevin?

K I am, in fact. For 10 years now.

R That's great! Have you got any kids?

K I've got one daughter and one son. My daughter's the older one—she's eight. She really **takes after**[1] my wife: she's very musical, very social. My son is six and he's **a chip off the old block**[2]: quiet, like me. Not a musical bone in his body, I'm afraid.

R **The apple doesn't fall far from the tree**[3], I guess!

K Not in this case! And what about you?

R Oh, I'm single. I just **got out of a relationship**[4], actually. I guess I still have some **wild oats to sow**[5].

K Well, enjoy it while it lasts! It all changes when you have kids.

R 您結婚了嗎，凱文？
K 結婚了，事實上到現在已經結婚十年了。
R 那很好呀！有小孩了嗎？
K 有一個女兒和一個兒子，女兒是老大，八歲，和我老婆很像，有音樂天份，很懂得社交。至於兒子則是六歲，簡直是我的翻版，和我一樣不太愛說話，而且恐怕沒什麼音樂細胞。
R 我想這就叫做有其父必有其子吧！
K 話也不能這麼說啦！你呢？
R 哦，我單身，事實上才剛結束一段感情，我想我還安定不下來。
K 要及時行樂！否則一旦有了孩子，一切都會改變的。

---

1. **take after** (v.) 與……相似
2. **a chip off the old block**
   酷似父母的兒女（chip 指「脫落的碎屑」；block 指「木塊」）
3. **The apple doesn't fall far from the tree.**
   有其父必有其子；上樑不正下樑歪
4. **get out of a relationship** 結束一段感情
5. **sow one's wild oats** 風流成性

FAMILY TREE

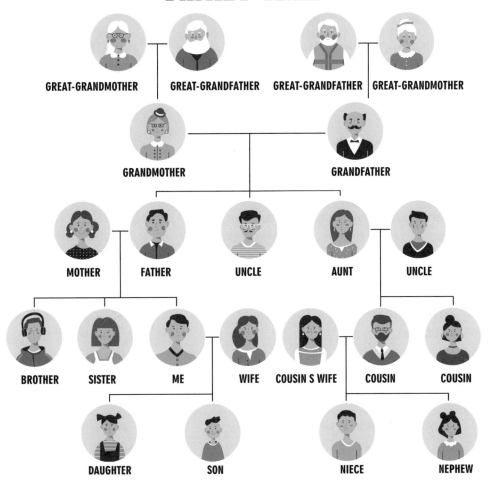

GREAT-GRANDMOTHER   GREAT-GRANDFATHER   GREAT-GRANDFATHER   GREAT-GRANDMOTHER

GRANDMOTHER   GRANDFATHER

MOTHER   FATHER   UNCLE   AUNT   UNCLE

BROTHER   SISTER   ME   WIFE   COUSIN S WIFE   COUSIN   COUSIN

DAUGHTER   SON   NIECE   NEPHEW

More Expressions   🎧 054

A 請教對方的家庭結構 Asking About Family Structure

1	So, are you married or single?	您是已婚還是單身？
2	Have you got any children?	您有小孩嗎？
3	How many children have you got?	您有幾個孩子？
4	Are you planning to have children any time soon?	您最近有生小孩的計畫嗎？
5	Are there going to be any additions to the family?	這個家族就要添新成員了嗎？

6	Yes, I've become quite the family man.	沒錯，我變成居家型的男人。
7	I've got two sons and one daughter.	我有兩個兒子和一個女兒。
8	My eldest son is twelve and my youngest is four.	我大兒子十二歲，最小的才四歲。
9	We've got four **stair-step**[1] kids: ten, nine, eight, and six.	我四個孩子的年齡就像階梯式的排列，分別是十歲、九歲、八歲和六歲。
10	My wife has a son from her previous marriage, and I have a daughter from mine, plus we've got two of ours, so we've got a proper **blended family**[2]!	我太太在前一次婚姻生了個兒子，我之前婚姻也有個女兒，加上我們倆目前所生的兩個，我們可算是真正的混合家庭！
11	I've got four girls. One is actually my **stepdaughter**[3], but she lives with us **full-time**[4].	我有四個女兒，其中一個實際上是繼女，但仍然一直和我們同住在一個屋簷下。

C 詢問其他有關家庭成員的問題
Asking Other Questions About Family Members

12	How did you and your wife meet?	您和太太是怎麼相識的？
13	How long have you been married?	您結婚多久啦？
14	What does your husband do?	您先生是做哪一行的？
15	Where do your children go to school?	您的孩子在哪兒讀書？

1. **stair-step** [stɛr stɛp] (a.) 階梯式排列的
2. **blended family** 混合式家庭
3. **stepdaughter** [ˋstɛpˏdɔtɚ] (n.) 繼女
4. **full-time** [ˋfulˏtaɪm] (adv.) 全部時間地

Listening Practice

Part 1   🎧 055

_____ **1** The woman's oldest is a _____.

Ⓐ son

Ⓑ daughter

Ⓒ chip off the old block

_____ **2** The woman's baby is her _____.

Ⓐ youngest child

Ⓑ oldest child

Ⓒ daughter

Part 2   🎧 056

_____ **1** The woman has _____.

Ⓐ an adopted son

Ⓑ a blended family

Ⓒ three children

_____ **2** The man _____.

Ⓐ is single

Ⓑ is married

Ⓒ is a family man

Ans: B, A, B, B

談論興趣和運動
Talking About Interests and Sports

談論興趣和運動 **Talking about interests and sports** 🎧057

1 Talking about a match 談論比賽

S Sonia   **H** Hugh   **D** Deirdre

S Did you see the game last night?

H Are you kidding? I never miss a Rays game.

D I missed it! What happened?

S It was a total **rout**¹—it was amazing. We're really hot right now. We're **in the zone**².

D I'll have to catch next week's match.

H Maybe we should watch it together!

S 你昨晚看了那場比賽嗎?

H 開什麼玩笑?我從未錯過任何一場坦帕灣光芒隊的賽事。

D 我就沒趕上!賽況如何?

S 對手被我們打得**潰不成軍**,真是太精采了,我們球隊氣勢如虹,隊員們都**進入了最佳狀況**。

D 下個星期的比賽我一定不能錯過了。

H 或許我們應該一起觀賽!

1. **rout** [raʊt] (n.) 潰敗
2. **in the zone** 進入最佳狀態

My favorite sport is ____.

baseball 棒球
basketball 籃球
tennis 網球
football 橄欖球
soccer 足球
hockey 曲棍球
golf 高爾夫球
skateboarding 溜滑板
judo 柔道

🎧 058

2　Talking about a hobby　談論嗜好

S Sonia　　**H** Hugh

S I finished my scarf during **halftime**³.

H You knit?

S Yes, I started last year. I find it really relaxing.

H Really? And you've made scarves and stuff?

S I've made tons! It's become kind of an **obsession**⁴. I have so many, I give them away as gifts during the holidays.

S 我利用**休息時間**織好了我的圍巾。

H 您有編織的嗜好啊？

S 是的，我是從去年開始編織的，我發現它還真能讓人放鬆。

H 真的？您都織些圍巾之類的毛織品嗎？

S 我的成品已經堆積如山了，看來我真是**迷上**編織了。我有一大堆作品，所以逢年過節我就會把它們當成禮物分送出去。

---

3. halftime [ˋhæfˌtaɪm] (n.) 休息時間　　　**4. obsession** [əbˋsɛʃən] (n.) 沉迷之事

My hobbies are _____, _____, and _____.

astrology 占星

camping 露營

dancing 跳舞

fitness 健身

gardening 園藝

knitting 編織

listening to music 聽音樂

looking after a pet 養寵物

making model airplanes 做模型飛機

mountain climbing 登山

photography 攝影

playing jigsaw puzzles 玩拼圖

playing the piano 彈鋼琴

reading 閱讀

riding bicycles 騎腳踏車

singing 唱歌

star-gazing 觀星

surfing the Internet 上網

traveling 旅遊

watching TV/movies 看電視／電影

68

More Expressions 🎧 059

A 談論體育和體育活動　Talking About Sports and Sports Events

1	So, where are you watching the big game?	您是在哪兒觀賞這場大賽的？
2	Are you a Rays fan?	您是坦帕灣光芒隊的棒球迷嗎？
3	I'm a **rabid**[1] hockey fan.	我是個瘋狂的曲棍球迷。
4	My wife says she's a **football widow**[2]!	我老婆說她是足球寡婦！
5	I'm so excited for baseball season to start.	棒球季開始了，我好興奮哦！
6	You've got to root for the home team!	你得為地主隊加油！
7	I can't believe you **are**n't **into**[3] baseball.	真不敢相信，你竟然對棒球沒有興趣。
8	I've always been really **sporty**[4]. I played volleyball at university, and recently I've **gotten into**[5] cycling.	我一直都很愛運動，大學時有在打排球，最近則迷上了騎單車。

B 詢問有關興趣的話題　Asking About Interests

9	Have you got any hobbies?	您有沒有什麼嗜好？
10	What do you do **outside of work**[6]?	下班後您都在做些什麼？
11	So, what **makes you tick**[7]?	什麼樣的活動會讓你感到有興趣？
12	Do you like biking?	您喜歡騎腳踏車嗎？
13	Are you a painter, too?	您也是個畫家？

1. **rabid** [ˈræbɪd] (a.) 激進的；瘋狂的
2. **football widow** 指因為丈夫熱愛看足球而被冷落的太太
3. **be into sth.** 很著迷某事情
4. **sporty** [ˈspɔrtɪ] (a.) 愛好運動的
5. **get into** 開始迷上
6. **outside of work = after work** 下班後；工作之餘
7. **make sb. tick** 讓某人感興趣

working out in the gym

C 描述其他的興趣　Describing Other Interests　🎧060

14	I'm an **amateur**[1] photographer.	我是個業餘的攝影師。
15	My main hobby is yoga—I love it!	我最大的嗜好是瑜伽——我超愛！
16	I've got a passion for darts. I play every weekend. I've actually gotten to be quite good.	我對射飛鏢有股狂熱，我每個週末都玩，所以我覺得自己玩得還不賴。
17	I'm a collector. Recently, I've developed an obsession with frogs, and I collect anything related to them.	我是個蒐集者，最近對青蛙著了迷，在蒐集和牠們有關的每一樣東西。

1. amateur [ˈæməˌtʃʊr] (n.) 業餘從事者；外行人 (a.) 業餘的；外行的

Listening Practice

Part 1   🎧 061

_____ 1 The woman is a fan of _____.

Ⓐ Virginia   Ⓑ Tennessee

_____ 2 Who does the man think will win the game?

Ⓐ Tennessee.   Ⓑ Virginia.

Part 2   🎧 062

_____ 1 The man's hobby is _____.

Ⓐ rewarding   Ⓑ swimming   Ⓒ surfing

_____ 2 The man offers to _____.

Ⓐ try sometime

Ⓑ show the woman how to surf

Ⓒ take a surfing lesson

Ans: A, A, C, B

PART **3** English for Socializing 社交英語

談論假期
Talking About Vacations

談論最近的這次旅行 **Talking about a recent trip**   🎧 063

Ⓜ Max   Ⓑ Ben

Ⓜ Welcome back, Ben! How was your trip?

Ⓑ Oh, it was incredible. The country is so beautiful.

Ⓜ What did you do? Lots of **sightseeing**¹, I guess?

Ⓑ We did two days of sightseeing in town, but then we got out into the countryside and were really **roughing it**². We went on a three-day **trek**³ with a guide, so we camped at night and hiked during the day. It was difficult, but really spectacular.

Ⓜ Wow, that sounds really intense.

Ⓑ It was! We wore ourselves out, but we were able to see amazing jungles, waterfalls, flowers, you name it. After three days of roughing it, we were ready to get back to the city for some **downtime**⁴—and souvenir shopping. We bought a suitcase full of **knick-knacks**⁵, I think.

Ⓜ 歡迎回來，班！這次旅行玩得如何？

Ⓑ 哦，簡直難以相信，鄉下的風景實在太美了！

Ⓜ 你都做了些什麼？我猜一定**遊覽**了許多地方。

Ⓑ 我們花了兩天的時間在城裡觀光，但之後就來到鄉下，那裡很**克難**。我們一連三天都跟著一位導遊**跋涉**，晚上紮營，到了白天就徒步旅行。路程雖然艱困，但風景真的很美。

Ⓜ 哇，聽起來很刺激。

Ⓑ 的確如此！我們雖然精疲力竭，但可以看到令人讚歎的叢林、瀑布、奇花異草，凡是你能想到的都有。在三天的克難生活後，我們就準備回到城裡**悠閒**一下並採買些紀念品，另外還買了一只裝滿小**裝飾品**的手提箱。

---

1. **sightseeing** [ˈsaɪtˌsiɪŋ] (n.) 觀光
2. **rough it** 克難生活
3. **trek** [trɛk] (n.) 跋涉
4. **downtime** [ˈdaʊnˌtaɪm] (n.)
   悠閒時光；休息時間
5. **knick-knack** [ˈnɪkˌnæk] (n.) 裝飾品

More Expressions 🎧 064

A 詢問別人有關假期的狀況 Asking About Someone's Vacation

1	Did you enjoy your time off?	休假還愉快吧？
2	Where are you going on your holiday?	假日你都到什麼地方消磨時間？
3	What did you do while you were away?	外出時你都做些什麼？
4	Have you got a brochure for the place you stayed at?	你有拿專門介紹當地風光的旅遊小冊子嗎？

B 描述假期 Describing a Vacation

5	I really wanted to do something adventurous this time around.	我好想利用這次時間做些冒險的事。
6	I got all the peace and quiet I needed.	我得到了一切我所需的安詳和寧靜。
7	I had all the downtime I wanted.	我充分享受了企盼已久的休閒時光。

8	We laid on the beach for a week—it was wonderful.	我們在沙灘上躺了一個星期。真是棒極了。
9	We took an **all-inclusive**[1] deal.	我們享受了一次**套裝**旅遊行程。
10	We did this **package deal**[2] to Mexico. I highly recommend it.	我們這次的墨西哥之旅是**套裝行程**，我極力推薦它。

C 描述假期活動和住宿狀況
Describing Vacation Activities and Accommodations

11	The skiing was great, but the hotel was only so-so.	這次的滑雪真是太棒了，但飯店卻普普。
12	The resort was absolutely beautiful.	這處度假中心真是美得無話可說。
13	We were so **pampered**[3] by the hotel spa.	我們縱情倘佯在飯店的 SPA 池裡。

1. **all-inclusive** [ɔl ɪnˋklusɪv] (a.) 全部囊括的
2. **package deal** 套裝行程
3. **pamper** [ˋpæmpɚ] (v.) 縱容；寵愛

Listening Practice

Part 1

🎧 065

_____ 1 The man's hotel was _____.

Ⓐ excellent   Ⓑ so-so   Ⓒ inclusive

_____ 2 The man went to _____.
Ⓐ the mountains   Ⓑ the city   Ⓒ the beach

Part 2

🎧 066

_____ 1 The woman booked _____.

Ⓐ an all-inclusive deal   Ⓑ a packing deal   Ⓒ a holiday meal

_____ 2 The man wants the woman to send him _____.
Ⓐ some brochures   Ⓑ some websites   Ⓒ some tickets

Ans: A, C, A, B

談論健康狀況
Talking About Health

詢問同仁的健康狀況
Asking a colleague about his health

🎧 067

Ⓜ Maria　　Ⓓ Dave

Ⓜ Hi, Dave. How are you today?

Ⓓ I'm not feeling that great, actually. How are you?

Ⓜ I'm fine—but what's wrong? Are you all right?

Ⓓ I've been **under the weather**[1] since Tuesday, and today I think I'm starting to **run a fever**[2]. I'm thinking about going home.

Ⓜ If you've got a fever, you should definitely go home—it could be the flu! Have you got any other **symptoms**[3]?

Ⓓ Well, I started coughing last night. And I'm starting to feel a little **woozy**[4]. Gosh, you're right. I think I will go home.

Ⓜ Feel better!

Ⓜ 嗨，戴夫，今天還好嗎？

Ⓓ 老實說並不覺得很好，妳呢？

Ⓜ 我很好呀。倒是你，怎麼啦？都還好吧？

Ⓓ 我從星期二開始就一直不太舒服，到了今天我想已經開始**發燒**了，所以我在考慮回家休息。

Ⓜ 如果發燒了，就的確應該回家。小心，有可能是流行性感冒！你還有什麼其他的症狀嗎？

Ⓓ 哦，對了，昨晚開始咳嗽，現在又開始覺得有些**頭昏眼花**。唉，妳說得沒錯，我想我一定要回家了。

Ⓜ 希望你能覺得好點！

---

1. **under the weather** 身體不適
2. **run a fever** 發燒
3. **symptom** [ˈsɪmptəm] (n.) 症狀；徵候；徵兆
4. **woozy** [ˈwuzɪ] (a.) 頭昏眼花的

fighting shape
身強體壯

feel like a million bucks
感覺很棒

hale and hearty
精神抖擻

under the weather
身體不適

| **More Expressions** | 🎧 068 |

A 詢問某人的健康狀況　Asking About Someone's Health

1	How are you feeling?	覺得如何？
2	Are you feeling any better?	有覺得好點了嗎？
3	Have you gotten over your cold?	你的感冒痊癒了嗎？
4	Did you get the **bug**[5] that was **going around**[6] the office?	病菌最近在辦公室肆虐不已，你有沒有被傳染？
5	Have you gone to see the doctor yet?	你看過醫生了嗎？
6	Do you know if Alison's doing OK? Maybe someone should call and check in on her.	你覺得艾麗森還好吧？或許應該有人打個電話給她，詢問一下她的狀況才對。

B 談論病情　Talking About Illnesses

7	I think I picked up the chickenpox at my son's school!	我想我在兒子的學校裡被傳染到了水痘！
8	I hope what Sara has isn't **catching**[7]. I was with her all day yesterday.	希望莎拉的病不會傳染，昨天我一整天都和她在一起。
9	They say this bug is really **contagious**[8].	他們說這病菌其實是會傳染的。

---

5. bug [bʌg] (n.) (口語) 病毒
6. go around 到處遊走

7. catching [ˋkætʃɪŋ] (a.) 具傳染性的
8. contagious [kənˋtedʒəs] (a.) 傳染性的

| stomachache 胃痛 | lightheaded 頭昏眼花 | stuffy 鼻塞 | cough 咳嗽 |

C 描述健康狀況不佳 Describing Being in Poor Health 🎧069

10	I just can't **kick this cold**[1].	我還沒辦法讓感冒好起來。
11	This fever is making me really **lightheaded**[2].	這次發燒讓我真覺得有些頭昏眼花。
12	I've got a pounding headache.	我頭痛欲裂。
13	I have an awful stomachache. I think I ate something bad.	我胃痛得很厲害，我想一定是吃了什麼不乾淨的東西。
14	My tooth is killing me. I might have to go to the dentist.	牙痛簡直要了我的命，或許該去看牙醫了。

D 描述健康狀況頗佳 Describing Being in Good Health

15	I'm **fit as a fiddle**[3] again!	我又再度覺得自己生龍活虎了！
16	I'm totally well now—I **feel like a million bucks**[4]!	現在我完全好了——覺得自己氣色非常好！
17	I think I'm finally back in **fighting shape**[5].	我想我終於又恢復了昔日的健美身材。
18	Stan looks **hale and hearty**[6] again.	史丹看起來又精神飽滿了。
19	We're lucky that Jose's 100 percent again.	我們真幸運，荷西又百分之百恢復了健康。
20	It must have been a 24-hour bug. It came on hard and fast yesterday, but today I feel fine!	這一定是一天之內就會痊癒的疾病，不然怎麼昨天來得又急又猛，但今天卻覺得好多了！

---

1. kick a cold = get rid of a cold
   治癒感冒
2. lightheaded [ˈlaɪtˌhɛdɪd] (a.)
   頭昏眼花的
3. fit as a fiddle 生龍活虎

4. feel like a million bucks
   看起來／感覺非常好
5. fighting shape 身材健美
6. hale and hearty
   （尤指老人）硬朗的；健壯的

have the flu
得流感

under a lot of
pressure 壓力大

Listening Practice

Part 1 🎧 070

_____ 1 The man is feeling _____.

Ⓐ pretty sick still　　Ⓑ almost normal　　Ⓒ completely well

_____ 2 Which symptom didn't the man have?

Ⓐ A high temperature.

Ⓑ A stomachache.

Ⓒ A cough.

Part 2 🎧 071

_____ 1 Julio usually seems _____.

Ⓐ very quiet and pale

Ⓑ very healthy and strong

Ⓒ very sick and weak

_____ 2 The man hopes Julio's illness _____.

Ⓐ isn't contagious

Ⓑ will end soon

Ⓒ will catch up to him

Ans: B, C, B, A

邀人參加餐會或其他的活動
Inviting People to a Dinner Party or Other Activity

邀人參加社交活動
Inviting people to a social event 🎧 072

1 Inviting a colleague to a dinner party
邀請同仁參加晚餐聚會

Ⓟ Perry   Ⓜ Melisa

Ⓟ Hi Melisa. Have you got a minute or are you **in the middle of something**¹?

Ⓜ No, I'm not busy. What's going on?

Ⓟ Nothing important, I'm just planning a dinner party for Friday night, and I wondered if you'd like to come.

Ⓜ That sounds great! Thanks, I'd love to come.

Ⓟ Well, we'd love to have you. And feel free to bring a guest. I'm going to send around an **evite**² later today, so you can let me know if you'll be bringing anyone.

Ⓜ Terrific. Thanks for thinking of me.

Ⓟ 嗨，梅莉莎，有空嗎？還是妳正在忙？
Ⓜ 沒有，我沒在忙，怎麼啦？
Ⓟ 也沒什麼要緊的事，只是計畫在星期五晚上來個餐會，不知道妳想來嗎？
Ⓜ 聽起來不錯！謝謝，我十分樂意參加。
Ⓟ 真高興能邀請到妳，歡迎攜伴參加，不要客氣。今天我會寄電子邀請函，所以如果要攜伴的話，不妨讓我知道。
Ⓜ 好極了，謝謝你想到我。

1. **in the middle of something** 正忙於某事
2. **evite** (n.) 電子邀請函

2 Inviting a colleague to another activity
邀請同仁參加其他的活動

Ⓜ Melisa　　Ⓚ Kent

Ⓜ Hi Kent. Are you on your way out?

Ⓚ I am, why? What's up?

Ⓜ Oh, nothing much. A few of us are going to go bowling after work and have a couple of drinks, and I wondered if you'd like to join us.

Ⓚ I think I would, thanks! I was just going to meet a friend, though. Is it OK if I invite her?

Ⓜ Sure, **the more, the merrier**³!

Ⓚ Great. So, where exactly are you going? And are you going now?

Ⓜ We're all planning to head over there in the next half hour. I can tell you exactly where it is. I'm glad you're coming!

Ⓜ 嗨，肯特，你要外出嗎？

Ⓚ 對啊，怎麼了嗎？有什麼事？

Ⓜ 哦，沒什麼，我們幾個要在下班後打打保齡球，順便喝兩杯，不知道你想不想加入我們？

Ⓚ 我想我可以去，謝啦！只是我現在要去見個朋友，我可以邀請她來嗎？

Ⓜ 沒問題，**人越多越熱鬧**嘛！

Ⓚ 太好了，確切的地點在哪裡？你們要現在出發嗎？

Ⓜ 大家打算在半個小時後出發，等會我就告訴你確切的地點，真高興你能來！

More Expressions
🎧 074

A 邀請同仁參加社交活動　Inviting Colleagues to Social Events

1 Hey, do you want to hit happy hour after work?
嘿，想要在下班後度過一段歡樂時光嗎？

2 Are you at all interested in this new movie? I'm trying to get a gang together to go to the **midnight screening**⁴.
你們大家對這部新片子有興趣嗎？我想找大夥兒一起去看午夜場。

3 I'm really hoping you can join us for dinner next Thursday at seven.
我真的希望你能參加我們下星期四晚上七點所舉行的餐會。

---

3. The more, the merrier.
人越多，越熱鬧。

4. midnight screening 午夜場
=midnight showing=late screening
（premiere screening 首映場）

4 There's supposed to be an interesting art opening tonight. Do you want to go? 今晚那場藝文活動的開幕典禮一定會很有趣，你想去嗎？

5 We'd love it if you'd come to our place for a barbecue this Sunday.
如果這個星期天你能來我們那兒烤肉，我們會很高興。

6 We're planning to have some people over for drinks after work on Friday. Would you like to come?
我們正計畫邀些人在星期五下班後出去喝兩杯，你想要一起來嗎？

B 為餐會擬訂計畫 Making Plans for a Dinner Party

7 Do you have any **dietary restrictions**[1] I should know about?
你有沒有什麼我應該知道的**飲食限制**？

8 Is there anything you don't eat? 有沒有什麼東西是你不吃的？

9 I'll be making **shellfish**[2]—I hope you like seafood!
我會用**甲殼類**做菜，希望你會喜歡海鮮！

10 It's **BYOB**[3]. 請自帶酒。

11 You don't have to bring anything, but if you insist, a bottle of wine or a dessert would be great!.
你不必帶任何東西來，但如果你堅持，那就準備一瓶酒或是一份甜點吧！

12 We wouldn't say no to a bottle of **bubbly**[4]! 我們並不排斥你帶**香檳**來！

C 接受邀請 Accepting Invitations 🎧 075

13 That sounds great! 太好了！

14 I'd love to come! Can I bring anything? 我很樂意前往，可以帶什麼東西去嗎？

15 I'll have to check my schedule, but if I'm free, I'll be there.
我得查查行程表，如果有空的話，我就去。

16 I'd be delighted. Thanks for inviting me. Can I bring a non-dairy dessert? I'd love for you to see how good **vegan**[5] cooking can be.
真高興，謝謝你的邀請，我可以帶份非乳製的甜點嗎？我想讓你見識**純素**餐點有多棒。

17 I'm not sure what my schedule is going to be like next week, so I can't confirm now, but I'd love to come if I can. Can I let you know tomorrow?
我還不確定下週的行程會如何，所以現在還無法確認，但如果可以的話一定很高興去，明天再讓你知道可以嗎？

18 I'm waiting to hear about when the sales meeting is going to happen. If I'm free, I'll definitely be there.
我正在等候業務會議的召開時間通知。如果我有空，一定到。

D 回絕邀請　Declining Invitations

19　I wish I could make it, but I'm going to be out of town.
真希望我能去，但我要出城了。

20　I'm totally swamped this week. I'm just not going to be able to do anything but work. 這星期我簡直忙得不可開交，除了工作以外什麼事都做不了。

21　Thanks so much for the invitation, but I've got another engagement that night. 多謝盛情相邀，但那晚我已經有約了。

22　I've got a family event that I can't skip. I'm really sorry to miss it, though. Next time!
我有個家庭聚會，實在走不開，所以錯過這次活動真的很可惜，那就等下次吧！

1. **dietary restrictions** 飲食限制
2. **shellfish** [ˈʃɛlˌfɪʃ] (n.) 甲殼類生物
3. **BYOB = Bring Your Own Bottle** 自備酒
4. **bubbly** [ˈbʌblɪ] (n.) 香檳
5. **vegan** [ˈvɛgən] (a.) 純素（全素）的（vegetarian 素食的）

Listening Practice

Part 1　🎧 076

_____ 1 The man can't eat _____.
Ⓐ fish　Ⓑ meat　Ⓒ milk products

_____ 2 The man will be able to eat the _____.
Ⓐ cheese　Ⓑ dish　Ⓒ pasta

_____ 3 The man will bring a _____.
Ⓐ dish to share　Ⓑ bottle of wine　Ⓒ wheel of cheese

Part 2　🎧 077

_____ 1 The man is going _____.
Ⓐ swimming　Ⓑ to play pool　Ⓒ to happy hour

_____ 2 Jin might join them _____.
Ⓐ tonight　Ⓑ later　Ⓒ next Thursday

Ans: C, C, B, B, C

餐會的社交用語
Social Phrases for Dinner Parties

餐會中交談 Chatting at a dinner party 🎧078

1 Talking to other guests at a dinner party
在餐會中和其他的賓客交談

D Darren   **C** Carol

D Hi there. Wow, Lisa's really put on quite a **spread**¹!

C She sure has! She's really **outdone herself**² this time. I'm Carol, by the way.

D Carol, nice to meet you. So, how do you know Lisa?

C Oh, we went to college together. We **go way back**³!

D Old friends, eh? That's great. Hey, I've got this box of cookies for dessert—do you know where I should put it?

C Well, Lisa's in the kitchen. I'd go in there and ask her.

D 嗨，您好。哇，麗莎準備的可真豐盛！

C 的確如此，這次她更是格外的賣力。對了，我是凱蘿。

D 凱蘿，很高興見到你。對了，你是怎麼認識麗莎的？

C 哦，我們一起上大學，已經認識很久了！

D 老朋友了，是嗎？那很好。嘿，我帶了這盒餅乾當做甜點，你知道我該把它擱在哪兒呢？

C 麗莎在廚房裡，我正要過去，順便幫你問她。

1. **spread** [sprɛd] (n.) 盛宴
2. **outdo oneself** 某人賣力做某事
3. **go way back** 時間可回溯到很久以前

2 Thanking the hosts of a dinner party 感謝餐會的主人

D Darren   C Carol   L Lisa

D Lisa, this was delicious. Thank you so much.

C Yes, Lisa, it was wonderful. I'm **stuffed**[4] now, though!

L Well, I'm so glad you could make it. We always talk about trying to get together with friends like this, but somehow I guess because we're all so busy, it gets difficult to do.

C You're right. It's sad how rarely we get together. Maybe we should do a monthly dinner!

L That's a great idea! We could make it **potluck**[5] sometimes, too, to save the host some work.

D I can hold the next one at my place!

D 麗莎，這次盛宴真是美味可口，多謝妳了。

C 沒錯，麗莎，真是太棒了，現在我已**吃飽**了！

L 真高興你們來捧場，我們老是在說要找個機會和朋友們聚聚，就像這次一樣，但我想是因為大家都很忙吧，所以總是很難把大家聚在一起。

C 你說得沒錯，我們這麼少聚會，真是感傷，或許我們該每月都辦個餐會！

L 真是個好主意！有時候我們也可以**每人各帶幾道菜**，好讓東道主省些力氣！

D 下一回可以在我那兒舉辦！

---

4. **stuffed** [stʌft] (a.) 飽的   5. **potluck** [ˋpɑtˏlʌk] (n.) 聚會時每人各帶菜餚共享的餐會

BY IGOR ŻAKOWSKI

More Expressions 🎧080

A 和餐會主人交談 Talking to the Host of a Dinner Party

1	Thank you so much for inviting me.	多謝您如此盛情邀約。
2	What a lovely home you have.	您有個好溫馨可愛的家啊！
3	What a great place! How did you find it?	好棒的地方啊！你是怎麼找到的？
4	Everything looks delicious!	每樣東西看起來都很可口！
5	This dish is wonderful—you'll have to give me the recipe!	這道菜太棒了，你一定要把食譜給我！
6	These cookies are **scrumptious**[1]!	這些餅乾真是太美味了！

---

1. scrumptious [ˋskrʌmpʃəs] (a.) 絕妙的；極好的

B 在餐會中和其他賓客交談
Talking to Other Guests at a Dinner Party

7   What lovely weather we've been having. Maybe we can have coffee on the deck later. 天氣真好啊，或許等會兒我們可以到露天陽台上喝喝咖啡。

8   It's so nice to be able to see Sandra outside of work.
能在工作以外的時間看到珊卓，真是太好了。

9   Sandra's really **gone to town**[2]! There's enough food here to feed an army. 珊卓真的花大錢了。這兒的食物足以餵飽一支大軍。

10   I hope you've brought your appetite. I just noticed some desserts in the kitchen! 希望你們胃口大開，我剛才注意到廚房裡有些甜點！

11   **I could eat a horse**[3]. 我簡直餓扁了。

12   So, do you work with the host? 您和餐會的主人一起工作嗎？

13   Are you from around here? 您是本地人嗎？

14   It's been so nice meeting you. I should have known all of the host's friends would be really nice.
很高興認識你們，我早該知道主人的朋友們都是很隨和的了。

---

2. go to town 花大錢   **3. I could eat a horse.** 我餓極了。
（形容飢腸轆轆，餓到能吃下一匹馬。）

---

eat like . . . 形容食量的慣用語

- **eat like a horse** 形容食量驚人，如中文所說的「食大如牛」。
- **eat like a bird** 形容食量極小（吃得像鳥）。
- **eat like a pig** 形容吃得很多、吃相不好（吃相如豬）。

Party Food

onion rings 洋蔥圈

crackers with cheese
起司醬鹹餅乾

cream cheese
奶油起司

deviled eggs
魔鬼蛋

fresh vegetable
spring roll 新鮮蔬菜捲

baked potato skins
烤馬鈴薯

fruit salad 水果沙拉

mini pizzas 小披薩

mini quiches
迷你法式鹹派

salmon and asparagus
salad 鮭魚蘆筍沙拉

nachos with dips
墨西哥玉米片配沾醬

chicken wings 雞翅

salami set
義大利蒜味香腸

sausages and dip
香腸和沾醬

sushi 壽司

Swedish meatballs
瑞典肉丸

tomato mozzarella
sticks 番茄馬芝拉起司串

turkey wraps
火雞肉捲

veggies and dip
蔬菜和沾醬

88

Listening Practice

Part 1 🎧 081

_____ [1] Matt and the man _____.

    Ⓐ ride bikes together

    Ⓑ go way back

    Ⓒ work together

_____ [2] The woman has brought a _____.

    Ⓐ dessert

    Ⓑ dish

    Ⓒ drink

- -

Part 2 🎧 082

_____ [1] The next dinner party will be _____.

    Ⓐ at Katie's house

    Ⓑ at an unknown place

    Ⓒ at the man's place

_____ [2] For the next dinner party _____.

    Ⓐ the man will cook

    Ⓑ all guests will bring a dish

    Ⓒ the man will hire a caterer

Ans: B, C, C, B

準備演說
Making Preparations

The most important thing to know about a speech is its purpose. Before you do any other preparation, figure out exactly the purpose of your speech. Are you going to persuade, entertain, build excitement, or achieve another purpose? Once you know the purpose of your speech, you can take the next steps to prepare.

❶ **Choose a key theme,** if possible. Keep your speech as focused as possible. Referring back to a key theme will help keep your speech unified. To help find your theme or goal, try to write one clear sentence that can **sum up**[1] the point of your speech.

❷ **Analyze your audience.** Tailor your speech to their level of knowledge and understanding.

❸ **Know your time limits.** Design your speech to fit the amount of time you have. Practice your speech to be sure it fits the allotted time.

❹ **Do your research.** Make sure the information you present is accurate and significant.

❺ **Tell stories.** Personal stories can draw listeners in. Quotes can also be a good way to add personal interest and humor to a speech.

❻ **Make an outline and write your speech out.** Don't worry if you write several versions. Make sure you know the outline of your speech **by heart**[2], even if you haven't memorized every word.

❼ **Use your voice and your hands.** Listening to a monotone speech is boring. Use your voice to create excitement by pausing and rising or falling in pitch as appropriate. Use your hands for emphasis.

❽ **Practice, practice, practice!** Practice your speech, using gestures and vocal changes. If you are using **visual aids**[3], make sure you do at least one practice with them as well.

---

1. **sum up** 總結
2. **by heart** 銘記在心

3. **visual aid** 視覺輔助工具

關於演說，首要之務便是知道演說的目的。在進行其他任何的準備之前，得先確切地弄清楚演說的目的，比方說你是要說服對方、娛樂對方、引燃對方的激情，抑或是達成其他的目的？一旦了解到演說的目的，就可以採取接下來的步驟以進行準備了。

❶ 如果可能的話，請**選擇出主旨**。盡可能突顯自己演說的重點，一再提到主旨可以幫助自己的演說首尾呼應。試著寫下一句足以概括整篇演講的簡明句子，幫助讀者了解演講主旨或主題。

❷ **分析你的聽眾**。針對聽眾的知識水準和了解程度，量身打造你的演說稿。

❸ **知道你的時間限制**。針對你所擁有的時間多寡，設計講稿，事前演練以確定自己的演講長度符合時間限制。

❹ **做好調查**。確定你所提出的訊息都是正確且重要的。

❺ **訴說動人的故事**。你個人的故事可以吸引聽眾的注意力，另外引經據典也是為演講增加個人趣味和幽默感的好方式。

❻ **先擬訂大綱，並撰述出自己的演說稿**。即使有好幾個版本都無需擔心。確認自己已將演說的大綱牢記在心，就算記不起每一個字句亦無妨。

❼ **運用你的聲調和手勢**。聆聽一場單調的演說是十分枯燥乏味的，善用抑揚頓挫的聲調製造激情和高潮。你也可以用手勢來做強調。

❽ **練習，練習，再練習**！不斷進行演練，多方運用手勢和聲音上的變化。如果有用到視覺輔助工具，務必至少實際操作過一次。

Choosing suitable software for making your slides
選擇適合的軟體製作你的投影片

以下是幾種常見的投影片製作軟體：

PowerPoint

- 功能完善
- 最常見的簡報軟體

Prezi

- 轉頁、縮放的效果像動畫
- 適用於介紹流程、組織

(來源：*https://prezi.com/*)

Canva

- 簡單易學
- 樣本、版面、圖庫的選擇多樣

(來源：*https://www.canva.com/en/*)

Emaze

- 可製作 3D 簡報
- 模板精美

(來源：*https://www.emaze.com/*)

Powtoon

- 便於製作動畫
- 提供免版權音樂

(來源：*https://www.powtoon.com/*)

Adobe Spark

- 簡單易學
- 內建漂亮圖庫

簡報器材 Presentation tools

projection screen
投影屏幕

video projector 投影機

digital video camera
數位攝影機

whiteboard 白板

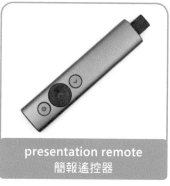

presentation remote
簡報遙控器

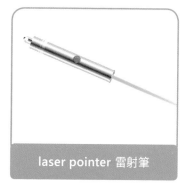

laser pointer 雷射筆

microphone 麥克風

interactive whiteboard
互動式白板

adapters 轉接器

handouts 講義

speech podium 講桌

computer 電腦

More Expressions

A 詢問簡報或演説的準備工作
Asking About Preparations for a Presentation or Speech 🎧083

1 Are you ready for the presentation? 這次簡報你準備好了嗎？

2 Are you getting nervous, or is this easy for you at this point?
這個時候你會覺得很緊張？還是從容不迫？

3 Are you all set up for the speech? 這篇演説一切都就緒了嗎？

4 Have you done a **trial run**[1] yet? 你有先試著演練一遍嗎？

5 Are you going to use **index cards**[2], or will they have a **teleprompter**[3]?
你會用到提示卡嗎？還是他們有準備了電子提詞機？

6 Can I **bounce a few ideas off you**[4]? 我可以請教你一些看法嗎？

B 談論演説或是簡報 Talking About a Speech or Presentation 🎧084

7 I'm a little nervous, but I know I've worked hard on this.
Once I **go over**[5] it one more time, I'll be fine.
我有點緊張，但我知道自己已經盡力了。只要再複習一次，就會覺得很踏實的。

8 I just have to try not to get **stage fright**[6]! 我只需要試著別怯場！

9 I hate public speaking, but I've gotten used to it. I still get awful
butterflies in my stomach[7], though.
我討厭在大庭廣眾下開口，但又非得習慣它不可，只是到現在仍會緊張個老半天。

10 I want this to go perfectly. I'm pretty sure I've **dotted all the i's and
crossed all the t's**[8].
希望這次能夠在完美無缺下進行，我相當確定自己已經做好萬全的準備了。

---

1. **trial run** 試行
2. **index card** 索引卡；備忘錄；小抄
3. **teleprompter** [ˈtɛlɪˌprɑmptɚ] (n.)
   提詞裝置
4. **bounce an idea off sb.**
   請教某人的看法
5. **go over** 重溫；複習

6. **stage fright** 怯場
7. **butterflies in one's stomach**
   指某人很緊張（好比蝴蝶在胃裡飛般令
   人坐立難安）
8. **dot the i's and cross the t's**
   對細節一絲不苟

C 談論演說用的視覺輔助工具
Talking About Visual Aids for a Speech

11	I think I'm going to use slides.	我想我會使用投影片。
12	Is the projector set up? Where is the projection screen?	投影機安裝好了嗎？投影的螢幕在哪裡？
13	I'm going to use a **flip chart**[1], I think.	我想我要用到**活動式掛圖**。

1. flip chart 活動式掛圖

Listening Practice

Part 1　🎧 085

_____ 1 The woman wants to _____.

A bounce some ideas off the man

B do a trial run of her presentation

C go over her index cards

_____ 2 The man will help the woman _____.

A next week

B in 30 minutes

C right away

- -

Part 2　🎧 086

_____ 1 The man has _____.

A butterflies in his stomach

B an illness

C a fluttery stomach

_____ 2 The man is sure he's _____.

A forgotten something

B dotted the i's and crossed the t's

C going to make a mistake

Ans: A, B, A, B

PART **4** Making a Speech and Presentation 致詞或做簡報

開場白和介紹主旨
Opening and Introducing the Topic

開始簡報 **Beginning a presentation** 🎧 087

Tom is starting his presentation. (1) 湯姆正開始做簡報。

Good afternoon, everyone. Thank you all for coming today. I'm very excited to share with you the research on new management techniques, and I hope you'll be excited by the prospect of making positive changes to your management style and your teams.

But before we look into the research, I want to get all of us thinking about our role as managers, so I want to ask you a question. What is the difference between management and leadership?

It's an important **distinction**[1], isn't it? What qualities of a leader must a manager have? Can you be a manager who isn't a leader? These are the kinds of issues that the emerging management trends are seeking to address.

大家午安,感謝各位蒞臨。能夠對各位分享本人在新管理技術方面的研究,讓我感到非常興奮,我也期待在座的各位聽完新技術對您的管理風格和團隊可望帶來的正面影響後,可以同樣興奮。

在深入探討這些研究之前,我希望大家仔細地思索一下,我們這些主管所扮演的角色是什麼。所以我想問各位一個問題:管理和領導統御之間的分野是什麼?

這是個很重要的區別,不是嗎?管理者需要具備哪些領導者的特質?身為主管的有沒有可能不夠資格當領導者?這類議題都是新興的管理趨勢所亟待解答的。

1. **distinction** [dɪ`stɪŋkʃən] (n.) 區別;差別

More Expressions 🎧088

A 歡迎出席者並向他們致意　Greeting and Welcoming Attendees

1	Good evening, ladies and gentlemen. Thank you all for being here.	晚安，各位女士、先生，感謝大家的光臨。
2	Hello! I'm so glad you could all be here today.	哈囉，真高興今天大家都能夠參與此盛會。
3	Welcome, everyone. It's great to see so many people at an event like this.	歡迎各位，看到大家出席如此地踴躍，真是太好了。
4	Hi all. Thanks for coming today.	嗨，大家好，謝謝各位今天的大駕光臨。

B 介紹你的演說主旨並陳述目的
Introducing Your Topic and Stating Your Purpose

5	We've come here today to learn about some new products.	今天大家前來，是要認識一些新的產品。
6	Today, I'd like to talk to you about **emerging**² market trends.	今天，我想和各位談談新興市場的趨勢。
7	I plan to say a few words about this year's performance.	我想要針對今年的績效說幾句話。
8	I intend to give you an **overview**³ of our lessons learned this year.	我打算把我們在今年所學到的教訓，向各位做個總結。
9	I'll be discussing this year's sales numbers.	我要討論一下今年的銷售數字。
10	I'll be going over the key points of our new hiring policy.	我要仔細檢討我們新聘僱政策的重點。
11	My focus will be on marketing strategy.	我會把焦點放在行銷策略上。
12	This presentation will cover current projects and upcoming business.	這次簡報的範圍會涵蓋現有的計畫，以及接下來的業務。

2. **emerging** [ɪ`mɝdʒɪŋ] (a.) 新興的
3. **overview** [`ovɚˌvju] (n.) 概觀；概要

C 簡報的開場白：問題、故事以及驚人的事實 🎧089
Opening a Presentation: Problems, Stories, and Amazing Facts

13 Did you know that one out of every four dollars spent on marketing is actually wasted?

各位知道我們實際在市場行銷的花費上，每四塊錢中就有一塊錢是浪費的？

14 I recently learned that the CEO of AeroCorps makes nearly 600 dollars per hour. What is it that makes him worth so much money?

最近我才知道，艾羅公司執行長時薪將近六百美元，是什麼因素讓他身價這麼高？

15 While I was thinking about this speech, I was reminded of my first manager. He was the kind of man who . . .

我在構思這次演說時，想起了我碰到的第一位經理，他是那種……

16 The reason I'm so passionate about building our cross-cultural communication skills has to do with my experiences as a young woman working in Japan. While I was there, I witnessed . . .

我會對建立跨文化溝通技巧這麼深具熱情，原因和我當初以年輕女性身分進入日本職場的經驗有很大關係。我在那兒工作時，曾目睹……

17 Have you ever wondered how you would do business if there were no company hierarchy? How wculd leaders emerge? What would mark them?

各位是否想過，如果沒有建立企業組織架構，公司要如何做生意？領導人要如何浮出枱面？又有什麼東西可以讓其他員工注意到他們？

18 Imagine if you walked in to work tomorrow and nothing was automated. How would you accomplish your daily tasks? Can you even **conceive of**[1] it?

試想一下，當你明天走進辦公室後發現沒有一樣東西是自動化的，各位要如何完成每天的工作？你能想像嗎？

D 邀請或阻止提問 Inviting or Discouraging Questions

19 Please feel free to interrupt with questions at any time.

如有任何疑問，請隨時提出。

20 I'll be happy to answer all of your questions at the end.

結束時我會很樂意答覆各位所有的問題。

21 I welcome questions, but I must ask you to hold them until the end of the talk. 歡迎各位提出問題，不過我得要求大家稍等一下，到演講結束時再提出。

22 I'm sorry, but we won't have time to answer questions today.

抱歉，看來今天我們沒有時間回答問題了。

1. **conceive of** 構想出（某種情況）

Listening Practice

Part 1 🎧 090

_____ **1** This presentation is probably _____.
Ⓐ formal   Ⓑ informal

_____ **2** The audience for this presentation is _____.
Ⓐ upper management
Ⓑ investors
Ⓒ members of the board

_____ **3** This presentation will discuss _____.
Ⓐ past and future work for the company
Ⓑ how to grow a small business
Ⓒ the growth due to the board

Part 2 🎧 091

_____ **1** This presentation is probably _____.
Ⓐ informal   Ⓑ formal

_____ **2** The woman probably _____.
Ⓐ will call on listeners during his presentation
Ⓑ won't answer questions
Ⓒ doesn't want interruptions

Ans: A, C, A, A, C

陳述要點，並把各部分串連起來
Stating the Points and Linking the Parts

繼續進行簡報 Continuing a presentation 🎧 092

Tom continues his presentation. (2) 湯姆繼續做簡報。

The first point I'd like to talk about is our expectation of how leaders will behave in a company . . .

Let's **move on to**¹ the idea of encouraging leadership. How do we grow leaders within a company? How can we identify potential leaders, and how can we attract and retain them once we've identified them? These are important questions . . .

To **turn to**² attracting leaders, let's talk about incentives. We've got to get concrete if we want to hold on to **the best and the brightest**³ in this competitive atmosphere. I'd like to **bring together**⁴ our ideas about personalities that lead with our research on what is proven to retain talent in companies . . .

I'd like to **back up**⁵ a moment and make one more point about the behavior of leaders here . . .

我想談的第一點，就是我們會期待領導者在公司裡如何立身行事……

我們接著談鼓勵領導統御的概念，我們要如何在公司內部培養領導者？我們要如何找出有潛力的領導者，以及一旦找到後又如何能夠吸引並留住他們？這些都是很重要的問題……

提到如何吸引領導者，就要談談獎勵。如果我們想要在這個競爭激烈的環境裡留住最佳及最優秀的人才，就得提出具體作法。我想要彙整大家的想法，看看哪些人格特質可以做為公司為了留住人才所做的研究的首項要點……

我想利用片刻時間，回頭再闡述一個重點，那就是領導者的行事……

1. **move on to** 接下來要談談……
2. **turn to** 提到……
3. **the best and the brightest**
   一時之選；首選
4. **bring together** 彙整
5. **back up** 倒退回去

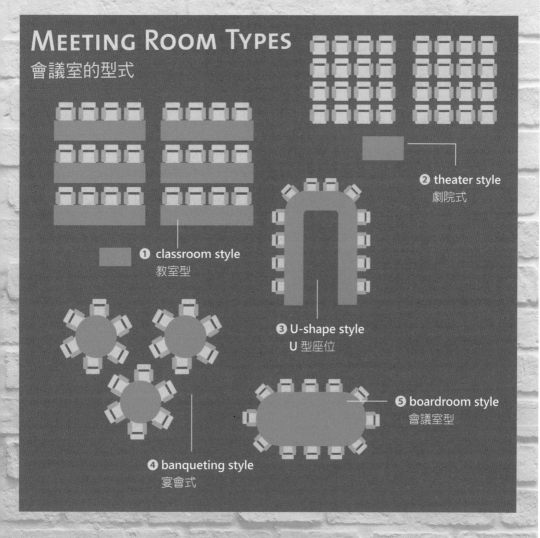

MEETING ROOM TYPES
會議室的型式

❶ classroom style
教室型

❷ theater style
劇院式

❸ U-shape style
U 型座位

❹ banqueting style
宴會式

❺ boardroom style
會議室型

A 提出新的要點 Raising New Points

1 I'd like to begin our discussion with a troubling fact: our competitors' **productivity**[1] has increased this year, while ours has decreased.
我想要在我們的討論一開始時就提出令人憂慮的事實：我們競爭對手的生產力在今年已有所提升，而我們卻在下降。

2 Let's move on to my next point: issues that hurt productivity.
現在進入下一個要點：會損及生產力的一些議題。

3 I'd like to go on to a related topic—our expectations about productivity. 我想繼續探討相關的主題：我們對生產力的期望。

4 This **leads** me **to**[2] my next section: motivation.
這承接到我要講的下一個部分：激勵。

5 Turning to my final point, I'd like to point out some solutions to our productivity problem.
現在進入最後一個要點，我想要對我們生產力的問題點出些解決方案。

B 引用前面的要點 Referring to Previous Points

6 I'd like to **refer back to**[3] my earlier discussion of productivity problems.
我想回頭引用我們先前在生產力問題上的探討。

7 To go back to the idea of production enforcement teams . . .
再回到生產力小組的概念上……

8 This suggestion **stems from**[4] the input I received from our workers around the world. 此建議來自於本公司全球各地員工貢獻的意見。

9 I've arrived at this conclusion not through my own **whimsy**[5], but because it's backed up by the research we've been discussing.
這個結論並不是我**突發奇想下的產物**，而是因為我們所討論的研究給了它最有力的支持。

---

1. productivity [ˌprodʌkˈtɪvətɪ] (n.) 生產力

2. lead to 引導

3. refer back to 回頭引用……

4. stem from 起源於……

5. whimsy [ˈhwɪmzɪ] (n.) 異想天開

Listening Practice

Part 1 ∩094

____ 1 This presenter is _____.
Ⓐ concluding his presentation
Ⓑ referring to an earlier point
Ⓒ moving on to another point

____ 2 Earlier, the presenter was discussing _____.
Ⓐ retaining staff
Ⓑ problems
Ⓒ assets

____ 3 This presenter will now discuss _____.
Ⓐ current problems
Ⓑ changing staff
Ⓒ longevity

- -

Part 2 ∩095

____ 1 Which statement is true?
Ⓐ Local policies have been changed as a result of changes at headquarters.
Ⓑ Headquarters insisted that local policies fall in line.
Ⓒ Headquarters' policies result from local changes.

Ans: B, A, A, C

PART **4** Making a Speech and Presentation 致詞或做簡報

強調與加強語氣
Highlighting and Emphasizing

繼續進行簡報 **Continuing a presentation** 🎧096

Tom continues his presentation. (3) 湯姆繼續做簡報。

I'd like to **expand on**[1] this notion of encouraging leadership for a moment. I believe that leaders are both born and developed. I'd like to focus for now on development, since that's what we can control . . .

The first step in developing these leaders—the crucial step—is to push the concept of vision. We need long-term, **visionary**[2] thinkers . . .

But it is not enough for us to only encourage visionary thinking—we must also encourage sharing. I'd like to highlight five key ways that companies promote sharing, five key ways that we are currently neglecting. The first is . . .

This brings us to the **heart of the matter**[3]: action.

我想花點時間把鼓勵領導的觀點詳述一番,我相信領導者既是天生的,也是後天培育而成的。從現在起我要把重點放在後天的培育上,因為這才是我們可以掌控的……

培育這些領導者的第一步,也是具決定性的一步,就是推動願景的概念,我們需要眼光久遠且具願景的思想家……

但對我們來說,僅僅鼓勵具願景的思維尚有不足,還必須鼓勵分享。在這裡我想強調五個公司提倡分享但目前卻被我們忽略的關鍵方式。頭一個就是……

這會帶領我們直指問題的核心:行動。

1. **expand on** 詳述
2. **visionary** [ˈvɪʒəˌnɛrɪ] (a.) 有遠見的
3. **heart of the matter** 核心

More Expressions 🎧097

A 強調某些訊息　Highlighting and Emphasizing Information

1　I cannot **overstate**[4] the importance of this fact.
　　我必須一再強調此項事實的重要性。

2　This is our **fundamental**[5] problem, this and this alone.
　　這是我們最根本且唯一的問題。

3　This is the main point I want to make today: if we **neglect**[6] our customer service, we will lose our customer base.
　　這是今天我想要提出的主要重點：如果我們忽視了顧客服務，那就一定會失去我們的顧客群。

4　If you take nothing else from this speech with you, take this: we are losing money because we are not spending money.
　　如果這場演說讓你一無所獲的話，那起碼還可以得到這點：我們賠錢是因為我們不願花錢。

5　We must not allow this **setback**[7] to become the start of a trend; we must not allow our attitudes to depend on day-to-day success.
　　我們絕對不要讓這次的挫折淪為走下坡的起點，也絕對不容許我們的態度是依賴一時的成就。

---

4. **overstate** [ˋovɚˋstet] (v.)
　把⋯⋯講得過分

5. **fundamental** [ˏfʌndəˋmɛntl̩] (a.)
　根本的

6. **neglect** [nɪgˋlɛkt] (v.) 忽略

7. **setback** [ˋsɛtˏbæk] (n.) 挫折

6 Our focus must be service, service, service.
我們的焦點必須放在服務，服務，服務。

7 How do companies **thrive**[1]? How do companies make the jump from breaking even to success? One word: **innovation**[2].
公司行號要如何成長茁壯？公司行號又要如何由損益平衡而躍至成功？答案只有兩個字：創新。

B 深入探討某主旨　Discussing a Topic in Depth

8 I'd like to expand on this idea for a moment. 我想抽出些時間詳述這個概念。

9 If I may **elaborate**[3] on the subject of corporate training . . .
容我詳細說明公司訓練的主題……

10 Let's spend a few minutes **getting to the meat of**[4] this problem.
就讓我們花些時間深入這個問題的本質。

11 Now we've come to the heart of the matter. 現在我們已來到事情的核心。

12 This is too important to **gloss over**[5], so I'd like to take some time with this particular analysis.
我們不能就這樣簡單帶過這個重要議題。我想花些時間探討這項特殊的分析。

---

1. thrive [θraɪv] (v.)
茂盛生長；繁榮；興旺
2. innovation [ˌɪnəˈveʃən] (n.) 創新

3. elaborate [ɪˈlæbəret] (v.) 詳細說明（ + on）
4. get to the meat of 深入某事的本質
5. gloss over 簡單帶過（某重要議題）

Listening Practice

Part 1 🎧 098

_____ 1 The speaker's main point is about _____.
Ⓐ presentation problems
Ⓑ presentation preparation
Ⓒ good presentations

_____ 2 The speaker has already talked about _____.
Ⓐ presentation strategies
Ⓑ planning problems
Ⓒ presentation problems

_____ 3 The speaker emphasizes her key point by _____.
Ⓐ using repetition
Ⓑ using focus
Ⓒ using planning

Part 2 🎧 099

_____ 1 What does the man think is extremely important?
Ⓐ Production problems.
Ⓑ Customized solutions.
Ⓒ Competitors practices.

_____ 2 What kind of problems is the man discussing?
Ⓐ Customized problems.
Ⓑ Production problems.
Ⓒ Practical problems.

Ans: B, C, A, B, B

與聽眾互動並吸引聽眾的注意力
Interacting With the Audience / Drawing Attention

繼續進行簡報 Continuing a presentation   🎧 100

Tom continues his presentation. (4) 湯姆繼續做簡報。

Before I begin this next part of my presentation, let me ask you all a question. How many of you feel that you were trained and guided as much as you should have been when you entered this company? Come on, let's have a **show of hands**[1]. Be honest, now. No one is judging you. OK, look around, folks. There are not that many among us who feel they were fully prepared for the work they were hired to do.

And I bet at some point your lack of training **came back to bite you**[2] all, am I right? Ah ha! I can see I've **struck a nerve**[3]. Well this problem, ladies and gentlemen, is something we're very aware of and which we plan to tackle immediately.

Please now look in the handouts I gave you at the start of the session. I'd like to **draw your attention to**[4] the quotes on page two. Take a minute to read through them and think about what they tell us about our **corporate culture**[5].

在開始進入簡報的下一個部分之前,先讓我來請教大家一個問題:當你們進入這家公司服務時,有多少人覺得自己所受到的訓練和指導是充足的?來,覺得有的請舉手,現在大家要坦白,不會有人批判你們的。好,請環顧四周,各位,看來在我們之中,覺得自己已完全準備好,足以應付他們所要從事之工作的人實不多見。

我敢說在某些時候,缺乏訓練這因素必定會回過頭來反咬你們一口,我說的對嗎?哈哈!看得出來我已經引起了一陣騷動。各位女士、先生,這個問題我們十分清楚,也是我們打算立刻處理的。

現在請看一下課程開始時我發給各位的講義,我想讓你們注意第二頁的引文。先花些時間讀完,然後思考一下它們究竟告訴了我們哪些有關企業文化的訊息。

More Expressions

A 使用反問法　Rhetorical Questions 🎧 101

1	So, how bad is this situation?	那麼，這情況究竟有多糟？
2	But how big is this risk, really?	但這風險到底有多大？
3	So, how do we solve this problem?	那麼，我們要如何解決這個問題？
4	But who really needs this stuff, anyway?	到底是誰真的需要這東西？

B 向聽眾打招呼　Acknowledging the Audience

5　I know you're all busy people, so I'll make this short.
我知道你們都是大忙人，所以會簡短報告。

6　I can see that you're getting **restless**[6], so I'll wrap this up quickly.
我可以看得出來大家已經不耐煩了，所以會很快結束的。

7　Well, that seems to have gotten your attention! 呃，這似乎引起了你們的注意！

8　I know what you're thinking: You're wondering why I'm telling you this.
我知道你們在想什麼：你們一定覺得很奇怪，為什麼我會告訴你們這個。

9　I'm sure everyone in this room has made a bad decision in the past.
我確定這屋子裡的每個人，都曾經做過很糟的決定。

---

1. **show of hands** 舉手
2. **come back to bite sb.** 反咬某人一口
3. **strike a nerve** 引起騷動
4. **draw someone's attention to** 使某人注意……

5. **corporate culture** 企業文化
6. **restless** [ˋrɛstlɪs] (a.) 焦躁不安的；煩躁的

向聽眾提問　Questioning the Audience 🎧102

10 Let me ask you something: would you want to invest in a company with this record?
讓我請教你們一些問題：你們會投資在一家擁有這種紀錄的公司身上嗎？

11 How many of you have faced a problem like this one? Let's have a show of hands.
你們之中有多少人曾面臨過像這樣的問題？覺得有的請舉手。

12 Have you seen figures like this before?
你們之前有見過類似的圖表嗎？

D 引起對方的注意　Drawing Attention

13 Let's take a look at the reasons why we're falling short of our sales goals.
讓我們檢視一下原因，看看為什麼我們未達到預期的銷售目標。

14 Have a look at the second page of your handout.
看看你們講義的第二頁。

15 Let's focus our attention on the second quarter.
讓我們把焦點集中在第二季上。

16 I'd like you to pay particular attention to how Stella reacts when confronted by her supervisor.
我希望你們特別注意，史黛拉在面對她主管時的反應。

17 Here we can see how the problem really begins.
我們可以在這兒看到，問題到底是如何開始的。

18 **Take a gander at**[1] these figures.
看看這些圖表。

19 What I really want you to concentrate on is how the **focus group**[2] reacts to the new product's design.
我真正希望你們全神貫注的地方，就是焦點團體會如何對新產品的設計做出回應。

20 This may surprise you, but we're actually going to grow in this slow economy, as you can see from the next set of slides.
這或許會讓你們感到意外，但我們的確已在這波經濟疲弱時仍逆勢成長，各位可以從下一組投影片中看到這個現象。

---

1. **take a gander at** 看一看　　　　　2. **focus group** 焦點團體

Listening Practice

Part 1　🎧 103

_____ 1 The man asks _____.
Ⓐ a rhetorical question
Ⓑ for a show of hands
Ⓒ all of the audience to raise their hands

_____ 2 The man is talking about _____.
Ⓐ corporate culture
Ⓑ focus groups
Ⓒ management problems

_____ 3 What is the man's point?
Ⓐ Managers are not important.
Ⓑ The company has bad managers.
Ⓒ It is unknown.

Part 2　🎧 104

_____ 1 The woman wants people to focus on _____.
Ⓐ the graph
Ⓑ step two
Ⓒ what they've learned

_____ 2 The woman probably thinks _____.
Ⓐ step two is fine
Ⓑ step two needs to be changed
Ⓒ step two is correct

Ans: B, C, B, B

運用並描述視覺輔助工具
Using Visual Aids and Describing Them

運用並描述圖表 Using and describing visual aids 🎧 105

Tom continues his presentation. (5) 湯姆繼續做簡報。

As you can see from this graph, our **employee retention**[1] rate has fallen sharply since 2007. What we wanted to do with this study was to identify why that has happened. To do that, we surveyed employees who had recently left positions here to start work at other companies.

This **pie chart**[2] shows the most common reasons employees gave for leaving. Does any of this information surprise you? It sure surprised us. I'd like to draw your attention to the second-largest slice on the chart, "better opportunities for promotion elsewhere." This, I believe, is our biggest problem.

你們可以在這張圖中看到，自從 2007 年起，我們員工的留任率即大幅下滑。在這項研究中，我們想做的就是找出它發生的原因。為了達到這個目的，我們針對目前已經離職、並開始在其他公司服務的那些員工展開調查。

這張圓餅圖顯示出員工掛冠求去最常見的原因，這項訊息中有沒有什麼地方讓你感到意外的？它確實讓我們感到意外。我想讓你們注意這張圖面積第二大的部分，也就是「其他公司提供更好的升遷機會」，我相信這就是我們最大的問題所在。

1. employee retention 員工留任
2. pie chart 圓餅圖

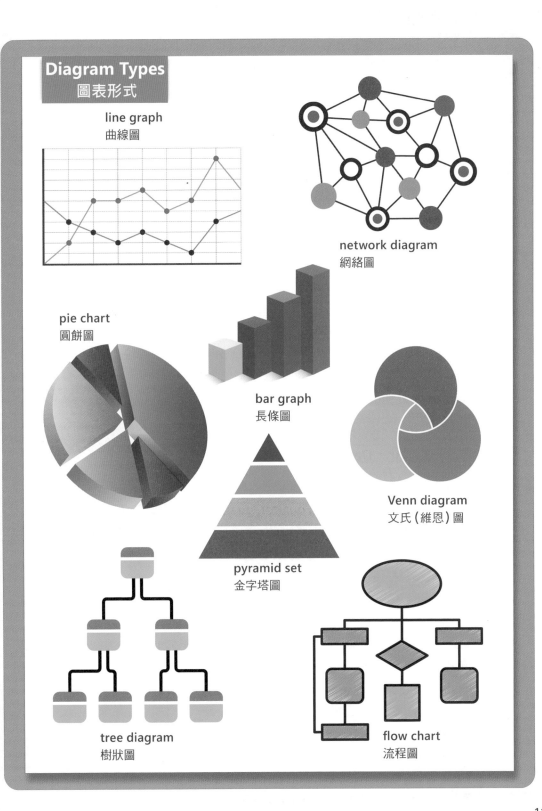

Diagram Types
圖表形式

line graph
曲線圖

network diagram
網絡圖

pie chart
圓餅圖

bar graph
長條圖

Venn diagram
文氏 (維恩) 圖

pyramid set
金字塔圖

tree diagram
樹狀圖

flow chart
流程圖

A 引用圖表內容　Referring to Visual Aids

1　As you can see from this chart, the greatest percentage of our sales is in the northeast.
從這張圖表你們可以看到，在我們營業額中最大的比例是來自東北區。

2　These charts show women's **apparel**[1] as a percentage of our total sales over time. 這些圖表顯示出長期以來，女性服飾佔我們總營業額的比例。

3　According to this **graph**[2], our **profit margin**[3] has fallen, though our revenue has gone up. 根據這張圖表，雖然我們營收有成長，但毛利率卻下降。

4　As **illustrated**[4] by this **diagram**[5], this is the path a report takes through our organization.
正如同這張圖表所說明的，這是一份報告在我們組織裡傳閱的路徑。

5　The graphic here illustrates the main problem with our office layout.
這兒的圖表說明了，我們公司在辦公室空間配置上的主要問題所在。

6　Along the walls, you can see photos from our most recent company picnic.
沿著這幾道牆，你們就可以看到公司在最近那次野餐時所拍的相片。

7　The next several slides show preliminary designs for the new logo.
下面幾張投影片顯示出新的企業識別標誌的初步設計稿。

B 描述圖表的變化　Describing Changes in Graphs and Charts

8　Sales **plummeted**[6] in March. 三月份的營收直降。

9　Profits rose sharply in the third quarter, **peaking**[7] at $700,000.
利潤在第三季巨幅上揚，來到七十萬美元的高峰。

10　There's been a significant increase in telephone orders, as you can see.
你們可以看到，電話訂購的部分大量增加。

11　Our costs have been fluctuating wildly because of oil prices.
我們的成本由於油價而一直劇烈波動著。

12　Sales **dipped**[8] after Christmas, but they recovered in February.
營業額在聖誕節後即下降，但在二月份又復甦了。

13　Profits dropped sharply and **bottomed out**[9] in February.
利潤呈巨幅衰退，並在二月份觸底回彈。

14　Marketing costs have been **holding steady**[10] for the past few months.
在過去的幾個月，行銷成本始終維持不變。

15　Our labor costs have risen steadily since last year.
從去年以來，我們的人工成本即呈穩定成長的態勢。

Listening Practice

Part 1 🎧 107

____ **1** Which quarters were better for sales?

    Ⓐ The first and second quarters.

    Ⓑ The third and fourth quarters.

    Ⓒ Only the fourth quarter.

____ **2** When did sales reach their minimum point?

    Ⓐ In the second quarter.

    Ⓑ In the third quarter.

    Ⓒ In the fourth quarter.

____ **3** In which quarters did sales probably rise?

    Ⓐ In the first and fourth quarters.

    Ⓑ In the second and third quarters.

    Ⓒ In the third and fourth quarters.

Part 2 🎧 108

____ **1** The man is probably showing a _____.

    Ⓐ diagram   Ⓑ chart   Ⓒ graph

____ **2** The company's performance is probably _____.

    Ⓐ holding steady   Ⓑ fluctuating   Ⓒ peaking

Ans: A, B, A, C, B

1. **apparel** [əˋpærəl] (n.) 服飾
2. **graph** [græf] (n.)
   圖；圖表；圖解 (v.) 用圖表表示
3. **profit margin** 營收
4. **illustrate** [ˋɪləstret] (v.) 圖解
5. **diagram** [ˋdaɪəˏgræm] (n.)
   圖表；圖解；曲線圖

6. **plummet** [ˋplʌmɪt] (v.) 直落
7. **peak** [pik] (v.) 達到高峰
8. **dip** [dɪp] (v.) (n.) 浸；泡
9. **bottom out** 到達最低點
   （並即將觸底回彈）
10. **hold steady** 維持不變

117

分析事實和趨勢
Analyzing Facts and Trends

夏洛特正在做簡報
Charlotte is giving a presentation 🎧 109

Charlotte's presentation (1) 夏洛特的簡報

Hong Kong is going to be extremely important in our effort to gain a **foothold**[1] in East Asia. Let me explain why. First of all, because of our strong partnership with Wei Tan group, we'll be able to position ourselves well **right off the bat**[2]. But there's more. Hong Kong has a population with a lot of **disposable income**[3]. Hong Kong historically has been a place that started and **nurtured**[4] a variety of industry trends. This leads me to believe that there is something about the market there that helps new products get started . . .

For these reasons, as well as the environmental and political factors I outlined before, I believe Hong Kong has to be a **front runner**[5] for the trial run of this product.

我們努力地要在東亞地區取得立足點,而香港在這過程中具有無比的重要性。現在讓我來解釋原因,首先,由於我們與偉唐集團建立了強而有力的夥伴關係,使我們得以立刻佔據有利的地位,但除此之外還有其他的原因,香港的居民擁有大量的可支配所得,從歷史上來說,香港一直是個能夠開展並培育各種產業趨勢的地方。我相信在那兒的市場裡,有些東西會幫助新產品踏出第一步⋯⋯。

基於這些理由,以及我在前面所略述的環境和政治因素,我相信香港必定會在這個產品的試賣活動中獨佔鰲頭。

1. **foothold** [ˈfʊtˌhold] (n.) 立足點
2. **right off the bat** 立即;立刻
3. **disposable income** 可支配所得
4. **nurture** [ˈnɝtʃɚ] (v.) 養育;培育
5. **front runner** 領先者

現行貨幣單位及其符號
Currency units & symbols

Australian dollar 澳幣	$	British pound 英鎊	£
Brazilian real 巴西雷亞爾	R$	China Renminbi 中國人民幣	¥
Canadian dollar 加幣	$	Russian ruble 俄羅斯盧布	p.
Euro 歐元	€	Singapore dollar 新加坡幣	$
Hong Kong dollar 港幣	$	South Korean won 韓圜	₩
Indian rupee 盧比	Rs	Swiss franc 瑞士法郎	Fr
Japanese yen 日圓	¥	United States dollar 美元	$

More Expressions 🎧 110

A 分析事實 Analyzing Facts

1 The fact that our sales are up while the market is down means we're doing something right.
實情是當市場不景氣時，我們的營業額反而上升，這表示我們做對了某些事。

2 Don't misinterpret these figures. We aren't **out of the woods**[6] yet.
不要把這些數據做錯誤的解讀，我們還沒有脫離困境呢。

3 These results clearly indicate a return to previous buying trends.
這些結果清楚顯示出先前的購買趨勢又回來了。

4 I take his words to mean that he wants a change in the structure.
我相信他那番話的意思是，他想要在結構上做改變。

5 This new **fad**[7] is not going to last; it's going to follow the patterns I just outlined for you.
這股熱潮無法持續多久，而且會走向我剛所描述的模式。

---

6. out of the woods 脫離困境　　　　**7. fad** [fæd] (n.) 一時的流行；一時的風尚

6 The numbers **speak for themselves**[1]. The campaign isn't working.
數字會說話，這項活動根本沒用。

7 We're **in the red**[2] now, but that doesn't actually mean we're doing anything wrong.
我們到現在都還在虧本，但不一定表示我們做錯了什麼。

8 The reason he's leaving is that he didn't get a raise.
他離職的原因是未能加薪。

B 描述因與果 Describing Trends & Consequences

9 Our products are suddenly much more popular in this region, as a result of the population shifts.
我們的產品意外地在此一地區大受歡迎，這都是人口變遷所帶來的結果。

10 The increase in income is leading to an increased interest in insurance.
收入上揚造成對保險的興趣攀升。

11 The results of the new campaign are clear: we've got young people interested in us again!
這項新活動的結果很明顯：我們又重燃了年輕族群對我們的興趣！

12 Morale has fallen, leading to a productivity **slump**[3].
士氣低落，導致生產力也跟著下滑。

13 Last year, over 100 firms like ours closed. Is it any wonder people are nervous?
去年共有一百多家像我們這樣的公司關門大吉，大家怎麼會不感到緊張呢？

14 **As a consequence of**[4] the restructuring, we're saving 12 million per year!
由於組織重整的緣故，每年我們會省下一千二百萬！

15 The budget cuts are due to last year's weak profits.
預算被砍是因為去年的利潤不佳所致。

---

1. speak for itself/themselves 不言自明
2. in the red 虧本
3. slump [slʌmp] (n.) 下降；衰退
4. as a consequence of 因為……的緣故

Listening Practice

Part 1 🎧 111

1 The speaker believes _____.

Ⓐ frozen custard will continue to be a force in the market

Ⓑ frozen custard will not be popular for long

Ⓒ frozen custard has had no impact

2 Frozen custard has probably _____.

Ⓐ hurt sales

Ⓑ helped sales

Ⓒ made no difference in sales

3 What is predicted to happen next quarter?

Ⓐ Sales will improve.

Ⓑ Frozen custard will improve.

Ⓒ Sales will slump.

Part 2 🎧 112

1 Which is a cause?

Ⓐ More market penetration.

Ⓑ The new marketing focus.

Ⓒ The round of applause.

2 What did Soo Jung probably do?

Ⓐ Penetrate the market.

Ⓑ Develop the new marketing focus.

Ⓒ Give a round of applause.

Ans: B, A, A, B, B

建議和結論
Suggestions and Conclusion

夏洛特在簡報裡做出結論
Charlotte concludes her presentation

🎧 113

Charlotte's presentation (2) 夏洛特的簡報

In conclusion[1], for the reasons I've discussed, Hong Kong has got to be at the top of our list of possible sites for a new international branch . . .
I'd like to suggest a few next steps to take. First, contact the Hong Kong Business Administration . . .

Second, do a site search. Get people **on the ground**[2] looking for physical spaces . . . And finally, reach out to our smaller potential partners there. **At the end of the day**[3], partners will be our most important **asset**[4].

As we **draw** things **to a close**[5], I'd like to remind you all of how important our past **expansion**[6] proved to be for our business. Thank you very much for listening. I hope I've managed to make you as excited about our opportunities in Hong Kong as I am!

總之，基於剛才所探討的原因，在我們為新跨國分部所列的一系列可能地點中，香港必定為其中首選。……我想建議採取若干後續的步驟，首先是與香港商業管理局聯絡……

再來是進行設點的研究，督促員工實地找出些實體空間……最後，連繫那裡一些規模較小但卻潛力十足的夥伴，到頭來，這些夥伴們會成為我們最重要的資產。

在簡報即將結束之際，我想要提醒各位，過去的業務開發對本公司十分重要。多謝大家聆聽，並希望你們對日後公司在香港的商機能夠和我一樣的感到興奮！

1. **in conclusion** 總而言之
2. **on the ground** 去現場
3. **at the end of the day** 最終；到頭來
4. **asset** [ˋæsɛt] (n.) 資產；財物
5. **draw sth. to a close** 結束某事
6. **expansion** [ɪkˋspænʃən] (n.) 擴張

suggestion box
意見箱

voting/ballot box 投票箱

customer service survey
顧客滿意度調查

More Expressions 🎧 114

A 要求對方提出建議　Asking for Suggestions

1　I **am open to**[7] suggestions. 我願意廣納各方的建議。

2　Does anyone have anything to suggest? 有沒有人要提出什麼建議的？

3　Does anyone have any concrete steps they could recommend?
有沒有人可以推薦什麼具體的步驟？

B 提出建議　Making Suggestions

4　I believe the most important action for us to **undertake**[8] is to bring in new staff. 我認為我們首當展開的行動就是招募新血。

5　If we follow these three important steps, we'll be able to stop this crisis.
如果我們遵循這三個重要的步驟，就一定能夠阻止這場危機。

6　My research leads me to three basic ideas.
我的研究帶來三個基本概念。

---

7. be open to 對……開放、願接受的　　**8. undertake** [ˌʌndəˈtek] (v.) 進行

123

7 I think it's **imperative**[1] that we reevaluate our staff training program immediately.

我認為我們**必須**立刻重新評估員工訓練計畫。

8 We ought to reconsider our overtime policy.

我們得重新考慮我們的加班政策。

9 We have to **implement**[2] stricter quality control standards if we want to gain back customers' trust.

如果我們想重獲顧客的信任，就必須**實施**更嚴格的品管標準。

10 **On the whole**[3], we're doing well. I think we need to avoid making any drastic changes now.

大體上來說，我們還做得不錯，我認為我們現在得避免做出任何劇烈的改變。

C 扼要簡述簡報的結論
Indicating the Conclusion of a Presentation

11 **To sum up**[4], marketing and sales go hand in hand.

總而言之，行銷和業務是密切相關的。

12 In conclusion, we must **think outside the box**[5] if we want to be relevant in the 21st century.

最後要說的是，如果想跟上二十一世紀的腳步，我們就必須跳脫原來的思考模式。

13 I'd like to conclude with a quote from our founder.

我想要引用本公司創辦人的話做為結論。

14 I'd like to leave you with one last idea: . . .

在結束前想向你們提出最後一個概念：……

15 In the end, it's the little things that matter in customer service.

最後我要指出，顧客服務講究的就是注重細節。

16 At the end of the day, we're responsible to our shareholders.

到頭來，我們得為我們的股東負責。

---

1. imperative [ɪmˈpɛrətɪv] (a.)
必要的；緊急的

2. implement [ˈɪmpləmənt] (v.) 執行

3. on the whole 整體而言

4. to sum up 總而言之

5. think outside the box
跳脫原本的思考模式

Listening Practice

_____ 1 What goes hand in hand?

Ⓐ Their image and their history.

Ⓑ A solution and new customers.

Ⓒ Higher prices and fewer customers.

_____ 2 What is the woman worried about?

Ⓐ Losing the company's identity.

Ⓑ Losing the company's history.

Ⓒ A setback.

_____ 3 Does the woman probably want to raise prices?

Ⓐ No.   Ⓑ Yes.

_____ 1 The sales figures for the year were _____.

Ⓐ the same as last year

Ⓑ up slightly

Ⓒ down slightly

_____ 2 Why were sales not higher?

Ⓐ Because of outside factors.

Ⓑ Because of a weak sales force.

Ⓒ Because of valiant working.

Ans: C, A, A, B, A

回答聽眾所提出的問題
Answering Questions From the Audience

回答**聽眾的**問題 Taking questions[1] **from the audience** 🎧 117

Tom takes questions from the audience.
湯姆回答聽眾的問題。

🅣 Tom 🅐 Audience member

🅣 Thank you for listening, everyone. Now I'll be happy to take questions. Does anyone have any questions? I have to warn you that I don't have a lot more detail on the **nitty-gritty**[2] of the actual **implementation**[3] of the plan, although that information will be made available shortly. I will do my best to tell you everything else I can about the policy, though. Ah, yes, you there. What would you like to ask?

🅐 I was just wondering if you would make your survey results available on a website or in a report.

🅣 The full results are available as an appendix in the report that was distributed to the different branches, but a website is a good idea. I'll **look into**[4] how that might work. In the meantime, yes, there ought to be a copy of that report at each of your branches.

🅐 I'm curious about your opinion on the new hiring policy. Do you think this will really help us **nurture**[5] leadership? I mean, are we going to see results from this **down the line**[6]?

🅣 That's a difficult question to answer, as the policy is so new. I know that it is intended to help address this issue, and while it doesn't exactly follow the suggestions I've outlined, I think we need to give it time to see if it will work.

🅣 感謝各位前來聆聽,現在我十分樂意接受大家的提問,請問有沒有人想提出什麼問題?我必須提醒各位,我不會在實行這項方案的本質上進行詳述,但這方面的資訊待會將簡短介紹。但我仍會竭盡所能,就政策面的部分向你們細說分明。好的,那邊那位,你想要問什麼呢?

Ⓐ 不知道你是否已經把調查結果公布在網站上，或是在報告裡提出？

Ⓣ 報告已分發到各個分公司，各位可以在它的附錄中找到完整的結果。不過，在網站上公布倒是個不錯的點子，我會<u>查查看</u>這種做法的功效如何。同時，沒錯，你們每家分公司現在都應該拿到了這份報告的副本。

Ⓐ 你在新僱用政策上的意見讓我很好奇，你真覺得這會有助於培育出公司的領導人才？我的意思是，我們會<u>完全</u>看到這項政策所帶來的成果嗎？

Ⓣ 這項政策才剛出爐，所以很難回答你的問題。我知道公司有意藉此政策協助我們應付相關的問題，但另一方面它又並未確實遵行我所提出的建議，因此我認為我們還得多給它點時間，才能夠看出來它是否有效。

1. **take a question** 接受提問
   （**raise a question** 提問）
2. **nitty-gritty** 核心；事情的本質
3. **implementation** [ˌɪmpləmɛnˈteʃən] (n.) 執行
4. **look into** 查看
5. **nurture** [ˈnɝtʃɚ] (v.) 培育
6. **down the line** 徹底地

More Expressions 🎧 118

Ⓐ 懇請聽眾提問　Inviting Questions

1 Has anyone got any questions? 有人要提出什麼問題嗎？

2 Are there any questions you'd like to ask? 各位想要提出什麼問題嗎？

3 Before I go, are there any questions? 在我離開之前，有任何問題想要提出來嗎？

4 Would anyone like to ask a question? 有沒有人想提出問題？

5 Thank you for waiting. Now I'm ready to take your questions.
謝謝各位耐心等待，現在我已經準備好接受你們的提問了。

6 So, who's got questions for me? 那麼，有誰想要向我提出問題的？

B 詢問問題　Asking Questions

7 I have **one point** I'd like **to raise**[1] . . . 有一點我想提出來請教……

8 I'm still not sure how you **got from point A to point B**[2], with regards to the coverage changes.
我仍然不明白，在有關報導變更方面，你是如何由 A 點來到 B 點的？

9 Could you elaborate on your plan to the staff of the project?
你可以向這個專案的員工詳述你的計畫嗎？

10 Could you expand on what you mentioned about possible misunderstandings?
你可以針對自己所提到過有可能受到誤解的地方再詳述一下嗎？

11 What did you mean by saying that we need to protect our retirement accounts? 你說我們得保護好自己的退休帳戶是什麼意思？

C 回覆問題　Responding to Questions

12 That's a good question. 這真是個很好的問題。

13 I'm very glad you asked that. Perhaps I didn't **make myself clear**[3] when . . . 我很高興你問到那件事，或許在……的時候我沒有表達得很清楚。

14 Thank you for **bringing** that point **up**[4]. 謝謝你提供那個觀點。

15 I believe I **alluded**[5] to that in the early part of my presentation, when I . . . 我相信在剛開始做簡報時，就已經稍微提到過那點了，當時我……

16 I think I covered that in my suggestions, but I'd be glad to go over it again. 我想在我的建議裡已經包括那點了，但很高興又可以趁此機會再談一談。

17 That's a difficult question to answer. 那是個難以回答的問題。

18 I'm afraid I can't give you an answer to that question without additional information that I don't have at hand.
恐怕在手邊缺乏其他資訊的情況下，我恐怕無法答覆你的問題。

---

1. **raise a point** 提出問題／見解
2. **get from point A to point B**
   從 A 點到 B 點
3. **make oneself clear** 表達清楚某人的想法
4. **bring sth. up** 提出某事
5. **allude** [əˋlud] (v.) 稍微提到

Listening Practice

Part 1   🎧 119

_____ 1 The man has doubts because _____.

    Ⓐ the woman's data is from the past two years

    Ⓑ the woman's data is incomplete

    Ⓒ the woman's data isn't new

_____ 2 The woman's data ends in _____.

    Ⓐ 2014　　　　　Ⓑ the past two years　　　　　Ⓒ right now

_____ 3 The woman thinks _____.

    Ⓐ things have changed a lot recently

    Ⓑ things haven't changed that much recently

    Ⓒ things are always changing

Part 2   🎧 120

_____ 1 The woman is surprised that the man predicts _____.

    Ⓐ growth for the future　　Ⓑ loss for the future

    Ⓒ turmoil for the future

_____ 2 The man _____.

    Ⓐ hadn't considered India when making his presentation

    Ⓑ had considered India when making his presentation

    Ⓒ had forgotten about India

Ans: C, A, B, A, B

PART 5 Running a Meeting 主持會議

會議的開場白
The Opening of a Meeting

宣布開會 Opening a meeting 🎧 121

J Janet **G** George

J Good morning! I think we can begin now; it seems like everyone has arrived. I'd like to note for the **minutes**[1] that all are present. I'd like to thank all of you for coming. For those of you who haven't met him yet, this is George, our regional director. Welcome, George.

G Thanks, it's great to be here.

J Now, there should be a copy of the **agenda**[2] and the minutes from our last meeting in front of each of you. Oh, and please feel free to help yourself to the donuts and coffee. Let's **dive in**[3], as we've got **a lot of ground to cover**[4] today.

You can see from the agenda that we're going to stick to discussing only the upcoming project deliverable—I really don't think we have time to talk about much more this morning. First, we'll hear from Justine on the direction she thinks we should go, then we'll discuss distributing responsibilities, then . . .

J 早安！似乎每個人都來了，我想現在可以開始了。我打算在**會議紀錄**上記下全員到齊，另外也想要謝謝大家的蒞臨。現在要介紹主講人了，你們其中有些人可能到現在都還沒有見過他，那就是我們的區域總監喬治，歡迎，有請喬治。

G 謝謝，有幸出席此一盛會，真是感到開心。

J 現在各位的前方應該有份這次**會議的議程**，以及上次會議的紀錄。哦，請大家盡情享用甜甜圈和咖啡，不要客氣！今天這次會議**所涉及的層面甚廣**，所以現在就馬上進入正題吧！

各位可以由議程中看到，這次的主題緊扣在未來可行的計畫上。我認為今天早上我們實在沒有時間討論太多的東西，所以首先要聽取賈斯汀的報告，看看她認為我們應該走的方向是什麼，接著討論責任的分配，然後……

More Expressions

A 歡迎與會人員　Welcoming Participants

1　Welcome, everyone. 歡迎各位。

2　I'm glad so many of you could **make it**[5] today.
　看到今天大家**出席**得這麼踴躍，心裡真是高興！

3　I'd like to thank you all for coming. 我想要感謝你們全體的蒞臨。

4　Thank you all for taking the time to attend this meeting.
　謝謝大家撥冗參加這次的盛會。

5　Thank you all for arranging your busy schedules to **accommodate**[6] us.
　謝謝大家從百忙中騰出時間**出席**我們的會議。

6　I'd like to extend a special welcome to Jim, who has come from
　headquarters[7] to attend this meeting.
　我特別想要向從**總公司**趕來出席這次盛會的吉姆致上歡迎之意。

B 告知有人缺席　Noting Absences

7　I'm sorry to say that Susan is sick this morning and won't make it.
　我要很遺憾的說，蘇珊今天早上病了，所以無法出席。

8　We had hoped to be able to hear from Yolanda today, but she's had a
　last-minute emergency and won't be able to attend.
　我們很期待可以在今天得到尤蘭達的消息，但是她在最後一刻鐘出了點緊急事故，
　因而無法參加。

9　Stanley, unfortunately, had to **drop out**[8], although he's sent us his
　ideas for the new campaign.
　雖然史丹利把他對這次新活動的許多想法都告知了我們，但不幸的是，他必須**放棄**
　這次會議。

---

1. minutes [ˈmɪnɪts] (n.) 會議紀錄
2. agenda [əˈdʒɛndə] (n.) 議程
3. dive in 投入
4. a lot of ground to cover
　很多事項要討論

5. make it 出席
6. accommodate [əˈkɑməˌdet]
　(v.) 給……方便
7. headquarters [ˈhɛdˈkwɔrtəz] (n.) 總公司
8. drop out 退出（學校等）

131

C 介紹你自己和其他出席者　Introducing Yourself and Attendees

10 For those of you when I haven't had the pleasure of meeting yet, I'm Candace Wan.
我要向尚未有榮幸碰面的與會者做番自我介紹，我叫坎黛西・溫。

11 We're especially pleased to be joined today by our accounting team: Wanda, Kyle, and Arabella.
我們特別高興今天能夠邀請到會計小組的加入，他們分別是汪達、卡爾，和阿拉貝拉。

12 Let's start by going around the room and introducing ourselves.
一開始就讓我們在會議室裡自由走動，互相自我介紹。

D 會議開始　Beginning the Meeting

13 Let's **call the meeting to order**¹. 現在宣布會議開始。

14 It seems like we're ready to begin. 似乎我們已經準備好開始了。

15 It's 10 a.m. on the dot, so let's get started. 現在是十點整，所以就開始吧！

16 Let's **kick** this meeting **off**² by introducing ourselves.
此次會議就先從我們的自我介紹開始吧。

17 Let's **get the ball rolling**³. We've got a lot of ground to cover.
現在就開始吧，我們還有很多事項要討論呢。

18 Let's dive in. 我們就開始進行吧。

E 參閱會議文件 Referencing Meeting Documents

19 As you can see from our agenda, we have a lot to talk about this morning.
你們可以從議程中看到，今天早上我們有許多事項要討論。

20 On the agenda today, is a brainstorming session about how to promote our services to the private sector.
今天的議程是進行腦力激盪，看看要如何把我們的服務給推銷到民營企業那兒。

21 According to the minutes from the last meeting, Sharon was going to present her findings on a potential market for this service, and Adele was going to give us the results of her research on possible competitors.
根據上次的會議紀錄，雪倫要提出她在這項服務潛在市場上的發現，另外愛黛兒也要向我們提出，她對潛在競爭對手的研究結果。

22 Let's turn our attention to the meeting minutes.
現在我們要把注意力給放在會議記錄上。

23 Does anyone have any **amendments**[4] to make to the minutes?
有沒有誰要提出什麼修正的，好讓我們順利作出會議記錄？

F 線上會議 Online Meetings

24 Please be sure to test your microphone and camera before our meeting starts.
在會議開始前，請確認你的麥克風和視訊功能正常運作。

25 Please click the question icon on the screen if you'd like to ask questions.
如果有問題，請按下螢幕上的問題鍵。

26 I'm going to share my screen/desktop. 我將切到我的螢幕／桌面。

27 Can you see what I'm showing you?
你們看得到我顯示在螢幕上的內容嗎？

28 Do you want me to make the image bigger?
你們希望我將圖片放大嗎？

1. **call the meeting to order**
宣布會議開始

2. **kick off** 開始

3. **get the ball rolling** 讓事情繼續進行

4. **amendment** [əˋmɛndmənt] (n.)
修訂；修正

29 I'm going to switch over to the Chrome window now.
    我將切換到 Chrome 的視窗。

30 Please bear with me while the page is loading.
    頁面在載入時請耐心等待。

31 Just a second. I'm going to **turn** the volume **up**[1]. 等一下，我來把音量調**大**。

32 I can't hear you. Are you **on mute**[2]? 我聽不見你說話，你是不是在**靜音**模式？

33 You're a little bit quiet. Could you speak closer to the microphone?
    你的聲音有點小，你說話時可否離麥克風近一點？

34 You'll have to forgive the noise in the background.
    請忍耐一下背景的噪音。

35 Did we lose Alex again? Hello? 艾力克斯又斷線了嗎？艾力克斯，你在嗎？

---

1. turn up 調大
2. on mute 靜音

Listening Practice

Part 1　🎧 123

_____ 1 The man wants to _____.
  Ⓐ start the meeting quickly
  Ⓑ get very busy
  Ⓒ introduce attendees

_____ 2 Harriet Nelson is _____.
  Ⓐ an absence Ⓑ a special guest Ⓒ very busy

Part 2　🎧 124

_____ 1 This meeting is probably _____.
  Ⓐ formal Ⓑ informal

_____ 2 Jim is _____.
  Ⓐ a special guest
  Ⓑ coming later
  Ⓒ going to be filled in later

_____ 3 The agenda probably mentions _____.
  Ⓐ budgets and staffing
  Ⓑ sites and staffing
  Ⓒ meetings and projects

Ans: A, B, B, C, B

PART **5** Running a Meeting 主持會議

會議的進行和掌控
Progressing and Controlling a Meeting

掌控會議 **Controlling a meeting** 🎧 125

J Julia   **P** Peter   **D** Dao

J And I'd like to make one more point—the contractors that we've hired lately have been totally unsatisfactory. We need to seriously rethink our hiring standards and the entire process, because we're wasting money and running the risk of ruining our reputation with these clowns.

P Sorry, Julia, I see your point, but I think we need to stay focused on the projects we'd planned to discuss today, and none of them involve contractors. Let's **table**[1] the discussion on contractors for now and return to it in a separate meeting. Now, if we've **wrapped up**[2] the Aerotech project, let's **shift over**[3] to Johnson and Smith. Dao, can you give us a brief update on how that's going?

D Absolutely. As you all know, this project is in its early stages still. We've had the **kickoff**[4] meeting, and we're currently revising the final research protocol to reflect some last-minute changes Johnson and Smith wanted to make. The final materials are due as a deliverable next week, and **as of now**[5] we're absolutely **on track**[6].

P Great! Well, I suppose that takes care of that. **Next up**[7], new business . . .

J 我想再指出一點，我們最近所僱用的承包商完全不合格，我們得重新嚴肅地思考公司的聘僱標準以及整套的程序，因為我們正在浪費金錢，而且這些笨蛋也讓公司處於信譽掃地的風險中。

P 抱歉，茱莉亞，我明白妳的觀點，但我們得把焦點固定在今天所打算討論的計畫上，而且這些計畫也不需僱用到承包商，所以就暫時擱置對承包商的討論，之後再針對承包商的問題開會討論。現在，如果大家已經結束了艾羅科技的計畫上的話，就請轉到強森和史密斯公司上。道，你可否針對進度扼要地提供一些最新的訊息？

D 當然可以！大家都知道，這項計畫仍處於初期階段，我們已經舉行了專案啟動會議，目前正在修正最後的研究方案，以充分反應強森和史密斯公司在最後一刻想做的一些變更，最終的資料預定在下星期交件，至於目前我們則完全按照既定進度進行。

P 好極了！我想這部分就解決了。接下來要談的是，新業務……

專案啟動會議 kickoff meeting

職場上要進行專案前，邀請所有專案相關人員及決策者一同參與的會議，公開說明專案已開始、闡述專案目的與目標、討論專案運作規則等。與會者通常有 **專案成員（project member）**、**專案經理（project manager）**、**專案贊助人（project sponsor）**、**關鍵專案關係人（key stakeholder）** 等。

More Expressions ∩ 126

A 控制好會議的時間　Controlling Time in a Meeting

1 I'm afraid we'll have to keep this discussion short, as we're running out of time. 我們時間不多了，恐怕這次的討論要盡量保持簡短。

2 Since we've got limited time, I'll have to ask you all to be as concise as possible. 由於我們的時間受到了限制，所以我得要求大家盡可能地簡明扼要。

3 I'm afraid we simply don't have time to get into that today. Let's agree to address it in our next review.

恐怕今天我們已沒有時間討論那件事了，大家就同意把它挪到下次的檢討會吧！

4 Let's leave about 10 minutes at the end to **hash out**[8] any **extraneous**[9] topics that come up.

我們在結束時就留下十分鐘吧！好充分討論各位所提出任何與此無關的議題。

B 改變話題　Changing Topics

5 If we've all **had our say**[10] on this, let's move on.

如果大家想說的都說了，那我們就繼續吧。

6 We really need to get to the problems with the **RFP**[11]—can we turn our attention to that now?

我們真的得用提案要求書來解決問題，現在可否把注意力轉向此議題？

---

1. **table** [ˈtebl̩] (v.) 擱置（議案等）
2. **wrap up** 完成；結束
3. **shift over** 轉移到下個話題
4. **kickoff** [ˈkɪkˌɔf] (n.)（社交集會等的）開始
5. **as of now** 至於現在
6. **on track** 進展順利
7. **next up** 接下來……
8. **hash out** 解決
9. **extraneous** [ɛkˈstrenɪəs] (a.) 無關的
10. **have one's say** 有發言機會；說想說的話
11. **RFP**（**request for proposal**）提案要求書

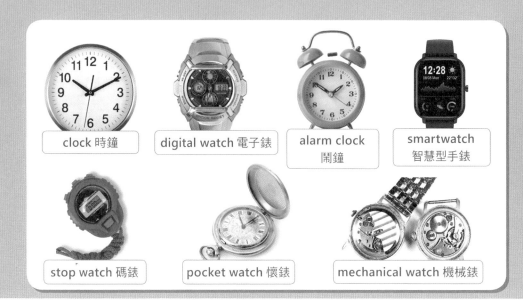

clock 時鐘	digital watch 電子錶

alarm clock 鬧鐘

smartwatch 智慧型手錶

stop watch 碼錶

pocket watch 懷錶

mechanical watch 機械錶

7 It's time we got to the big items on the **agenda**[1].
該是我們著手進行議程上重要事項的時候了。

8 I think that leads us nicely into the third topic here.
我想那件事正好可以把我們給導入第三個主題。

C 讓與會者聚焦 Focusing Attendees

9 I'm going to have to ask you to stick to the items on the agenda.
我得要求你們把焦點放在議程的事項上，不要離題。

10 That's a very valid concern, but it's not on our agenda for today.
I assure you, we will be addressing it very soon.
這的確是個值得關注的事，但它並不在今天的議程裡。我可以向你保證，我們會很快討論它的。

11 I think that's an item for another meeting, frankly.
坦白說，我覺得這應該在別的會議上討論。

12 We could get **bogged down**[2] in this discussion for hours. I think I'm going to have to ask that we cut things off here and return to them when we have more concrete solutions to debate.
我們已深陷在這場討論上長達好幾個小時了，所以我想我得要求各位，我們先停止討論，等大家有更具體的解決方案可供辯論時，我們再回到這個議題。

---

1. **agenda** [əˋdʒɛndə] (n.)
   待議事項；議程

2. **bog down** 深陷

Listening Practice

Part 1 🎧 127

_____ **1** The man is _____.
- Ⓐ introducing a new topic
- Ⓑ controlling time in a meeting
- Ⓒ leaving a topic

_____ **2** Jean will _____.
- Ⓐ stop talking now
- Ⓑ lead the next discussion
- Ⓒ make a few more comments

_____ **3** Jean wants to _____.
- Ⓐ chair the meeting
- Ⓑ discuss the topic in depth later
- Ⓒ leave the subject

Part 2 🎧 128

_____ **1** The man _____.
- Ⓐ closes one topic and turns to another
- Ⓑ leads the next discussion
- Ⓒ controls time in the meeting

_____ **2** Lisa is _____.
- Ⓐ involved in the new ad campaign
- Ⓑ chairing the meeting
- Ⓒ running short on time

Ans: B, C, B, A, A

29

詢問與會者的意見／表達同意和反對
Asking for Opinions; Agreeing and Disagreeing

要求大家在會議中提出意見
Asking for opinions in a meeting 🎧 129

P Peter　　**D** Dao　　**G** George　　**J** Jean

P OK, the next topic on the agenda is the big one—the new marketing suggestions. I trust that you all read the memo that was issued on the suggestions that have come down. What do you think of them?

D I don't want to be negative, but I'm not sure that the suggestions go far enough. I mean, I think most of these ideas are things we're all doing already. Unless there's something I'm not understanding, I don't see how these suggestions are going to **revolutionize**[1] marketing here.

G I agree with Dao, **for the most part**[2]. I think we need to make some changes in order to be more effective, but I don't think these suggestions are strong enough to have an impact.

P Well, this is important for us to discuss, then. What about the rest of you? Can I get your input?

J I think I take a different view. I think, in fact, that these suggestions represent a new, more personal approach to marketing, and I think, if we really **implemented**[3] them, they would **shake things up**[4] around here.

---

1. **revolutionize** [ˌrɛvəˈluʃənˌaɪz] (v.)
   產生突破性大變革
2. **for the most part** 主要地
3. **implement** [ˈɪmpləmənt] (v.) 執行
4. **shake things up** 激起變化

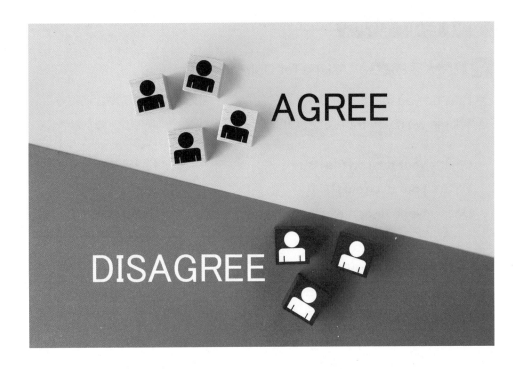

P 好，議程中的下一個主旨十分重要，也就是行銷方面的新建議，我相信各位都看過了根據那些建議所發布的備忘錄，各位覺得這些內容如何？

D 我不想表示反對，但我實在不敢確定，這些建議到底能不能達到我們的目的。我的意思是，我認為大部分的構想我們都已經在做了，除非有些事是我不了解的，否則實在看不出這些建議能徹底改革我們的行銷工作。

G 我同意道大部分的說法。我認為，為了取得更大的成效，我們必須做出一些改變，但卻不認為，這些建議足以造成顯著的影響。

P 嗯！這是有待我們討論的重要事項，既然如此，其他人有沒有什麼高見？我可以得到你們的意見嗎？

J 我想我要採取一個不同的觀點，事實上我覺得，這些建議代表了一種更新穎且更具個人化的行銷手法，而且覺得如果我們真的實施的話，必定會在這兒掀起天翻地覆的變化。

More Expressions

A 詢問大家的意見　Asking for Opinions　🎧 130

1	How do you feel about that?	你們覺得那辦法如何？
2	Tell me what you think about this.	請把你們對這件事的看法告訴我好嗎？
3	What's **your take on the issue**[1]?	你們對這議題有什麼看法？
4	What's **your two cents**[2]?	請各位提供一點建議好嗎？
5	Does anyone disagree with this assessment?	有人不同意這項評估嗎？

B 表示同意　Agreeing

6	I think Sara's exactly right.	我覺得莎拉的觀點完全正確。
7	I couldn't agree more.	我完全同意。
8	I feel the same way Sara does.	對於莎拉的做法我深有同感。
9	I'm **of the same opinion**[3] as John.	我的意見和約翰的相同。
10	You've **hit the nail on the head**[4].	你說得真是一針見血。
11	My thinking is **in line with**[5] Sara's.	我的想法和莎拉完全一致。

C 表示不認同　Disagreeing　🎧 131

12	I'm afraid I don't agree with you.	你的看法恐怕我無法苟同。
13	I have a different perspective on the issue. In my opinion, we're moving too quickly.	我對這議題有不同的觀點，依本人的淺見，我們的腳步太快了。
14	I'm not sure I agree.	我不確定自己是否同意。
15	I must say, I see things very differently.	我必須這樣說，我看待事情的觀點十分不同。
16	I don't really think so.	我真的並不這麼認為。
17	I have a different take on things.	我對事情有不同的觀點。
18	Our feelings differ on this matter.	我們對這件事的感受不一。

---

1. one's take on the issue
　某人對某事的看法

2. one's two cents 某人的看法

3. of the same opinion 意見相同

4. hit the nail on the head 一針見血

5. in line with 和……完全一致

Listening Practice

Part 1 🎧 132

_____ 1 The first speaker _____.
Ⓐ offers an opinion
Ⓑ gives a presentation
Ⓒ asks for opinions

_____ 2 The first woman _____.
Ⓐ asks for a suggestion
Ⓑ makes a suggestion
Ⓒ agrees with a suggestion

_____ 3 The second woman _____.
Ⓐ disagrees with the new logo idea
Ⓑ agrees with the new logo idea
Ⓒ suggests a new logo

- -

Part 2 🎧 133

_____ 1 The first man _____.
Ⓐ is named Frank
Ⓑ can't help Frank
Ⓒ disagrees with Frank

_____ 2 The second man _____.
Ⓐ agrees with John
Ⓑ agrees with Frank
Ⓒ agrees with the woman

Ans: C, C, B, C, A

干擾
Interruptions

彼得在處理一些干擾
Peter handles some interruptions   🎧 134

🅟 Peter   🅙 Jean   🅓 Dao

🅟 I just don't think we'll get anywhere with that today, George, since we don't have any new information. Now, moving on—

🅙 If I could interrupt for a moment—actually, Peter, I think George is right. I think we should talk about the Clarence project. In my opinion—

🅟 I'm sorry, Jean. Normally I'd welcome the discussion, but we've got a lot to get through and I just don't have anything to add to what we've already discussed—

🅓 Excuse me, Peter, but what have we discussed? I wasn't aware that there was anything to discuss on the Clarence project. Isn't it **humming along**[1] fine?

🅟 Yes, **for the most part**[2] it is, but this is exactly the type of discussion I didn't want to get **mired in**[3]. I appreciate your interest, but I'm going to have to ask all of you to bring me your questions about the Clarence project after this meeting.

🅟 我想今天在這方面恐怕得不到任何結論了,喬治,因為我們手上沒有任何新的資訊。現在,就請大家接下去討論……

🅙 我是否可以打斷一下,彼得,其實我覺得喬治是對的,我想我們應該討論一下克萊倫斯計畫,依我的看法……

🅟 抱歉!琴,正常情況下我會對這種討論持歡迎的態度,但我們有太多的議案要通過,而且對我們所已經討論過的那些事項,我實在沒有任何東西可以補充的。

🅓 對不起,彼得,我們討論過什麼了?我不知道克萊倫斯計畫有什麼好討論的,它不是一直都運作得很好嗎?

🅟 沒錯,大致來說是這樣的,但我不想深陷在這樣的討論中。很感謝你們這樣的熱烈參與,但我得要求你們每一位在這場會議結束後,再把有關克萊倫斯計畫的問題帶來給我。

Ringing the bell 按鈴

Pounding the gavel 敲木槌

More Expressions

A 有禮貌地打斷　Interrupting Politely　🎧 135

1	Excuse me, could I say something?	對不起，我可以發言嗎？
2	Could I interrupt for a moment?	可不可以打個岔？
3	Could I just add one thing before you go on?	在你繼續進行討論之前，讓我補充一件事可以嗎？
4	Hold on—could I just say one more thing?	等等！我可不可以再說一件事？
5	Sorry, can I give you my two cents?	抱歉，我可不可以提供一些個人淺見？
6	Sorry to interrupt, but I think we're forgetting the real point here.	抱歉打斷你的話，但我認為我們都忘了這方面的真正要點。
7	Can I just have one second to say something?	容我花一點點時間發表些看法好嗎？
8	Just a moment—I've got one more thing to add.	稍等一下，我還要再補充一件事。

---

1. hum along 進行順利；融洽
2. for the most part 大致來說

3. mire in 深陷

B 接受對方的打岔　Accepting Interruptions

9　Go on, then.
既然這樣，那就請繼續說。

10　Of course. Go right ahead.
當然可以，就請說吧！

11　I'm sorry, I didn't mean to **cut you off**[1].
抱歉！我並不是想要打斷你的話。

12　I apologize—I thought we'd all had a chance to contribute.
我鄭重道歉，我想我們每個人都有機會貢獻自己的意見。

C 制止對方的插嘴　Stopping Interruptions　🎧 136

13　I'm afraid we don't have time to go into that.
恐怕我們沒時間深入探討那件事了。

14　Would you let Jennifer finish, please? 你可以讓珍妮佛說完好嗎？拜託！

15　**Hold that thought**[2]—I want to hear the rest of what Dao is saying.
別急著討論那想法──我想聽聽道還有什麼高見。

16　I think we just aren't able to have a round table discussion about this today.
我想今天我們沒辦法對這件事來個圓桌討論會，讓大家各抒己見。

17　I'm going to have to ask you to wait until our next meeting to talk about that.
看來我得要求大家等到下次開會時再討論那件事了。

18　George **has the floor**[3] now—just a moment, please.
現在發言權是在喬治那兒，請您稍等一下。

---

1. cut sb. off 打斷某人的談話
2. hold that thought 先擱置那個想法
3. have the floor 擁有發言權

Listening Practice

Part 1 🎧 137

_____ ⬜1 The man _____.
Ⓐ interrupts the woman
Ⓑ is interrupted by the woman

_____ ⬜2 The speakers had been discussing _____.
Ⓐ sales figures
Ⓑ budget cuts
Ⓒ next year's budget

_____ ⬜3 The woman wants to say one more thing about _____.
Ⓐ the budget　　Ⓑ the sales figures　　Ⓒ the meeting

Part 2 🎧 138

_____ ⬜1 The man _____.
Ⓐ stops the interruption
Ⓑ allows the interruption
Ⓒ makes the interruption

_____ ⬜2 Sharon _____.
Ⓐ wants to interrupt
Ⓑ will probably give a short briefing
Ⓒ will probably give a presentation

Ans: B, A, B, A, B

詢問問題
Asking Questions

彼得有些問題 Peter has a few questions　🎧 139

P Peter　　**D** Dao

P I'm sorry, Dao, could you repeat what you just said? I **didn't catch it**[1].

D Sure. I was saying that the launch of the new catalog has been moved up—we've now got it scheduled for mid-May.

P But I thought we agreed that the catalog needed more work and that the **launch**[2] had to be delayed! When did this change?

D After our meeting with the layout team. They told us they'd streamlined their process and wouldn't need so much time for the layout, so we were able to take some time off the schedule.

P I still don't understand. The time for layout was never the problem—what we wanted to work on, as I understood it, was the actual product design, not to mention making sure we'd have enough stock manufactured to **fill orders**[3]. Am I missing something here?

D Maybe we **got our wires crossed**[4]. It was my understanding that we were going to try to **shave some time off**[5] the catalog production schedule.

P I'm definitely going to have to talk to Cynthia about this.

---

1. **don't catch it** 沒聽清楚
2. **launch** [lɔntʃ] (v.) 發行
3. **fill an order** 供應訂單所需
4. **get sb.'s wires crossed** 誤會
5. **shave some time off** 節省時間

(P) 抱歉，道，你剛才所講的可不可以再說一次？我沒聽清楚。

(D) 好。剛才我是說，新目錄的發送日期已經提前了，現在我們把它排定在五月中旬。

(P) 不過我想我們不是都同意了，目錄的製作還需要做更多的努力，而且**發送日期**勢必得
延後！這項變更是什麼時候做的？

(D) 在我們與版面設計小組會商後敲定的，他們告訴我們，他們已經簡化了程序，不需要
在配置工作上花那麼多的時間，因此我們就可以在時程表上縮短些時間。

(P) 我還是不明白，版面設計從來就不是問題的所在。根據我的了解，我們想要努力解決
的，是產品的設計，更不用說還要確認我們已製造出足夠的存貨，以**供應訂單所需**。
這究竟是怎麼回事？

(D) 看來我們是誤會一場，我的了解是，我們要想辦法在目錄生產排程上節省些時間。

(P) 看來我一定要和辛西亞談談這件事。

A 要求對方再説一次　Asking for Repetition

1　Could you repeat that, please? 可不可以請你把那件事再説一次？

2　I'm sorry, I didn't hear you. Could you give me that again?
抱歉！你的話我沒聽清楚，可不可以再説一遍？

3　Come again? 再講一遍好嗎？

4　What's that you said? 你説什麼？

5　Could you say that again? 可不可以把那件事再説一次？

6　Run that by me one more time, please. 麻煩你再説一遍。

B 要求對方澄清　Asking for Clarification

7　Could you go through that again? I don't think I follow you.
可不可以把那件事再説一次？我還沒聽懂你的話。

8　Would you mind explaining that to me? 請你把那件事再向我解釋一下好嗎？

9　I don't understand how you got to this point.
我不明白你到底是怎麼得到這結論的。

10　Could you give me some more details about this?
可否請你把這件事再向我詳細説明些好嗎？

11　I'm not sure I get your point. 我還不敢確定是否瞭解了你的看法。

12　I must be missing something here, because I don't understand.
我一定漏聽了些什麼，因為我根本就不了解。

C 證實論點　Confirming a Point

13　If I understand you correctly, you're suggesting we abandon this
market. 要是我對你這番話的理解完全正確的話，你是在建議我們放棄此一市場。

14　If I've got this right, you're saying you're leaving.
要是我沒誤會的話，你是説你要離開。

15　So your point is that we need outside help?
所以説你的看法是我們需要外援？

16　I think I get your drift: you think we need to re-energize our original
customer base[1]. 我想我已經明白你的意思了，你認為我們得活化原有的顧客群。

---

1. customer base 顧客群

Listening Practice

Part 1

🎧 141

___ 1 First, the woman asks _____.
  Ⓐ where the focus groups were held
  Ⓑ when the focus groups were held
  Ⓒ why the focus groups were held

___ 2 First, the man _____.
  Ⓐ repeats a date
  Ⓑ repeats a place name
  Ⓒ explains a policy

___ 3 Then, the woman asks for _____.
  Ⓐ another repetition   Ⓑ another idea   Ⓒ an explanation

Part 2

🎧 142

___ 1 The man's department and the woman's department probably
  _____.
  Ⓐ missed something
  Ⓑ didn't catch something
  Ⓒ got their wires crossed

___ 2 The woman had hoped to learn about _____.
  Ⓐ the agenda   Ⓑ test results   Ⓒ sales quotas

Ans: A, B, C, C, B

做出決定和結束會議
Making Decisions and Closing a Meeting

彼得要結束會議 Peter is going to close a meeting 🎧 143

P Peter   **J** Julia   **G** George

P Well, it looks like we've come to an agreement about the new partnership. Everyone's **on board**[1], correct? We agree that this should be a **trial**[2] **partnership**[3], to be revisited in three months? And Julia, you'll be responsible for drafting the partnership review documents that we'll use to evaluate how things are working, right?

J That sounds right to me.

[The rest nod]

P Great. Let the notes reflect that, then. I'll expect the documents from you sometime next week, and after our review process I'll forward them to the rest of you. And finally, we need to decide on where to hold the next board meeting. George has a suggestion.

G I learned recently that Good Eats Restaurant has a private room we can rent, and I thought it might be nice to celebrate our progress with the board by holding the meeting outside the office.

J I'd be a bit worried about music or other things **distracting**[4] us from business.

P I like the idea, George, but we need to find out a little more about the **venue**[5] in order to decide. Could you gather some more information on the place? If we can make sure it'll be quiet enough, I think going out for the meeting is a great idea.

G Sure thing. I'll get the information for you over the next couple of days.

P Perfect. And I think that's it, folks. If no one has any last comments, I think we can **break for the day**[6]. Thanks so much, all of you.

It's a **wrap!**
結束了！

P 看來我們在新的合夥關係上已經達成了協議，每個人都同意，對吧？我們一致認為這種合夥關係應該先試行一番，等到三個月後再重新檢討，是不是？茱莉亞，以後妳要負責草擬合夥關係的審查文件，好讓我們用來評估協議的成效如何，對吧！

J 沒錯。

〔其餘的與會者紛紛點頭以表示認同〕

P 很好，就讓我們記錄下來，既然這樣，我預計下個星期妳就會把文件準備好，在我們的審查程序完成之後，我便會把它們提交給在座的其他各位。最後，我們還得決定下一次董事會是在什麼地方召開。喬治有個建議。

G 我最近才知道，好食餐廳這家餐廳有間雅室可供我們租用。我想如果要在外面召開會議，好讓我們能夠與董事會所有成員一同慶祝這些進展的話，那倒是個不錯的地方。

J 我有點擔心音樂或其他事物會讓我們分心，無法專心討論公司的業務。

P 我喜歡這個點子，喬治，但我們得多了解這個集會地點，好供我們做決定。可不可以請你蒐集更多有關於那地方的訊息？如果我們確定外面的場地夠安靜，在外面開會倒是個很好的點子。

G 那當然，這幾天我就會為你蒐集這些訊息。

P 真是再好也不過啦！我想就這樣了，各位！如果最後都沒有其他意見的話，我想我們就可以休息一下了，多謝大家！

1. **on board** 在此對話中指「同意」的意思
2. **trial** [ˋtraɪəl] (a.) 試驗的
3. **partnership** [ˋpɑrtnɚˏʃɪp] (n.) 合夥關係
4. **distract** [dɪˋstrækt] (v.) 使分心
5. **venue** [ˋvɛnju] (n.) 集合地
6. **break for the day** 休息一下

More Expressions

A 把決定延期　Postponing a Decision　🎧 144

1　I don't think we've got enough information to make a decision on that just yet.

　我認為目前我們還沒有足夠的訊息對那件事做出決定。

2　We're going to present our findings and the results of our discussion to management, and they'll use them to make the final decision.

　我們會把我們的發現和討論結果呈交管理階層，好讓他們再利用這些意見做出最後決策。

3　I'd hoped we could make a decision today, but it seems like there are still too many **variables**[1] left to consider.

　我希望今天我們可以做出決定，但好像仍有太多的變數待考慮。

4　I think we'll have to **postpone**[2] our final decision until we can get some more input from the board.

　我想最後的決策必須延期，直到我們可以從董事會那兒取得更多的資料為止。

154

B 宣布某決定　Announcing a Decision

5　I think we're all in agreement.

我想我們已一致同意。

6　Well, that's decided.

那件事已經敲定了。

7　We have to make a decision today. I'm sorry that we can't please everyone, but it looks like most of us are happy with the contractor's performance, so we're going to keep them on.

我們今天就得做好決定，很抱歉無法讓每個人都高興，但是我們大多數人似乎都很滿意承包商的表現，所以要繼續僱用他們。

8　So, the **consensus**[3] is to hold the conference next quarter?

所以，**大多數人的意見**是要在下一季召開會議囉？

9　I'm so glad we've reached a consensus on the new outreach strategy.

我很高興我們已經就新的拓展策略達成了共識。

10　We've **resolved**[4] to stick with our original plan.

我們**決定**繼續堅持原來的計畫。

11　We've **settled on**[5] the design. Now, let's talk about which designer we're going to use.

我們已經**選定**了設計圖，現在就來談談要用哪位設計師的作品吧！

1. **variable** [ˈvɛrɪəbl̩] (n.) 變數
2. **postpone** [postˈpon] (v.) 延期；延遲
3. **consensus** [kənˈsɛnsəs] (n.) 一致；合意
4. **resolve** [rɪˈzɑlv] (v.) 解決；解答
5. **settle on** 決定；敲定

12　I think we've **covered**[1] everything. This meeting is closed.
　　我想我們每件事情都討論到了，這次會議到此結束。

13　I think that covers it. Thank you all for coming!
　　我想所有議題都討論到了，謝謝大家的參與！

14　And . . . **that's a wrap**[2]. Thanks so much for your contributions today.
　　We've made real progress.
　　……會就開到這裡，多謝各位在今天的貢獻，我們大有斬獲。

15　That seems to be all the time we have for today. Thanks to all of you.
　　我們今天的時間好像又差不多了，謝謝各位。

1. **cover** [ˋkʌvɚ] (v.) 遮蓋；覆蓋
2. **that's a wrap** 今天就到此為止

Listening Practice

Part 1   🎧 146

_____ ①① The man _____.
Ⓐ agrees with the previous speakers
Ⓑ disagrees with the previous speakers
Ⓒ neither agrees nor disagrees with the previous speakers

_____ ②② The people in the meeting have _____.
Ⓐ postponed some new strategies
Ⓑ settled on some new strategies
Ⓒ decided on the new team

Part 2   🎧 147

_____ ①① The people at the meeting _____.
Ⓐ have chosen a designer
Ⓑ have chosen a design
Ⓒ have postponed their decisions

_____ ②② The woman is worried about _____.
Ⓐ who will design the logo
Ⓑ the design and the colors being compatible
Ⓒ the decision about the designer

_____ ③③ In the end, the man _____.
Ⓐ declares a decision
Ⓑ calls for a lunch break
Ⓒ closes the meeting

Ans: A, B, B, B, C

33

做好準備
Making Preparations

準備談判 Preparing to negotiate

Preparing to negotiate is all about questions: asking and answering the right questions about yourself and about your **counterpart**[1]. Before you enter into a negotiation situation, answer the following questions to the best of your ability:

❶ **What are my goals?** What do you want to get out of the negotiation? What is your best possible outcome? What is the minimum you'll accept?

❷ **What are my counterpart's goals?** Remind yourself that your counterpart is also negotiating for his or her best interests. Put yourself in your counterpart's shoes, imagine what his or her goals are. Then try to see which goals you share. This will help you anticipate your counterpart's requests.

❸ **What do I need?** Break down the elements under negotiation. Which ones are absolutely necessary? Which ones can be given up, if necessary? Clearly define what you need and what you want.

❹ **What can I concede[2]?** Now that you've thought about what you need and what you want, think about what you'll be willing to let go. Remember, think about **concessions**[3] from your counterpart's point of view—consider what he or she will want from you, rather than only what you don't need.

❺ **What are my options?** You'll be able to negotiate from a more powerful position if you know you have alternatives to your counterpart's proposal. Learning about your other options will help keep you from making bad deals out of desperation. Also, letting your counterpart know you have other options may encourage him or her to concede more to you in order to **facilitate**[4] the deal.

---

1. **counterpart** [ˈkaʊntəˌpɑrt] (n.)
   對方；對手
2. **concede** [kənˈsid] (v.) 讓步

3. **concession** [kənˈsɛʃən] (n.) 讓步
4. **facilitate** [fəˈsɪləˌtet] (v.) 促進；幫助

講到談判的準備工作，就是要應付各樣的問題：正確地詢問並回答有關你以及對手的問題。在正式面臨談判的局面之前，得盡自己最大的力量回答下面這些問題：

❶ **我的目標是什麼？**想要從談判中取得什麼？最好的結果是什麼？可接受的最低要求又是什麼？

❷ **對手的目標是什麼？**要提醒自己，對手也是在為他的最佳利益而談判，因此不妨設身處地的站在他的立場，想想看他的目標為何？接著再試著了解你們雙方可以共同享有什麼樣的目標，這樣會有助於事先預料到對方的需求。

❸ **我的需要是什麼？**先細分出談判的要素為何，再了解哪些是必需的？又有哪些是在必要時可以捨棄的？總之，清楚界定出自己所需要的以及所想要的各是什麼。

❹ **我可以讓步些什麼？**如今你已經仔細思考過自己所需要的，以及所想要的各是什麼，就可以再想想看，有哪些東西是自己願意放棄的？記住！要從對手的觀點思考**讓步**的意義。想想看他們想要從你這兒得到些什麼，而不是只在自己不需要的那些東西上打轉。

❺ **我的選擇為何？**關於對手的提議，如果你有替代方案，那你就可以在談判中佔據更有力的地位。總之，知道自己有其他選擇會幫助你不至於在絕望下做出不利的決定。此外，讓對手了解到你還有其他選擇，也會迫使他做出更大的讓步，因而順利**達成交易**。

More Expressions 🎧 148

A 找出所需要的 Identifying Needs

1 We have to set up some kind of **expedited**[5] shipping situation.
我們必須視情況安排好某些**加速**交運的辦法。

---

5. expedite [ˈɛkspɪˌdaɪt] (v.) 迅速執行；促進

2 A **streamlined**[1] shipping process is absolutely necessary.
精簡的交運程序是絕對需要的。

3 I'm afraid we have to insist on creative control.
恐怕我們得強烈地堅持創作控制。

4 The new stadium is a must-have. 新的體育館是必備的。

5 We don't want to **play hardball**[2], but we've got to have rent control.
我們並不想要採取強硬措施，但是得進行租金管制。

B 找出所想要的 Identifying Wants

6 We'd really like the **bulk rate**[3]. 我們真的很滿意這個貨物價格。

7 The free installation would just be the **icing on the cake**[4].
免費安裝只是額外贈送。

8 We're still hoping to get the third event for free.
我們仍然希望免費看到第三場的演出。

9 I'm going to **cross my fingers**[5] that they **come around**[6] on the
Wilson issue. 我會祈求他們在威爾森的爭議上改變立場。

C 找出你可以做的讓步 Identifying Concessions You Can Make

10 I guess we can let the third treatment go. 我猜想我們可以放棄第三條要求。

11 I'm not totally **wedded to**[7] the slogan, I guess.
我想我並沒有很執著在這句口號上。

12 If we have to give up the last word on hiring, **so be it**[8].
如果我們必須放棄雇用權，那就這麼辦吧！

13 We're really not supposed to give this kind of discount, but I suppose
we can **bend the rules**[9] a bit.
照理來說我們不會給予這種折扣，但我想我們可以通融一些。

1. streamlined [`strim,laɪnd] (a.) 精簡的
2. play hardball 採取強硬措施
3. bulk rate 批發價
4. icing on the cake 錦上添花
5. cross someone's fingers 祈禱某事發生
6. come around 讓步；改變立場
7. be wedded to 執著於……
8. so be it 就那樣吧
9. bend the rules 通融；放行

Listening Practice

Part 1 🎧 149

_____ 1 The man tells the woman to _____.

   Ⓐ focus on strategies for the negotiation

   Ⓑ focus on the goals for the negotiation

   Ⓒ focus on the contract for the negotiation

_____ 2 The woman's goal is _____.

   Ⓐ to continue negotiating

   Ⓑ to get a contract signed

   Ⓒ to work with chromatics

_____ 3 The woman's counterpart's goal is _____.

   Ⓐ to get a contract signed

   Ⓑ to continue negotiating

   Ⓒ unknown

Part 2 🎧 150

_____ 1 This meeting must result in _____.

   Ⓐ a price agreement and a date for more negotiations

   Ⓑ a price agreement and an exclusive deal

   Ⓒ additional orders and an exclusive deal

_____ 2 The man doesn't need _____.

   Ⓐ additional orders

   Ⓑ a price agreement

   Ⓒ an exclusive deal

Ans: B, B, C, A, A

34

開場並在議程上取得協議
Opening and Agreeing on the Agenda

艾倫展開與真心紡織公司的談判會議
Aaron opens negotiations at a meeting with True Heart Textiles 🎧 151

Ⓐ Aaron

Ⓐ First of all, I'd like to thank everyone for coming. I'm very excited about the **prospect**[1] of establishing a **mutually**[2] beneficial ongoing relationship, and I'm very happy to see you all here today, ready to make things work.

Now, let's **get down to business**[3]. To start, I want to make sure we're all comfortable with the agenda. I know we've discussed the **scope**[4] of today's negotiations before, but let's just review the agenda again and make sure nothing is missing.

As you can see, today we're going to focus on pricing and shipping details. I also want to lay out a **framework**[5] and a time line for continuing negotiations. I believe that's our last topic of the day. I know that you won't be able to discuss future products until work is finished on your new facilities, so I've left that discussion for a future meeting.

I know that you are all very interested to learn more from our **franchisees**[6], but I'm afraid we don't usually bring them in until we've **settled on**[7] an initial agreement. I hope that after today, we'll be able to set a date to include them in this process.

And . . . that's that. Are there any issues with the agenda you want to bring up before we start?

---

1. **prospect** [ˋprɑspɛkt] (n.) 前景
2. **mutually** [ˋmjutʃʊəlɪ] (adv.) 互相；彼此
3. **get down to business** 開始做正事
4. **scope** [skop] (n.) 範圍；領域
5. **framework** [ˋfrem͵wɝk] (n.) 架構
6. **franchisee** [͵fræntʃaɪˋzi] (n.) 特許經營人
7. **settle on** 決定

Ⓐ 首先我想感謝每個人的蒞臨。我對於建立永續互惠關係的遠景也滿懷興奮。我很高興看到今天大家齊聚在這兒,準備讓一切就此順利地運作下去。

現在我們就言歸正傳,一開始我想確認我們全都對議程感到滿意,我知道我們已事先討論過今天的商討範圍,但就讓我們再次審查這次的議程,確認一下沒遺漏掉任何內容。

大家可以看到,今天我們會把焦點放在定價以及運送的細節上,此外我也想安排一套架構和時間表,以利談判持續進行。這就是我們在今天的最後一個主題,我知道你們在新的廠房完工之前無法討論未來的產品,所以,我就把新產品的討論留待日後的會議。

我知道你們都對我們的經銷商十分有興趣,想要做更多的了解,但是在我們達成初步的協議之前,恐怕尚無法談論此議題。我衷心期盼在今天之後,我們能排定個日期,把他們給納入討論過程。

就這樣了,在我們開始討論議程之前,各位還想提出任何議題嗎?

More Expressions

A 談論談判的目標　Talking About Goals for Negotiations 🎧 152

1 We're hoping to **get the go-ahead**[8] today.　我們希望今天能夠得到許可。

2 I plan to talk about contract terms today.　我計畫今天要討論合約的條款。

3 We were expecting to get a **firm answer**[9] on the schedule today.
依據今天的時程表,我們預期會得到確切的答覆。

4 We really want to come to some decisions today and stop **dragging things out**[10].
我們真的希望能夠在今天做出一些決定,不要繼續把事情給耽擱下去。

B 揭開談判的序幕　Opening Negotiations

5 Thank you all again for being here today.　再次感謝大家今天來到這兒。

6 I hope that this is the start of a **fruitful**[11] business relationship.
我希望一個成果豐碩的業務關係能夠就此展開。

7 Let's get things started.　我們開始吧。

---

8. get the go-ahead 得到許可
9. firm answer 確切的答覆

10. drag things out 耽擱
11. fruitful [ˈfrutfəl] (a.) 豐碩的

C 審查議程 Reviewing the Agenda 🎧 153

8 Could we quickly review the agenda to make sure we are all on the same page? 我們可不可以快速檢視議程，以確定我們全都有了共識？

9 Let's just make sure there aren't any surprises on the agenda.
我們就確認一下，議程上並沒有出現任何讓人感到意外的地方。

10 Are we all agreed on the agenda items, then?
既然這樣，我們全都同意議程上的事項嗎？

D 討論議程 Disputing the Agenda

11 I'm afraid we're not prepared to discuss that today.
今天我們恐怕並沒準備好討論那件事。

12 Unfortunately, Laura's the **decision maker**[1] on that and she couldn't be here today. 蘿拉是那件事的決策者，但很不巧她今天不在這兒。

13 Due to some last-minute events, we're going to have to postpone our final word on that matter.
由於在最後一刻發生了一些事，我們對必須延後拍板此事。

14 We had hoped to talk about **personnel**[2] issues today—is that not going to be up for discussion at all?
我們希望在今天談談人事方面的議題。難道那件事一點都不需要討論嗎？

15 Without the **top brass**[3], we aren't going to be able to make any commitments at this meeting.
倘若少了那位重要人士，我們便無法在這次會議中做出任何承諾。

---

1. decision maker 決策者
2. personnel [ˌpɝsnˈɛl] (n.) 人事
3. top brass 要員

會議議程表 Form of agenda

1 **Open the meeting** 開始會議

2 **Note absences or guests** 記錄會議缺席者或與會佳賓

3 **Approve minutes of the previous meeting** 通過上次會議的結論

4 **Discuss matters arising from the previous meeting** 討論前次會議提出的問題

5 **List specific points to be discussed** 列出要討論的重點

6 **Any other business (AOB)** 其他事項

7 **Arrange/announce details of next meeting** 安排／宣布下次會議的細節

8 **Tea and refreshments** 茶點

9 **Close the meeting** 會議結束

Listening Practice

Part 1　🎧 154

_____ 1 What would the man like to pin down?
　Ⓐ A payment schedule.
　Ⓑ The deliverable.
　Ⓒ A commitment for the next meeting.

_____ 2 What does the man want the go-ahead on?
　Ⓐ A payment schedule.
　Ⓑ Scheduling the next meeting.
　Ⓒ Finishing the first deliverable.

_____ 3 Who must attend the next meeting?
　Ⓐ The woman from the other organization.
　Ⓑ The man.
　Ⓒ High-ranking people from the other organization.

Part 2　🎧 155

_____ 1 What does the man want to hash out?
　Ⓐ The bottom line.　Ⓑ Work life.　Ⓒ Control issues.

_____ 2 The man probably doesn't want _____.
　Ⓐ a firm answer　Ⓑ another meeting　Ⓒ the top brass

Ans: C, A, C, C, B

PART 6 Negotiation and Persuasion 談判和說服

陳述你的目的和立場
Stating Your Purpose and Position

艾倫表明自己公司的立場
Aaron lays out his company's position 🎧 156

Ⓐ Aaron

Ⓐ Let's begin, then. As you know, we are the owner/operators of a small chain of **boutique**[1] shops in the region. We're expanding and we're currently **in the market for**[2] additional suppliers. We've been quite impressed with the quality, taste, and uniqueness of your products, and we are interested in possibly carrying them in some or all of our shops.

I'd like to make it clear from the start that we prefer to establish long-term relationships. For that reason, we aren't in any special hurry to conclude these negotiations. We'd rather spend time drafting an agreement that will suit us both and allow us both to grow, comfortably, than **rush into**[3] something.

I'd also like to try to work out an all-encompassing agreement, rather than a **piecemeal**[4] one. So we want to talk about bulk rates, **standing orders**[5], discounts, separate shipping arrangements—anything we can set up that will make our lives simpler in the long run, since we're always looking to the future.

1. **boutique** [buˋtik] (n.)
   流行女裝商店；精品店
2. **in the market for**
   尋找……的市場
3. **rush into sth.** 倉促做
4. **piecemeal** [ˋpisˌmil] (a.) 零碎的
5. **standing order** 長期訂單

Sale Stickers 商品標籤

拍賣

半價

免運費

熱門款

休息

已售出

免稅

營業中

特價

Ⓐ 那麼我們就開始吧,各位都知道,我們是本區一家小型**流行服飾**連鎖店的所有人兼經營者,我們的規模正在擴大,而且目前**正在市場上尋找**其他的供應商。我們對貴公司產品的質感、品味和獨特性印象深刻,對於是否有可能拿到我們的某些店面或全部的店面販售,也有高度的興趣。

我想在一開始便要表明,我們較喜歡建立長期的關係。基於這個理由,我們並不急著在這些談判中做出結論。因此寧願多花些時間草擬出一份適合雙方的合約,並讓彼此在愉快的氣氛中共同成長,而非**貿然行事**。

另外我也想要試著擬訂一份面面俱到的合約,而非**東拼西湊出來的**大雜燴。因此,我們想要討論批發價、**長期訂單**、折扣,和個別的貨運安排,總之,從長遠來看會使生活更趨簡便的所有項目,我們都可以提出來討論,因為我們應該放眼未來。

167

A 陳述談判的目的　Stating the Purpose of Negotiations

1 The **main thrust**[1] of these discussions will be the site issues.
這些討論的**要旨**是有關地點的議題。

2 Our goal for this session is to complete the schedule.
我們這次會議的目的是要完成工作進度。

3 We'd like to **enter into**[2] a long-term contract. 我們想要**簽訂**一份長期的合約。

4 We want to see if we can create a mutually beneficial relationship.
我們想要看看我們能否創造出互惠的關係。

5 **Forging**[3] a lasting partnership has got to be our **ultimate**[4] goal.
我們必須以**打造**持久性的合夥關係做為**終極**目的。

6 There are two main aims we'd like to talk about today.
今天我們想要談談兩個主要的目標。

B 陳述你的立場　Stating Your Position

7 As you know, we are committed to expanding.
各位都知道，我們正致力於擴張公司的版圖。

8 We aren't really interested in another purchase, but we do want to talk about upgrades.
我們對另一筆採購案興趣缺缺，不過我們想談談升級的事。

9 We must insist that our entire vacation **accrual**[5] policy be reviewed.
我們必須強調，整個的有薪假政策都要檢討。

10 Above all, we have to settle on a payment system.
最重要的是，我們必須選定一套付費制度。

11 We intend to **push for**[6] an extension of the current time line.
我們打算**盡最大的努力**把現有的工作時數延長。

12 I'd like to say **for the record**[7] that we are now willing to consider price-guarantees. 我想**鄭重聲明**，現在我們願意考慮「價格保證」措施。

---

1. main thrust 主旨
2. enter into 簽訂（合約）
3. forge [fɔrdʒ] (v.) 製造
4. ultimate [ˈʌltəmɪt] (a.) 最終的；根本的
5. accrual [əˈkruəl] (n.) 累積
6. push for 盡力
7. for the record 鄭重聲明

Listening Practice

Part 1 🎧 158

_____ [1] What will be the main thrust of the negotiations today?

Ⓐ Agreeing on deliveries and liability.

Ⓑ Agreeing on the delivery schedule.

Ⓒ Agreeing about how to use the facilities.

_____ [2] What will the man probably push for?

Ⓐ A written contract.

Ⓑ Sharing immediately.

Ⓒ An oral schedule.

Part 2 🎧 159

_____ [1] The man wants his position _____.

Ⓐ to be noted

Ⓑ to be taped

Ⓒ to be secret

_____ [2] The man _____.

Ⓐ will discuss some salary increases

Ⓑ won't discuss salary increases

Ⓒ will discuss any salary increase

_____ [3] The man's position is _____.

Ⓐ he wants workers to stay home

Ⓑ he wants workers to return

Ⓒ he wants workers to get raises

Ans: C, A, A, A, B

36

提出議案並對議案做出回應
Making and Responding to Proposals

朵莉絲提出議案 Doris makes a proposal 🎧 160

Ⓓ Doris Ⓐ Aaron

Ⓓ We have a proposal that we think you'll like. As we've made clear, we really want to be able to market as broad a **spectrum**[1] of our designs as possible. We understand that you're unsure about how your customers will respond to some of our lines, but honestly, we believe carrying more of our different styles will help you broaden your customer base. Because we're very confident of the success of our lines in this market, we'd like to make this proposal: instead of buying all the lines **outright**[2], as we'd been working toward, what if we offer to let you take most of them on **consignment**[3], as long as you agree to carry four separate labels?

Ⓐ Hmmm. That's a very interesting suggestion. As you say, we were resistant, but we're not totally opposed to carrying several of your labels. We are just **wary**[4] of **overextending**[5] our **inventory**[6] just before the **low season**[7]. Consignment might be a perfect solution.

Ⓓ 我們有個議案，我想你們會喜歡的。我們曾明白表示，想讓我們的設計範圍盡量變得更廣泛，並且希望能夠推廣到市場上。貴公司也不清楚，你們的顧客會對我們的某些產品有何反應，這些我們都了解，但老實說，我們相信販賣更多本公司不同風格的產品，一定會有助於擴大貴公司的顧客群。因為我們有信心本公司的產品會在這個市場上大為成功，所以想要提出這樣的建議：不用照單全收買下所有的產品。我們曾強調過，只要貴公司同意寄售本公司旗下四個品牌的產品就行了。

Ⓐ 嗯……這是個十分有趣的提議，正如你所說的，我們十分抗拒，但也並非全然反對販售你們的某些商品，只是有點憂心淡季來臨會屯積過多的存貨罷了。在這情況下，託售倒不失為一個兩其美的解決辦法。

---

1. **spectrum** [ˈspɛktrəm] (n.) 範圍
2. **outright** [ˈaʊtˈraɪt] (adv.) 全部地 (a.) 全部的；徹底的
3. **consignment** [kənˈsaɪnmənt] (n.) 委託；交付；託售；寄售
4. **wary** [ˈwɛrɪ] (a.) 謹防的

5. **overextend** [ˌovərɪkˈstɛnd] (v.) 過分擴展
6. **inventory** [ˈɪnvənˌtorɪ] (n.) 存貨清單；財產目錄
7. **low season**=**off-season** 淡季 （**peak/high/busy season** 旺季）

More Expressions

A 提出議案　Making Proposals　🎧161

1　I propose making a **supplier**[8] profile for our website.
我提議為本公司的網站製作出一份供應商基本資料表。

2　Consider this idea: We supply personnel security while you handle site security.
請考慮這樣的構想，由你們負責處理場所的安全問題，至於人員的個人安全問題就交給我們。

3　What if, for each unit sold over our agreement, we offered you a two percent discount?
如果您賣出協議中提到的任一項產品，我們都給你們 2% 的折扣，這樣如何？

4　For each unit sold over our original agreement, we'll give you a **kickback**[9] of one percent in **monetary**[10] **reimbursement**[11].
在我們原有合約下所販售的每件產品，我們都會給你 1% 的退款做為回扣。

5　**Bear with me**[12] for a moment while I explain exactly what we're proposing.
在我精確解釋我們的提案時，請耐心聆聽片刻。

B 詢問有關提案的問題　Asking Questions About Proposals

6　Could you **amplify**[13] this condition, please? I'm not sure I understand this fully.
可否請你詳細告訴我現在的狀況，我不確定我是否搞懂了。

7　Could you explain how exactly this will work?
可否精確地解釋一下，這會如何地發揮出作用？

8　Could you go into a bit more detail about the exchange **mechanism**[14] you'd be using?
對於你們正在採用的交易方式，可否再詳述一下？

9　If we agree to this now, how quickly could you **get things underway**[15]?
如果我們現在就同意這辦法的話，你們多快可以開始著手進行？

8.　**supplier** [sə`plaɪɚ] (n.) 供應商
9.　**kickback** [`kɪk,bæk] (n.) 佣金；回扣
10.　**monetary** [`mʌnə,tɛrɪ] (a.)
　　金融的；財政的
11.　**reimbursement** (n.) 退款

12.　**bear with me** 請容我……
13.　**amplify** [`æmplə,faɪ] (v.) 詳述
14.　**mechanism** [`mɛkə,nɪzəm] (n.)
　　途徑；手法
15.　**get things underway** 著手進行

C 對提案做出正面的回應 Responding Positively to Proposals 162

10 I can't see any problem with that. 我看不出那件事有什麼問題。

11 That's a fair solution. 這是個很公平的解決辦法。

12 That just might work. 這也許行得通。

13 That's worth talking about. 這頗值得討論的。

14 I think those sound like the kind of terms we're looking for.
    我認為那些看來正是我們所要尋找的那種條件。

15 I like the sound of that. 我覺得這聽起還不錯。

16 Provided you're prepared to use our shipper, that sounds like an
    acceptable arrangement.
    假設你們準備用我們的貨運商，這看來是個可以接受的安排。

D 對提案做出負面的回應 Responding Negatively to Proposals

17 That's not acceptable to us. 這是我們所無法接受的。

18 That's **not going to fly**[1] with our board. 那提案過不了董事會那一關。

19 We don't want to overextend our inventory. 我們不想屯積過多的存貨。

20 I'm not sure that's going to work. 我還不確定這是否行得通。

21 Consider the position we'd be in if we accepted your current proposal.
    請想想看，如果我們接受了你目前的提案，那我們的立場何在？

22 Is that really your **best offer**[2]? 這真的就是你們最優惠的價格？

---

1. be not going to fly 行不通，不可行
2. best offer 最低報價；最優惠價
（**offer**【商業】出價；開價）

Listening Practice

| Part 1 | 🎧 163

_____ **1** What won't fly with?
    Ⓐ The current price proposal.
    Ⓑ The changes that have been made.
    Ⓒ Changing their minds.

_____ **2** The woman is probably planning to _____.
    Ⓐ make some changes
    Ⓑ go into a detailed explanation
    Ⓒ stop talking and listen to a proposal

_____ **3** Why might the man change his mind?
    Ⓐ Because the woman has changed her mind.
    Ⓑ Because the woman has changed her proposal.
    Ⓒ Because the woman will bear it.

| Part 2 | 🎧 164

_____ **1** The man is offering _____.
    Ⓐ a discount   Ⓑ an inventory   Ⓒ a kickback

_____ **2** For this company, 30 dollars per unit is _____.
    Ⓐ typical   Ⓑ unusual

Ans: A, B, B, C, A

討價還價
Bargaining

艾倫正在與朵莉絲討價還價 Aaron begins to bargain[1] with Doris

A Aaron　　**D** Doris

🎧 165

A　I've taken your consignment offer to my superiors and they're interested, but they have a **counter offer[2]**. If you're so confident about selling some of your products on consignment, we'd like you to allow us to take all the inventory on a consignment basis. We'll agree to stock five complete lines and we're prepared to expedite your payments when the stock does sell. What do you think about that?

D　I must say, this proposal is unexpected. As I've said, we are very confident in our **stock[3]**, and we know your store sees **a lot of traffic[4]**. I don't know, though, if we want to give away all of our security—we'd still prefer to do some **outright sales[5]** and some consignment sales. But we could be **swayed[6]**. How quick a **turnaround[7]** on payments are you talking about? If you're prepared to **sweeten the deal[8]** with one-month cash terms, we might be interested.

A　I don't know if we could handle one month right now—our **administration[9]** takes some time. Perhaps two months? But cash terms would be no problem.

A　我已經把你所提出的託售價格給主管們過目了，他們很有興趣，不過也提出了還價，如果你對以託售的方式販售貴公司某些產品的做法信心十足，那我們希望貴公司能夠允許我們盤點所有寄售的存貨。我們同意採購五樣生產線的所有產品，並且準備在存貨售出時馬上付款，你認為這樣如何？

D　我必須說，這個提議出乎我們意料之外。我曾經表示過，我們對本公司的存貨十分有信心，而且也知道你們的店面門庭若市，只是我還不清楚我們是否想要撤除所有的安全措施。我們仍比較中意直接銷售和託售兩者同時進行的做法，可是，我們可能隨時會改變做法。還有，你們會多快付款？如果你們準備在一個月內付現，以提高成交機會的話，那或許我們就會有興趣的。

A　目前我還不知道我們是否能夠處理一個月內付現的問題。在行政作業上這是需要花些時間的，或許兩個月內付現如何？不過不管怎樣，付現應該不成問題。

More Expressions

A 討價還價　Bargaining　🎧166

1　If you can bring down the hourly rates, I'm sure we can find a place on our tables for your pamphlets. **Quid pro quo**¹⁰.

如果你們能夠調降每小時費率的話，我保證可以在我們的桌上找個地方放置你們的小冊子做為補償。

2　If you'll **take my side**¹¹ on the **regulatory**¹² issue, I'll back you up when you bring up the overtime question.

如果你在管制議題上站在我這邊，那麼在你提出加班的問題時，我就會挺你到底。

3　Let's **lay our cards on the table**¹³. We're willing to go as low as 65 percent, but that's all we can do. If that's not enough for you, maybe you can tell us what else it might take to make this work.

就讓我們雙方開誠布公的把話給講清楚，我們願意降到 35 折，但我們所能做的就只是這樣了，如果對你來說這還不夠的話，或許可以明白告訴我們，還需要哪些其他的條件才能成交？

4　We can't bring the prices down any more, but we can **throw in**¹⁴ free delivery and installation.

我們的價格已沒有任何調降的空間，但是可以額外奉送免費運送和安裝的服務。

5　We'll guarantee you bulk rates on every shipment, no matter the size, if you can promise us ten pallets a month.

我們向你保證，每一次裝運不管尺寸大小都會享有大宗批發價的優惠，只要你能答應我們一個月訂購十個貨架的產品。

6　We'll **waive**¹⁵ the delivery fee if you can pay the bill in full upon delivery.

如果你們能夠在交貨時付清貨款，那我們就不收運費。

7　We'll cut you a discount if you can pay **up front**¹⁶.

如果你能夠先付款，那麼我們就會給你打個折扣。

---

1. **bargain** [ˈbɑrgɪn] (v.) 討價還價
2. **counter offer** 還價
3. **stock** [stɑk] (n.) 存貨
4. **a lot of traffic** 門庭若市
5. **outright sale** 直接銷售
6. **sway** [swe] (v.) 搖動；搖擺
7. **turnaround** [ˈtɝnəˌraʊnd] (n.) 處理時間
8. **sweeten the deal** 提高……的價值
9. **administration** [ədˌmɪnəˈstreʃən] (n.) 執行

10. **quid pro quo** 賠償
11. **take one's side** 與某人同一陣線
12. **regulatory** [ˈrɛgjələˌtɔrɪ] (a.) 管理的；控制的
13. **lay one's cards on the table** 開誠布公
14. **throw in** 增添
15. **waive** [wev] (v.) 放棄
16. **up front** 事先

B 對討價還價做出回應　Responding to Bargaining 🎧 167

8　We've already said that proposal won't work for us. Please don't try to **twist my arm**[1]. 我們已經說過，這提案不適合我們，所以就請別再強人所難了。

9　I still don't see what's in this proposal for us.
我仍然看不出來，這個提案會為我們帶來什麼好處。

10　We want the benefits, but the price is still too high. Do we have to take the whole package, or is it possible for us to pick and choose? If we agree to **forgo**[2] some benefits, can you **cut us a break**[3] on the **premiums**[4]?
我們很想獲得這些優惠，但價位仍然太高。我們一定得買全套，還是可以讓我們仔細挑選？如果我們同意放棄某些優惠，你們可不可以在加價上放我們一馬？

11　Before we can commit to that agreement, we need to see it in writing.
在我們有辦法對那個協定做出承諾之前，我們得先看到它的書面內容。

12　I don't see what the **trade-off**[5] is for us.
我看不出來這樣取捨會為我們帶來什麼好處。

C 交涉　Talking About Bargaining

13　Let's not **haggle**[6] over pennies. 我們別再錙銖必較了。

14　I think we should **hold out for**[7] a bit more money. I mean, it's **small potatoes**[8] to them.
我想我們應該堅決地要求對方提高一些價碼，我的意思是，這些錢對他們來說簡直是九牛一毛。

15　I think if we give them some time to think things over, they'll come around.
我想如果我們多給他們一些時間把事情考慮清楚的話，他們就一定會讓步的。

16　They're not willing to commit yet, but I think they're close.
到目前他們還不願意做出承諾，不過我認為就差臨門一腳了。

17　Be careful with them. If you **give them an inch, they'll take a mile**[9].
當心他們會得寸進尺。

---

1. **twist one's arm** 強人所難
2. **forgo** [fɔr`go] (v.) 放棄；拋棄
3. **cut sb. a break** 放某人一馬
4. **premium** [`primɪəm] (n.) 加價
5. **trade-off** [`tred͵ɔf] (n.) 權衡

6. **haggle** [`hægəl] (v.) 爭論；討價還價
7. **hold out for** 堅持某事
8. **small potatoes** 不重要的人或事
9. **give them an inch, they'll take a mile** 得寸進尺

Listening Practice

Part 1 🎧 168

____ 1 What does the woman want paid up front?

   Ⓐ The signing fee.

   Ⓑ The monthly membership fees.

   Ⓒ The waiver fees.

____ 2 What else does the woman offer?

   Ⓐ A signing bonus.

   Ⓑ A membership discount.

   Ⓒ Free classes.

Part 2 🎧 169

____ 1 The man _____.

   Ⓐ gives them a mile

   Ⓑ doesn't want to work with the woman

   Ⓒ sweetens the deal.

____ 2 The woman isn't interested in _____.

   Ⓐ discounted rates

   Ⓑ events planning companies

   Ⓒ rental spaces

____ 3 Which quid pro quo is offered in the conversation?

   Ⓐ Lower rates in exchange for three definite events.

   Ⓑ Events planning in exchange for lower rates.

   Ⓒ A deal next month in exchange for lower rates.

Ans: B, C, C, B, A

處理問題的癥結點和衝突
Dealing With Sticking Points and Conflict

艾倫和朵莉絲想要化解若干癥結點
Aaron and Doris try to deal with some sticking points 🎧 170

D Doris   **A** Aaron

D If you insist on consignment for the whole lot, then we're going to have to be paid within a month of when our stock sells. If we can't have that, then we make ourselves very financially vulnerable.

A I just don't think we can take care of all the paperwork on our end in a month. I understand your position, though. Can we **brainstorm**[1] some possible solutions to this?

D Well, we've **streamlined**[2] our own receiving process for payments, so doing our paperwork won't take long—but I don't think that's really the problem, is it? What about setting up a **dedicated account**[3]?

A **That's an idea**[4], but I'm not sure how it would work.

D You'd have to explore that option with your own accounting department, I'm afraid. Another possibility might be to guarantee us a certain amount every month, and then calculate the additional payments at quarterly **intervals**[5]. Have you ever done anything like that before? We'd have to find an acceptable monthly rate, but I think we could come up with one.

D 如果你堅持整批寄售的話，那麼我們就得在存貨出售後的一個月內收到貨款。如果拿不到這些款項，我們就會陷入財務危機。

A 即使我了解你的立場，但我想我們還是實在沒辦法在月底時處理好所有的書面作業。我們可不可以做些腦力激盪，看看是否能針對這情況提出些可行的解決方案？

D 我們已經加速我們自己的收款流程了，所以書面作業並不至於花去我們太長的時間。這不是真正的問題所在，對不對？那麼開立一個專戶如何？

A 這真是個好主意，但我還不能確定要如何進行？

D 恐怕你們得要求自己的會計部門評估這個選擇，至於另一個可能性，就是保證每個月提供我們一筆特定的款項，其餘的款項按季計算。之前你們有做過什麼類似的事嗎？看來我們得找出一個彼此都可以接受的每月費用，不過我認為我們可以做得到。

More Expressions 🎧 171

A 探詢有關衝突或障礙的問題　Asking About Conflicts or Obstacles

1　Why do you need more time?
為什麼你需要多一些時間？

2　How much more time would you need to make this work?
你還需要多少時間才能完成這項工作？

3　What would we need to add to make this appealing to you?
我們還得加入什麼條件，才能讓這提案打動你？

4　Is there anything else we might be able to offer you in order to keep things from **stalling**[6]?
為了不要讓這些事陷入膠著，我們還需提供任何其他的東西嗎？

B 討論特定的障礙或是問題
Talking About Specific Obstacles or Problems

5　Right now the hourly rate is the real **sticking point**[7].
目前每小時費用才是真正的癥結。

6　We're stuck on the signing fee. I'm afraid they won't **budge**[8].
我們被卡在簽約金的問題上動彈不得，恐怕他們不會讓步。

7　We need them to **knock** at least 15 percent **off**[9] the budget, but they won't.
我們要他們至少裁減掉 15% 的預算，可是他們絕不會這樣做。

8　We've made our best offer, but I don't think they're going to take it.
我們已經提供最優惠的報價了，但我認為他們並不會接受。

9　If we don't go lower, they're not going to **bite**[10].
如果我們不把價格降低一些，他們就不會上鉤。

10　They're **deadlocked**[11] on next year's budget. 他們凍結了明年度的預算。

---

1. **brainstorm** [ˋbrɛn‚stɔrm] (v.) 腦力激盪
2. **streamline** [ˋstrim‚laɪn] (v.) 簡化
3. **dedicated account** 專戶
4. **That's an idea.** 好主意。
5. **interval** [ˋɪntɚvl] (n.) 間隔；距離
6. **stall** [stɔl] (v.) 停止進展

7. **sticking point** 癥結點
8. **budge** [bʌdʒ] (v.) 讓步
9. **knock off** 裁減
10. **bite** [baɪt] (v.) 上鉤
11. **deadlocked** [ˋdɛd‚lɑkt] (a.) 僵持不下的

C 概括性地說明困境

Talking About Difficult Situations in General ∩ 172

11 Well, we've got conflicting interests here.
那麼說來，我們的利益在這地方起了衝突。

12 The problem is that we don't have any **leverage**[1].
問題是我們並沒有任何的影響力。

13 We're never going to **see eye to eye**[2]. 我們的意見永遠都不會取得一致。

14 We're really going to have to **finesse**[3] this situation.
我們真得巧妙地應付這種局面。

15 They're not going to respond well to **ultimatums**[4], so we'll have to think of a delicate way to phrase this.
他們是不會對最後通牒做出善意回應的，所以我們得小心回覆。

16 I guess it's **back to the drawing board**[5], then.
既然這樣，我猜想又得重新來過了。

D 提出方法以解決問題 Suggesting Ways to Solve a Problem

17 I think we are going to need to bring in a **mediator**[6].
我想我們得帶一位調停人員來。

18 I think we should take a **recess**[7] and come back when things are less **heated**[8]. 我想我們應該休會一會兒，等到氣氛沒那麼僵時再回來。

19 Let's break this problem down into more manageable pieces.
就讓我們把這個問題細分為更多更容易處理的部分。

20 What if we offer a slightly larger discount in exchange for a longer contract?
如果我們提供較大一點的折扣，以換取一紙更長期的合約的話會怎樣？

21 If we are able to negotiate our price further, can we overcome this problem?
如果我們能夠對價格做進一步的談判，那就有辦法克服這個問題嗎？

22 What if we take the accessories **off the table**[9] and only deal with the textiles for now?
如果我們現在撇開其他的配件不談，只處理紡織品的話會如何？

Listening Practice

Part 1 🎧 173

_____ **1** The negotiations are bogged down on _____.
Ⓐ their interests　　Ⓑ the schedule　　Ⓒ the break

_____ **2** The woman suggests _____.
Ⓐ a mediation　　Ⓑ a deadlock　　Ⓒ a recess

_____ **3** The man suggests _____.
Ⓐ mediation　　Ⓑ leverage　　Ⓒ a recess

- -

Part 2 🎧 174

_____ **1** The man has already made _____.
Ⓐ his best offer　　Ⓑ his ultimatum　　Ⓒ his mediation

_____ **2** The woman gives _____.
Ⓐ her best offer　　Ⓑ an ultimatum　　Ⓒ a brainstorm

Ans: B, C, A, A, B

1. **leverage** [ˈlɛvərɪdʒ] (n.) 影響力
2. **see eye to eye** 看法一致
3. **finesse** [fəˈnɛs] (v.) 巧妙應付
4. **ultimatum** [ˌʌltəˈmetəm] (n.) 最後通牒
5. **back to the drawing board** 重頭來過
6. **mediator** [ˈmidɪˌetɚ] (n.) 調解人
7. **recess** [rɪˈsɛs] (n.) 休息
8. **heated** [ˈhitɪd] (a.) 熱烈的；激烈的
9. **off the table** 不談論⋯⋯

Unit 39

結束談判
Closing a Negotiation

艾倫和朵莉絲完成了他們的談判
Aaron and Doris wrap up their negotiation 🎧 175

A Aaron　　**D** Doris

A So, have we reached an agreement about the shipping, at least?

D Absolutely. I'm quite happy about the progress we've made. Can I just summarize what else we've agreed on before we break?

A Of course.

D What I've got to take back to my **camp**[1] is a proposal for you to carry seven of our lines on consignment. You'll explore the possibility of creating a dedicated account for us, but otherwise we'll consider the option of a baseline monthly payment for our stock. We can use your usual shipper and you'll handle that **setup**[2], and we can send you layouts of our required display presentations for our **higher-end**[3] line.

A That all sounds correct to me. Now, our next steps are to figure out the account or the appropriate baseline monthly payment, right? I won't need more than a week to do that. Shall we just meet at this time next week?

D That sounds great. I'll have my secretary confirm this. If everything turns out the way I expect, we'll be able to sign an agreement next week.

A 看樣子我們至少在航運方面達成了協議吧？

D 一點也不錯，我很高興我們有了這樣的進展。在休息之前，我可不可以把我們所同意的其他事項做個總結就好？

A 當然可以。

D 我要帶回我們那一邊繼續討論的是，你提議銷售我們寄售的七種產品；而你們要評估為我們開立專戶的可行性，否則我們會考慮選擇依庫存量按月收款。我們可以和你們一般配合的貨運商合作，由你們來安排流程，另外我們會把本公司要展示的高規格展品寄給你們。

Let's close the deal. 我們成交了。

Ⓐ 我覺得完全正確，現在我們下一步就是解決帳戶的問題，並想出一套適合的按月收款辦法，對不對？要我完成這些工作的話，所需要的時間絕不會超過一個星期，所以，下星期的同一時間我們再碰個面好嗎？

Ⓓ 聽起來還不錯，我會叫我的祕書確認這件事。如果每件事都如我所預期，下個星期我們就可以簽約了。

More Expressions

Ⓐ 概述　Summarizing　🎧176

1 I'd like to **run through**⁴ the major points again, to confirm.
我想再次扼要說明剛才我們所討論的重點，好重新確認一番。

2 Let's just make sure we've checked everything off our list.
現在我們就確認一下，我們確實已逐一核對過單子上所列的每一件事。

3 Let me tell you what we've agreed on so far.
讓我告訴你，到目前為止我們到底在哪些事情上取得了共識。

4 Let me just outline the issues that are still **pending**⁵.
讓我約略地敘述一下，仍然懸而未決的議題有哪些。

---

1. **camp** [kæmp] (n.) 陣營
2. **setup** [ˈsɛt͵ʌp] (n.) 安排
3. **high-end** [͵haɪ ˈɛnd] (a.) 高檔的

4. **run through** 大致瀏覽
5. **pending** [ˈpɛndɪŋ] (a.) 懸而未決的

B 討論最後的要點　Talking About Final Points

5　We've got everything resolved, then?
這樣說來，我們已經把每件事都解決了吧？

6　We've worked through all the **points of contention**[1].
我們已努力解決了所有的**爭論點**。

7　We'll be able to accept this on one condition. 在這種條件下，我們才會接受。

8　We have just one **caveat**[2] with this proposal.
在這份提案中，我們只有一點要提出**警告**。

9　Let's not lose sight of the **big picture**[3] by **quibbling**[4] over details.
我們不要老是在細節上打轉，應從全局著眼。

10　As a **token**[5] of our appreciation, we've added one bonus of three inches to our current agreement.
我們已經在現有的合約中，加了點額外的優惠以表謝意。

C 結束談判　Closing a Negotiation　🎧 177

11　This is our final offer. We hope it's acceptable to you.
這是我們最後的報價，我們希望這是你可以接受的。

12　We're ready to finalize things. 我們已準備好把事情做個結束。

13　Let's close this deal. 讓我們現在就結束這樁交易吧！

14　We've reached our deadline. Do we also have a deal?
我們的截止期限已經到了，我們成交了嗎？

15　I'm so glad we've reached an agreement. 我很高興我們已經達成了協議。

16　I'm pleased that we've come to this **accord**[6].
很高興我們在這方面的見解是一致的。

17　Are we ready to sign, then? 既然這樣，你準備簽約了嗎？

18　I'm really looking forward to our continued partnership.
我熱烈期盼我們的夥伴關係可以持續下去。

19　Here's to a bright future. 這可以讓我們邁向一個光明的未來。

---

1. point of contention 爭論點
2. caveat [ˋkɛvɪˌæt] (n.) 警告
3. big picture 全局
4. quibble [ˋkwɪbḷ] (v.) 挑剔
5. token [ˋtokən] (n.) 標誌；象徵
6. accord [əˋkɔrd] (n.) 一致；符合

Listening Practice

Part 1 🎧 178

_____ ① The two parties are ready to _____.
Ⓐ finalize a deal
Ⓑ deal with a point of contention
Ⓒ renegotiate

_____ ② Who requested the changes to the contract?
Ⓐ The man.   Ⓑ The woman.

Part 2 🎧 179

_____ ① What was a point of contention?
Ⓐ The rates and amounts.   Ⓑ The deal.   Ⓒ The design work.

_____ ② What is still pending?
Ⓐ The design work.
Ⓑ Printing rates and amounts.
Ⓒ The bone of contention.

_____ ③ When will the deal probably be finalized?
Ⓐ Next week.   Ⓑ In two weeks.   Ⓒ It is unknown.

Ans: A, A, C, B, B

PART **7** Sales and Promoting 銷售與推廣

討論某產品的市場及公司的產品策略
Talking About Market and Company Strategy for a Product

對話 Dialog 🎧 180

1 Discussing the market for a product 討論某產品的市場

A Aaron　　**J** Julia　　**P** Paul

A We're already reaching some of our targets with this product. I don't think I'm clear on our future market objectives. Are we going for **saturation**[1] here, or are we in a position to try to extend the market?

J In this economy, everyone is trying to go **low-risk**[2]—but that means our **returns**[3] will be lower as well. What do you think? Will management **OK**[4] a **higher-risk**[5] market extension strategy?

P Well, let's talk about what that strategy might be.

A 我們已經達成了這個產品的一些目標額，不過我認為，我還不清楚我們未來的市場目標是什麼？我們的市場已經飽和了，還是能夠繼續拓展？

J 以目前的經濟情勢來看，每個人都想承擔低風險；但這卻表示我們的報酬也會同樣偏低。你認為如何？我們的管理階層會同意風險較高的市場拓展計畫嗎？

P 嗯，我們討論一下該用什麼策略吧！

1. **saturation** [ˌsætʃʊˈreʃən] (n.) 飽和
2. **low-risk** [ˈlo ˈrɪsk] (a.) 低風險的（**minimal risk** 最小風險）
3. **return** [rɪˈtɝn] (n.) 收益
4. **OK** [ˈoˈke] (v.) 同意
5. **high-risk** [ˈhaɪ ˈrɪsk] (a.) 高風險的

2 Discussing company strategy for a product
討論公司對某產品的策略

R Roger   A Aaron   J Julia   P Paul

R This product is intended for people who are already familiar with our other, lower-cost phones and other products. We are aiming to attract the more **tech-savvy[6] segment[7]** of our market and draw them in with the increased functionality of the new phone, but not scare them off with a price point that is too high.

A So this is a stepping stone for consumers who are ready to make a technological jump?

R Right. We don't want our customers to have to go to a new company for their more cutting-edge products. We've got to get aggressive in showing them that we have a high-tech product range, as well as our inexpensive, **user-friendly[8] models[9]**.

J So we need to talk about how we'll let them know this . . .

P And we're going to need to think carefully about price. I think it'll be wise to go with a **comparable[10] pricing strategy[11]**. Our customers already have an idea of what these products cost elsewhere.

R 我們打算把這個產品推銷給已經對本公司其他低價電話及產品十分熟悉的族群，我們的目標是吸引更多的「科技通」到這個市場，以這款新手機日新月異的功能來吸引顧客，但卻不至於因為價位太高而嚇跑他們。

A 所以說對於正準備在科技上來個三級跳的消費者來說，這就是個踏腳石囉？

R 沒錯，我們可不想讓顧客們非得要前往一家新公司才能買到尖端的產品，因此我們必須積極地向他們展示，本公司已經擁有高科技的系列產品，以及平價又容易上手的型號。

J 所以我們得談談如何讓他們知道這個……

P 而且我們也必須在價位上慎重的考慮，我想較聰明的做法，就是推出一套有競爭力的價格策略，因為我們的顧客對於這些產品在其他地方的價格，早已有了一套極為清楚的概念。

---

6. **tech-savvy** [tɛkˋsævɪ] (a.) 精通科技的
7. **segment** [ˋsɛgmənt] (n.) 部分
8. **user-friendly** [ˋjuzɚˋfrɛndlɪ] (a.) 易使用的
9. **model** [ˋmɑdl] (n.) 模型
10. **comparable** [ˋkɑmpərəbl] (a.) 可比較的
11. **pricing strategy** 定價策略

More Expressions

A 討論市場　Discussing Markets　🎧 181

1　We need to strike hard and establish our **initial market share**[1].
我們得奮力一搏，建立起我們的**初期市佔率**。

2　We really need to appeal to younger users. 我們得迎合較年輕的使用者。

3　I don't think we're going to be able to reach new consumers with this product—this will have to be marketed to our existing **customer base**[2].
我認為這個產品無法讓我們開發新的消費者，這勢必得銷往我們現有的**顧客群**那裡。

4　This is the perfect time to try to extend internationally.
這是拓展國際業務的絕佳時刻。

5　Hasn't ABC Tech completely saturated this market?
ABC 科技公司還沒有讓這個市場完全飽和嗎？

B 建議行銷策略　Suggesting Marketing Strategies

6　We need to focus on one market objective before we can move on.
我們得先把焦點放在一個市場目標上，之後才有辦法繼續前進。

7　Now's the time to take some risks and go for the big return.
現在必須險中求勝了。

8　I think we need to go in a new direction. 我想我們得邁向一個新的方向。

9　Our strategy needs to focus on new customers, not only our existing market. 我們的策略必須聚焦在新顧客身上，而並非僅著眼於現有市場。

---

1. initial market share 初期市場佔有率
2. customer base 客戶群

C 討論市場策略的效應
Talking About the Effects of Marketing Strategies 🎧 182

10 I think we're going to get great **penetration**[3] with this new product.
我想這個新產品會讓我們獲得極大的**市占率**。

11 We're going to need to set up **benchmarks**[4] to measure our costs and our results. 我們得設立成本和成果的**基準點**。

12 We need our strategy to help us achieve our **mission statement**[5].
我們需要策略協助我們達成公司的**經營宗旨**。

3. penetration [ˌpɛnɪˋtreʃən] (n.) 滲透
4. benchmark [ˋbɛntʃˌmɑrk] (n.) 基準點
5. mission statement 經營目標

D 討論價格策略　Discussing Pricing Strategy

13　I say we go for penetration and set our initial prices low.
　　我是說我們要滲透市場，剛開始時先把我們的價位定得較低些。

14　Our customer base is small, savvy, and demanding. This is exactly the type of market that calls for a **skim pricing**[1] strategy.
　　我們的顧客群很小，但都十分精明老練，而且要求很高，這的確就是要我們採取「高價策略」的市場類型。

15　We can't turn new customers off with a price that is too high.
　　在太高的價格下，我們絕不能讓新顧客倒盡胃口。

---

1. skim pricing 吸脂型定價策略（即高價策略）

Listening Practice

Part 1 🎧 183

_____ This conversation is about _____.
Ⓐ market penetration
Ⓑ pricing strategies
Ⓒ competitive advantages

Part 2 🎧 184

_____ This conversation is about _____.
Ⓐ markets
Ⓑ pricing strategies
Ⓒ benchmarks

Part 3 🎧 185

_____ This conversation is about _____.
Ⓐ marketing strategies
Ⓑ benchmarks
Ⓒ stepping stones

Part 4 🎧 186

_____ This conversation is about _____.
Ⓐ market penetration
Ⓑ pricing strategies
Ⓒ risk versus return

Ans: B, A, B, C

PART **7** Sales and Promoting 銷售與推廣

提出並討論廣告策略
Proposing and Discussing a Strategy for Advertising

亞當為某新產品提出策略
Adam proposes a strategy for a new product 🎧 187

A Adam   **A** Alice   **J** Julia

A I don't think we need to **reinvent the wheel**¹ here. I mean, our customers already know they have a need for a phone. I think we need to focus on the improvements we've made to the applications on it—especially the speed.

No one wants to wait for anything anymore, right? Five seconds for a website is too long! Let's go with something jokey, that pokes fun at our cultural impatience, but let's keep it to a "we feel your pain" kind of message, where we show how slow our competitors are and then **play up**² the speed of our phone's Internet functions. We know the customer wants speed.

A Are we going to be able to make speed fresh and exciting, though? Everyone wants to be fast these days.

A I think we should take a sort of back to basics approach—rather than adding lots of extra **bells and whistles**³, we make the existing bells and whistles better.

J What about pricing?

A Well, we'd already talked about a comparative pricing strategy, right? We don't **undercut**⁴ the competition, but I don't think we ask people to pay more for the product, either. I think we emphasize that they'll get better service for the same amount with ours.

---

1. **reinvent the wheel** 做白工（字面上是「重新發明輪子」，用來形容「多此一舉、無意義的行為」）

2. **play up sth. (= play sth. up)** 強調；大肆宣傳

3. **bells and whistles** 產品附加的功能（字面上是「鈴鐺和哨子」，指用來吸引顧客的「花俏附加功能、裝飾」）

4. **undercut** [ˌʌndɚˋkʌt] (v.) 廉價出售

large outdoor billboard
大型戶外看板

bus stop billboard
公車站看板

bus billboard
巴士看板

taxi billboard
計程車看板

Ⓐ 我想我們不用做白工，我的意思是，我們的顧客已經知道他們需要電話。我認為我們得把焦點放在使用方面的改善，尤其是速度。

　　沒人喜歡等待，對吧？要花五秒才能連上網路，那真是太久了。讓我們用開玩笑的方式呈現，自嘲不耐等待的文化，但同時傳達出「我們了解你的痛苦」這類訊息，我們可以藉此顯示出，我們的競爭對手是如何地遲鈍，並藉機**大打**電話上網功能的速度**牌**，因為我們知道顧客在意的是速度。

Ⓐ 但是我們能夠讓速度這件事變得既新穎又有趣嗎？現在大家都追求快速。

Ⓐ 我覺得我們應該回歸到基本的做法，而不是一味增加許多**額外的功能**，也就是說我們只要讓產品現有的性能變得更好即可。

Ⓙ 那價位呢？

Ⓐ 我們已經討論過了比較式的定價策略，不是嗎？我們不會削價競爭，但我也不認為我們得要人花更多的錢在產品上，因此我覺得我們不妨強調，人可以花同樣的錢從我們這裡得到更好的服務。

A 為產品提出行銷策略 Proposing Marketing Strategies for a Product

1 I think we need to **play on**[1] our customer's emotions rather than their reason. 我覺得我們得**訴諸**顧客的感情，而非他們的理智。

2 Customers aren't going to **perceive**[2] the importance of this immediately, so we really need to create a need.
顧客並不會立刻**理解**到這東西的重要性，所以我們得創造出一種需求。

3 They'll know they don't need it, so what we have to do is to make it into a **status**[3] symbol to create a want.
他們會知道自己並不需要這個東西，所以我們所該做的，就是讓它成為一種地位的象徵，以創造需求。

4 We're going to put this into the hands of every celebrity we can. That'll **create** major **buzz**[4].
我們要把這東西放進每位名流的手中，讓它**造成極大的轟動**。

5 I'm going to play up the ways this can make our customers' lives easier. 我要強調那些方法，可以讓我們顧客的生活更為方便。

6 You know those **tear-jerker**[5] ads you hear on the radio? That's what we need. 你有聽過收音機上那些賺人熱淚的廣告嗎？那才是我們所需要的。

B 討論廣告策略 Discussing an Advertising Strategy

7 How are we going to create value in this product?
我們要如何在這個產品的身上創造出價值？

8 What's the **value added**[6]? 它會有什麼樣的附加價值？

9 How is the ad going to show this to our customers?
這則廣告又要如何向我們的顧客展現這個價值？

10 I think we need a fresher approach than this.
我想我們需要一個比這更新穎的手法。

11 How are you going to **spin**[7] the raised prices? 要怎麼變相漲價？

12 How are you going to **play down**[8] the perception that products like these are tacky? 大家都認為這類產品俗不可耐，你要如何淡化這樣的認知？

---

1. **play on sth.** 利用（感情）
2. **perceive** [pəˈsiv] (v.) 察覺；理解
3. **status** [ˈstetəs] (n.) 地位；身分
4. **create buzz** 造成轟動
5. **tear-jerker** 催人熱淚、讓人感動的事物
6. **value added** 附加的價值
7. **spin** [spɪn] (v.) 編造
8. **play down sth.** (=play sth. down)
   淡化……的重要性（或糟糕程度）；
   對……做低調處理

Listening Practice

Part 1 🎧 189

_____ The man wants to _____.

Ⓐ play on customers' emotions

Ⓑ play down customers' emotions

Ⓒ spin customers' emotions

Part 2 🎧 190

_____ ① What has been changed about the product?

Ⓐ It has played up value.

Ⓑ It has new bells and whistles.

Ⓒ It is more expensive.

_____ ② The woman will _____.

Ⓐ play down the practicality of the product

Ⓑ play up the practicality of the product

Ⓒ play on the practicality of the product

Part 3 🎧 191

_____ ① The man wants to _____.

Ⓐ spin the competition

Ⓑ cut out the competition

Ⓒ undercut the competition

_____ ② The woman wants to _____.

Ⓐ reinvent the wheel

Ⓑ make the product a status symbol

Ⓒ undercut the competition

Ans: A, B, B, C, B

PART **7** Sales and Promoting 銷售與推廣

規劃促銷活動
Planning a Promotional Campaign

小組為他們的新產品規劃出促銷活動
The team plans a promotional campaign for their new product 🎧 192

A Adam   **A** Alice   **J** Julie

A I think a serious promotion—with a nearly **at-cost**¹ price—will kick things off well. If we **compromise**² some profits at the beginning, to get some buzz and attract new customers, it will **pay off**³ later.

A I really don't think it's **feasible**⁴ for us to lower the price very much, certainly not enough to cause a big impact. I think we're going to have to use a different strategy—offering customers discounts on other products the **retailers**⁵ sell, or maybe offering them discounts on other products of ours.

A If we want to offer them discounts to the retail outlets, we'll have to give the retailers some **incentives**⁶.

J How about some back-end money? If retailers will agree to offer discounts for purchases of the new product, we can give them a certain amount of money per unit sold. Do you think if we offer them 3 percent per unit, it would motivate them enough to sell as aggressively as we'd like them to?

A Yes, I think that might work. We can try that in combination with a slightly lower price. Then, when the campaign is over, we can move the product up to the standard price point.

---

1. **at-cost** 接近成本的
2. **compromise** [ˈkɑmprəˌmaɪz] (v.) 妥協
3. **pay off** 得到報償
4. **feasible** [ˈfizəbl] (a.) 可行的
5. **retailer** [ˈritelɚ] (n.) 零售商
6. **incentive** [ɪnˈsɛntɪv] (n.) 鼓勵

Kevin and his partner have different ways of looking at things.
凱文和他的夥伴有著不同的思考角度。

Ⓐ 我想一系列以接近於**成本價**所做的促銷，會讓事情有個好的開始，如果起初我們在一些利潤上**做出妥協**，好讓產品引起話題並吸引新的顧客的話，日後一定會**得到報償**的。

Ⓐ 我認為降價太多的話，對我們來說實在**不可行**，尤其是這樣做根本不足以引發多大的作用。我認為我們得運用一套完全不同的策略，針對**零售商**所販售的其他產品提供顧客們折扣，或是針對本公司的其他產品提供他們折扣。

Ⓐ 如果我們想要針對零售店的產品提供折扣的話，就必須給予零售商們若干**獎勵**。

Ⓙ 之後提供些獎金怎麼樣？只要零售商同意提供折扣給購買新產品的顧客，那麼我們就可以針對販售出去的每一件產品給予他們特定的報酬。你覺得如果我們每件產品都提供他們 3% 的報酬，就足以激勵他們以我們所想要的積極態度展開銷售嗎？

Ⓐ 是的，我認為那樣做會很有效，我們也可以試著搭配降價的策略，之後當活動結束時，我們便可以再把產品調升到原先的標準價位。

More Expressions 🎧 193

Ⓐ 討論如何進行一項促銷策略
Talking About How to Run a Promotional Campaign

1 We'll need **aggressive**[7] **margins**[8] to **pull** this **off**[9].
我們需要積極地賺取利潤，好讓這個產品勝出。

7. **aggressive** [ə`grɛsɪv] (a.) 積極進取的
8. **margin** [`mɑrdʒɪn] (n.) 利潤
9. **pull sth. off** 成功做成

197

2 We need a strong **pilot**[1] program to start off with.
我們需要以一套穩健的**試行**計畫做為開始。

3 The promotional price point should stand for the first two months.
促銷價格應該適用於前兩個月。

4 We'll supply them at a special **promo**[2] price for the first week.
第一個星期我們會以特別的**促銷**價供應給他們。

5 After the promotion is up, we'll reduce the unit size.
在促銷結束之後，我們便會降低單位的規模。

6 We're going to position ourselves to ensure that customers see the difference between us and our competition.
我們要找出自身的定位，以確保顧客們可以看見我們和競爭對手之間的差異。

7 Let's appeal to our **distributor network**[3] with some **hidden incentives**[4].
讓我們用一些隱性的誘因來吸引經銷網路。

8 We need to motivate them to move units. Should we offer some kind of back-end cash?
我們需要激勵他們展開促銷，在這情況下應該提供一些後期現金做為獎勵嗎？

B 詢問促銷活動的計畫
Questioning the Plan for a Promotional Campaign

9 That's really going to eat into our margins.
那計畫真的會吃掉我們的利潤。

10 We should only drop the price as a last **resort**[5].
我們應該只是把降價當成最後手段。

11 I don't think this is the right way to position ourselves.
我覺得這並不是定位我們自己的正確方式。

12 With a **manufacturer**[6]'s suggested list price this high, we're just asking for our retailers not to **comply**[7].
在製造商所建議的標價這麼高的情況下，我們只有要求零售商不要同意。

13 I don't know if this is going to create enough of a wedge between us and the competition.
我不知道這是否會在我們和競爭對手之間，創造出足夠的差異。

---

1. pilot [ˈpaɪlət] (a.) 試驗性的
2. promo [ˈpromo] (n.)
　（**promotion/promotional** 的縮寫）
　【美】【□】推銷；商品廣告
3. distributor network 經銷網路

4. hidden incentive 隱藏性誘因
5. resort [rɪˈzɔrt] (n.) 憑藉的手段
6. manufacturer [ˌmænjəˈfæktʃərɚ] (n.) 製造商
7. comply [kəmˈplaɪ] (v.) 依從；順從

Listening Practice

Part 1 🎧 194

_____ **1** The man wants to _____.
  Ⓐ lower the price
  Ⓑ move units
  Ⓒ pilot a program

_____ **2** What does the man want to offer?
  Ⓐ Back-end cash.
  Ⓑ A promotional price.
  Ⓒ A pilot program.

_____ **3** What is their last resort?
  Ⓐ Two percent of each unit.
  Ⓑ A kickback.
  Ⓒ A lower price.

Part 2 🎧 195

_____ **1** The man is afraid the promotion _____.
  Ⓐ won't play up
  Ⓑ won't pay off
  Ⓒ won't profit

_____ **2** The woman thinks _____.
  Ⓐ offering other incentives would be as effective as lowering the price.
  Ⓑ they should offer other incentives in addition to lowering the price.
  Ⓒ offering other incentives wouldn't be as effective as lowering the price.

Ans: B, A, C, B, C

PART **7** Sales and Promoting 銷售與推廣

介紹並推薦對顧客的服務
Describing and Recommending Services to Customers

珍妮佛介紹她對某顧客的服務
Jennifer describes her service for a customer

🎧 196

J Jennifer   **M** Max

J Our basic weekly service **comprises**[1] dusting and polishing of furniture, cleaning floors and windows, vacuuming carpets and upholstery, and maintaining bathrooms and kitchen facilities. We will also monitor and maintain the little things you don't want to worry about, like smoke detectors, lightbulbs, and air vents. When we can, we'll update those things ourselves. When we can't, we'll notify you in plenty of time.

M That's definitely something we need around here.

J We think what really makes us **stand out**[2] is our commitment to your satisfaction. We guarantee your satisfaction and, unlike some, we **put our money where our mouth is**[3]. If you're ever not satisfied with a cleaning job, we'll come back and redo the job **at no cost**[4]. If you still aren't satisfied, we'll return your money, **no questions asked**[5].

M Well, that sounds good. Your prices are a bit higher than some of your competitors, though.

J Yes, we're aware of this. We believe our prices are still competitive. Our prices are slightly higher because we are more **discriminating**[6] when we choose our employees, we spend more time to train them, and we pay them a **decent**[7] wage, unlike some other cleaning services. So by using our service, you are helping to provide a living wage to an honest worker, rather than perhaps participating in **exploitation**[8].

M Well, when you put it that way . . . your prices aren't much higher.

J We understand wanting to cut costs in this difficult economic climate. But we want to **retain**[9] our employees and keep our level of service high. We refuse to **cut corners**[10].

economic climate
經濟情勢／環境

Ⓙ 我們每週的基本服務事項**包括**了打掃和擦亮家具、清潔地板和窗戶、用吸塵器吸乾淨地毯和布套，以及針對浴室和廚房的設備進行維修保養。此外我們也會監控和維護一些你不想太操心的小東西，像是煙霧偵測器、電燈泡以及通風管等。當我們有能力時，會自行更新這些東西，即使我們沒辦法，也會在充足的時間內通知你。

Ⓜ 那絕對是我們這裡所需要的。

Ⓙ 我們認為真正讓本公司**與眾不同的**，就是對顧客滿意度所許下的承諾，我們保證你會滿意，而且與某些業者不同的是，我們會**說到做到**。如果你對清潔工作不滿意，我們會回來，並且**免費**重做，這時如果仍不滿意，我們就會**二話不說**把錢給退還給您。

Ⓜ 這聽來蠻不錯的，不過你們的價格要比一些競爭對手高一些。

Ⓙ 沒錯，我們也知道這點，但我們相信我們的價格仍具有競爭力，它會略高一些，是因為我們挑選員工時比較**挑剔**，並花費較多的金錢和時間訓練他們，同時支付他們優渥的薪水，這些都和一些其他的清潔服務同業有所不同。所以使用我們所提供的服務，就等於在給予我們優質員工一份足以餬口的薪資，而不是一起**剝削**員工。

Ⓜ 嗯！照這樣說來……你們的價位還不算太高。

Ⓙ 我們了解在這種艱困的經濟環境下，你們是多麼地想要撙節費用，但我們也希望繼續**僱用**我們的員工，並維持較高的服務水準。在這情況下，我們實在不願意為了省錢而**便宜行事**。

1. **comprise** [kəmˋpraɪz] (v.) 由……組成
2. **stand out** 突出
3. **Put money where one's mouth is.** 說到做到。
4. **at no cost** 免費（**at all costs** 不計代價；無論如何）
5. **no question asked** 二話不說
6. **discriminate** [dɪˋskrɪmə‚net] (v.) 區別；辨別
7. **decent** [ˋdisnt] (a.) 體面的；像樣的
8. **exploitation** [‚ɛksplɔɪˋteʃən] (n.) 剝削
9. **retain** [rɪˋten] (v.) 保留
10. **cut corners** 便宜行事

A 描述某項服務　Describing a Service

1 We provide quality electronic repairs for a reasonable price.
我們是以合理的價格提供合乎品質的電器修護。

2 We're the leading computer repair technicians in this area.
我們是這個領域裡一流的電腦修繕員。

3 I run a **full-service**¹ salon for women.
我經營一家專為女性朋友提供**全套服務**的沙龍。

4 We offer six types of martial arts instruction at our fully-equipped school.
我們這間學校配備齊全，教授六種武術。

5 Ours is the top-rated tutoring service in this part of the country.
在這個領域裡，我們提供了全國最高級的家教服務。

6 Other companies **over-promise**² and don't deliver. We like to be realistic about the results we can achieve and **exceed**³ our customers' expectations every time.
其他公司會**誇下海口**，但卻無法實現，而我們則想要實實在在地說明，我們究竟可以達成什麼樣的成果，而且每次都會**超出**顧客的期望。

B 推薦某項服務　Recommending a Service

7 If what you want is reliable service, we should be your first choice.
如果閣下想要的是可靠的服務，那麼我們就應該是你們的首選。

8 Our customized training is **in leaps and bounds**⁴ ahead of the rest. If you're looking for something that fits your needs, not something **out of the box**⁵, we're here for you.
我們的客製化訓練正**以極其快速的步伐**領先其他同業，如果你在尋找真正符合自己需要，而不盡是一些天馬行空的東西，那就請到我們這兒來。

9 To **toot my own horn**⁶ a bit, I must say that I've dealt with situations like yours before, and I've always had happy customers at the end.
就當我是**老王賣瓜、自賣自誇**吧。我必須說我在之前就有處理過像您那樣的情況，而且到最後也都會讓顧客們滿意。

10 Our authentic service attracts customers from across the region. No one else can compare.
我們可靠的服務吸引了該地區所有的顧客，可說是無人能敵。

11 I believe our premium package is just what you need.
我相信我們的優質套裝服務正是你所需要的。

12 I see that you're looking at our **à la carte**[7] service menu, but I think you'd be better served by using one of our packages. They're more comprehensive and more **cost-effective**[8].

我看到你正在看我們**單點的**服務選單，不過我認為如果享用我們套餐的話，應該會得到較好的服務，因為它們的範圍更加廣泛，而且更具**成本效益**。

1. **full-service** [fʊl`sɝvɪs] (n.) 全套服務
2. **over-promise** [`ovə`prɑmɪs] (v.) 誇下海口
3. **exceed** [ɪk`sid] (v.) 超過；勝過
4. **in leaps and bounds** 非常迅速地
5. **out of the box** 跳脫常規

6. **toot one's own horn** 自吹自擂
7. **à la carte** 照菜單點菜；單點（每道菜分別訂價，有別於套餐）
8. **cost-effective** [kɔst ɪ`fɛktv] (a.) 具成本效益的

Listening Practice

Part 1 🎧 198

_____ [1] True or false: This company is the leading plumbing company in the region.

    Ⓐ True.   Ⓑ False.

_____ [2] The woman thinks they should _____.

    Ⓐ over-promise their service

    Ⓑ toot their own horn

    Ⓒ put their money where their mouth is

Part 2 🎧 199

_____ [1] The woman recommends _____.

    Ⓐ a full-service deal

    Ⓑ an a la carte service

    Ⓒ cost-effective service

_____ [2] The woman's company offers _____

    Ⓐ out-of-the-box services

    Ⓑ customized services

    Ⓒ both types of service

Ans: A, B, B, C

說服顧客
Persuading Your Customer

珍妮佛在說服其他的顧客
Jennifer persuades another customer

🎧 200

F Felix   **J** Jennifer

F I like what I see here, but I'm not sure I won't find a cheaper option if I keep looking.

J Well, I can't guarantee that you wouldn't. There's always someone willing to **slash**[1] their prices—the problem is that the quality of the service **inevitably**[2] gets compromised as well. **Whereas**[3] we, as I've said, prefer to maintain our high quality and our expert labor force. I mean, what good is a cleaning service that leaves work for you to do after they've left? Or that you can't trust?

F Can't trust?

J Well, we come into your home, right? I don't know about you, but I wouldn't be very comfortable inviting a group of people into my home when I wasn't around based only on their offering me the lowest price! We find that our customers use other **criteria**[4] to judge us—namely our value for money, our reliability, and our extremely high standards. We've got countless **testimonials**[5] from satisfied customers . . .

F I see your point. I'm just worried about the expense.

J Believe me, I understand. I've been in your shoes. I know how important it is to mind our pennies these days. If it's only the money that's an issue, perhaps we can come to some kind of customized agreement.

🄵 我很喜歡在這裡看到的東西，但不太確定如果繼續找下去的話，是否還有更優惠的選擇。

🄹 我不能保證你一定不會碰到這種情況，永遠都會有願意砍價的商人，但問題是服務的品質也會**無可避免地**遭到波及。**反觀**我們，就像我所說的，寧願維持我們的高品質以及專業的人力。我的意思是，優質的清潔服務還會在人員離開後留下些爛攤子給你收拾嗎？或是還有讓你放心不下的地方嗎？

🄵 放心不下？

🄹 我們會來到你家，對不對？我不知道妳是怎麼想，但假使我不在家的話，是絕不會只由於報價最低，就樂意敞開大門讓一群人長驅直入的！我們發現，顧客都會採用一些其他的**標準**來評鑑我們的，像我們的服務是否物超所值、是否可以信賴，以及是否符合極高的標準等。我已經從滿意的顧客那兒得到多到數不清的**感謝狀**⋯⋯

🄵 我了解你的論點，我只是擔心費用的問題。

🄹 相信我，我很了解，我一直都站在你的立場，也知道現今追求錙銖必較，因為那畢竟是你們的血汗錢嘛！不過如果只是卡在錢的議題上的話，那或許我們可以訂出某種專門為你們量身打造的合約。

1. **slash** [slæʃ] (v.) 大幅度削減
2. **inevitably** [ɪnˋɛvətəblɪ] (adv.) 不可避免地；必然地
3. **whereas** [hwɛrˋæz] (conj.) 反之
4. **criterion**（複數形 **criteria**）[kraɪˋtɪrɪən] (n.) 標準
5. **testimonial** [ˌtɛstəˋmonɪəl] (n.) 證書

More Expressions

A 説服顧客相信你的服務或產品所具備的優點 🎧 201

Persuading a Customer of the Merits[1] of Your Service or Product

1 You won't believe how much time you'll save with our new vacuum cleaner.

你絕對不會相信，我們的新型吸塵器會為你省去多少時間。

2 Four out of five dentists agree that our **mouthwash**[2] prevents **cavities**[3].

在五位牙醫中便有四位同意，我們的漱口藥水會預防蛀牙。

3 Ask our satisfied customers—they'll tell you that our product is the best on the market.

去問問我們那些滿意的顧客，他們會告訴你，我們的產品是市場中最好的。

4 Aren't you tired of wasting your time doing housework? Why not let us do it for you?

把寶貴的時間都浪費在做家事上，你是否厭煩透頂？為什麼不讓我們為你代勞呢？

5 Our new and improved design means this bike can **run rings around**[4] the other models.

我們的設計是新穎且經過改良的，表示這款機車的性能要**勝過**其他各機種。

6 Only people who are really **in the know**[5] understand the significance of this product. It's got great **snob appeal**[6].

只有真正**熟知內情**的人，才會了解這個產品的重要性，這可是**高檔貨**。

---

1. merit [ˋmɛrɪt] (n.) 優點
2. mouthwash [ˋmaʊθˏwɑʃ] (n.) 漱口藥水
3. cavity [ˋkævətɪ] (n.) 蛀洞
4. run rings around 勝過別的人或物
5. in the know (a.) 知情的 (非正式) = aware, informed
6. snob appeal 商品對顧客的吸引力

B 讓顧客相信他需要你的產品 🎧 202

Persuading a Customer That He or She Needs Your Product

7 If you have children, you have to protect them, and the best protection you can give them is our new helmet.

如果你有小孩，就要保護他們，而你可以給予他們的最佳保護，就是我們所提供的新式頭盔。

8 Your garden will not grow in this climate unless you use an **irrigation**[7] system, and ours is the best.

除非你使用一套灌溉系統，不然在這種氣候下你的花園會寸草不生，而我們的灌溉系統又恰好是其中最好的。

9 Without this brake **fluid**[8], you run a serious risk of brake failure.

要是沒有這種煞車油的話，你就會冒上煞車失靈的嚴重危險。

10 Mowing the lawn doesn't have to be a tiring task if you use our new lawn mower.

如果使用我們的新式除草機，那麼替草坪除草就不再是個麻煩工作了。

11 Just think of what you could do with the money you'll save when you switch to our new, **energy-efficient**[9] washing machine.

只要想想看當你改採我們節能的新式洗衣機時，可以把省下的錢拿去做什麼就行了。

---

7. irrigation [ˌɪrəˈgeʃən] (n.) 灌溉
8. fluid [ˈfluɪd] (n.) 流質；液體

9. energy-efficient [ˈɛnədʒɪ ɪˈfɪʃənt] (a.) 節能的

C 讓顧客在使用你的產品時感到滿意
Making Customers Feel Good About Using Your Product

12 When you choose to switch to our new, green detergent, you're helping the environment.

當你選擇改用我們的環保洗潔劑時，就是在幫助環境。

13 Isn't it worth it to pay a few pennies more for our eggs, knowing that our chickens don't suffer?

在了解到我們的雞並未受苦之後，為我們的雞蛋多付幾毛錢難道不值得嗎？

14 Installing these solar panels won't only help you—it'll help our country rely less on foreign oil.

安裝這些太陽能板不僅會幫助你自己，同時也有助於我們的國家減少對外國石油的依賴。

Listening Practice

Part 1 🎧 203

_____ **1** The woman is concerned about _____.

Ⓐ cost
Ⓑ quality
Ⓒ compromise

_____ **2** The man appeals to the woman's _____.

Ⓐ reason
Ⓑ emotion
Ⓒ snob appeal

_____ **3** What will happen tomorrow?

Ⓐ The woman will call the man.
Ⓑ The woman will visit the man.
Ⓒ The sister will call the man.

Part 2 🎧 204

_____ **1** The man emphasizes the product's _____.

Ⓐ improved design
Ⓑ safety for children
Ⓒ low price

_____ **2** This customer is not very motivated by _____.

Ⓐ price
Ⓑ quality
Ⓒ focus

Ans: A, B, A, B, A

PART **8** Communicating and Problem-solving at Work
職場的工作溝通和解決問題

討論工作上所犯的錯誤
Discussing a Mistake Made at Work

如何處理錯誤 How to handle a mistake

Everyone makes mistakes at work sometimes. The key to handling mistakes is to acknowledge them quickly, apologize for them sincerely, and show that you have learned from them.

❶ **Acknowledge your mistake.**

Why?	How?
1) You want people to know you understand how to do your job properly.	**1)** Report your mistake to the appropriate person immediately.
2) You want people to know you care enough about your job to do it properly.	**2)** Explain how you made the mistake.

❷ **Apologize to the appropriate people.**

Why?	How?
1) It shows that you care about the trouble you may have created for your colleagues.	**1)** Apologize professionally and sincerely, preferably in person.
2) It can help keep people from resenting you for the extra work you may have caused them.	**2)** Offer to help those seriously affected by your mistake, perhaps by taking on more work, to make it up to them.
	3) Don't dwell on it.

Kevin soon regretted trying 13 items at the 12 or less checkout.

凱文很快就後悔，到最多只可以結 12 個商品的結帳台，卻拿了 13 件商品。

12 ITEMS OR LESS ONLY

❸ **Show that you have learned from your mistake.**

Why?	How?
1) Your boss or colleagues will want to be sure that you won't make that mistake again.	**1)** Explain to your boss that you know how the mistake happened. **2)** Explain what you are going to do to make sure you won't repeat your error. **3)** Explain what you have learned from the experience.

每個人都會在工作上犯錯，處理錯誤的關鍵在於立刻承認、誠心誠意地為它們致歉，並顯示出你已經由錯誤中有所學習。

❶ 承認你的錯誤

為什麼要這樣？	如何進行？
1) 你想要讓別人知道，你已經了解到要如何正確無誤地完成自己的工作。 **2)** 你想要讓別人知道，你很在意如何把工作做好。	**1)** 立刻把你所犯的錯誤向適當的人呈報。 **2)** 解釋自己是如何犯下這錯誤的。

❷ 向適當的人士致歉

為什麼要這樣？	如何進行？
1) 這樣可以顯示出，你很在意對同事們所造成的困擾。 **2)** 這樣做有助於止息別人的怒火，不再為了你所可能導致他們額外的工作而憤憤不平。	**1)** 專門且誠心誠意地致歉，而且以當面表達為宜。 **2)** 向被你錯誤所嚴重影響到的那些人提供協助，比方說承擔起更多的工作，以對他們做出彌補。 **3)** 不要長篇大論。

❸ 顯示出你已經從所犯的錯誤中學習到教訓。

為什麼要這樣？	如何進行？
1) 你的上司或是同僚們會想要確定你不會重蹈覆轍。	**1)** 向上司解釋，你已經知道錯誤是如何發生的了。 **2)** 解釋你所要展開的行動，以確保絕不會再犯同樣的錯誤。 **3)** 解釋你已經從這次經驗中學到了哪些教訓。

More Expressions

A 承認錯誤　Admitting a Mistake 🎧 205

1 I've just realized that I used the wrong figures to create the new budget.
我剛剛才知道，我引用了錯誤的數據來編製新的預算。

2 I can't believe it—I **transposed**[1] the dates on the letter.
簡直不敢相信，我竟然把信上的日期給**弄顛倒**了。

3 There's been a mistake. I accidentally erased our files on the Thompson case.
我犯了錯，不小心竟然把湯普森個案中的檔案給清除了。

4 I've been looking for hours, but I can't find the drive anywhere. I'm afraid I might have thrown it away.
我已經找了好幾個小時，可是找遍所有地方都還是沒找到，恐怕我已經把它給扔掉了。

5 It's just come to my attention that I gave out the wrong dates for the conference.
我剛剛才注意到，我在會議裡所發布的日期是錯的。

B 道歉　Apologizing

6 I'm so sorry for the error I made.
我為自己所犯的錯誤感到抱歉。

7 I can't tell you how sorry I am for the mix- up.
我簡直無法告訴你，我對自己所造成的混亂感到多麼地過意不去。

8 I sincerely apologize for the mess that I caused.
我要誠心誠意為我所帶來的那些麻煩道歉。

9 I deeply regret being so **careless**[2] with the travel arrangements.
我對旅遊安排上的草率深感抱歉。

---

1. **transpose** [træns`poz] (v.) 使換位置
2. **careless** [`kɛrlɪs] (a.) 粗心的；漫不經心的

C 做出補償　Making Restitution　🎧206

10　The problem was my fault. I'll take the blame.
都是我的錯才造成這些問題的，我難辭其咎。

11　Of course I'll stay late until the problem is cleared up.
當然我會待到很晚，直到問題解決為止。

12　Please let me take you all out to dinner, to **make up for**[1] all the extra work I put you through.
請讓我帶你們大家一起外出用餐，好**彌補**由我所造成的所有額外工作。

13　Please let me know what I can do to make it up to you.
請讓我知道，我可以做些什麼來補償你。

D 證明那個錯誤不會再犯
Showing That the Mistake Will Not Be Made Again

14　I've **signed up**[2] for a computer training seminar to make sure I don't run into the same problem again.
我已經**報名參加**了一場電腦訓練研習會，以確保今後絕不會再陷入同樣的問題。

15　I've created a proofreading schedule for myself to make sure errors like these don't **slip past**[3] me anymore.
我已經為自己擬出了一份校對時程表，以確保絕不再犯像這樣的錯誤。

16　George and I are going to sit down and go over all the procedures in detail to make sure we're **on the same page**[4] in the future.
喬治和我會坐下來詳細查核所有的程序，以確保今後能夠**達成共識**。

---

1. **make up for** 彌補
2. **sign up** 報名參加（**sign in** 簽到）
3. **slip past** 溜過
4. **on the same page** 達成共識

Listening Practice

Part 1 🎧 207

(Man) I can't believe I didn't read over the file before I sent it out to the client. I've really Ⓐ _____. I'm so embarrassed.

(Woman) Don't beat yourself up about it. I know you'll Ⓑ _____ by being more careful in the future.

Part 2 🎧 208

(Woman) The scheduling problems were mostly Ⓒ _____. I'll Ⓓ _____.

(Man) Are you sure? They're pretty angry.

Part 3 🎧 209

(Man) I Ⓔ _____ that when I spoke to the client, I gave her an old schedule. I'm about to call her back and clarify.

(Woman) That's no problem, just make sure it all gets Ⓕ _____.

Ans: Ⓐ got egg on my face Ⓑ make up for it Ⓒ my fault Ⓓ take the blame Ⓔ just realized Ⓕ cleared up

討論工作方面的議題或問題
Discussing Issues or Problems With Your Work

湯姆和麗莎正在討論麗莎工作上的問題
Tom and Lisa are discussing a problem with Lisa's work

🔅 Tom　　🔅 Lisa

🎧 210

🔅 First of all, I really appreciate the work you've done on the **draft**[1]. The ideas in it are good, and I'm looking forward to the final product.

🔅 Good, I'm glad to hear it.

🔅 **That being said**[2], there are some problems with the current state of the report. First of all, it looks like you haven't followed the company's style **manual**[3] I gave you. The style manual lays out the correct format for different terms of art, as well as providing other **guidelines**[4]. It's really important that we all use it to keep our documents **consistent**[5].

🔅 I'm sorry about that—I completely forgot to consult the manual. I'll go over it and make the changes as soon as I can.

🔅 That's fine. Secondly, I'd like you to take a look at one of our past reports to get a sense of the typical structure and wording. Right now, your information isn't very well organized or clear. I think if you follow one of the previously published reports, it'll help you organize your thoughts better.

🔅 OK. Where can I get one of the reports?

🔅 Karen has **bound**[6] copies of all of them at her desk.

🔅 首先我要對妳在這項草案中所做的工作表達由衷的謝意，裡面的構想很不錯，而且我也很期待最後的成果。

🔅 很好，我很高興聽到這些。

🔅 雖然如此，目前這份報告在陳述上仍有些問題，首先是看來你好像並沒有遵守我給你的那份本公司格式手冊，它裡面提供了各術語的正確用法，並且提供了其他的指導原則。本公司的所有同仁都用它來統一文件格式，這點很重要。

🔅 這點很抱歉，我完全忘了查看那本手冊，我這就回去仔細閱讀，並盡快做出修改。

Kevin found IT management very easy indeed.
凱文發現資訊管理真的很簡單。

REBOOT!
重開機

🅣 好極了!其次是我希望你能看看我們過去的一份報告,好了解典型的結構和語法是什麼,因為你現在提供的資料缺乏組織且不夠明確。我想如果能遵循我們過去所發布的報告,就一定可以幫助你組織好自己的想法。

🅛 好,我可以在什麼地方拿到這篇報告?

🅣 所有的報告都裝訂好放在凱倫的桌子上。

More Expressions

A 找出問題 Identifying Problems 🎧 211

1 What I think you've done is misread the instructions.
　我認為你的做法錯誤解讀了這些指令。

2 You must have **skipped**[7] the last step. 你一定省略了最後的步驟。

3 Everything else is fine; you've just **overlooked**[8] the budget section.
　其他的每樣東西都很好,你只是忽略了預算的部分。

4 It's very important that these procedures be followed **to the letter**[9],
　or your results will be **flawed**[10].
　嚴格遵循這些程序,這點十分重要,否則結果一定會有瑕疵。

1. **draft** [dræft] (n.) 草稿
2. **that being said** 即使如此
3. **manual** [ˈmænjʊəl] (n.) 手冊;簡介
4. **guideline** [ˈgaɪd.laɪn] (n.) 指導方針
5. **consistent** [kənˈsɪstənt] (a.) 始終如一的
6. **bound** [baʊnd] (a.) 裝訂好的
7. **skip** [skɪp] (v.) 略過
8. **overlook** [.ovəˈlʊk] (v.) 看漏;忽略
9. **to the letter** 嚴格按照指示地
10. **flaw** [flɔ] (v.) 使有缺陷

5 Some of these design elements will have to be changed.
在這些設計元素中，有些必須要換掉。

6 My Mandarin is just a bit **rusty**[1] these days. 我的中文近來有點退步了。

B 建議解決問題的方法 Suggesting Ways to Solve Problems

7 In the future, please ask Roseanna to review your documents before you send them to be printed.
以後在把文件送印之前，請要求蘿珊娜檢查一下。

8 Next time, come to me if you have a question.
下次如果還有問題的話，請來找我。

9 If you follow the handbook, I'm sure you'll be able to finish this without any more mistakes.
如果遵循這本手冊的指示，我保證你可以在不犯任何過錯下完成這件事。

10 Maybe we need to sign you up for a **refresher course**[2] on this program.
或許我們得讓你參加這個學科的補習課程。

11 I think better planning will prevent this from happening again.
我想較好的計畫可以防止這件事重演。

12 I think with one more **iteration**[3] of review, we'll be set.
我想如果能再檢查一次，我們就一定可以準備就緒的。

C 對建議做出回應 Responding to Suggestions

13 Thanks, I'll do that. 謝謝，我會那麼做的。

14 Of course. I don't know why I didn't do that in the first place.
當然，我並不知道自己第一次為什麼沒那麼做。

15 That sounds great. Thank you for your feedback.
這聽起來蠻不錯的，謝謝你的回應。

16 I'm so sorry. Of course I'll follow your instructions in the future.
抱歉，以後我當然會遵守你的指令。

17 I'll be sure to do that next time. 下一次我一定會那麼做的。

---

1. rusty [ˈrʌstɪ] (a.) 生鏽的；不靈光的
2. refresher course 補習課程
3. iteration [ˌɪtəˈreʃən] (n.) 重複

Listening Practice

Part 1 🎧 212

_____ ① The man is worried about _____.
Ⓐ the woman's sales performance
Ⓑ the woman's sales pitch
Ⓒ the woman's sales information

_____ ② The woman is confident because _____.
Ⓐ she is a top salesperson
Ⓑ she has set a reasonable goal
Ⓒ she has done research that supports her idea

_____ ③ The man wants the woman to _____.
Ⓐ continue if she feels sure
Ⓑ do more research to be sure
Ⓒ be penalized later

Part 2 🎧 213

_____ ① The woman thinks the man _____.
Ⓐ hasn't allotted enough time
Ⓑ has allotted too much time
Ⓒ needs two weeks

_____ ② The woman probably thinks _____.
Ⓐ the schedule will be fine after making the change she mentioned
Ⓑ the schedule needs more changes
Ⓒ the schedule is complete

Ans: A, C, A, A, B

PART **8** **Communicating and Problem-solving at Work**
職場的工作溝通和解決問題

提出抱怨或批評
Making Complaints or Criticisms

凱倫正在抱怨她的工作
Karen is complaining about her workload 🎧 214

K Karen　　**T** Ted

K Hi Ted. Have you got a second?

T Sure. What's up?

K Well, I hate to say this, but I think I'm having a problem with my **workload**[1]—specifically, with a project that Maryanne has just given me.

T What's the problem?

K Well, I've got my hands pretty full with the office management work I do, in addition to managing the schedules and phones. When I have free time, of course, I'm happy to help. But today, Maryanne came by and left a pile of documents on my desk to be reviewed and posted to the website. I haven't been able to reach her to talk to her about it, so I thought I'd better come to you to let you know that I won't be able to get to it until later in the week.

T I see.

K And, frankly, I didn't think it was Maryanne's place to be **delegating**[2] work to me. Am I **misguided**[3]?

T No, no. Maryanne should have come to me first. Never mind. I'll speak to her. Just bring the documents to me, will you?

K Sure. Thanks, Ted. I don't want to cause trouble, but I**'m** pretty **swamped**[4] and I can't just take on any job anyone else doesn't have time for. I feel bad **going over Maryanne's head**[5], but I just haven't been able to find her.

Ⓚ 嗨，泰德，現在有時間嗎？

Ⓣ 有啊，怎麼啦？

Ⓚ 這件事實在難以啟齒，但我認為我的**工作量**出現了問題，尤其是瑪麗安剛剛交付我一個方案。

Ⓣ 有什麼問題嗎？

Ⓚ 原先我做的辦公室管理工作就已經把時間給佔滿了，再加上還要處理排程表和電話的問題，便更忙不過來了。當然如果有空閒的時間，我也樂於幫助，但今天瑪麗安卻突然跑來，留了一堆文件在我桌上，要我查核並登錄在網站上。我沒辦法找到她討論這件事，所以覺得最好還是先找您，讓您知道這一週要晚一點，我才能著手進行這件事。

Ⓣ 我明白了。

Ⓚ 還有，坦白說，我認為瑪麗安是無權**委派**工作給我的，我是不是**誤會**了這點？

Ⓣ 對，對，瑪麗安本來就應該先來找我，不要緊，我會跟她說的，就把文件給我好嗎？

Ⓚ 好啊！謝了，泰德，我不想引起什麼困擾，但我實在**忙得不可開交**，也無法承擔起任何其他人沒時間去做的工作。我對**沒有和瑪麗安商量就直接跑來找您**一事，覺得十分過意不去，但我實在是找不到她。

More Expressions

Ⓐ 提出抱怨　Making Complaints 🎧 215

1 If I have to rewrite this report one more time, I'm going to **lose it**[6] .
如果我得把這份報告重寫一遍的話，我就要**抓狂**了。

2 The noise outside is driving me crazy. I can't take it anymore.
外面的吵雜聲讓我抓狂，簡直再也無法忍受了。

3 If Andrea can't deal with her employees, maybe she shouldn't be a manager.
如果安潔雅無法管理好她的員工，那就不應繼續擔任經理。

---

1. **workload** [ˈwɜkˌlod] (n.) 工作量
2. **delegate** [ˈdɛləget] (v.) 委任
3. **misguide** [mɪsˈgaɪd] (v.)
   對……指導錯誤

4. **be swamped** 忙得不可開交
5. **go over someone's head**
   越過某人的意見
6. **lose it** 失去理智

221

4 Jim Jeter has been really stressed out lately and he's **taking it out on all of us**[1].

最近吉姆・彼得的壓力實在很大，而且還把它**發洩在我們每個人身上**。

5 They keep assigning me work to do at the last minute. I'm sick and tired of staying late.

直到最後一分鐘他們還不停的指派工作給我，我因為待得太晚而病倒了，而且全身疲乏。

6 Jerome's just **dumping**[2] his extra work on me.

傑若米剛剛把他的額外工作都**堆**在我頭上。

7 I'm tired of covering for Gabor. 我老是在幫蓋伯擦屁股，實在煩死人了。

8 I've been **up to my ears**[3] in meetings for months and I'm sick of it.

幾個月來我一直泡在開不完的會議裡，真讓人厭煩。

B 提出批評　Making Criticisms 🎧216

9 I don't think this arrangement is going to work. 我認為這個安排是沒有用的。

10 We can only make these deadlines if we all work overtime for a month, and I don't think any of us is willing to do that.

我們只有連續加班一個月才能趕上截止日，況且我還認為，我們之中沒人會願意加班的。

11 I've looked over the numbers again and again and they don't make sense. Someone's made a mistake.

我已經一再檢查了這些數字，但還是兜不攏，看來有人出了錯。

12 Don't you think that this schedule doesn't have nearly enough time for revision?

難道你不認為，這個時程表幾乎沒有足夠時間給修改校正？

13 Whoever designed this clearly didn't think about the end user.

不管這個是誰設計的，顯然都沒有考慮到終端用戶。

14 I think that's the **shoddiest**[4] presentation I've ever seen.

我覺得這是我所聽過最爛的一次簡報。

15 That was an embarrassing display. 那是個讓人尷尬的展覽會。

16 If they don't fix these problems, we'll end up having to **recall**[5] this one.

如果他們搞不定這些問題，我們最後勢必得把這產品召回。

Listening Practice

Part 1 🎧 217

_____ 1 The problem is that the product is _____.

Ⓐ shoddy   Ⓑ swamped   Ⓒ up to its ears

_____ 2 The product will probably be _____.

Ⓐ requested to be returned

Ⓑ very popular

Ⓒ destroyed

Part 2 🎧 218

_____ 1 Which statement is true?

Ⓐ Jin has been covering for the woman.

Ⓑ The woman has been covering for Jin.

_____ 2 The woman might have to _____.

Ⓐ go up to Jin's ears

Ⓑ go over Jin's head

Ⓒ go over her head

_____ 3 The man says he would have _____.

Ⓐ continued helping Jin for a while longer

Ⓑ lost Jin's work somewhere

Ⓒ gotten very angry at Jin by this time

Ans: A, A, B, B, C

1. **take it out on someone**
   發洩在某人身上
2. **dump** [dʌmp] (v.) 扔下
3. **up to someone's ears**
   某人沈溺在某事中
4. **shoddy** [ˈʃɑdɪ] (a.) 劣等的
5. **recall** [rɪˈkɔl] (v.) 回收；撤回；召回

PART 8 Communicating and Problem-solving at Work
職場的工作溝通和解決問題

提出要求或建議
Making Requests or Suggestions

凱倫的同事提出了一項建議
Karen's colleague makes a suggestion 🎧219

K Karen   **J** Julio

K This speech has got me totally **stumped**[1].

J Can I take a look at what you've got? Maybe a pair of **fresh eyes**[2] will help.

K Of course! I'll take all the help I can get.

J What exactly are you having trouble with?

K Well, I'm not sure how to get started. I don't want to **lead off**[3] with a **corny**[4] joke, but I also don't want to use some old **cliché**[5] like "and now, a man who needs no introduction." If you could tell me an interesting, appropriate way to **get things rolling**[6], I'd be so happy.

J Have you thought about using images in your introduction? I mean, it's unusual, but it might be a good way to make a visual joke before you get down to serious stuff.

K Hmmm. That's an unusual idea, but I'm not sure how Dr. Johnson would feel about showing pictures of him.

J The other thing you might want to try is to find a quote from one of his heroes. That way, you could lead off with something inspirational, but in a way that also reveals something about Dr. Johnson's personality.

K Now that I like!

K 這篇演說稿完全難倒了我。

J 我可以看一看妳所寫的嗎？或許別人不同的見解會有所幫助。

K 當然！我一定會獲得幫助的。

J 妳到底碰到了什麼困擾？

K 我還不清楚要如何起頭，我不想要以一個老掉牙的笑話做為開始，但也不想要用一些陳腔濫調，像是「他很有名，不需要多做介紹」等等。不知道你是否可以告訴我一套既生動有趣、又很貼切的方式做為開場白，這樣我一定會很高興的。

Kevin decided he should take cooking classes
before looking for another girlfriend.

凱文決定在找到下一個女友前，先去上烹飪課。

J 妳有想過用影像做介紹嗎？我的意思是這雖然並不常見，但或許是個很好的方式，可以在深入探討嚴肅的東西之前，利用視覺效果逗大家笑一笑。

K 嗯，這是個很奇特的點子，但我實在不清楚要是秀出強森博士照片的話，他會有何感受？

J 妳或許可以嘗試別的做法，那就是引用他心目中一位英雄人物所說過的話。如此一來，就可以用一些振奮人心的東西做開頭，不過，這種方式也會同時透露一些有關強森博士的人格特質。

K 我就是想要這樣！

More Expressions

A 婉轉地提出要求 Making Indirect Requests 🎧 220

1	Would it be possible to get a copy of this?	可不可以給我一份這文件的影本？
2	Is there any way to get another computer in here?	有沒有其他的方法可以讓我使用另一台電腦？
3	I was hoping you could **put in a good word for me**[7].	希望你可以為我美言幾句。
4	I was wondering if you could look at something for me.	不知道你可不可以為我查看些東西？

1. **stump** [stʌmp] (v.) 使……為難
2. **fresh eyes** 不同的觀點
3. **lead off** 第一個發言
4. **corny** [ˋkɔrnɪ] (a.) 陳腐的
5. **cliché** [kliˋʃe] (n.) 陳腔濫調
6. **get things rolling** 讓事情開始
7. **put in a good word for someone** 替某人說好話

225

B 直接提出要求　Making Direct Requests

5　Could I be the one to do the introduction?
我可以當引言人嗎？

6　Could you check to see if there are any other rooms available?
你可否確認一下，看看是否還有其他任何可用的房間？

7　I've got to ask you for an **extension**[1] on my deadline.
看來得要求你**延後**我的截止期限了。

8　I'd really like to take a more active role in this project.
我很想要在這個計畫中擔任一個更活躍的角色。

9　I'd love to be part of the design team for the X180 project, if that's possible.
如果有可能的話，我很樂意成為 X180 計畫設計小組的成員。

C 直接提出建議　Making Suggestions　🎧221

10　How about letting Justin **take a crack at it**[2]? 就讓賈斯汀試試看如何？

11　What if you tried calling instead of email?
如果你試著打電話而不用電子郵件來聯絡的話，不知道會怎樣？

12　Why don't you ask Jeremy for his opinion?
為什麼你不徵詢傑若米的意見呢？

13　I say we **scrap**[3] this and **start over from scratch**[4].
我提議我們扔掉這東西，然後從頭再來。

14　I suggest you start the presentation with some images from the site.
我建議你不妨以這景點的一些影像開始做簡報。

15　I think you **ought to**[5] cut this part out. 我覺得你應該去掉這部分。

16　If it were up to me, I'd stick with red.
如果這由我來決定的話，我會堅持要紅色的。

17　Go with something totally new and really **turn the event on its head**[6]!
帶些全新的東西進來，並且徹底顛覆它！

---

1. **extension** [ɪkˋstɛnʃən] (n.) 延期
2. **take a crack at something** 試試看
3. **scrap** [skræp] (v.) 扔掉
4. **start over from scratch** 從頭開始
5. **ought to** 應該（= should）
6. **turn sth. on its head**
   徹頭徹尾地改變

Listening Practice

Part 1 🎧 222

_____ ① The man asks for _____.
Ⓐ a crack　Ⓑ a deadline　Ⓒ an extension

_____ ② The prototype was delayed because _____.
Ⓐ it took some time to solve a problem
Ⓑ the initial prototype had to be scrapped
Ⓒ they had to start the design from scratch

_____ ③ The woman wants the prototype _____.
Ⓐ today　Ⓑ by Friday　Ⓒ by the deadline

Part 2 🎧 223

_____ ① The man suggests _____.
Ⓐ that the woman let Hannah do some analysis
Ⓑ that the woman scrap Hannah
Ⓒ that the woman start over

_____ ② Hannah sometimes has trouble _____.
Ⓐ stopping projects
Ⓑ starting projects
Ⓒ sticking to deadlines

Ans: C, A, B, A, B

PART **8** Communicating and Problem-solving at Work
職場的工作溝通和解決問題

處理顧客的抱怨
Dealing With Complaints From Customers

如何處理顧客的抱怨
How to handle customer complaints

Responding in writing to valid complaints
以書面回應有憑據的抱怨事項

❶ **Acknowledge the communication notifying you of the complaint.** In the first paragraph of your response, reference the letter, email, fax, or phone call in which you were told of the problem. This attention to detail shows the customer that you are paying attention to their concerns.

❷ **Apologize for the mistake.** Also in the first paragraph of your correspondence, apologize sincerely for the mistake and acknowledge the inconvenience that you have caused your customer.

❸ **Explain the mistake and your corrective actions.** Customers will want to know that the mistakes you've made won't be repeated. After your apology, explain how the mistake was made and then explain the steps you will take to ensure it won't be made again.

❹ **Offer appropriate restitution.** Many mistakes end up costing customers time and money. It may be appropriate to offer **compensation**[1] to a customer who has lost money as a result of your mistake. Compensation may take the form of **refunds**[2], **gift certificates**[3], discounts on future orders, or any other appropriate form, depending on the industry and the particular mistake.

---

❶ **要感謝對方的通知。**因此在書面回應的第一個段落裡，便得註明對方是以信函、電子郵件、傳真，抑或是電話告訴你問題的所在。這種連細節都不放過的舉措，可以向顧客們顯示出，你已留意到他們所關切的事項。

❷ **為錯誤致歉。**在回函的第一段裡，還要為錯誤誠心誠意地道歉，並坦承你已經給顧客帶來了不便。

❸ **解釋錯誤以及自己的修正措施。**顧客一定想要知道，你們會不會重蹈覆轍，因此在道過歉後，就要解釋錯誤是如何造成的，並接著說明你要採取的步驟，以確保它不至於再犯。

❹ **提供適當的補償。**許多錯誤到最後都會讓顧客損失時間和金錢，如果錯誤的結果會讓顧客平白浪費了些金錢，或許較適當的做法就是提供給他們一些**賠償**。賠償的形式不一，如退款、禮券、日後訂單的折扣，或是其他任何適當的形式，這些都得視產業別以及錯誤為何而定。

Responding over the phone to valid complaints
透過電話回應正當的抱怨事項

Follow the same principles when responding to complaints over the phone. First, apologize to the customer and thank him or her for bringing the problem to your attention. Then, explain the mistake to the best of your ability.

Because you may not have time to think carefully about the mistake and its effects, you may want to ask if you can have some time to investigate and then call the customer back. It is better to be able to give a complete answer than to make things up **on the spur of the moment**[4].

當我們是以電話回應顧客的抱怨時，也要遵循相同的原則。首先要向顧客致歉，並感謝他注意到這樣的情形。接著，要盡最大的力量解釋那些錯誤。

由於你可能無暇仔細思考這些錯誤以及所產生的效應，所以得問問自己，是否可以抽出些時間加以調查，然後再回電話給顧客。與其在**倉促下**編造些理由，倒不如給對方一個完整而詳實的答案。

Responding to invalid complaints   回應不實的抱怨

❶ **Express sympathy for your customer's problems, but don't admit fault.** You want to appear **sympathetic**[5] to your customer's difficult situation, but it is important not to apologize for a problem you are not responsible for.

❷ **Explain that you were not at fault.** Respectfully but clearly explain your contention that you are not at fault for the problem the customer has complained about. Do not, however, suggest that the customer was at fault. Don't **assign blame**[6] at all if you can avoid it.

❶ 對顧客的問題要表達同理的立場，但不可承認錯誤。你會想要對顧客所面臨的麻煩展現出同理心，但重要的是，不可對非己方責任的問題道歉。

❷ 解釋這並不是你的錯。以尊重但十分明確的語氣解釋你的論點：那位顧客所抱怨的問題並非你的責任，不過，也別暗示那是顧客的錯。如果可以的話，就盡量避免責怪別人。

1. **compensation** [ˌkɑmpənˈseʃən] (n.) 補償；賠償
2. **refund** [rɪˈfʌnd] (n.) 退款
3. **gift certificate** (n.) 禮券

4. **on the spur of the moment** 一時衝動
5. **sympathetic** [ˌsɪmpəˈθɛtɪk] (a.) 有同情心的
6. **assign blame** 歸咎於……

More Expressions

A 感謝對方的通知　Acknowledging a Communication 🎧224

1 Thank you for your letter of November 15, in which you complained about the quality of the shipment you received on November 14.
謝謝您在 11 月 15 日的來函，對於在 11 月 14 日所收到的貨物品質提出申訴。

2 Thank you for your fax of July 18, **detailing**[1] your problems with the Power Monitor you purchased from us.
謝謝您在 7 月 18 日的傳真，**詳細敘述**了你從我們這兒所購買的螢幕出了問題。

3 I was so sorry to hear about the reception problems you are having, which you informed me about in our phone conversation of June 20.
我很遺憾在 6 月 20 日的電話交談中，聽到您告訴我您所遇到的接待問題。

4 Thank you for your email, which I received yesterday.
我昨天收到您的電子郵件，謝謝您。

B 為錯誤致歉　Apologizing for a Mistake

5 We are so sorry for the inconvenience this delay has caused you.
對於這次延誤所帶給您的不便，我們深感遺憾。

6 I sincerely apologize for the quality issues you had with this order.
我要為這批訂單所產生的品質問題，向您致上誠摯的歉意。

7 Please accept our apologies for sending you an **incomplete**[2] order.
由於寄給您的這批訂單**不夠齊全**，請接受我們由衷的歉意。

8 We are deeply sorry for the poor customer service you received on October 22.
您在 10 月 22 日所受到的顧客服務實在有夠差勁，我們深感遺憾。

1. **detail** [ˋditel] (v.) 詳述
2. **incomplete** [ˌɪnkəmˋplit] (a.) 不完全的

C 在不接受責任下表達同情的立場
Expressing Sympathy Without Accepting Responsibility

9　We understand how difficult this situation must be for you.
我們了解，這種情況對你來說想必很棘手。

10　We appreciate your frustration at the ongoing situation.
我們深切體會出你在目前狀況中所遭到的挫折。

11　We sympathize with your frustration.
我們對你感受到的失望感同身受。

12　I know how frustrating waiting can be.
我們深知等待是多麼地讓人洩氣。

D 解釋錯誤　Explaining Mistakes　∩225

13　It seems that your package was accidentally put with the **domestic**[3] shipments rather than the international ones.
你的包裹似乎是意外地放在**國內**貨運而非國際貨運那兒。

14　We've discovered a **glitch**[4] in our billing system, which resulted in our sending you an inaccurate bill.
我們在帳務處理系統裡發現了一個**小毛病**，致使我們所寄給你的帳單有了錯誤。

15　The damage was caused by a leaking panel in the truck roof.
損害是由卡車頂的鑲板漏水所致。

16　There appears to have been a communication **breakdown**[5].
看來是通訊**故障**。

17　We are **at a loss to understand**[6] how our design team could have misunderstood your needs so completely.
我們實在**不了解**，我的設計團隊何以會完全誤解了你的需求。

---

3. **domestic** [dəˋmɛstɪk] (a.) 國內的
4. **glitch** [glɪtʃ] (n.)（設備、機器等的）小故障、失靈
5. **breakdown** [ˋbrek͵daʊn] (n.) 故障
6. **at a loss to understand** 無法理解

E 解釋補救措施　Explaining Corrective Actions

18 In the future, we will keep domestic and international mail separate.
以後我們會把國內郵件和國際郵件給分開。

19 We have fixed the problem and are updating and checking our entire billing database.
我們已把問題給搞定了，同時更新並查核了我們整個的帳務處理系統。

20 We have repaired the problem and **inspected**[1] the rest of our fleet.
我們已經把問題給修補好了，並且還檢查我們車隊裡的其他車輛。

21 We are putting procedures in place to ensure that key information doesn't **fall through the cracks**[2] again.
我們正把這些程序安排妥當，以確保重要訊息不至於再度被我們忽略掉。

F 提供賠償　Offering Restitution

22 Of course, we will send you a **replacement**[3] shipment at no cost.
當然，我們會免費更換並補寄另一批貨給您。

23 We hope that you will use the **enclosed**[4] gift certificate and give us a chance to show you what our service is really like.
我們希望你會使用隨函附寄的禮券，並給我們一個機會，好向您展現我們實際的服務品質。

24 We would like to offer you a 25 percent discount on your next order, as a token of our commitment to our continuing business relationship.
我們會很樂意給您下批訂單提供 75 折的折扣，以做為我們致力發展長期關係的承諾。

25 We have already **credited**[5] a full refund to your account.
我們已經把退款全額匯入您的帳戶。

---

1. **inspect** [ɪnˋspɛkt] (v.) 檢查
2. **fall through the cracks** 忽略；漏掉
3. **replacement** [rɪˋplesmənt] (n.) 更換
4. **enclose** [ɪnˋkloz] (v.) 隨信（或包裹）附上
5. **credit** [ˋkrɛdɪt] (v.) 把錢存進銀行帳戶

Listening Practice

Part 1 🎧 226

(Man) Hello. I'm calling to complain Ⓐ _____ the service I received when I visited your shop this afternoon. I cannot tell you how poorly I was treated.

(Woman) I'm so sorry to hear that. Would you please explain exactly what Ⓑ _____, so I can try to figure out what went Ⓒ _____?

Part 2 🎧 227

(Woman) We are so Ⓓ _____ to hear about the faulty goods you received. We are sending you a Ⓔ _____ shipment immediately, and we'd like to offer you a Ⓕ _____ on your next order.

(Man) Thank you. I'll want to check the quality of this shipment before I Ⓖ _____ my next order.

Part 3 🎧 228

(Man) The problem seems to stem from a Ⓗ _____ in one particular data processing program. We have our programmers on it already.

(Woman) I'm glad to hear you're Ⓘ _____ care of things.

Ans: Ⓐ about Ⓑ happened Ⓒ wrong Ⓓ sorry Ⓔ replacement Ⓕ discount Ⓖ place Ⓗ glitch Ⓘ taking

商業信件的編排與結構
The Layout and Structure of Business Letters

商業信件的要件和編排
The elements and layout of a business letter

Business letters in English must include the following key elements, in this order:

英文商業信件依序必須包括下列重要部分：

POSTCARD

❶ the sender's address,

❷ the date,

❸ the receiver's address,

❹ a salutation,

❺ the body of the letter,

❻ and a closing.

❶ 寄信者的地址

❷ 日期

❸ 收信者的地址

❹ 開頭的稱呼語

❺ 信件內容

❻ 結束語

There may also be an attention line, a reference line, and a line mentioning any enclosed items, typists, and other individuals courtesy copied on the letter.

此外也或許包括注意欄、參考欄，以及在信件中有提到任何有關隨函附件、打字者，或副本抄送予其他個別人士的欄位。

Envelope
信封

寄件人名稱與地址
Sender's company's name and address

Irina Safarova
Quality Cosmetics, Inc.
302 Beauty Lane, Suite 5
San Bruno, CA 94066
(650) 656-7000

1

信件類別註明
On-Arrival Notations

2

PERSONAL

Mr. Donald Williams
Permissions Department
Harbinger Publishing
309 Ditmas Ave
Brooklyn, NY 11218-4901

收件人名稱與地址
Recipient's name and address

郵票
Postage stamp

Ceskoslovensko

3

CERTIFIED MAIL

郵寄方式
Special Mailing Notations

Basic business letter format
基本商業書信格式

❶ Letterhead OR Sending company's name and address

寄件者的姓名和住址

1 *Quality Cosmetics, Inc.*
302 Beauty Lane, Suit 5
San Bruno, CA 94066
(415) 748-9852

Permissions Department
Harbinger Publishing
309 Ditmas Ave
Brooklyn, NY 11218-4901

❷ Recipient's name and address

收件者的姓名和住址

July 9, 2022

Dear Permissions Editor:
I would like to use one of your illustrations in my in-house report entitled "Third Quarter Growth in the Cosmetics Industry." The illustration is called "Girl Applying Lipstick."

I apologize for any inconvenience. Please contact me as soon as possible at (415) 748-9852.

Regards,
Irina Safarova
Analyst, Quality Cosmetics

4

❸ Body text

主文

❹ Closing and signature

署名

Catherine Davies
15 Qingtong Rd,-1011
Pudong New District,
Shanghai, 201203

November 1, 2022

1

Ms. Nina Lin
Double Design
Room 205, Building 3
Lane 2498, Pudong Avenue
Shanghai

2

Dear Ms. Lin:

Thank you for your attention. I am writing to request an interview regarding Double Design's opening for a graphic designer.

I am a recent graduate of the Academy of Art University with a degree in Graphic Design. For the past six months I have interned with Studio Design in Shanghai, learning to apply the skills I gained in school. I would be very happy to have an opportunity to learn more about the position and the possibility of working together.

3

I have enclosed my resume for your reference. Please feel free to contact me for any reason at (021) 5184-3155 or over email at cath.davies@yahoo.com. Thank you again for your attention. I look forward to hearing from you.

Best regards,
Catherine Davies
Catherine Davies

Enc (1)

cc: Flora Lopez

4

商業信件的結構
The structure of a business letter

Business letters are structured in one of three basic ways: block style, modified block style, and indented style. The indented style is the oldest of the three and may now be **falling out of favor**[1]. The block and modified block styles are currently the most popular.

商業信件在結構上可分為下列三種基本的格式：齊頭式、改良齊頭式，以及縮排式。其中縮排式是三者之中最老舊的，而且現在或許已**不受青睞**，相形之下，齊頭式和改良齊頭式則是目前最受歡迎的。

1. **fall out of favor** 失去青睞

Three business letter styles
三種商務書信形式

❶ block style
齊頭式

❷ modified block style
改良齊頭式

❸ indented style
縮排式

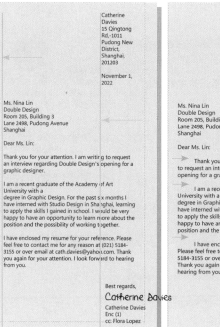

❶ Block style 齊頭式

Kayla Johnson
1627 Pumpkin Lane
Gaithersburg, MD 20886 USA

1 blank line

July 12th, 2022

3 blank lines

❶ every part of a piece of writing or letter begins at the left hand margin

Byeon Kwan
#22 Yoido-dong
Yeongdeungpo-gu
Seoul, South Korea 150-033

1 blank line

Dear Ms. Kwan,

1 blank line

❷ Use hard returns between paragraphs

Thank you for your letter of June 1, requesting our newest sales catalog. I am happy to enclose our newest catalog in this letter, as well as a coupon good for a 10 percent discount off of your first order!

1 blank line

Thank you again for your interest in our company. Please feel free to contact me with any other questions you might have. I look forward to hearing from you and providing you with the high-quality products we pride ourselves on.

1 blank line

Sincerely,

Kayla Johnson   3 blank lines

Kayla Johnson

1 blank line

Enc: June 2022 catalog

1 blank line

Kayla Johnson
Pumpkin 巷 1627 號
Gaithersburg，馬里蘭州 20886 美國

2022 年 7 月 12 日

❶ 每篇文章或每封信件從左側起始。

Byeon Kwan
Yoido-dong 22 號
Youngdeungpo-gu
首爾，南韓 150-033

❷ 在段落之間用輸入鍵。

親愛的關先生：

感謝您在 6 月 1 日來信，索取我們最新的銷售目錄，我很樂意隨此信函附寄我們最新的目錄，以及一張贈品券，可在首批訂單中享有 10% 的折扣！

再次感謝您對本公司的關愛，如有其他任何問題請隨時與我聯絡，不要客氣。我衷心期盼得到您的訊息，並把我們引以為傲的高品質產品提供給閣下。

謹上

凱拉‧強森

附件：2022 年 6 月份目錄

❷ Modified block style 　修正後的齊頭式

1 blank line

Kayla Johnson
1627 Pumpkin Lane
Gaithersburg, MD 20886 USA

July 12th, 2022

3 blank lines

Byeon Kwan
#22 Yoido-dong
Yeongdeungpo-gu
Seoul, South Korea 150-033

3 blank line

Dear Ms. Kwan:

1 blank line

Thank you for your letter of June 1, requesting our newest sales catalog. I am happy to enclose our newest catalog in this letter, as well as a coupon good for a 10 percent discount off of your first order!

1 blank line

Thank you again for your interest in our company. Please feel free to contact me with any other questions you might have. I look forward to hearing from you and providing you with the high-quality products we pride ourselves on.

1 blank line

Best wishes,

3 blank lines

Kayla Johnson

1 blank line

Enc: June 2022 catalog

1 blank line

cc: Justine Young, Sales Manager

1 blank line

凱拉・強森
Pumpkin 巷 1627 號
蓋瑟斯堡，馬里蘭州 20886 美國

2022 年 7 月 12 日

拜昂・關
Yoido-dong 22 號
Youngdeungpo-gu
首爾，南韓 150-033

親愛的關先生：

感謝您在 6 月 1 日來信，索取我們最新的銷售目錄，我很樂意隨此信函附寄我們最新的目錄，以及一張贈品券，可在首批訂單中享有 10% 的折扣！

再次感謝您對本公司的關愛，如有其他任何問題請隨時與我聯絡，不要客氣。我衷心期盼得到您的訊息，並把我們引以為傲的高品質產品提供給閣下。

謹致問候

凱拉・強森
附件：2022 年 6 月份目錄
副本抄送：賈斯汀・楊，業務經理

❸ Indented style 縮排式

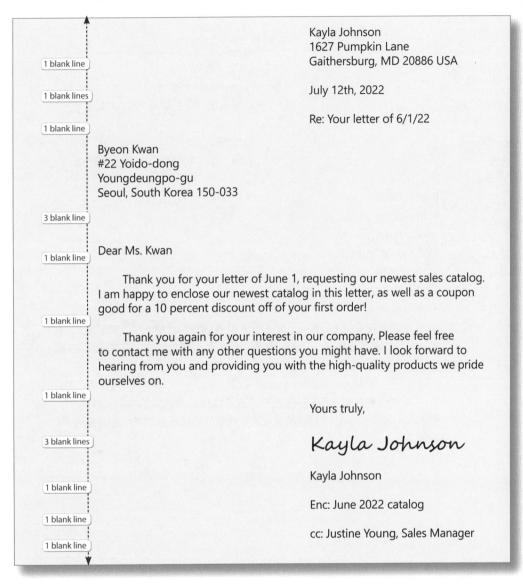

1 blank line

1 blank lines

1 blank line

3 blank line

1 blank line

1 blank line

1 blank line

3 blank lines

1 blank line

1 blank line

1 blank line

Kayla Johnson
1627 Pumpkin Lane
Gaithersburg, MD 20886 USA

July 12th, 2022

Re: Your letter of 6/1/22

Byeon Kwan
#22 Yoido-dong
Youngdeungpo-gu
Seoul, South Korea 150-033

Dear Ms. Kwan

　　Thank you for your letter of June 1, requesting our newest sales catalog. I am happy to enclose our newest catalog in this letter, as well as a coupon good for a 10 percent discount off of your first order!

　　Thank you again for your interest in our company. Please feel free to contact me with any other questions you might have. I look forward to hearing from you and providing you with the high-quality products we pride ourselves on.

　　　　　　　　Yours truly,

　　　　　　　　Kayla Johnson

　　　　　　　　Kayla Johnson

　　　　　　　　Enc: June 2022 catalog

　　　　　　　　cc: Justine Young, Sales Manager

凱拉・強森
Pumpkin 巷 1627 號
蓋瑟斯堡，馬里蘭州 20886 美國

2022 年 7 月 12 日
主旨：您在 2022 年 6 月 1 日的來信

Byeon Kwan
Yoido-dong 22 號
Youngdeungpo-gu
首爾，南韓 150-033

親愛的關先生：

　　感謝您在 6 月 1 日來信，索取我們最新的銷售目錄，我很樂意隨此信函附寄我們最新的目錄，以及一張贈品券，可在首批訂單中享有 10% 的折扣！

　　再次感謝您對本公司的關愛，如有其他任何問題請隨時與我聯絡，不要客氣。我衷心期盼得到您的訊息，並把我們引以為傲的高品質產品提供給閣下。

　　敬啟

凱拉・強森
附件：2022 年 6 月目錄
副本抄送：賈斯汀・楊，業務經理

More Expressions

A 問候／開頭的稱呼　Greetings/ Salutations[1]

Salutations may end in a colon, a comma, or no punctuation. Formal salutations should consist of the receiver's title and family name; informal salutations can be a first name. Do not use first and last names in a salutation.

Dear Doctor Smith:
Dear Mrs. Klein,
Dear Kevin

開頭的稱呼語可以用一個冒號或逗點作為結束，也可以不用標點符號。正式的稱呼應包括收信者的頭銜和姓，而非正式的稱呼則可以是他的名，不過不要在一個稱呼中同時用到名和姓。

親愛的史密斯醫師：
親愛的克萊夫人，
親愛的凱文

B 日期　Date

The date should be written out, not expressed in numbers. In the USA, the month is written before the day, though in most of the rest of the world, the day is written before the month.

August 15th, 2022
24 May, 2022

日期應該全部寫出來，不可省略，也不可用數字表示。在美國「月」是寫在「日」之前，不過在全世界其他大多數的國家，「日」卻是寫在「月」之前。

2022 年 8 月 15 日
2022 年 5 月 24 日

---

1. salutation [ˌsæljəˈteʃən] (n.) (信函開頭的) 稱呼語

C 注意欄　Attention Line

You may want to include a line directing your letter to a particular individual by name or job title. If you want to include an attention line, insert it one space below the receiver's address.

Attention: Hiring Manager
Attn: Harold Kumar
For the attention of Dr. Louis Gluck

你或許想要讓商業信件包含一行帶有收件人姓名和頭銜的資料，好正確無誤地把你的信件寄到該特定的個人手中。如果你想要放進這樣的一行注意欄，便可把它插在收信者地址下方的空位。

敬呈：人事經理
敬呈：哈洛・庫瑪
此致 路易斯・葛拉克醫師

D 參考欄　Reference Line

You may want to include a reference line to refer to previous correspondence. If you want to include a reference line, put it immediately below the date.

Reference: Order 330495
Re: Your letter dated 10/22/22

你或許想要包括一行參考欄以概括之前的通信內容，如果想要放進這樣的一行參考欄，可把它插在緊鄰日期下方的那欄。例如：

參考：第 330495 號訂單
關於：你在 2022 年 10 月 22 日所寄發的信函

E 結束語　Closings

Sincerely/Sincerely yours/Yours sincerely
謹上

Truly/Yours truly
謹致問候

Best/Best regards/Best wishes
祝好

F 列出附件　Citing Enclosures[1]

Enclosed: order form 9/21/22

附件：2022 年 9 月 21 日的訂購單

Enc. (1) coupon, (2) order form 9118a

附件：(1) 贈品券 (2) 9118a 號訂購單

G 列出打字者　Citing Typist

When citing typists, list your (the writer's) initials first in capital letters, followed by a colon or slash and then the typist's initials in lower case letters.

MMW: pyt
MMW/pyt

當提出打字者時，可先以大寫列出你（書信作者）姓名的第一個字母，然後加上一個冒號或斜線，再接著以小寫列出打字者的姓名第一個字母。例如：

MMW: pyt
MMW/pyt

H 列出副本抄送的對象
Citing Individuals Who Have Received Courtesy[2] Copies

CC: Thomas Walburn, Cynthia Reed

副本抄送：湯瑪斯・瓦本恩；辛西亞・李德

cc: Thomas Walburn, President; Cynthia Reed, Director of Operations

副本抄送：湯瑪斯・瓦本恩，總裁；辛西亞・李德，營運處處長

---

1. **enclosure** [ɪnˋkloʒɚ] (n.) (信函)附件
2. **courtesy** [ˋkɝtəsɪ] (n.) 禮貌

❶ **SENDER'S ADDRESS** 寄件人住址
- 如果信紙上印有信頭（letterhead），就不需要再打上這些資料。信頭就是公司專用信紙上印有公司名稱與商標的地方。寫商務書信時，最好使用這種已經印好信頭的公司專用信紙，這樣看起來比白紙要專業。

❷ **DATE** 日期
- 美國的日期寫法：月—日—年（例如 October 12, 2022）
- 英國的日期寫法：日—月—年（例如 12 October 2022）
- USA date format: MM/DD/YYYY (e.g., October 12, 2022)
- British date format: DD/MM/YYYY (e.g., 12 October 2022)

❸ **SPECIAL MAILING NOTATIONS** 郵寄方式註明
註明郵寄的方式與性質，如：
- CERTIFIED MAIL 掛號信件
- SPECIAL DELIVERY 限時專送
- AIR MAIL 航空信件

❹ **ON-ARRIVAL NOTATIONS** 信件類別註明
記錄信件的類別，如：
- PERSONAL 私人信件
- CONFIDENTIAL 機密文件
- PRIVATE AND CONFIDENTIAL 私人機密文件
- STRICTLY CONFIDENTIAL 極機密文件

❺ **RECIPIENT'S ADDRESS** 收件人及地址
常見內容包含如下：
- name of person addressed 收件人名稱
- title of person addressed 收件人職位名稱
- name of organization 公司單位名稱
- street number and name 號碼與街名
- city, state, and postal code 城市、州、郵遞區號
- country of destination 寄送國家名稱（應單獨一行）

❶
Quality Cosmetics, Inc.
302 Beauty Lane, Suite
San Bruno, CA 94066
(650) 656-7000
act@cos.com
> I blank line

October 12th, 2022 ❷

> 3 blank lines

CERTIFIED MAIL ❸
PERSONAL ❹

> 1 blank line

Permissions Department
Harbinger Publishing
309 Ditmas Ave
Brooklyn, NY 11218-4901 ❺

> 1 blank line

Attention: Mr. Donald Williams, ❻

> 1 blank line

Re: Your letter dated 10/10/2022. ❼

❻ **ATTENTION** 致指定的受信人
如果收件人地址上已寫明（見第5點），就不用加寫這一行。此外，Attention 的對象應與信封上的收件人相同。

❼ **REFERENCE (if any)** 信件參考文號
將信件分類和編碼，以便日後參考。例如註記是求職信、發票信或是回覆某信等。

⑧ SALUTATION 稱謂

常見稱謂如下：

- Dear Sir:
- Dear Sir or Madam:
- Dear Ms. XXX:
- Dear [Full Name]:
- To Whom It May Concern:
- Ladies and Gentlemen:

---

1 blank line

Dear Mr. Donald William: ⑧

1 blank line

Re: Illustration: Girl Applying Lipstick ⑨

1 blank line

I am so sorry to trouble you. I would like to use one of your illustrations in my in-house report titled "Third Quarter Growth in the Cosmetics Industry"? The illustration is called "Girl Applying Lipstick." ⑩

1 blank line

I apologize for any inconvenience. Please contact me as soon as possible at (415) 748-9852.

1 blank line

Regards, ⑪

Irina Safarova ⑫

Irina Safarova ⑬
Analyst, Quality Cosmetics ⑭

1 blank line

IS/jd ⑮

1 blank line

Enc: catalogue ⑯

1 blank line

cc: Flora Lopez ⑰

1 blank line

P.S. ⑱

---

⑨ SUBJECT 信件主旨

⑩ BODY OF LETTER
信件正文
first paragraph（第一段）
second paragraph（第二段）

⑪ CLOSING 結尾敬語

⑫ SIGNATURE (handwritten)
親筆簽名

⑬ NAME (typed) 姓名（打字）

⑭ TITLE (typed)
單位或職位名稱（打字）

⑮ IDENTIFICATION INITIALS
鑑別符號
當寫信人和打字者不是同一個人時使用，各取其姓名首字母縮寫。寫信人的姓名縮寫用大寫放在前面，打字者的姓名縮寫用小寫置於後，格式如下：

- IS/jd
- IS:jd

（指寫信人是 Irina Safarova，打字者是 Joe Davis）

⑯ ENCLOSURE/ATTACHMENT
附件
（常用縮寫：Enc. 或 Encl.）

⑰ COPY TO 副本註明（說明另寄副件給某人）
cc 是指 carbon copy；也可作 pc，指 for photocopy

⑱ POSTSCRIPT 附注（商業書信應避免使用）

商業信件的表達
Expressions for Business Letters

商業信件中的一般語法
Common phrases in business letters

Business letters should always be written with a specific reader and purpose in mind. However, there are some polite expressions that are used frequently in many different types of business letters. These phrases include standard ways of acknowledging correspondence, ways to explain your purpose, ways to make and respond to requests, and ways to refer to future action.

Acknowledging previous correspondence
- Thank you for your letter of February 12.
- Thank you for your correspondence of March 19, in which you requested additional information about our products.
- Thank you for the kind invitation to your anniversary **gala**[1].
- We have received your order letter, dated November 30.

商業信件往往都應該是寫給某特定讀者的，並且都是在懷抱著某個目的下所寫的。儘管商業信件的種類不一而足，但經常都會使用一些有禮貌的詞句，這些語法包括感謝來信、解釋目的、提出要求並對要求做出回應的語法，以及指出未來行動的標準用語等等。

感謝過去的書信往來
- 謝謝您在 2 月 12 日的來函。
- 謝謝您在 3 月 19 日的信件，在信中您要求提供有關我們產品的額外訊息。
- 謝謝您善意邀請我參加你們的週年慶。
- 我們已收到您在 11 月 30 日所寄發的訂貨信函。

---

1. gala [ˋɡelə] (n.) 節日；慶祝

More Expressions

A 解釋寫信的原因　Explaining the Reason for Writing　🎧229

1　I am writing to confirm your order of April 19.
我寫這封信是要確認你在 4 月 19 日所下的訂單。

2　I am writing to **inquire**[2] about your services.
我寫這封信是要詢問你們的服務。

3　Please allow me to introduce myself and my company.
請容我介紹一下我自己和敝公司。

B 提出要求　Making Requests

4　We respectfully request that you complete your customer profile on our website; without a complete profile, we cannot **fill**[3] your orders.
我們殷切要求，把你們完整的客戶檔案放在我們網站上，若是沒有這些完整的檔案，我們就無法供應你們的訂單。

5　It is with great excitement that we request your presence at our first annual company picnic.
我們以極其興奮的心情，請求你出席本公司首次舉辦的年度郊遊。

6　Please **look over**[4] the enclosed report and let us know as soon as possible if you would like to make any changes.
請查核隨函附寄的報告，如果想要做出任何的變更，請盡早讓我們知道。

7　We would like to invite you to **collaborate**[5] with us to create the new training program.
我們想要邀請你和我們攜手合作，以推出新的訓練計畫。

8　We would be grateful if you could make the following final revisions to the **layout**[6].
如果你能把如下的最後修正版給編排好，我們一定會十分感激。

---

2. inquire [ɪnˋkwaɪr] (v.) 查問
3. fill [ˋfɪl] (v.) 供應
4. look over 檢查

5. collaborate [kəˋlæbə͵ret] (v.) 合作
6. layout [ˋle͵aʊt] (n.) 版面編排

249

C 對要求做出回應　Responding to Requests　🎧230

9	We have received your order and are in the process of filling it.	我們已收到你的訂購單，並且正在供貨之中。
10	We have updated your account with the information you supplied.	我們已經以你所提供的資訊更新了你的帳目。
11	We have received your report and we are in the process of reviewing it.	我們已接獲你的報告，並且正在複審之中。
12	I would be delighted to attend your anniversary event.	我很高興能參加你們的週年慶活動。

D 提到日後的書信往來　Referencing Future Correspondence

13	I look forward to speaking with you at our next meeting.	我衷心期盼可以在下次會議上和你一敘。
14	I will **follow up**[1] with more details within the week.	我會在本週之內**跟進**更多細節。
15	I hope to hear from you soon.	我期盼能很快得到你的消息。
16	Don't **hesitate**[2] to contact us if you have any additional questions.	如果有任何其他的問題，請不吝與我們聯繫。
17	Please **feel free**[3] to contact us if you have any problems with the new equipment.	如果對這套新設備有任何問題，請**隨時**和我們聯絡，不要客氣。

1. **follow up** 跟進
2. **hesitate** [ˈhɛzə,tet] (v.) 躊躇；猶豫
3. **feel free** 盡情；隨時

商業電子郵件的編排和架構
The Layout and Structure of Business Emails

英文商業電子郵件的組成要素
The elements of a business email

Business email messages, like all email messages, will always contain the following elements:

❶ a "**From**" line, identifying the person who wrote the message

❷ a "**To**" line, identifying the person or people receiving the message

❸ the date

❹ a "**Subject**" line, listing the subject or topic of the message

They may also include:

❺ a **Cc line**, listing additional recipients of the message who are not directly affected by the message

❻ a **Bcc (blind carbon/courtesy copy)** line, for people whose email addresses should be hidden from other recipients

❼ an **Attachment** line, listing files that are attached to the message

❽ a **signature** (or .sig) file at the end of the body of the message, which includes contact information for the sender

商業電子郵件所要傳達的訊息，就像所有電子郵件的訊息一樣，往往都涵蓋了下列要素：

❶ 「寄件人」欄位，表明發送該訊息的人。

❷ 「收件人」欄位，表明接獲該訊息的人。

❸ 日期

❹ 「主旨」欄，以列出該訊息的主題或要旨。

此外，英文商業電子郵件或許也包括：

❺ 表示「副本抄送」的一欄，列出與此訊息間接相關的其他收件人。

❻ 表示「密件副本抄送」的一欄，專為其郵址不應該被其他收件人所知悉的人士而設。

❼ 表示「附件」的一欄，列出附帶在該訊息上的檔案。

❽ 「簽名檔」，位於訊息本文的末了處，內容包括寄件人的聯絡資料。

商業電子郵件的主旨和本文
The subject and body of a business email

Use the following guidelines when writing business email and messages.

❶ **Write a detailed subject line.** Be as complete as you can and try to include any important dates, numbers, or actions you need the recipients to take.

❷ **Begin and end the message as you would with a business letter.** Greet recipients with "dear" (only greet those the message is actually addressed to, not Cc'ed) and use a closing line.

❸ **Get to the point.** Be polite but direct. Don't waste your readers' time.

在書寫商業電子郵件時，不妨運用下列的指導原則：

❶ **撰述出詳細的主旨欄。**要盡可能完整，而且要試著放入任何重要的日期、數字、或是需要收件人採取的行動。

❷ **訊息的開頭和結尾要和商業信件一樣，**得親切地問候收件人（只問候直接致函的那些人，未包括「副本抄送」的對象），並且要使用結尾欄。

❸ **要切中要點，**保持禮貌，但宜直截了當，不要浪費收件人的時間。

From: | Albert Chung (chung.a@rite-tech.com)
To: | Molmol Yuan (myuan@bigrandd.com), Helen Krung (hkrung@bigrandd.com), Lisa Smith (smith.l@rite-tech.com)
Cc: | Grace Chen (chen.g@rite-tech.com)
Subject: | 10/4 meeting time changed to 3:30

Segoe UI | 14

Dear team,

I'm very sorry for the short notice, but we've had to move the time of Wednesday's meeting from 3:00 to 3:30 because of a conflict with the conference room. We will be able to stay as long as we want, so this shouldn't affect what we're able to accomplish. I'll still send around an agenda for your review tomorrow.

I apologize again for any inconvenience.

See you on Wednesday,

Albert

Albert Chung, Design Director
Rite Tech Industries
chung.a@rite-tech.com
(202) 845-9984 Ex. 33

寄件人： | Albert Chung (chung.a@rite-tech.com)
收件人： | Molmol Yuan (myuan@bigrandd.com), Helen Krung (hkrung@bigrandd.com), Lisa Smith (smith.l@rite-tech.com)
副本抄送： | Grace Chen (chen.g@rite-tech.com)
主旨： | 10/4 日的會議時間更改到三點三十分

Segoe UI | 14

親愛的小組成員：

這麼倉促的通知實感萬分抱歉，但週三的會議由於會議室場地的使用衝突，所以必須把時間由三點挪至 3 點 30 分。我們想待多久就可以待上多久，所以，此一安排應該不至於影響到我們所能夠完成的事項，明天我仍會寄上一份議程供各位審核。

如造成任何不便，謹再致上由衷的歉意。

星期三見囉！

艾伯特敬上

艾伯特・鍾，設計處處長
萊特科技工業公司
chung.a@rite-tech.com
(202) 845-9984 分機：33

More Expressions

A 非正式的問候／致意　Informal Greetings/Salutations

1	Dear Sales Team,	親愛的業務小組
2	Dear colleagues,	親愛的同仁
3	Hello all,	哈囉，各位！
4	Hello friends,	哈囉，朋友們！

B 請參考附件　Referencing Attachments

5	I've attached an **outline**[1] of the project plan.	我已附上這份專案計畫的**大綱**。
6	The revised report is **attached**[2].	修訂後的報告已隨函附上。
7	Please find our proposal attached.	茲附上我們的建議，請查收。
8	Please make any changes to the attached file and return it to us as soon as possible.	如有對所附的檔案做出任何的修正，請盡早寄還給我們。

C 主旨欄　Subject Line

9	**Amended**[3] work schedule attached for review	隨函附上**修正後的**工作時程表供查核。
10	3/13—3/25 business trip contact information	3 月 13 日至 3 月 25 日的出差連絡資料。
11	Arranging a meeting this week	請在這個星期安排會議。
12	Invitation to our annual picnic! Please **RSVP**[4]	敬邀閣下參加我們的年度野餐，並敬請**回覆**。
13	Report attached, please respond with feedback	隨函附上報告，敬請提出意見做為反應。

1. **outline** [ˈaʊtˌlaɪn] (n.) 大綱
2. **attach** [əˈtætʃ] (v.) 附加
3. **amend** [əˈmɛnd] (v.) 修訂
4. **RSVP** = Respondez s'il vous plait 請回覆（法文）

報告的編排和架構
The Layout and Structure of Reports

報告的架構 The structure of a report

Business reports are often written to inform or persuade both internal and external audiences. The sections of a report may vary depending on the report's subject, topic, and level of formality.

Relatively long and formal reports will generally consist of the following sections, in the following order:

❶ **An introductory section**, with

    a) **A title page**[1], listing your name and the title of the report

    b) **A table of contents**[2]

    c) **Terms of reference,** giving background about the reason for the report, (i.e., who requested the report, why, and when.)

    d) **An executive summary**, providing the most crucial information about your topic, including key background, terms, procedures, findings, and recommendations

    e) **An introduction**, explaining the purpose and scope of the report, key terms, key background information, and key findings or recommendations.

❷ **A discussion section**, with

    a) **A procedures or methods section** that explains how you gathered your information.

    b) **A findings section**, which describes what you learned from your procedures.

❸ **A conclusions section** explaining any conclusions you have drawn from the information you had gathered.

❹ **A recommendations section** explaining any actions you recommend taking as a result of your findings.

A shorter or less formal report may not need extensive introductory material, such as the title page and table of contents. Reports that do not intend to persuade readers to action may not need a recommendations section.

商業報告通常都是用來知會或是說服企業內部以及外部的讀者，報告的各個部分會視報告主題、要旨和正式程度的不同，而有極大的差異。

比較冗長和正式的報告一般來說依序都包括下列各部分：

❶ **前言部分**，內容有：
  a) **書名頁**：列出你的名字和該篇報告的標題。
  b) **目錄。**
  c) **報告緣起**：對提出該篇報告的原因提出背景說明，亦即是誰要求提出該篇報告的、為什麼要提出，以及何時提出的。
  d) **摘要**：提供有關主旨的最重要資訊，包括關鍵背景、術語、程序、研究結果，以及建議。
  e) **序論**：解釋報告的目的和範圍、重要條件、重要的背景資訊，以及重要的研究結果或建議。

❷ **討論部分**，內容有：
  a) **程序或方法部分**：解釋你是如何蒐集這些資訊的。
  b) **研究結果部分**：描述你從相關程序中究竟獲知了什麼。

❸ **結論部分**：解釋你從蒐集到的資訊中所產生的任何結論。

❹ **建議部分**：解釋你建議要採取的任何行動，以做為所發現的具體成果。

至於比較短或非正式的報告，或許就無需廣泛的前言資料，如書名頁和目錄等。

還有，提出報告的用意如果不是說服讀者採取行動的話，那或許也不需要有建議部分。

More Expressions

A 報告緣起　Terms of Reference　🎧 231

1　This budget report was requested by the Budget Committee, to be **submitted**[3] by January 30.

　　這份由預算委員會所要求的預算報告，是於 1 月 30 日提出的。

2　Regional Director John Ang requested this sales report, which was to be submitted by May 2.

　　由地區總監約翰・安所要求的這份業務報告，是在 3 月 2 日提出的。

3　This report on **procurement**[4] procedures was requested by Madeleine Wah. It was to be submitted by 9 April.

　　這篇有關採購流程的報告是瑪德蓮・華所要求的，會在 4 月 9 日提出。

---

1. **title page** 扉頁；書名頁
2. **table of contents** 目錄
3. **submit** [səbˋmɪt] (v.) 提交
4. **procurement** [proˋkjʊrmənt] (n.) 採購

B 介紹報告的用語 Phrases for Introducing a Report

4 This report explains our current environmental impact and offers suggestions for reducing it.

這篇報告說明了目前在環境上所面臨到的衝擊，並提供了減少這些衝擊的建議。

5 This report aims to identify the major causes of our current sales **slump**[1]. 這篇報告旨在確認我們目前業務量暴跌的主要原因。

6 Recently, a significant number of employees have left Bee Tech, citing dissatisfaction with their benefits. This report explores employee attitudes about the Bee Tech benefits package and provides suggestions for increasing employee satisfaction.

最近有大批員工離開了蜂科技公司，並舉證指出他們不滿意自己的福利。而這篇報告就是在探討員工們對蜂科技公司整套福利措施的態度，並提供了一些建議以增進員工的滿意度。

C 討論程序的用語 Phrases for Discussing Procedures

7 A comprehensive literature review was conducted.

我們正在複閱全部的文書資料。

8 First, the target **demographic**[2] was identified. Then, between 16 and 23 volunteers were interviewed at each site.

首先是已經確認出目標**群眾**，其次是在每個地點訪談了 16 位到 23 位不等的志願者。

9 A complete review of the current **procurement**[3] process was undertaken. （我們）已對目前的**採購**流程展開全面的檢討。

10 We first interviewed employees to identify what the most common documents they wrote were.

我們首先要對員工進行面談，以確認他們最常寫的公文是什麼。

---

1. **slump** [slʌmp] (n.) 暴跌
2. **demographic** [ˌdiməˈgræfɪk] (n.) (顧客) 族群
3. **procurement** [proˈkjurmənt] (n.) 採購

D 討論研究結果的用語　Phrases for Discussing Findings　🎧 232

11　The **breakdown**[4] in the procurement process occurs in the budget office.

預算辦事處正在**分析**採購流程。

12　Overall, the literature supports our process.

整體來說，這篇文獻支持我們的流程。

13　The most common documents written in this department are initial benefit letters.

這個部門裡最常撰寫的公文，就是初期的給付函。

14　Employee dissatisfaction centers around two areas: limited choice in doctors, and **lengthy**[5] waiting periods for reimbursements.

員工的不滿都集中在兩個地方：醫師的選擇受到限制，以及退款的等候期間**過長**。

E 討論建議的用語　Phrases for Discussing Recommendations

15　All employees who write communications to clients should take the upcoming "Clear Communication" training course.

所有負責撰寫客戶聯絡信函的員工，都應該參加即將開授的「明確溝通」這項訓練課程。

16　A new procedure for communicating needs to the budget office must be created.

一定要推出一套預算辦事處所需的新聯絡程序。

17　We should work with the Health Group **representative**[6] to see if some of the most common employee complaints about their service can be changed.

我們應該與健康集團的**代表**共同合作，看看員工在服務時最常提出的一些抱怨事項能否獲得改進。

18　The overtime policy **contradictions**[7] must be addressed.

與加班政策**互相牴觸**的地方一定要加以解決。

---

4. breakdown [ˋbrek͵daʊn] (n.) 分類；分析
5. lengthy [ˋlɛŋθɪ] (a.) 冗長的
6. representative [͵rɛprɪˋzɛntətɪv] (n.) 代表
7. contradiction [͵kɑntrəˋdɪkʃən] (n.) 牴觸

閱讀徵才廣告
Reading Want Ads

了解徵才廣告 Understanding want ads

Want ads are designed to supply key information about a job opening in as few words as possible. Typically, want ads will include the following important information:

❶ The title of the position and a brief description, if necessary.

❷ The name of the company.

❸ Any experience required.

❹ Any education required.

❺ The information an applicant must send to be considered for the job.

❻ Contact information for applying for the job.

Sometimes, a want ad will also include salary information, but it is also common for that information to be discussed at an interview.

徵才廣告旨在盡可能以較少的文字，提供有關工作機會的重要資訊。
一般來說，徵才廣告包括了下列的重要資訊：

❶ 職缺的頭銜，如果有必要的話，可再做扼要的描述。

❷ 公司名稱。

❸ 所需的經驗。

❹ 所需的教育程度。

❺ 應徵者必須寄去的資料，好讓徵才企業加以考慮。

❻ 應徵該工作的聯絡資料。

有時候，一則徵才廣告也會包括有關待遇方面的資料，不過把這些資料留待面試時討論的做法也十分常見。

撰述徵才廣告 Writing want ads

When writing a want ad, think about the information that an **applicant**[1] would need to respond to the ad, and think about the kind of applicants you want to attract. Include all the crucial information listed above.

In addition to that, you may want to include information about special **perks**[2] about the job (to attract more applicants) or be more specific about the exact requirements for landing the job (to discourage **underqualified**[3] applicants).

在撰寫一則徵才廣告時,要想想看應徵者必須對這則廣告做出回應的資料有哪些,並想想看你究竟想要吸引哪一類的應徵者,內容需要涵蓋上列的所有重要資料。

除此之外,你或許還想包括一些其他的訊息,如有關該工作的特別福利(以吸引更多的應徵者),或是有關真正要求條件的更具體說明,以使應徵者順利取得該工作(並阻止資格不符的應徵者)。

1. **applicant** [ˋæpləkənt] (n.) 應徵者
2. **perk** [pɝk] (n.) 津貼;福利
3. **underqualified** [ˌʌndəˋkwɑlɪfaɪd] (a.) 資格不符的

More Expressions

A 在徵才廣告中描述該職位和職責 🎧 233
Describing a Position and Responsibilities in a Want Ad

1 This is an **entry-level**[1] position. 這是個初級的職位。

2 The District Manager will be responsible for **overseeing**[2] operations at five district stores. 地區經理得負責督導五個地區所有店面的營運。

3 Specific responsibilities include training employees, managing personnel . . . 詳細的職責包括訓練員工、管理人事業務……

4 The Staff Accountant monitors employee paychecks.
會計要監管員工的薪津。

5 Essential job functions for this position are maintaining equipment and facilities, making recommendations regarding equipment and facilities . . .
這個職位的基本職責是維護裝置和設備、對有關裝置和設備的問題提出建議……

B 在徵才廣告中描述薪資和福利
Describing Salaries and Benefits in a Want Ad

6 Full time employees are **eligible**[3] immediately for a fully **vested**[4] 401k plan.
全職員工可立即享有美國退休金 401k 計畫全部受益的資格。

7 Starting salary depends on education and experience.
起薪乃視學歷和經驗而定。

8 We offer a competitive salary and benefits.
我們提供了一份十分具競爭力的薪資及福利。

9 We offer a standard benefits package. 我們提供了一整套標準的福利措施。

10 In addition to a competitive salary, we also offer an excellent benefits package, including life and **disability**[5] insurance, and dental and vision care.
除了具有競爭優勢的薪資外，我們也提供了一套絕佳的福利待遇，包括人壽和身障保險，以及牙齒和視力的保健。

---

1. entry-level [ˈɛntrɪˌlɛv!] (a.) 初階的
2. oversee [ˌovɚˈsi] (v.) 監督
3. eligible [ˈɛlɪdʒəb!] (a.) 有資格的
4. vest [vɛst] (v.) 授予；賦予
5. disability [ˌdɪsəˈbɪlətɪ] (n.) 殘障

C 在徵才廣告中描述如何與徵才公司聯絡 🎧 234

Describing How to Contact a Company in a Want Ad

11 Please send a recent résumé, writing sample, and salary **requirements**[6] to wraatt@hobknob.com by April 13, 2022.

請於 2022 年 4 月 13 日前，把近期的履歷、文學作品範例和**要求**待遇寄至 wraatt@hobknob.com。

12 Send résumés to 11928@hotmail.com. Reference "Staff Writer" in the subject line of all email. Please, no phone calls. Resumes received after May 3, 2022, will not be read.

請把履歷寄至 11928@hotmail.com，所有電子郵件均請在主旨欄註明「特約撰稿人」，本公司不接受電話詢問，在 2022 年 5 月 3 日以後才收到的履歷亦不會讀取。

13 Email or fax résumés and cover letters to Fay Thetan at f.thetan@gmail.com or 404-993-8848. Only **shortlisted**[7] **candidates**[8] will be contacted. The deadline for applications is November 10.

請把履歷和求職信以電子郵件寄至 f.thetan@gmail.com 的 Fay Thetan 或傳真至 404-993-8848 。本公司只聯絡**最終入選的應徵者**，應徵截止日期為 11 月 10 日。

D 徵才廣告中常用的縮寫　**Common Abbreviations in Want Ads**

14 **Deg:** degree	學位
15 **Exp pref:** experience preferred	有經驗者優先
16 **F/t, p/t:** full time, part time	全職，兼職
17 **Min 3 yrs exp:** minimum three years experience	至少具三年經驗
18 **No exp req:** no experience required	無需經驗
19 **Ref:** reference	推薦人（資歷查核對象）
20 **Temp:** temporary	臨時雇員
21 **$30/h:** 30 dollars per hour	時薪 30 美元
22 **$600/wk:** 600 dollars per week	週薪 600 美元
23 **$2500/mo:** 2,500 dollars per month	月薪 2500 美元

6. **requirement** [rɪˋkwaɪrmənt] (n.) 要求；必要條件
7. **shortlist** [ˋʃɔrtˏlɪst] (v.) 把……列入供最後挑選用的候選人名單
8. **candidate** [ˋkændədet] (n.) 應試者；應徵者

263

55

撰述個人簡歷或履歷
Writing a CV or Résumé

履歷表或個人簡歷的要件 Elements of a résumé or CV

Both CVs (curricula vitae) and resumes are lists of a person's work experience. They are both used to help provide information to potential employers about a job applicant, and both tend to list information in **reverse**[1] **chronological order**[2]. However, CVs are often longer than résumés. They may contain more personal information.

個人簡歷和履歷表可謂個人工作經驗的明細，兩者都是用來幫助應徵者把相關資訊提供予可能的雇主，且兩者也往往是**依時間次序倒敘**這些訊息的。不過，個人簡歷通常要比履歷表長些，並包含較多的個人訊息。

履歷表的要件 Elements of a résumé

Résumés are intended to provide **relevant**[3] information about a job applicant's work and educational experience. Résumés are relatively short—usually one to two pages—and should contain only information that directly applies to the current position the applicant desires. In general, résumés contain:

履歷表的用意是在提供有關應徵者工作經驗和教育背景等方面的訊息，相較之下，履歷表就來得簡短些，通常只有一到兩頁，而且只應該包含直接符合於應徵者欲應徵之現職的相關訊息。一般來說，履歷表涵蓋了下列項目：

❶ an objective statement 目標陳述

❷ work experience 工作經驗

❸ educational experience 教育背景

❹ significant awards 重要獲獎

❺ significant licenses, certifications, or training 重要證照、檢定或訓練

❻ significant publications 重要出版作品

❼ significant volunteer experience 重要志工經驗

❽ contact information 聯絡資料

1. **reverse** [rɪˋvɝs] (a.)
   顛倒的；反向的
2. **chronological order**
   按照時間順序排列
3. **relevant** [ˋrɛləvənt] (a.)
   相關的

個人簡歷的要件 Elements of a CV

CVs often contain more information than that is found in résumés. For that reason, they are often longer than résumés. They may contain work and educational information that is not directly related to any particular job. In addition to the information included in a résumé, they may also contain information about:

個人簡歷所涵蓋的訊息通常要比履歷表多些，基於這個理由，它們的長度也會比後者長些，或許包括了和所應徵之職位沒有直接關連的工作及教育相關訊息。除了履歷表上所包括的訊息外，它們也可能涵蓋了下列的相關訊息：

❶ hobbies or personal interests　嗜好或個人興趣

❷ professional or other memberships　專業會員或其他會員的資格

❸ personal information (such as marital status)
個人訊息（如婚姻狀況）

❹ any less relevant awards, publications, licenses, etc.,
that are not related to the particular job being
applied for
其他任何關連性較低的獲獎、出版作品或是證照等等，這些可能和所應徵的特定工作無關。

撰述履歷表或個人簡歷時所用的語法
Expressions for writing a résumé or CV

A 提出目標陳述　Making an Objective Statement　∩235

1 To obtain a position in which I can use my extensive management experience.
為了要獲得一個可以充分運用我豐富管理經驗的職位。

2 To obtain a position which will allow me to **utilize**[4] my writing and organization skills.
要獲得一個可容許我有效利用自身寫作及組織技巧的職務。

3 Seeking a position as a charge nurse.　正尋求護理長的職位。

4 Seeking a challenging position in a design firm where my extensive experience and creativity will be fully utilized.
正想在設計公司裡尋找一個充滿挑戰性的職務，使我的豐富經驗和創意得以完全發揮。

---

4. **utilize** [ˋjutḷˏaɪz] (v.) 利用

B 列出工作經驗　Listing Work Experience

5　Conducted and analyzed interviews with users. 和用戶進行訪談並加以分析。

6　Worked as part of a five-person team in a **time-critical**[1] environment.
曾在講求時效性的環境中，擔任五人小組的一員。

7　Designed and implemented a WAN **infrastructure**[2].
設計並執行廣域網路的**基礎建設**。

8　Responsible for the entire R&D department, including assessing designs and overseeing **prototype**[3] design teams.
負責整個研發部門的運作，包括評估設計作品以及監督原創設計小組的作業。

C 列出教育背景　Listing Education Experience　🎧236

9　BA, Art History; St. William's College of Maryland, St. Williams City, MD; 2020.
2020 年在馬里蘭州聖威廉斯市的馬里蘭聖威廉斯學院，取得藝術史的學士學位。

10　BS, Applied Mathematics, Massachusetts Institute of Technology, MA, 2019.
2019 年在麻薩諸塞州的麻省理工學院，取得應用數學理學士的學位。

11　MSc, Health Care Management, 2022; University of Florida, Gainesville, FL.
2022 年在佛羅里達州蓋恩斯維爾市的佛羅里達大學，取得醫務管理理學碩士的學位。

12　J.D., 2021; University of Richmond, Richmond, VA.
2021 年在維吉尼亞州里奇蒙市的瑞奇蒙大學，取得法學士的學位。

13　Certified Microbiologist, 2022; Columbia University, New York, NY.
2022 年在紐約州紐約市的哥倫比亞大學，成為檢定合格的微生物學家。

14　State of Oregon Teaching License, 2020.
2020 年取得奧勒岡州的教師證。

---

1. **time-critical** [taɪmˋkrɪtɪkl] (a.) 講求時效性的
2. **infrastructure** [ˋɪnfrəˌstrʌktʃɚ] (n.) 基礎建設
3. **prototype** [ˋprotəˌtaɪp] (n.) 原型

D 列出獲獎、出版作品和會員資格
Listing Awards, Publications, and Memberships

15　Red Pencil Award (First Place), Educational Media Program
　　Contest, 2022.
　　2022 年在教育媒體計畫競賽中榮獲紅鉛筆獎（首獎）。

16　Honorable Mention, Annual Fiction Writing Contest, Marlboro
　　College, 2021.
　　2021 年在馬爾波羅學院所舉辦的年度文學寫作大賽中獲頒榮譽獎。

17　Canadian Political Science Association Member, 2022—present.
　　從 2022 年起迄今均擁有加拿大政治科學學會的會員資格。

18　*Design for the People*, New York: The Academy Press, 2020.
　　2020 年在紐市獲頒學院媒體的「人性化設計」獎。

E 履歷表和個人簡歷中的一般類目
Common Categories in Résumé and CVs

19　Contact information	聯絡資料
20　Objective	目標（申請職位）
21　Professional summary	專業摘要
22　Work experience	工作經驗
23　Education	教育程度
24　Publications	出版作品
25　Professional associations and memberships	專業學會會員資料
26　Affiliations	專業組織會員
27　Languages	語言
28　Computing	電腦
29　Technical proficiencies	技術能力

如何撰述求職信
How to Write a Cover Letter

何謂求職信？ What is a cover letter?

A cover letter is a letter you send, along with a résumé, to apply for a job. Because a résumé is a relatively limited list of information, the cover letter is intended to be a **forum**[1] for you to tell the employer more about yourself.

In the cover letter you can explain more about your background and personality, and explain why you are a good fit for the position and the company.

求職信即為隨著履歷表一同寄發，用以應徵某項工作的信函。由於履歷表上所列的資訊較為有限，所以求職信是用來成為一個溝通平台，好讓你得以把更多有關自身的訊息告訴雇主。

在求職信裡，你可以針對自己的背景和人格特質做更多的闡述，並說明你為什麼適合該項職位以及這家企業。

Explain more about your background and personality
針對自己的背景和人格特質做更多的闡述

Sometimes, information that would not be generally included on your résumé is relevant to a position. A love for international travel, for example, might be a **qualification**[2] for a position that requires a lot of travel, even if none of your travel was done professionally.

A cover letter gives you an opportunity to talk about these relevant interests. It also gives you a chance to go into more detail about the most significant **aspects**[3] of your résumé.

一般來說並未包括在履歷表中的那些資訊，有時候也會與你所應徵的職位有所關連，比方說熱愛國際旅遊的話，或許就有資格應徵一些需要經常出差的職位，即使沒有這方面的專業背景也無妨。

在這情況下，求職信即給了你一個談論這些相關興趣的大好機會，同時，它也會讓你有機會深入履歷表中那些最重要的層面，以做更詳盡的闡述。

Explain why you are a good fit for the position and the company　解釋你為什麼適合該項職位以及這家企業

To show that you are a good fit for a position, use your cover letter to explain ways in which your experience would be relevant to the kinds of tasks or qualities the position would require.

Also, use your cover letter to show that you have done some research on the company you're applying to. Explain what you know about the company and how you would fit in to its **corporate**[4] culture or mission.

為了顯示你很適合自己所應徵的該項職位，不妨運用求職信來說明，你的經驗何以會和該職位所需的工作類別或資格有所關連。

此外，也不妨善用求職信來表明，你已對自己所要應徵的企業做過了一些研究，並解釋你對這家企業的認識，以及你會如何融入它的企業文化或是經營宗旨。

撰述求職信時所用的語法
Expressions for writing a cover letter

A 撰述自己的背景　Writing About Your Background　🎧 237

1 I was the youngest general manager in the history of George Industries.
我是喬治工業這家公司歷年來最年輕的總經理。

2 As a **freelancer**[5], I learned to be **proactive**[6], manage my time, and **prioritize**[7] tasks.
身為自由作家後，我已學會了更加主動積極、妥善管理好自己的時間，並按優先順序完成任務。

3 I have had **extensive**[8] experience in a broad range of supervisory positions.
我曾在許多領域內擔任主管，擁有極豐富的經驗。

1. **forum** [ˋforəm] (n.) 討論平台
2. **qualification** [ˌkwɑləfəˋkeʃən] (n.) 資格
3. **aspect** [ˋæspɛkt] (n.) 層面
4. **corporate** [ˋkɔrpərɪt] (a.) 公司的
5. **freelancer** [ˋfriˌlænsɚ] (n.) 自由作家
6. **proactive** [proˋæktɪv] (a.) 積極主動的

7. **prioritize** [praɪˋɔrəˌtaɪz] (v.)
按優先順序處理
8. **extensive** [ɪkˋstɛnsɪv] (a.)
廣泛的；大量的

B 撰述自己的人格特質　Writing About Your Personality

4　My excellent communication skills make me an asset to any team.
不管進入任何團隊，絕佳的溝通技巧都會讓我成為一項寶貴的資產。

5　Working with such minimal **supervision**[1] has helped me develop my creativity and independence.
在這樣最低程度的**監督**下工作，已幫助我培育出不少的創造力和獨立精神。

6　I enjoy challenges and **take pride in**[2] my work.
我欣然接受挑戰，並**以**自己的工作**為榮**。

7　I can quickly learn new systems, develop **expertise**[3], and contribute significantly to a team or organization.
我可以很快地知悉新的制度、培育出**專業技能**，並且對團隊或組織做出重大貢獻。

C 描述你為何適合出任該職位
Describing How You Would Fit the Position

8　My **hands-on**[4] experience and practical knowledge are well-suited to the needs of this position.
我所**親身參與**的經驗和深具實用性的知識，都極為符合這個職位的需求。

9　My extensive sales background and my success with client services make me an excellent candidate for the Account Manager position.
在許多方面的業務背景以及在客戶服務上的成就，都會讓我成為會計經理這個職位的傑出候選人。

10　I believe my education, skills, and work experience are ideal for this position.
我相信自己的教育程度、技術和工作經驗，正是這個職位的理想人選。

11　My medical and research training have given me the skills and theoretical background required for this position.
我的醫學養成訓練和研究訓練，已賦予了我出任這個職位所需的技巧和理論背景。

---

1. supervision [ˌsupəˈvɪʒən] (n.) 管理；監督
2. take pride in 以……為榮
3. expertise [ˌɛkspəˈtiz] (n.) 專門知識；專門技術
4. hands-on [ˈhændzˈɑn] (a.) 親自動手的

D 描述你何以適合該公司
Describing How You Would Fit the Company ∩ 238

12 My creative thinking and problem-solving skills will help your organization reach its goals.

我充滿創意的思考模式和解決問題的技巧，會幫助你們組織達成目標。

13 My **administrative**[5] background would be an asset to your company's mission.

我的管理背景會是貴公司經營目標上的一項寶貴資產。

14 My extensive experience can help you meet your needs.

我豐富的經驗會有助於充分滿足你們的需求。

15 My **resourcefulness**[6] and **adaptability**[7] would be assets in your company's **fast-paced**[8], changing environment.

我的足智多謀和適應能力，會在貴公司這種日新月異的環境中成為一項資產。

E 求職信的結尾　Closing a Cover Letter

16 I would like an opportunity to discuss how my skills can benefit your organization.

我很樂意有個機會探討一下，我的技能何以會有利於你們的組織。

17 I would love a chance to talk further about how my experience and skills can benefit your firm.

我很高興有機會做進一步討論，了解我的經驗和技術可以帶給貴公司的利益。

18 I would appreciate an interview to discuss how my qualifications would make me an asset to your organization.

如有機會面試，以討論本人的條件可以如何為貴公司貢獻，本人當十分感激。

---

5. **administrative** [ədˋmɪnəˏstretɪv] (a.) 管理的；行政的
6. **resourcefulness** [rɪˋsɔrsfəlnɪs] (n.) 足智多謀
7. **adaptability** [əˏdæptəˋbɪlətɪ] (n.) 適應性
8. **fast-paced** [fæst pest] (a.) 快節奏的

面試和追蹤
Interview and Follow-up

寇特前去參加工作面試
Kurt goes in for a job interview 🎧 239

L Luisa   **K** Kurt

L Well, your resume looks strong. You seem to have had a lot of experience in what we do here.

K Yes, I've spent a lot of time working as a researcher and a writer.

L It says here that you worked for two years on a population study. Can you tell me about that?

K Sure. It was a very interesting project, and it was my first time being involved with such a long-term **endeavor**¹. My main role was to **conduct**² interviews and help set up the analysis.

L Interesting. We don't do that type of research here, but we do **engage**³ in long-term projects, so having a sense of the pacing for those types of things will be important.

K Well, great! I liked being able to work on something in that kind of depth.

L Good, that's good to hear. Well, have you got any questions for me?

K Actually, you've been quite thorough. I think I understand the job description and the way things work here. I suppose all I would really like to know is what will happen next.

L I was just going to get into that. I've got a few more people to talk to, but I expect that the interviews will be finished up by the end of this week, so you should expect a phone call from us early next week.

---

1. **endeavor** [ɪnˈdɛvɚ] (n.) 努力；力圖
2. **conduct** [kənˈdʌkt] (v.) 進行
3. **engage** [ɪnˈgedʒ] (v.) 從事

L 嗯，您的履歷表十分出色，似乎有許多經驗都可以在我們這裡發揮所長。

K 沒錯，我曾花了許多時間從事於研究人員和作家的工作。

L 上面説您曾做了兩年的族群研究，可以告訴我有關這方面的事嗎？

K 好。那是個很有趣的計畫，也是我第一次參與了這樣需要長期**努力**的工作。本人的主要角色是進行訪談，並幫助他們分析。

L 有趣極了，我們並沒有在這裡進行那種研究，不過我們也從事於一些長期的計畫，所以對這種事情的進行步調若能具備清楚的認知，那會是十分重要的。

K 那好極了！我很希望能夠深入推動這樣的工作。

L 好，很高興聽到這番話，對了，您還有什麼問題要問我的嗎？

K 實際上您剛才所講的就已經很透徹了，我想我已充分了解了這兒的工作職責以及做事方式，因此我覺得自己真正想要知道的，就只是下一步會怎樣。

L 我正要切入這個話題，我已經和一些人談過了，但我預計面試工作會在這個星期結束前告個段落，所以預計您應該在下個星期初就會接到我們的電話。

A 工作面試時所常見的問題   Common Job Interview Questions

---

1 So, tell me about yourself.
那麼，介紹一下您自己吧。

---

2 Where do you see yourself in five years?
您認為五年後的自己會是怎樣？

---

3 What are your long-term career goals?
您的長期生涯目標是什麼？

---

4 What do you consider to be your greatest **accomplishment**[1]?
您認為自己最大的成就是什麼？

---

5 Have you ever had to deal with a difficult person at work? How did you handle the situation?
您曾經在職場上碰到過難搞但又不得不面對的人嗎？您是怎樣處理這種情況的？

---

6 Do you work well under pressure?
在壓力下你的工作還會有好的表現嗎？

---

7 Do you prefer to work on teams or independently?
您比較喜歡在團隊裡工作還是獨立作業？

---

8 What would you say is your greatest strength? Your greatest weakness?
您會說你最大的長處是什麼？那最大的弱點又何在？

---

9 Are you more of a big picture person, or are you **detail-oriented**[2]?
您是喜歡掌握大方向，還是個注意細節的人呢？

---

10 What interests you about this job?
您對這項工作的興趣是什麼？

---

11 Why are you the best candidate for this position?
為什麼您是這個職位的最佳人選？

---

1. **accomplishment** [əˋkɑmplɪʃmənt] (n.) 完成
2. **detail-oriented** [ˋditel ˋɔrɪɛntɪd] (a.) 注重細節的

B 描述應徵者 Describing Job Applicants

12 He doesn't seem like a **team player**³.
他似乎不像是個具備團隊精神的人。

13 She was a nice woman, but I don't think she'll cut it here.
她是個很好的女性，但我認為她並不適合待在這兒。

14 He seems very **ambitious**⁴, but awfully **green**⁵.
他似乎野心十足，但卻很稚嫩。

15 I think he's going to **fit**⁶ right in.
我想他快要融入我們這兒了。

16 She brings a lot of great experience to the table.
她會帶來許多寶貴的經驗。

17 He's quite the **perfectionist**⁷.
他是個徹頭徹尾的完美主義者。

C 面試的結論 Concluding an Interview 🎧 241

18 Thank you. We'll be in touch.
謝謝您，我們會再聯絡的。

19 It was very nice meeting you. Thanks for coming out here. I'll speak to you again soon.
很高興認識您，謝謝您撥空前來，我會盡快再和您聯絡的。

20 Thanks for your time. You should expect an email from me soon.
謝謝您的寶貴時間，您應該很快會收到我的電子郵件。

21 We will be contacting shortlisted candidates within the next week.
我們會在未來一週內聯絡最後入選的人選名單。

22 We'll call on you on Thursday to let you know our decision.
我們會在星期四打電話，好讓您知道我們的決定。

3. **team player** 善於與團隊合作的人
4. **ambitious** [æmˋbɪʃəs] (a.) 有雄心的
5. **green** [grin] (a.) 稚嫩的
6. **fit** [fɪt] (v.) 符合；配合
7. **perfectionist** [pɚˋfɛkʃənɪst] (n.) 完美主義者

275

D 在面試之後會透過電話或電子郵件進行追蹤
Following up After an Interview Over the Phone or Email

23 Thank you very much for the interview. I'm even more interested in the position now.

這次面談要多謝您了，現在我對這個職位更有興趣了。

24 The interview was great—thank you for your time.

這次面試很不錯了，謝謝您的寶貴時間。

25 I really enjoyed our interview, and I wanted to check in with you. I hope to hear from you soon.

我很喜歡我們的面談，也想和您進一步詳談，希望早日得到您的消息。

26 Thanks again for the chance to discuss the position. I wanted to **follow up**[1] to let you know that I'm very eager to hear your decision.

再次感謝能有機會討論這個職位，我會繼續追蹤消息，讓您知道我很期待收到您的決定。

27 Thanks again for meeting with me. I'm just following up to see if there was any additional information you wanted from me, and to let you know that I'm still very interested in the position. I look forward to hearing your decision soon.

再次感謝您撥冗和我碰面，我只是要進一步了解，您是否需要我提供更多資訊，同時還要讓您知道，我對這個職位仍然十分有興趣，期盼能夠盡快收到您的決定。

1. follow up 追蹤

Listening Practice

Part 1 🎧 242

___ 1 The woman is probably _____.
  Ⓐ a lone wolf
  Ⓑ a team player
  Ⓒ green

___ 2 The man's second question is about _____.
  Ⓐ how the woman works with people
  Ⓑ how the woman works under pressure
  Ⓒ what the woman brings to the table

Part 2 🎧 243

___ 1 True or false: The man deals with deadlines in his current position.
  Ⓐ True.   Ⓑ False.

___ 2 True or false: The man is detail-oriented.
  Ⓐ True.   Ⓑ False.

___ 3 True or false: The man probably doesn't mind making small mistakes.
  Ⓐ True.   Ⓑ False.

Ans: B, C, B, A, B

聽力內容
LISTENING SCRIPT

1 003

W: Hello?

M: Hi Susan. I hope I'm not interrupting anything. Have you got a few minutes to go over some numbers with me?

女：您好？

男：嗨，蘇珊，希望沒打擾到妳。妳有時間和我對一下數據嗎？

2 004

W: Hello, Susan Kelly's office, Joyce speaking.

M: Susan Kelly, please.

女：您好，這裡是蘇珊・凱利的辦公室，我是喬伊斯。

男：請找蘇珊・凱利。

3 005

M: You've reached the voice mail of Scott Smith. Please leave a message, and I'll call you back.

W: Hi Scott, it's Wanda. I want to talk to you before I go to lunch. Please call me back as soon as you can.

男：這是史考特・史密斯的語音信箱，請留言，我會回電給您。

女：嗨，史考特，我是汪達。我想在吃午餐前和你談一下。請盡快回電給我。

009

1

M: I'm calling for Tom Watkins.

W: I'll put you through to his office now.

男：請找湯姆・瓦金斯。

女：我現在幫您轉接到他的辦公室。

2

M: May I speak to Jean Bertrand?

W: I'm sorry, there's no one here by that name. What number did you mean to dial?

M: (301) 887-9384.

W: This is (301) 887-9834.

男：請問珍・伯倫在嗎？

女：不好意思，沒有這個人。請問您撥幾號呢？

男：(301) 887-9384。

女：我們的電話是 (301) 887-9834。

3

M: Hello. I'm calling from Hi Tech Inc. I just wanted to check on the status of our order.

W: Can you give me your order number, please?

M: Sure. It's 30293X.

男： 您好，我是高科股份有限公司的人員。我想和您確認一下我們的訂單狀態。

女： 可以請您給我訂單編號嗎？

男： 好的，是 30293X。

4

M: Hi there. I'm trying to reach Karen Newton, but her direct line has been busy all morning. Could you please transfer me to her?

W: Of course. But please hold for a moment while I check her office phone.

男： 嗨，我想打給凱倫‧紐頓，但她的專線電話整個早上都是忙線。可以請您幫我轉接給她嗎？

女： 當然可以。不過請您稍候，我查一下她的電話號碼。

Unit 3 P. 26

1 🎧 012

W: I'm sorry, Mr. Pelt isn't available at the moment. May I take a message?

M: That would be great. Please tell him that Andy Marx returned his call.

W: OK, Mr. Marx. Can I please ask you to spell your name for me?

M: Certainly. That's A-N as in Nancy, D as in dog, Y and the last name is Marx, M as in man, A, R, X.

W: Thank you. And your number?

M: He's got it.

W: And will he know what this is regarding?

M: Just tell him everything is on for next week.

女： 不好意思，沛爾頓先生目前在忙。可以請您留言讓我轉達嗎？

男： 好的。請轉告他安迪‧馬克斯有回他電話。

女： 好的，馬克斯先生。可以請您告訴我您的名字怎麼拼嗎？

男： 沒問題。Nancy 的 A-N，Dog 的 D，接下來是 Y，我姓 Marx，Man 的 M，然後依序是 A、R、X。

女： 謝謝您，請問您的電話幾號呢？

男： 他有我的電話了。

女：那他知道您回電的原因嗎？

男：跟他說下週一切就緒即可。

---

② 🎧 013

M: I'm sorry, Mr. Pelt is in a meeting right now. Would you like to leave a message?

W: Yes. This is Victoria Leonard with Plus Design. We're subcontracting on the Jones Project. Could you have him call me back?

M: Sure. Let me get your number.

W: Of course. It's (404) 556-7781. I'll be available all morning tomorrow.

男：不好意思，沛爾頓先生正在開會。您是否想留言呢？

女：好的。我是佩樂斯設計公司的維多莉亞・李奧納多，我們負責分包瓊斯專案，可以請您轉告他回電給我嗎？

男：沒問題，請給我您的電話號碼。

女：好的，我的電話是 (404) 556-7781，我明天整個早上都有空。

---

③ 🎧 014

M: Mr. Pelt will be out of the office until tomorrow afternoon. Can I take a message?

W: Sure. This is Soojee Park with Park Associates. I was hoping to set up a meeting with Mr. Pelt next week.

M: How do you spell Soojee, please?

W: That's S-O-O-J-E-E.

M: Thank you. OK . . . that's Soojee Park of Park Associates, and you want to meet next week. Could I have your number, please?

W: Yes, it's (212) 448-8694. Please have Mr. Pelt call me back.

男：沛爾頓先生明天下午才會進公司，可以請您留言讓我轉達嗎？

女：好的。我是帕克公司的朴秀姬。我希望能和沛爾頓先生安排下週開會。

男：可以請您告訴我秀姬（Soojee）怎麼拼嗎？

女：是 S-O-O-J-E-E。

男：謝謝您。好的，所以您是帕克公司的朴秀姬，希望下週與沛爾頓先生開會。您方便留個電話嗎？

女：好的，是 (212) 448-8694。再請沛爾頓先生回電給我。

Unit 4 P. 31

1 🎧 018

W: Thorntree Industries, do you know your party's extension?

M: I'm sorry, I don't. I'm trying to reach Yvonne Klim in the Sales Department.

W: I'll transfer you in a moment. For future reference, Ms. Klim's extension is 334.

M: Thank you.

女：荊棘工業您好，請問您要撥打的分機是幾號？

男：不好意思，我不清楚。我想找業務部的伊芳・克林姆。

女：我幫您轉接。為了方便您以後撥打，您可以記一下克林姆小姐的分機號碼是334。

男：謝謝妳。

2 🎧 019

M: Thorntree Industries, what's your party's extension?

W: Extension 22, please. I know the line is engaged, but this is an emergency.

男：荊棘工業您好，請問您要撥打的分機是幾號？

女：請幫我轉接22號分機。我知道22號忙線中，但我有緊急要事通報。

3 🎧 020

W: Thorntree Industries, what's your party's extension?

M: I'm not sure. I'm trying to reach Human Resources.

W: I'll transfer you to their main line. Please hold.

女：荊棘工業您好，請問您要撥打的分機是幾號？

男：我不太確定，我想找人資部。

女：我幫您轉接至他們的專線。請稍候。

Unit 5 P. 37

1 🎧 025

W: I'm sorry, the line cut out. Could you give me that again?

M: No problem. Where should I start?

W: You were talking about changes to the design specs.

M: Oh, right. So, for the new design specs . . .

女：抱歉，剛剛斷線了。你可以再說一次剛剛的話題嗎？

男：沒問題，要從哪個部分開始呢？

女：你剛剛在說更改設計規格的事。

男：喔，沒錯。那關於新的設計規格⋯⋯

2 🎧026

M: Let me make sure I've got this right. You need Mr. Nyugen to call you back today with discount offers on three bulk orders, and you also want to discuss a change to an existing order.

W: Yes. I need to talk to him as soon as possible because I don't want our current order to ship without the changes having been made.

M: OK, I've got all of that. I'll pass on the message right away.

男：我重複一遍，確保我沒聽錯。您希望諾根先生今天回電，和您確認三筆大宗訂單的折扣，還有您想討論變更一份已經受理的訂單。

女：是的，我必須盡快和他談妥，因為我不希望在沒有變更的情況下出貨。

男：好的，我都記下來了。我會馬上轉告您的留言。

---

3 🎧027

M: Please ask Ms. Cooper to . . . as soon as possible. My number is . . . 4485. I'll be in until . . . but after that I won't be in the office until Tuesday.

W: I'm sorry, it's very hard to hear you. We've got a bad connection.

男：請庫柏小姐盡快⋯⋯我的電話是⋯⋯4485。我到⋯⋯之前都在，接下來到星期二前我都不會進公司。

女：不好意思，真的聽不太清楚您說的內容。我們的收訊不好。

Unit 6 P. 41

1 🎧030

W: Let's meet again at the same time next week, OK?

M: That sounds good. Oh, wait, I think I'm going to be busy next Wednesday. Can we make it this time on Thursday?

W: That's fine with me if it works for everyone else.

女：我們下週同一時間再開會，好嗎？

男：好啊。喔等等，我想我下週三會很忙。可以改成週四，但時段一樣嗎？

女：如果其他人都沒問題，我也可以。

---

2 🎧031

M: This is going to be a little hard to schedule, because the beginning of the week is totally booked for me, and Friday is out for Sarah.

W: I guess that leaves Thursday, then. Is the morning doable?

M: It's OK for me, but I know Sarah will be busy. How about Thursday at two? That should work for everyone.

男: 行程有點難安排,因為我這星期頭幾天完全沒有空檔,莎拉則是週五沒空。

女: 那我想只剩週四了。早上可以嗎?

男: 我沒問題,但我知道莎拉會很忙。如果是週四下午兩點呢?大家的時間應該都能配合。

女: 喂,楊?你在忙嗎?可以和你談一下嗎?

男: 沒問題,怎麼了?

女: 我處理布萊爾報告的時候有遇到些問題,想和你討論看看。你接下來幾天有沒有空和我開會?

男: 可以啊,不過我目前還無法確定什麼時候有空。我在等某會議時間調動的消息。今天下午我就會知道新的開會時間,所以大概傍晚再傳電郵跟妳說時間好嗎?

女: 謝謝,沒問題。

Unit 7 P. 45

1 🎧034

W: Hello, Young? Are you busy right now? Can I talk to you for a minute?

M: Sure. What's going on?

W: Well, I'm having some trouble with the Blair report, and I'd like to talk to you about it. Will you have any spare time over the next few days to meet with me?

M: I certainly will—but I'm not sure exactly when I'll be free right at this moment. I'm waiting to hear about a meeting that's been rescheduled. I'll know by this afternoon when the new meeting time will be. I'll send you an email with a time later this afternoon, OK?

W: Thanks, that sounds fine.

2 🎧035

M: I'm glad you're interested in our new monitors, and I'm sure you'll love what they can do for your system. Now, the next step would be to set up a demonstration for you. Will you be free for a demonstration in your offices sometime in the next week or so? A demo and question and answer session usually lasts about an hour.

W: I would love to, but I'm sure my boss will want to be present as well. She should be free next Tuesday morning. Why don't I pencil you in and call you back to confirm tomorrow morning?

M: That sounds great.

男： 很高興您對我們的新螢幕感興趣，您一定會很喜歡這款產品與您系統搭配的效果。接下來，我們要安排示範產品的說明會。您下週什麼時候有空能讓我們到貴公司進行示範呢？產品示範與問答說明會通常需要一小時的時間。

女： 我很樂意讓你們前來，不過我確定老闆也會想在場。她下週二早上應該有空，我幫你安排一下，明天早上再回電給你確認最後結果好嗎？

男： 沒問題。

Unit 8 P. 49

❶ 🎧038

W: Alright, let's have a quick chat about the schedule for this week. Here's what's going on. Are you ready?

M: Yep. Go ahead.

W: OK. I'm meeting with Glenn on Monday afternoon, right before I go visit Disparate Design to talk about their role on the new project. Tuesday is open still. On Wednesday, I'll be meeting with the CEO in the morning and then reporting to the team in the afternoon.

M: But what about your Wednesday breakfast?

W: I'm still going. We've bumped up the time from nine to eight thirty.

女： 好吧，我們迅速討論一下這週的行程。這裡是行程內容，準備好了嗎？

男： 好了，請說。

女： 好。我週一下午會和格倫開會，接著馬上去「獨特設計公司」談談他們在新專案負責的部分。週二目前是空檔。週三早上要和總裁開會，下午則要向團隊回報。

男： 那妳的週三早餐會報呢？

女： 我還是會去，原本九點開會，已經提早到八點半。

---

❷ 🎧039

M: Laura, are you sure you're going to have time for all of this?

W: Sure! I can squeeze in our meeting between my lunch with the client and the board meeting dinner. Then I can report to the contractors on Tuesday morning before I leave for my trip to headquarters.

M: Alright. If you're comfortable with it, I am.

男： 蘿拉，妳確定妳有時間處理所有的事情？

女： 當然！我和客戶吃午餐後，到董事會晚餐會報之前，可以安插我們的開會時間。然後我週二早上可以回報包商，再出差去總公司。

男： 好吧。如果妳處理得來，我也沒問題。

Unit 9 P. 53

1 🎧 041

W: Good morning, Debra Cho speaking.

M: Good morning, Ms. Cho. This is Fred Cooper calling from George Harris's office. I'm afraid Mr. Harris won't be able to make your four p.m. meeting today. He's been called out of the office suddenly. He's asked me to apologize on his behalf.

W: Oh, that's too bad. I hope everything's OK.

M: I'm sure it will be fine. Mr. Harris also asked me to tell you that he's got your email address and he hopes to be able to email you to reschedule in the near future.

女：早安，我是黛博拉・周。

男：早安，周小姐。我是喬治・哈里斯公司的佛瑞德・庫柏。哈里斯先生今天恐怕趕不上和您約好的下午四點會議。他因為緊急情況而離開公司，並且請我代為轉達歉意。

女：喔，怎麼會這樣，希望一切都沒事。

男：應該沒事的。哈里斯先生還要我轉達，他有您的電子郵件地址，他希望之後再以電子郵件和您重新安排會議時間。

2 🎧 042

M: Dawn, I'm so sorry, but I can't meet tomorrow morning after all. I didn't realize I'd be at the breakfast meeting with Bill and Lewis. Is there another time that's good for you?

W: Are you free in the afternoon? I think we really ought to talk tomorrow, or else we'll get behind.

M: Yes, I'll be available after two or so.

W: Let's plan to meet at three, then.

男：棠恩，真抱歉，我明天早上無法和妳開會。我不曉得會被安排和比爾與路易斯參加早餐會報。妳還有哪個時間方便開會嗎？

女：那你下午有空嗎？我覺得我們明天真的要談一談，否則進度會落後。

男：可以，我大概下午兩點以後有空。

女：那我們就三點開會吧。

Unit 10 P. 57

1 🎧 045

W: Hi, I'm Mary Kant.

M: Nice to meet you, Mary. I'm Bob Orndorff.

W: Are you enjoying the conference so far?

M: Oh, yes, it's been very educational.

女：嗨，我是瑪莉・坎特。

男：瑪莉，很高興認識妳。我是鮑伯・歐多夫。

女：你喜歡今天的座談會內容嗎？

男：喜歡呀，我覺得很有教育意義。

---

2 🎧 046

W1: Gloria, this is Haruko. We're old, old friends.

W2: Nice to meet you, Haruko.

女1：葛羅莉亞，這是春子，我們是認識超久的老朋友。

女2：春子，很高興認識妳。

---

3 🎧 047

M: Oh, Ayesha, please come over here. I'd really like you to meet my friend Nasser. Nasser, this is Ayesha. She's been working at Alcatrek for—how long is it? Six months? Anyway, this is Nasser.

W: Six or seven. Hi Nasser. Nice to meet you.

Nasser: And you. So, what's it like being in an office with Shaheed?

W: Let's just say it's . . . interesting.

男：喔艾伊莎，請過來一下，我想向妳介紹我的朋友奈瑟。奈瑟，這是艾伊莎。她在阿卡崔克工作已經……多久啦？六個月嗎？這是奈瑟。

女：六七個月囉。嗨，奈瑟，很高興認識你。

奈瑟：我也是。和薩伊德當同事的感覺怎麼樣？

女：怎麼說呢……應該算很有趣吧。

Unit 11 P. 61

1 🎧 051

W: So, what field are you in, Jin?

M: Oh, I'm in telecommunications. I work for New Heights Technologies.

W: And what do you do?

M: Well, it's a bit complicated. I'm an electrical engineer, but most of my daily work has to do with writing contracts.

女：金，你在哪個領域工作呢？

男：喔我在電信業。我的公司是新高科。

女：那你的職位是什麼？

男：有點複雜。雖然我職稱是電機工程師，但是日常工作多與撰寫合約有關。

2 🎧 052

M: I'm an architect.

W: So what does that entail?

M: Well, it depends on the project. Most of the time, the bulk of my day is spent doing drawings or checking other people's drawings, but I also meet with clients and contractors. And what about you? What do you do?

W: I'm an artist, actually.

男：我是建築師。

女：工作項目有哪些呢？

男：視專案而定。我大部分的工作時間都在繪圖或檢查其他人的設計圖，但我也會和客戶與包商開會。妳呢？妳在哪裡高就？

女：我其實是藝術家。

Unit 12 P. 65

1 🎧 055

W: This one is my oldest—she's nine. She just started fourth grade.

M: How cute!

W: And this is my baby, Joseph. He's just turned three.

女：這是我的大女兒，她九歲，剛上四年級。

男：好可愛！

女：這是我的小兒子，喬瑟夫。他才剛滿三歲。

2 🎧 056

M: How many kids do you have?

W: Well, I have a stepdaughter from my husband's previous marriage, and then we have three between us, so four all together.

M: Wow, that's quite a big family!

W: Yes, we love it. How about you, have you got children?

M: No, no, I'm not there yet. I just got married last year, and we're not in a hurry to have any kids just yet.

男：妳有幾個小孩呢？

女：我有一個繼女，是我先生和前妻生的小孩，我們自己又生了三個小孩，所以我總共有四個小孩。

男：哇，真是個大家庭！

女：對呀，我們很喜歡這樣。你呢？你有小孩嗎？

男：沒有，我還沒走到這個階段。我去年剛結婚，我們還不急著生小孩。

1 🎧 061

W: Go Virginia! I'm so excited for this game.

M: Uh oh, you're rooting for Virginia? I'm a Tennessee fan.

W: We're going to kick your butts this afternoon!

M: We'll see about that!

女： 維吉尼亞加油！我超想看這場比賽。

男： 呃，妳支持維吉尼亞隊喔？我是田納西隊的粉絲。

女： 我們今天下午一定會讓你們輸得落花流水！

男： 等著瞧囉！

---

2 🎧 062

M: Have you ever tried surfing?

W: No. I've always wanted to, but it looks so difficult, and I've never wanted to take lessons.

M: It's really rewarding. I think you'd love it. If you want to try sometime, let me know!

男： 妳試過衝浪嗎？

女： 沒有，一直很想試，可是好像很困難，所以都沒想過要上課。

男： 真的很值得，我覺得妳一定會喜歡。如果妳想試試看，記得跟我說！

1 🎧 065

W: So, tell me about your trip!

M: Well, first of all, the hotel was amazing. It had a heated pool, a fantastic restaurant, and it was right on the water.

W: Lucky you!

M: Yes, we spent every day out on the sand, I think.

女： 跟我說說你這次旅遊的心得吧！

男： 好，首先，飯店超讚的。有溫水游泳池、美味的餐廳，而且就在水上。

女： 你真好運！

男： 沒錯，我們每天都在沙灘度過。

---

2 🎧 066

M: Can I ask you how you arranged your trip to the Bahamas? I'm planning to go there myself.

W: Sure! It was really easy, actually—I just did one of those deals where your hotel and airfare are all paid for together. There are some great bargains on the Internet right now.

M: Ah, good to know. Maybe you can send me some of the websites you looked at.

W: Sure thing!

男：請問一下，妳是怎麼安排妳的巴哈馬之旅？我計畫要去那裡自由行。

女：沒問題！其實很簡單。我不過就是買機票加住宿全包的方案。現在網路上有蠻多不錯的優惠。

男：太好了。也許妳可以傳妳看過的網站給我。

女：好呀！

Unit 15 P. 79

1 🎧 070

W: Welcome back, Brandon! Are you feeling better now?

M: Well, I'm not 100 percent yet, but I'm much better than I was yesterday. Boy, that was an awful bug.

W: What do you think you had?

M: I'm pretty sure it was the flu. I had a high fever, chills, and terrible stomach cramps.

女：布蘭登，歡迎回來！你現在好多了嗎？

男：我還無法完全確定，但比昨天好很多了。老天啊，真是折騰我。

女：你覺得你怎麼了呢？

男：我蠻肯定我得了流感。因為我發高燒、畏寒，還有嚴重的胃痙攣。

---

2 🎧 071

M: I can't believe Julio's been gone all week. He seems like such a hale and hearty guy.

W: Claudia says he's really sick. He's going to the doctor tomorrow.

M: Poor guy. And poor us—I hope what he has isn't catching!

男：我不敢相信胡立歐整個禮拜都不在。他看起來身強體壯呀。

女：克勞蒂亞説他病得很重，他明天會去看醫生。

男：可憐的人，我們也可憐，希望他的病不會傳染！

Unit 16 P. 83

1 🎧 076

W: Tim! I was hoping to catch you. I'm having a dinner party next week and I'd like you to come.

M: I'd love to! I hope it's not rude to mention this, but I'm allergic to dairy. Should I bring a dish to share?

W: No, no, that's fine. I'm really glad you told me. I was planning to make pasta and a red sauce. You can just skip the cheese.

M: That sounds great. And can I bring a bottle of wine, at least?

W: We'd never turn down wine!

女：提姆！我正想説能不能碰到你。我下週要舉辦晚宴，希望你能來參加。

男：我很樂意！不過我對乳製品過敏，希望我這樣説不會太冒昧。我是不是要帶一道料理大家一起吃？

女：一點都不會冒昧，我很高興你告訴我。我打算做紅醬義大利麵，你不用加起司就可以了。

男：太好了。那至少讓我帶瓶葡萄酒？

女：大家都愛葡萄酒！

---

2 ∩ 077

M: Hi Jin. Some of us are heading to the pool hall after work— would you like to come?

W: I wish I could, but I'm really busy. Next time.

M: We go every Thursday! Try to come next time.

男：嗨，晶。我們下班後要去撞球館，妳要一起來嗎？

女：我很想去，但真的很忙，下次吧。

男：我們每週四都會去！下次要來喔。

Unit 17 P. 89

1 ∩ 081

W: Hi there. I'm Felicia, I'm a coworker of Matt's.

M: Hi Felicia. I'm Tom. Nice to meet you. What kind of wine have you got there?

W: Oh, it's a shiraz I really like. I hope everyone else will like it. And how do you know Matt?

M: Oh, we've been friends since we were kids. I remember learning to ride a bike with him!

W: How cute.

女：嗨，我是費莉西亞，我是馬特的同事。

男：嗨，費莉西亞，我是湯姆。很高興認識妳，妳帶來的是什麼種類的葡萄酒？

女：喔，是我很喜歡的希哈葡萄酒，希望大家也會喜歡。所以你怎麼認識馬特？

男：喔，我們從小就是朋友。我還記得和他一起學會騎腳踏車！

女：真有趣。

---

2 🎧 082

M: Katie, this was outstanding. I can't remember the last time I had a better meal.

W: Oh, thanks so much! I love cooking, but I so rarely make time to do it that when I get a chance, I go all out!

M: Well, lucky us! Next time, why don't I host?

W: Are you going to cook?

M: Well . . . maybe we can do a potluck.

男：凱蒂，這真是人間美味。我都不記得什麼時候吃過這麼好吃的料理了。

女：太感激了！我真的很愛下廚，但是實在很難抽出時間，所以只要一逮到機會，我就會全力以赴！

男：那我們太幸運了！下次換我做東吧？

女：你要下廚嗎？

男：這個嘛⋯⋯也許我們可以辦一場百樂餐會。

Unit 18 P. 97

1 🎧 085

W: Hi Larry. Do you have a second to help me out with something?

M: Of course! What's up?

W: Well, I've got this speech coming up next week and I'm not sure about a few points. Would you mind listening to some of it and giving me some feedback?

M: Not at all! Give me about half an hour to finish a few things and I'll meet you back here.

W: Thanks so much.

女：嗨，賴瑞，你有空幫我一個忙嗎？

男：當然有空！怎麼了？

女：我下禮拜要演講，但我不太確定自己的某些論點。你可以聽聽看，然後給我一點意見嗎？

男：沒問題！給我大概半小時的時間完成一些事情，我再來這裡和妳碰面。

女：太感謝你了。

---

2 🎧 086

M: This presentation is really important, and I'm starting to get really nervous.

W: I'm sure you'll be fine! Is there anything I can do to help you?

M: No, I don't think so. I've attended to all the details, I know. Now I just need to calm down—and try to get my nervous stomach to settle down.

W: Try not to worry so much!

男：這次的簡報真的很重要，我好緊張。

女：你沒問題的！我可以幫你什麼忙嗎？

男：我想應該不用。我知道自己已經把該注意的細節都納入了。現在我只需要冷靜，好好讓自己緊張的情緒鎮定下來。

女：就試著不要擔心太多吧！

Unit 19 P. 101

1 🎧 090

Good afternoon, ladies and gentlemen. I'm so pleased to welcome you to our fifth annual board meeting. Tonight, I'd like to present to you the projects that we have completed over the past year, as well as upcoming work we have scheduled. I hope that you will be as excited as I am about our good work and our great potential.

女士先生們，午安。竭誠歡迎大家參加我們第五次的年度董事會會議。今晚我想向大家說明過去一年所完成的專案，以及已經排定的工作事務。希望大家都和我一樣，對於我們的良好表現和絕佳潛力感到開心。

---

2 🎧 091

Hi everybody, so glad you could make it. As you have heard, we've got a new health insurance system, and we thought the best way to get everyone on board with it would be to run through all of it together. So today, I'll be discussing your new health insurance options and how to access them. I'll be happy to answer all of your questions, but I must ask you to hold them until the end of the presentation.

嗨，大家好，很開心大家能出席。你們可能都聽說了，我們已建立新的健保系統，那麼讓大家都能響應此新系統的最佳方法，就是一起來了解它的內容。所以今天我會和大家談談新健保的選擇方案以及申請管道。我很樂意回答大家的疑問，不過可能要請大家等簡報結束後再發問。

Unit 20 P. 105

1 🎧 094

Earlier, I mentioned the critical importance of retaining good staff, and I'd like to go back to that idea for a minute. Our problems now, which I am about to discuss, clearly show why our biggest enemy is staff turnover, and our greatest asset is the experience and longevity of our best workers.

剛剛我有提到留住人才的重要性，我想再回頭好好談談這一點。我們現在面臨的問題，也就是我想討論的部分，可以很清楚看到公司的大敵為何是人事流動率，而我們最棒的資產就是頂尖人才的經驗和年資。

2 🎧 095

As you can see, the changes in our policies stem from changes at headquarters. They are intended to bring us in line with the rest of the company.

如大家所見，我們政策的改變源自總公司的變動。他們希望讓我們與其他公司部門的步調一樣。

Unit 21 P. 109

1 🎧 098

But all of this discussion only leads us to one fundamental idea. Ladies and gentlemen, the key to a good presentation is planning, planning, planning. Think about it—the common presentation problems we heard about earlier? How could each be solved? Through proper planning.

但所有的討論，均終歸一個基本重點。女士先生們，做出優秀簡報的關鍵，就是「計畫、計畫、再計畫」。大家想想看，我們剛剛最常聽到的簡報問題是什麼？這些該如何一一解決？就是透過妥善的計畫。

2 🎧 099

Now that we've reviewed our production problems, I'd like to focus on solutions. After extensive research within our production wing, as well as a review of our competitors' best practices, I've come up with a list of what I think will be the most effective, practical solutions to the problems we're facing. These are not one-size-fits-all Band-Aids, folks, these are solutions based on our particular needs and our particular strengths. I cannot overemphasize the importance of that.

現在我們已經檢討過生產問題,現在我想著重在解決之道。我們與生產團隊進行廣泛研究與回顧競爭公司的最佳實務後,我列出了改善清單,這是我認為最能有效且實際改善現有問題的解決辦法。不過,這並不是「一藥治百病」的仙丹,而是根據我們的特定需求和實力所討論出來的解決方法。這是我一再強調的重點。

Unit 22 P. 113

1 ∩ 103

Tell me, how many people in this room have been stuck working for a bad manager? Don't worry, we won't assume it's your current manager. I see, it's quite a lot of us. So have I, folks, so I feel your pain. Now, another question— how many of you actually quite liked that manager personally, but you just didn't like his or her management style? Also quite a lot of us! That brings me to my point.

請大家告訴我,這裡有多少人曾身不由己,得聽命於不好的主管?別擔心,我們不會假設你們說的是現任主管。好,還蠻多人的。我也是,所以我能感同深受大家的痛苦。現在來回答另一個問題,這裡有多少人其實還蠻喜歡主管的個人特質,只是不太喜歡他/她的管理風格呢?也是蠻多人的!這樣的現象剛好導入我的重點。

---

2 ∩ 104

Now, let's take a look at this diagram again. I want you to look especially at step two. Knowing what we know now, do you think step two is actually correct? Is there anything you would change about it, in light of what we've learned?

我們現在再看一次圖表。請大家特別注意第二步驟。根據我們既有的知識,大家認為第二步驟是正確的嗎?大家覺得可以根據我們所學而調整哪些部分呢?

Unit 23 P. 117

1 ∩ 107

It was all good news until the third quarter, as you can see. While our sales had risen and held steady before that, in the third quarter sales fell like a rock and bottomed out at only 200,000 per month. Things recovered slightly in the fourth quarter, but we still haven't gotten quite back on track.

大家可看到，在第三季之前一切都很順利。雖然業務量有所成長且呈穩定狀態，但第三季的業務量卻迅速跌入谷底，每個月的數字只有20萬。雖然第四季有逐漸好轉，但我們仍未上軌道。

---

2 🎧 108

This shows our performance as compared to our nearest competitor—the blue line is our sales, and the red one our competition. You'll see immediately that our pattern of rising and falling is very different—almost exactly opposite. Why should that be?

這是我們和最接近的競爭公司所做的績效比較。藍線是我們的業務量，紅線是競爭公司。大家馬上看得出來，我們的漲跌模式非常不同，幾乎是呈相反狀態，為什麼會這樣子呢？

Unit 24 P. 121

1 🎧 111

These sales figures, of course, have been affected by the new frozen custard phenomenon, but I really believe that's just a fad. By next quarter, I predict we'll be right back to our former position. Now, let's talk about how we can improve our position.

這樣的銷售數據，當然是有受到最近新興凍乳霜冰淇淋熱潮的影響，但我相信這只是曇花一現。我預計我們下一季就會回到之前的銷售狀態。現在就來談談該怎麼改進我們的定位。

---

2 🎧 112

Look at the changes in our market penetration from last year to this year! In my opinion, a large part of this massive change is due to our new marketing focus. And the new marketing focus comes directly from Soo Jung, so let's give her a round of applause.

看看我們去年到今年的市場滲透率變化！以我之見，此大幅變動的多數原因在於我們的新行銷策略。而新行銷策略是由秀貞所負責，請大家為她掌聲鼓勵。

---

1 🎧 115

I'd like to conclude with this thought. History has shown us that if we raise prices, we will lose customers. I want you to ask yourself if our image can handle that. What is our image? Who are we as a company? Who have we identified as, who identifies with us? Are you all willing to forge a whole new identity just to get through this temporary setback? Or should we find a solution that fits who we are, rather than trying to fit who we are to this hurriedly put together solution?

我想針對這個想法做結論。過去的經驗告訴我們，漲價就會失去顧客。我希望大家捫心自問，我們的公司形象是否能承擔這樣的結果。我們的形象是什麼？我們的公司定位又是什麼？我們認同哪些人，又有哪些人認同我們？大家是否願意以嶄新的一面，來度過這段短暫的挫折？或是應該找出適合我們定位的解決之道，而不是讓我們去適應這個趕鴨子上架的解決方案？

2 🎧 116

At the end of the day, we should be proud of our yearly sales figures. Though we did suffer through a dip, it was largely due to factors beyond our control. In my view, we worked valiantly through a difficult situation, and the fact that we managed to come out of it with a slight improvement over last year's numbers just shows the dedication of our terrific staff. I'd like to conclude my presentation with a round of applause for them.

最後，我們應該對年度銷售數據感到自豪。雖然我們確實因為走下坡而深受其苦，但其實是受到我們無法掌控的因素所影響。以我之見，我們是在艱困的情況下奮戰，也設法挺過來，成績還比去年的數字稍有起色，在在證明我們的員工多麼出色。我希望大家掌聲鼓勵他們，來結束今天的簡報。

1 🎧 119

W: And . . . that concludes my presentation. Are there any questions?

M: Yes, I'd like to ask something. What was the most recent year you collected data from? I have to say, the numbers you cited don't really reflect the activity I've seen in this sector.

W: The most recent year we have complete data for is 2014, right now.

M: Well, don't you think that more recent data would give us a better picture of how to proceed? I mean, haven't things changed a lot over the past few years?

W: I would contend that they haven't changed as much as we might think.

女： 還有⋯⋯這就是我的簡報結論。有問題嗎？

男： 是的，我有問題。請問妳所收集的最新資料來自哪一個年分？我必須說，妳引用的數據並無法確實反映出我所觀察的此產業活動。

女： 我們現在手上資料的最新年分是2014年。

男： 那麼妳不覺得提供更新的資料，能讓大家比較清楚該怎麼做嗎？我的意思是，過去幾年來，很多事情都有很大的變化了，不是嗎？

女： 我認為並沒有我們想像中改變得多。

---

2 🎧 120

M: Let's have some questions, then. Yes, what would you like to ask?

W: Thanks. I was just wondering if you'd taken the economic turmoil in India into account when you made your forecast.

M: I did, actually.

W: I'm surprised that your predictions for growth are so optimistic, then! Do you not think their economic troubles will affect us down the line?

男： 現在大家可以開始發問。好的，妳想問什麼呢？

女： 謝謝，我想問一下，你預測情勢時，是否有將印度經濟動盪的情況納入考量。

男： 我有納入考量。

女： 那我很驚訝你對成長率的預測如此樂觀！你不覺得他們的經濟困境會影響我們的未來發展嗎？

Unit 27 P. 135

1 🎧 123

Good afternoon, everyone. I'm so glad we could all meet today. Let's get the ball rolling right away—I know you're all very busy. Before we begin, I'd like to especially thank Harriet Nelson, who's come all the way from headquarters to talk to us today.

大家午安。很高興今天能一起開會。我們就馬上開始吧，我知道大家都非常忙碌。開始會議之前，我想特別感謝來自總公司的哈莉葉‧尼爾森，特地前來與大家聊聊。

2 🎧124

Good morning everybody. Have you all gotten some coffee? OK, great. Let's get started. As you can see, Jim isn't here. He's sick, so we're going to fill him in on what we talk about later this afternoon and get his feedback, if he's got any, when he returns. The main issues for us to discuss today are the sites—which one are we going to use? I also want to talk a bit about how we're going to staff the next phase of the project.

大家早安。都有喝點咖啡了嗎？很好，我們開始吧。如大家所見，吉姆沒有來，他請病假，所以等他進公司，我們會告知他下午的討論內容，看看他有沒有任何意見反應。我們今天要討論的重點是場地——我們該採用哪一個？我還想談談我們該如何安排專案下一階段所需的人手。

Unit 28 P. 139

1 🎧127

M: Jean, I'm sorry to have to cut you off there, but I think we just won't have time to discuss that fully in this meeting.

Jean: If I could just make one final point . . .

M: Please do, but I'll have to ask you to be brief.

Jean: I will—but I also have to ask that we return to this subject in another meeting, very soon.

男： 珍，很抱歉必須打斷妳一下，我覺得這場會議可能沒有時間討論得這麼詳細。

珍： 只要讓我再提出最後一個重點……

男： 請提出來，但還是希望妳簡潔有力。

珍： 好，但我也希望能很快在其他的會議中再次討論此主題。

---

2 🎧128

M: If we've all said what we have to say about the previous topic, I think we can move on. Next up is the new ad campaign. Lisa, I'll turn the discussion over to you, as you know the most about this.

W: Thanks. There's a lot to cover here, so I'll try to be as quick as possible. First of all, the campaign rollout has been rescheduled, due to the latest consumer research results. I know that this will be disappointing for some of you, but we really want to get this right, and we need to react to what our market is saying.

男： 如果大家都已經針對剛剛的主題說出自己的看法，我想我們可以討論下一個主題了，就是我們的新廣告內容。麗莎，妳來主導討論，因為妳最了解這個部分。

女： 謝謝。有很多面向要討論，我盡量長話短說。首先，我們已經因應最新的消費者研究結果，而更動首波廣告的推出時間。我知道有些人會感到失望，但我們真的很想穩當做好這件事，我們必須針對市場需求來有所反應。

Unit 29 P. 143

1 🎧 132

M1: Thank you for that presentation, Shihab. Now that we've seen the research and the suggestions Shihab's made, I'd like to ask you all for your opinions. Which suggestions do you think will work? Are there any you disagree with? Are there any you'd like to add?

W1: I think the first idea, about the logo, is the most important—we've absolutely got to get back in touch with our youth market.

M2: I agree with you there, but how do we do it? I appreciate the effort that went into the presentation, but I just don't think a new, youthful logo will cut it.

W2: I disagree. I think our current logo is totally out of date and a new one will make a huge difference.

男1： 謝謝你的簡報，席哈布。我們已經看過研究內容與席哈布所做的建議，我想請大家提出看法。大家覺得哪些建議能發揮成效？大家又無法認同哪些建議？或是想補充什麼想法？

女1： 我想關於商標的第一個想法最為重要，我們真的要好好與年輕人的市場接軌。

男2： 我也同意，但我們該怎麼做？我很欣賞辛苦做出來的簡報內容，但我覺得年輕化的商標並無法達到我們要的效果。

女2： 我不同意。我覺得我們現有的商標十分過時，新商標能帶來很大的改變。

---

2 🎧 133

M1: I'm afraid I can't agree with you, Frank. There's a lot of research that suggests that conventional marketing is dying and this new viral thing is not a blip.

W: Well, let's take some time to talk about this, since there's some dissent here. What do the rest of you think? Should we be looking at reevaluating our standard marketing model from top to bottom?

M2: I think John's on to something here. I think we need to make sure we don't fall behind the times.

男1：我恐怕和你意見相左，法蘭克。有許多研究顯示傳統行銷手法式微，而病毒式行銷並非曇花一現。

女： 我們再花點時間討論這件事，因為大家都意見相左。其他人覺得怎麼樣？我們是不是應該重新好好評估我們的標準行銷模式呢？

男2：我想約翰有所盤算。我們必須確保進度不會落後。

Unit 30 P. 147

1 ∩137

M: Let's go on to our next order of business then: next year's budget. As you can see—

W: I'm sorry, Joe, but I have one more thing to say about the sales figures.

M: Oh. Go ahead then. I'm sorry, I thought we had finished that.

W: I'll be brief. In my opinion . . .

男：我們繼續討論下一個會議程序：明年的預算。大家可看到──

女：不好意思，喬，但我還想討論一下銷售數據。

男：喔，好吧，請說。但我以為我們已經結束這個主題。

女：我會長話短說。以我之見⋯⋯

---

2 ∩138

M: Alright, now let's hear what Sharon has to say about the resumes we've received.

W: I'm sorry, could I break in here for a moment? I wanted to ask about the staffing for the Jonestown project.

M: I think we need to let Sharon go ahead, since she hasn't got much time. We can talk about the Jonestown project afterward.

男：好的，現在來聽聽看雪倫對我們所收到的履歷表有何看法？

女：不好意思，我可以打岔一下嗎？我想問一下瓊斯鎮專案的人員配置問題。

男：我想我們應該讓雪倫先說，因為她在趕時間。我們等一下就可以討論瓊斯鎮專案。

Unit 31 P. 151

1 🎧 141

M: In the four focus groups held in Kaohsiung we received very interesting feedback from consumers—

W: I'm sorry, focus groups where? I missed that.

M: In Kaohsiung As I was saying, the feedback was somewhat unexpected, but it actually supports our theory of what needs to be altered before we roll out the new version—

W: Can I stop you for a moment? I'm just very surprised to discover that we held focus groups in Kaohsiung. Didn't we eliminate that as a site in an early meeting? What changed?

男： 在高雄的四大焦點團體裡，我們收到很有意思的消費者意見反應——

女： 不好意思，哪裡的焦點團體？我沒聽清楚。

男： 是高雄。我剛才要説的是，意見反應雖然有點出人意料，但其實剛好佐證我們推出新版本前必須有所改變的理論——

女： 可以再打岔一下嗎？我只是很驚訝，我們在高雄居然進行焦點團體訪談。之前的會議不是已經刪掉高雄了嗎？為什麼又變了？

2 🎧 142

M: OK, let's get started. Our first order of business is this month's sales quotas.

W: Excuse me, can I ask a quick question? I don't see anything on the agenda about the new product tests. It was my understanding that we were going to get some information about the results to take back to our customers.

M: Um . . . no, that was not on the agenda. We were never going to discuss that today.

W: There's obviously been a very big misunderstanding between our department and yours.

男： 好，我們開始吧。首先要討論的會議程序是本月的銷售配額。

女： 不好意思，可以問個簡短的問題嗎？我在議程上沒看到與新產品測試有關的任何主題。我所知道的是，我們本來是要討論測試結果內容，藉此贏回顧客。

男： 嗯……這點沒有列在議程中。我們今天沒有要討論這個部分。

女： 那我們部門和你們部門之間顯然有很大的誤會。

1 🎧146

W: Dan, we haven't heard from you on this. Have you got anything to add?

M: No. In fact, I concur with what you all have said.

W: Well, then, it seems we've reached our decision. I'll meet with the team tomorrow to discuss how we'll implement the new strategies. And if we've got nothing else to add, I think we can call it a day. Thank you all for your time.

女：丹，我們還沒聽到你發表意見，你想補充任何想法嗎？

男：沒有。我認同你們大家的看法。

女：好，看來我們的決定一致。我明天會和團隊開會，討論實施新政策的方式。那如果沒有什麼要補充的話，我想我們今天就可以結束了。謝謝大家的參與。

- -

2 🎧147

M: I'd hoped we could settle on the new designer today, but we can't make that decision without Carla here. However, we seem to all agree on what elements we need in the design, don't we? I think we can pass our decision on to her

and she can work out who she wants to work with to create it. Does anyone have any last minute comments on the design elements before I close that discussion?

W: I just want to make sure the design will work with the colors of the new campaign.

M: Absolutely. That's a given. And, I think that's a wrap. I think we've done all we can do today, and I'm sure you're all eager to get back to work.

男：我本來希望今天能夠決定好新設計師的部分，但是卡拉不在場，我們就無法做此決定。不過，我們在設計元素方面都取得共識了，對不對？我想我們可以將這個共識轉告她，她就可以好好想想負責設計的配合對象。那麼在我結束討論之前，有誰對於設計元素還有什麼要追加的看法？

女：我只是想確定一下，設計樣式會不會搭配新文宣的色系。

男：絕對會，大家都知道這一點。好，那我們就收工囉。今天大家都盡力了，你們應該都很想回到工作崗位了吧。

- -

Unit 33 P. 161

1 🎧 149

W: I'm working on a plan for the negotiations with Chromatics. I'm a little bit nervous. Can you give me some advice?

M: Yes—focus on the outcome you want. What do you want to happen?

W: We want them to sign an exclusive contract with us.

M: And what outcome do they want?

W: Gosh . . . I'm not sure.

M: That's something you should find out.

女：我正在籌備與色彩學公司協商的計畫。我有點緊張，你可以給我一些建議嗎？

男：好——就將重點放在妳想達到的目標。妳希望有什麼樣的結果？

女：我們希望對方和我們簽下獨家合約。

男：那他們希望達到什麼樣的結果？

女：老天……我不確定。

男：這就是妳該去了解的部分了。

2 🎧 150

M: When we walk out of there today, we absolutely have to have a firm agreement on the price that we've set. I also want a definite date for our next session, so they can't delay.

W: What about additional orders?

M: They would be nice, but they aren't absolutely necessary. Also, remember, we really want an exclusive deal, but if they refuse, we'll back off. We can let that go.

男：我們今天走出協商地點的時候，一定要確保讓對方同意我們的定價。我也想要排定下次會談的日期，他們才不會拖拖拉拉。

女：那額外的訂單呢？

男：有額外的訂單最好，但也不一定必要。還有，切記我們希望拿到獨家合約，如果他們拒絕，我們就不再提起，可以放棄這個部分。

1 🎧 154

W: What are you hoping to get done today?

M: Well, ideally, we'd get a firm answer on the payment schedule and be cleared to start the first deliverable. What we absolutely must have is at least a commitment that their top decision-makers will attend our next meeting.

女：你希望今天完成哪些事？

男：希望可以在付款時間方面得到肯定的答案，並且清楚告知可開始交出第一批成果了。還有一定要達到的目標，就是至少讓他們承諾高層決策者會參加我們的下次會議。

2 🎧 155

M: We have a lot of control issues to work through today.

W: I really hope they're prepared to get to the bottom of things at this meeting. I don't want to drag this out.

男：我們今天要解決很多控管問題。

女：我真的希望他們在這場會議中做好徹底檢討的準備。我真的不希望拖拖拉拉。

1 🎧 158

W: There are a lot of issues for us to discuss in these negotiations—far too many to address today. For today, I think our main focus needs to be on the facilities. We need to set up a schedule or some other kind of agreement for sharing them appropriately.

M: We absolutely agree. We also think it will be very important to come up with something firm, in writing, that we can both be happy with, before we start sharing these facilities.

女：我們在協商項目中有太多議題要討論了，多到今天都討論不完。所以今天我想主要著重在設施的部分。我們必須安排好妥善共用設施的時間表或達到某種共識。

男：我們絕對同意。我們也認為在開始共用設施之前，以白紙黑字明確寫出雙方都滿意的規範十分重要。

2 🎧 159

I think these negotiations are going to be a waste of time unless you are willing to meet us halfway. I just want to express that for the record. That said, as before, we are very interested in bringing everyone back to work as soon as possible. We are willing to discuss raises of up to nine percent.

我覺得除非我們雙方都願意彼此退讓一點，否則協商再多都是浪費時間。我只是想正式提出這點。如同之前所說，我們有誠意讓大家盡快回到工作崗位，我們願意接受薪資調升至多 9% 的討論空間。

Unit 36 P. 173

1 🎧 163

W: Today, I'd like to talk about our current price proposal.

M: I thought we'd been over that already. I'm afraid that we just can't work with this exact proposal. I had hoped you would bring something else to the table today.

W: Please bear with me for a moment. We've made a few changes that we think will change your minds.

女： 我今天想談談目前的價格提案。

男： 我以為這個部分已經定案了。我恐怕無法配合討論這個特定提案，因為我以為妳今天會提出其他討論事項。

女： 請耐心聽我說完。我們做了一些更動，應該會讓你改變心意。

2 🎧 164

Our standard arrangement is thirty dollars per unit per hundred units. Then, we propose to offer you a one percent kickback on each unit over one hundred that we sell per quarter.

我們的標準規定是每一百單位中，每單位30元。現在我們想向你提案，我們每季只要售出一百單位，每單位就給您1%的回扣。

Unit 37 P. 177

1 🎧 168

W: Alright. We'll waive the signing fee if you'll agree to a yearly membership and pay all the monthly fees now.

M: That's a lot of cash to lay out at once. I think if you can let me pay half now and half in six months, we'll have a deal.

W: I don't know if we can do that, but I can throw in some free classes if that will convince you.

女： 好吧。我們會放棄簽約費，前提是你同意簽下會員年約，而且付清每月月費。

男： 這樣一次付出去太多現金了。如果妳能讓我先支付一半，另一半在六個月內付清，我們就成交。

女：我不確定公司能不能接受這樣的做法，但我可以再加碼免費課程，看這樣是不是能說服你。

---

2 🎧169

M: I think we need to be clear with each other. We can offer you discounted rental rates and deals with our events planning partners, but we can't guarantee you availability next month unless we can agree on a deal soon. If you tell us what you need, we'll be able to move ahead faster.

W: Of course. The problem is that we don't want to work with your events planning partners. We just want to rent the space and do it ourselves, but your prices are still too high.

M: We can give you the rates you want if you can commit to three events in the next year.

男：我想我們彼此都要說清楚。我們可以向妳提供租金折扣以及與我們活動規劃合作廠商配合的優惠，但是除非我們盡早達成協議，否則無法向您保證下個月有空檔。如果妳告訴我們妳的需求，我們就能盡早著手。

女：當然當然。但問題是我們不想和你們的活動規劃合作廠商配合。我們只想租下場地，其他事務自理，但你的價格仍然過高。

男：如果妳承諾明年會承租場地舉辦三次活動，我們可以給妳想要的租金。

Unit 38 P. 181

1 🎧173

W: We really didn't want to get stuck on this issue. We had hoped that you could accept our revised schedule without needing to make so many changes.

M: Well, we're very sorry that things aren't moving any faster, but we've got to make sure that we get what we need.

W: Well, how about this: since we don't seem to be getting anywhere on this issue, why don't we take a break and come back to it tomorrow?

M: That's a good idea. If we're still having trouble tomorrow, how would you feel about bringing in a third party to advise us?

女：我們真的不希望在此議題陷入膠著。我們本來希望你能接受修訂後的時間表，而不需要做那麼多的變動。

男：很抱歉我們無法加快進度，但我們得確定能夠取得所需資源。

女：那麼這樣如何：既然我們雙方在此議題尚無任何共識，何不先休息一下，明天再繼續討論？

男：好主意。如果明天還是沒有交集，妳覺得讓第三方加入討論，向我們提出建議怎麼樣？

---

2 🎧174

M: At this point, I'm not really sure what else we should be discussing. I don't think we can give you any more than our latest offer provides, but I'm not willing to give up. Perhaps you can tell me what we can do to move things along.

W: I believe we've been over this already: what we really want is more flexibility in our payment terms. I'm afraid if you can't do that, then there's nothing else for us to discuss.

男：我現在真的不確定我們還要討論什麼。我覺得我們無法再給出比上次所說優惠更好的條件，但我還是不想放棄。或許妳可以告訴我，我們該怎麼解決問題。

女：我想我們已經談過了：我們真正的需求就是在付款條件方面多點彈性。如果你無法讓步，我想我們也沒有什麼好討論的了。

Unit 39 P. 185

1 🎧178

W: As you can see, we've modified our standard contract to reflect the changes you suggested. We are very pleased to have come to this point, and we're eager to provide you with the fast, timely, professional services that are the hallmark of our business.

M: Let me just skim through and double-check the changes . . .

W: Absolutely. Please note that we've also given you an extra week of service at the end of this service period, free of charge. We just wanted to show you a token of our goodwill at the start of this new professional relationship.

女：您可以看得出來，我們根據您建議的變動方式來修改我們的標準合約。我們非常開心能走到這一步，竭誠希望能為您提供我們公司所標榜迅速、及時且專業的服務。

男：讓我瀏覽一下內容與再次核對變動的部分……

女：沒問題。請您留意一下，服務結束時，我們還向您提供額外一週的免費服務。我們希望在此新合作關係正式開始時，展現我們的誠意。

---

2 🎧179

M: Have they closed the deal yet?

W: Nope. They've finally managed to work out the problem of who'd do the design work, which was a big issue, so that's put them closer to a deal. But they're still waiting for final confirmation on the printing rates and amounts.

M: When will that come through?

W: Probably next week. They'll sit down to sign the week after, I imagine.

男：他們成交了嗎？

女：還沒。他們終於搞定由誰負責設計的問題，因為這是很大的議題，所以談妥這件事讓他們離成交又近了一步。但他們還在等印刷費率與金額的最後答案。

男：那什麼時候會知道結果？

女：大概是下禮拜。我猜下下禮拜就能簽訂合約了。

1 🎧183

M: I think our customer base will tolerate a skimming strategy.

W: I'm not sure. I'll be worried if we aren't close to comparable with our nearest competitor.

男：我想我們的客群能接受吸脂策略。

女：我不確定。如果我們無法和主要競爭對手旗鼓相當的話，我會開始擔心。

2 🎧184

M: Our target consumer is young, well-informed, and not afraid of new technology.

W: And probably already familiar with most of the existing laptops out there, but ready for more.

M: Right. Exactly the kind of person that ABC Tech has been trying to reach for years.

男：我們的目標消費者屬於年輕、見多識廣且樂於接受新科技的族群。

女：而且可能已經十分熟悉目前市面上的多數筆記型電腦，但仍希望了解更多產品。

男：沒錯。這就是「ABC 科技公司」多年來試圖觸及的客群。

3 🎧185

M: We've written out some ways to gauge our progress with the new plan. First of all, after our initial promotion, we're going to want to see 50% more hits on our web page.

W: Right. And we're going to need at least half of those hits to turn into solid leads, otherwise we'll have to rethink the next steps.

男： 我們已經擬定採用新計畫來衡量進度的一些方法。首先，我們首波促銷活動推出後，希望能看到網頁增加 50% 點擊率的效果。

女： 沒錯，我們也希望至少要有一半的點擊率能轉變為穩定的潛在客群，否則我們就要重新思考下一步該怎麼做。

4 🎧186

W: I truly believe if we make a huge push with our initial promotion, consumers will tolerate a slightly higher price and our profits will be huge.

M: But if you're wrong, we run the risk of losing money on the venture.

女： 我真的相信如果我們大力推動首波促銷活動，消費者會願意接受稍微調漲的價格，我們也能大幅獲利。

男： 但如果妳的方法出錯，我們就要承擔生意賠錢的風險。

Unit 41 P. 195

1 🎧189

M: I think we need to use images of friends and family, of the time customers lose with them if they don't have our product.

W: Maybe we can make some commercials that will be real tear-jerkers.

男： 我覺得我們的訴求需著重在：顧客如果沒有使用我們的產品，就會失去與親朋好友相處的時光。

女： 也許我們可以拍攝一些內容賺人熱淚的廣告。

2 🎧190

M: How are customers going to react to all the new functions we've added?

W: Well, we think they'll be very excited about them.

M: I hope so. We'll have to make sure they seem like significant improvements, not frivolous extras.

W: Oh, we plan to talk very much about the practical uses of all the functions, don't worry.

男： 顧客對於我們增設的所有新功能會有什麼樣的反應呢？

女： 我們認為他們會非常躍躍欲試。

男： 希望如此。我們一定要確保新功能具有明顯的加分作用，而不是華而不實的多餘功能。

女： 我們預計會好好宣傳所有功能的實用特性，別擔心。

---

3 🎧191

M: I think the most important thing we can do is drop the price as much as possible.

W: Really? I was thinking the opposite—let's try to position ourselves as something only for the rich and fabulous!

男： 我想最重要的事就是我們盡可能壓低價格。

女： 真的嗎？我的想法剛好相反——我們試著用金字塔頂端客群的出發點來設想定位吧！

Unit 42 P. 199

1 🎧194

M: We really need to sell more of these to get off to a good start. What can we do to make ourselves more appealing?

W: Well, obviously, we can lower the price.

M: I think that should be our final option. Before that, maybe we can offer our sales reps two percent of each unit they sell.

男： 我們真的必須增加銷量才能有好的開始。該怎麼做才能讓產品更具吸引力？

女： 我們顯然需要降價。

男： 我想降價應該是最後的絕招。也許在降價之前，我們可以再試著向業務專員提供每售出一個單位就得到 2% 獎金的激勵。

---

2 🎧195

M: I hope this promo is worth it. We're giving up a lot of profit to sell these units at such a low price.

W: I think things will work out. The price point is low, but our customers respond to price in a way they don't respond to any other incentives. I think they'll show their appreciation by buying.

M: I hope so. We'll have to make sure they seem like significant improvements, not frivolous extras.

W: Oh, we plan to talk very much about the practical uses of all the functions, don't worry.

男： 我希望這次的促銷活動有成效。因為我們放棄高利潤而用這麼低的價格來銷售產品。

女： 我想一切都會順利進行的。雖然定價低，但顧客只對價格有反應，對其他促銷手法都興趣缺缺。我想顧

客會以購買力來表示他們喜歡這樣的方式。

男： 希望如此。我們一定要確保新功能具有明顯的加分作用，而不是華而不實的多餘功能。

女： 我們預計會好好宣傳所有功能的實用特性，別擔心。

Unit 43 P. 203

1 🎧 198

M: Guess what? We just got the latest sales figures, and it turns out we're the top selling plumbing business in the mid-Atlantic!

W: That's fantastic! We'll have to put that all over our new ads!

男： 猜猜看怎麼著？我們剛拿到最新的銷售數據，結果我們是中大西洋地區銷售第一的水電行！

女： 太棒了！我們一定要在新廣告中大肆宣揚！

---

1 🎧 199

M: I'm not sure we need all of these other services. All we really want is a basic paint job.

W: OK. What we usually find when we start to paint is that you need stripping as well, but you can always order that as

a separate service, and not bother with the rest. We allow you to pick exactly what suits your needs if you don't think you need one of our full-service packages.

M: That's great.

男： 我不確定是不是需要這些額外服務。我們真的只需要基本的粉刷作業。

女： 好的。我們開始粉刷的時候，通常會發現牆壁需要先除漆，不過您還是可以另外安排此服務，且不需擔心其他項目。如果您覺得不需要我們的全套服務，絕對可以只選符合您需求的服務。

男： 太好了。

Unit 44 P. 209

1 🎧 203

M: So, are you interested in our weekly flower delivery service, or are you going to go with the holiday service?

W: I don't know yet. I love the weekly service idea, but I'm not sure I should spend the money.

M: Our prices are actually the lowest in this area for this type of service. And when you see the joy our flowers will bring to your mother, I'm sure you'll feel that the price was worth it.

W: Oh, I know that she would love them. Let me get back to you. I'll talk to my sister to see if she wants to split the cost and call you tomorrow.

男： 那麼您對於我們每週的送花服務感興趣嗎？還是您想選擇假日服務？

女： 我還不曉得。我很喜歡每週送花的概念，但不確定是不是該花這筆錢。

男： 其實在同行的行情裡，我們的價格算是最低的了。而且當您看到母親收到花的開心神情時，您一定會覺得這筆錢花的值得。

女： 喔我知道她一定會很喜歡。我再和你聯絡。我要跟姊妹討論看看她是不是要分攤費用，我明天再打給你。

---

2 🎧 204

M: The most important aspect of our redesign is the improved safety features we've installed. We know how important your children are to you, so we've gone above and beyond to make sure our back seats and child safety seat harnesses are absolutely the top of the line. We've also managed to keep our prices competitive while updating these essential safety features.

W: Can you tell us more about the new features?

M: Of course. Let's start with the seat belts . . .

男： 我們更新設計的最大亮點，就是車內已裝設改良後的安全設備。我們知道孩子對父母來說有多麼重要，因此我們不斷超越自我，確保採用頂級後座與兒童安全座椅固定裝置。而更新這些基本安全設備時，我們亦設法保有最具競爭力的價格。

女： 你可以再詳細介紹一下新設備嗎？

男： 當然可以。我們先從安全帶開始……

Unit 45 P. 215

1 🎧 207

M: I can't believe I didn't read over the file before I sent it out to the client. I've really got egg on my face. I'm so embarrassed.

W: Don't beat yourself up about it. I know you'll make up for it by being more careful in the future.

男： 我真不敢相信我沒有瀏覽一遍檔案就傳給客戶了。我真的糗大了，丟臉死了。

女： 別太自責。我知道你下次會更小心來將功贖罪。

2 🎧 208

W: The scheduling problems were mostly my fault. I'll take the blame.

M: Are you sure? They're pretty angry.

女： 行程的安排問題多是我的錯。我會承擔過錯。

男： 妳確定嗎？他們很生氣喔。

3 🎧 209

M: I just realized that when I spoke to the client, I gave her an old schedule. I'm about to call her back and clarify.

W: That's no problem, just make sure it all gets cleared up.

男： 我剛剛才發現，和客戶洽談的時候，我給她舊的時間表。我要回電澄清一下。

女： 沒關係，只要確保你說明清楚即可。

Unit 46 P. 219

1 🎧 212

M: What I'm concerned about here is the sales target you've set for yourself. Do you really think that's a realistic figure for this month?

W: Actually, I do. According to the research I've been doing, this is a month when our customers tend to really pick up the pace in terms of purchasing—they just aren't purchasing from us. I intend to push harder and see if I can increase my sales figures.

M: OK, as long as you're confident. I just didn't want to see you get penalized later on for not meeting your goals.

男： 我擔心的是妳自己訂定的業績目標。妳真的覺得這是符合這個月現況的合理數字嗎？

女： 我覺得是。根據我所做的研究，顧客通常會在這個月開始恢復採購速度，差別是不跟我們買。我想努力一點，看看是否能增加我的銷售數據。

男： 好，只要妳有自信就好。我只是不希望看到妳最後沒有達到自己的目標而受罰。

2 🎧 213

W: I think you're going to run into problems with the schedule you've set up.

M: Why? What do you think is wrong?

W: Well, in my experience, it takes longer than two weeks to get the designer to revise and reprint any changes to the logo. It also always seems to take ages to get them to even sit down to meet with us.

M: So you think I need to add more time for revisions to the design?

W: Yes, for a start.

女：我覺得你訂定的時間表可能會有問題。

男：為什麼？妳覺得哪裡出錯了？

女：以我的經驗來看，標誌如有任何異動，設計師修改和重新印刷的時間通常會超過兩個禮拜。而且還要花超級久的時間才能讓他們好好坐下來和我們開會。

男：所以妳覺得我需要在設計修改部分增加時間嗎？

女：對，先這樣。

1 🎧 217

M: I can't believe they let the product go out in such a poor state. Do you think they'll have to issue a recall?

W: I wouldn't be surprised. That's what happens when everyone on a team is overworked and underpaid!

男：我真不敢相信他們讓產品在這麼不堪的狀態下就上市了。妳覺得他們是不是需要召回產品？

女：我一點都不吃驚。這就是團隊成員過勞又薪資過低的情況下會出的問題！

2 🎧 218

W: I've been doing half of Jin's work for the past month and I'm really tired of it. I'm happy to help out a coworker, but this is getting ridiculous.

M: What are you going to do?

W: I'm not sure. I've tried talking to her, but she doesn't want to listen to me and she just keeps dumping more of her work on my desk. I don't want to talk to her supervisor, but I might have to.

M: If I were you, I'd have lost it by now.

女：過去一個月以來，晶的工作有一半都是我在做，我真的開始厭倦了。雖然我很樂意幫忙同事，但這情況也太瞎。

男：妳想怎麼解決？

女：我不確定。我試著跟她談，但她不但不想聽，還繼續丟更多她的工作給我。我本來不想找她的主管談，但我可能得這麼做了。

男：如果我是妳，我早就抓狂了。

Unit 48 P. 227

1 🎧 222

M: Georgina, I'm sorry, but I don't think I'm going to be able to get the prototype to you until later this week. Can we push the date back a bit?

W: That's no problem; as long as I can see it by Friday, I'll be fine. Is everything going well?

M: Oh, yes. We were just a bit stumped for a while with an early design problem, but we've sorted things out now.

男：喬吉娜，不好意思，我想可能要到快週末的時候，才能將產品原型交給妳。我們可以稍微延期嗎？

女：沒問題，只要我星期五可以看到原型就無妨。一切都順利嗎？

男：順利啊。我們只是因為一個初期設計問題而稍微卡關，但已經解決了。

2 🎧 223

W: I'm totally burned out on this analysis. I feel like my brain isn't working anymore.

M: Why not let Hannah take a crack at it? She's been wanting to do more of that kind of thing anyway.

W: Sure thing.

M: You might want to explain some things to her, though. Sometimes she has trouble getting rolling.

女：這份分析報告真的讓我筋疲力盡。我覺得我腦子快不行了。

男：妳怎麼不讓漢娜試試看？反正她一直很想嘗試這類工作。

女：好啊。

男：不過妳可能需要和她解說一下。她有時候不太容易進入狀況。

Unit 49 P. 233

1 🎧 226

M: Hello. I'm calling to complain about the service I received when I visited your shop this afternoon. I cannot tell you how poorly I was treated.

W: I'm so sorry to hear that. Would you please explain exactly what happened, so I can try to figure out what went wrong?

男： 喂，我是打來投訴今天下午到你們店裡消費時的服務品質。你們無法想像我得到多差的待遇。

女： 真的很抱歉。可以請您詳細說明情況，我才能想辦法了解是哪裡出錯了嗎？

---

2 🎧227

W: We are so sorry to hear about the faulty goods you received. We are sending you a replacement shipment immediately, and we'd like to offer you a discount on your next order.

M: Thank you. I'll want to check the quality of this shipment before I place my next order.

女： 我們對於您收到瑕疵品真的感到很抱歉。我們馬上換貨給您，並且讓您下次消費享有折扣。

男： 謝謝妳。在我下次下訂以前，我會想先檢查看看這次換貨後的品質。

---

3 🎧228

M: The problem seems to stem from a glitch in one particular data processing program. We have our programmers on it already.

W: I'm glad to hear you're taking care of things.

男： 問題似乎源自某特定資料處理程式的小錯誤。我們已經叫程式設計師處理了。

女： 很高興聽到你們有在想辦法。

Unit 57 P. 277

1 🎧242

M: What would you say is your greatest strength?

W: Well, I'm a real people person. I like meeting people, I like making people feel comfortable, and I find that I'm really able to get along with almost anybody in a work environment.

M: Well, we have a very social corporate culture, so that's good to hear. So, other than that, what makes you an asset to our organization?

男： 妳覺得自己最大的優勢是什麼？

女： 我很有親和力。我喜歡接觸人群、讓大家感到自在，我也發現自己幾乎能和職場的每個人相處融洽。

男： 我們的公司文化很鼓勵大家互動來往，所以很開心聽到妳這麼說。那麼除此之外，妳覺得自己的哪些特質能成為我們公司的得力助手？

2 🎧 243

W: We often have periods of intense work before deadlines. Have you worked under pressure before? How do you manage your time when you have a lot of work to get done?

M: I've had to deal with tight time frames pretty often in my career. Not at my current position, but at a previous one, we frequently got projects at the last minute and had to pull a team together to work practically around the clock to get things done. I learned then how to manage my time very well. Now, when I know I'm going to be pressed for time, I sit down and prioritize all my tasks and make myself a detailed plan, to make sure I allot enough time for everything.

W: You must be very organized. Do you prefer to work on big picture stuff, or handle details?

M: I like to understand the scope of what I'm working on, but as a perfectionist, I can't let details go.

女：我們在交期之前，常會有密集工作的時候。你有在備受壓力的情況下工作過嗎？當你必須完成許多工作時，你都如何分配自己的時間？

男：我開始工作以來，常需面臨時間緊迫的情況。我的現職沒有這個問題，是上一份工作。當時我們常接到臨時專案，必須整個團隊齊心協力，幾乎是不眠不休的完成工作，我也因此學到妥善分配時間的方法。當我知道工作時間緊迫，我就會好好安排所有工作項目的輕重緩急，然後列出詳細計畫，才能確保自己有充裕的時間完成每件事。

U57

女：你一定是個非常井然有序的人。你偏好處理大方向或是細節的事務？

男：我喜歡了解手邊專案的範疇，但是身為完美主義的我無法忽視細節。

商務英語
溝通力*UP*
職場必學情境會話課

作者	Michelle Witte		電話	02-2365-9739
譯者	李璞良		傳真	02-2365-9835
審訂	Helen Yeh		網址	www.icosmos.com.tw
編輯	楊維芯／丁宥暄／韋孟岑		讀者服務	onlineservice@icosmos.com.tw
校對	申文怡／邱佳皇		出版日期	2023 年 9 月　初版再刷
主編	丁宥暄			（寂天雲隨身聽 APP 版）(0102)
封面設計	林書玉		郵撥帳號	1998620-0
內頁排版	林書玉			寂天文化事業股份有限公司
製程管理	洪巧玲			
出版者	寂天文化事業股份有限公司			
發行人	黃朝萍			

訂書金額未滿 1000 元，請外加運費 100 元。
若有破損，請寄回更換。

國家圖書館出版品預行編目資料

商務英語溝通力 UP：職場必學情境會話課（寂天雲隨身聽
APP 版）/Michelle Witte 作；李璞良譯 . -- 臺北市：寂天文
化事業股份有限公司 , 2022.03
　　面；　公分
ISBN 978-626-300-114-5(平裝)

1.CST: 商業英文 2.CST: 會話

805.188　　　　　　　　　　　　　　111003414

無痛

N2

日檢文法

總整理

作者 ❋ 遠藤ゆう子
監修 ❋ 遠藤由美子
譯者 ❋ 洪玉樹

無痛學 N2 文法
搭配練習冊，循序漸進快樂學習！

本書目的

　　本書的目的是希望讀者能完全掌握日本語能力測驗 N2 出題的文法。無論是以通過 N2 為目標的人；或是為了通過 N1 而回過頭來鞏固基礎的人；或是希望能將 N2 文法運用自如的人，對大家來說，本書都是非常適合自學的教材。日本語能力測驗的題目中，文法牽涉的部分，除了純粹的文法問題之外，讀解或是聽解的基礎部分也含文法。文法可說是日檢考試中的根本。掌握本書內容，可以充分培養出通過 N2 考試的能力。

本書特長

❖ 附上中文翻譯，學習起來更順暢

　　各功能詞中均附上句型意思、簡潔明瞭的解說、例句。句型意思、解說均附上中文翻譯，支援自學的讀者自主學習。

❖ 有效率、計劃性地學習 N2 文法

　　本書依易於記憶的原則，設計１天學習約３～５個功能詞（１天約６頁），９週就可以學完本書。將類似意思的功能詞，或是易於搞混的功能詞，整理出來一起學習。如此一來，就可以有效率地掌握考試中出題的重點。另外，為了確認自己是否已經吸收內容，在目錄中還設計了「學習記錄」，讀者可以多加利用。

❖ 焦點集中在文法

為了避免因為文字語彙難度高而阻礙學習進展，本書中所有漢字均注上假名。同時針對某些困難的語彙，還有附上解說。目的就是希望讀者有效率地將學習重點放在文法上。另外注上的假名放在漢字下方，不需要假名注音輔助的人，可以不受干擾地學習。

❖ 依確實的步驟學習

每1天份的功能詞解說後面均附上練習題，方便讀者一邊確認自己是否已經理解內容，一邊繼續學習下去。配合本書的「測驗本」，學習起來會更為周全。

❖ 可充當文法字典

功能詞亦可以依五十音順序學習，讀者有不了解的功能詞，也可以查閱本書中的意思解說及用法。本書的索引具有彈性，像是「～において」的功能詞，查「～おいて」也可以找到。

目録

第 1 週

第**2**週

第 **3** 週

第**4**週

第 **5** 週

第**6**週

第7週

第 **8** 週

第 **9** 週

本書の構成と使い方 （本書構成與使用方法）

❖ 全体の構成と使い方　整體的構成及使用方法

　1日3〜5つの機能語を学び、5日で約20の機能語を身に付けます。最後の1日は敬語を学び、9週間でN2の文法事項を網羅します。

　學習者每天學習3〜5個功能詞。5天大約學會20個功能詞，最後一天學習敬語。九個星期就能學完日語能力測驗N2的文法部分。

Step1 各功能詞の解説や例文を読んで理解します。例文は覚えましょう。

　研讀而理解每一個功能詞的解說和例句，牢記每個例句。

Step2 確認テストをします。確認テストは12問または8問あります。12問の場合は10問以上、8問の場合は7問以上の正解を目指しましょう。間違えた文型についてはもう一度確認して、確実に身に付けてください。確認テストの得点を目次の「学習記録」に記入し、復習に役立ててましょう。

　做好課後練習。複習容易搞錯的文法，掌握好每一個文法。課後練習有12題或8題──目標是「12題的要答對10題以上，8題的要答對7題以上」。在完成後，將得分記在目錄的「學習記錄」裡。

❖ 解説ページの構成　　解説頁的構成

意味 機能語の意味や特徴などが書いてあります。いくつの意味がある場合は分類して示しています。

本書記載了每個功能詞的意思和特徵。在一個功能詞有多種意思的情況下則分類說明。

接続 機能語がどんな品詞のどんな形に接続するか分かります。日本語能力試験の文法問題では接続の形に関する設問もありますので、しっかりチェックしましょう。本書で使っている表記＜品詞や活用の表し方＞を次のページに表で示します。

理解功能詞是接續哪種詞性的哪種形態。在日語能力測驗的文法問題中，設有連接哪種形態的假設問題，希望大家勤練習加深理解。

本書的表記法＜ 詞性、活用法＞請參考下頁的表格。

例 その機能語を使った例文を挙げています。難しい語彙は訳をつけています。

例句中使用了功能詞，較難的詞彙有附說明。

慣用 慣用的に使われる言い方を示しています。

日常使用的慣用語或慣用句。

他 その他の使い方や補足説明が書いてあります。

其他的使用方法或補充說明。

→ 似ている機能語を参照できるように示しました。違いなどを確認しておきましょう。

舉出可以參照的相近功能詞，以確認其不同之處。

品詞や活用の表し方

	本書の表記		例
動詞（V）	V 辞書形	動詞の辞書形	書く
	V ます形	動詞のます形	書き
	V て形	動詞のて形	書いて
	V た形	動詞のた形	書いた
	V ない形	動詞のない形 （「ない」は含まない）	書か （「書かない」ではなく「書か」）
	V ている形	動詞のている形	書いている
	V ば形	動詞のば形	書けば
	V 意向形	動詞の意向形	書こう
	V 普通形	動詞の普通形	書く 書かない 書いた 書かなかった
い形容詞 **（イA）**	イA	い形容詞の語幹	大き
	イAい	い形容詞の辞書形	大きい
	イAく	「い形容詞の語幹＋く」	大きく
	イA 普通形	い形容詞の普通形	大きい 大きくない 大きかった 大きくなかった
な形容詞 **（ナA）**	ナA	な形容詞の語幹	便利
	ナAである	「な形容詞の語幹 ＋である」	便利である
	ナA 普通形	な形容詞の普通形	便利だ 便利じゃない 便利だった 便利じゃなかった
	ナA 名詞修飾型	な形容詞が名詞につく形	便利な 便利じゃない 便利だった 便利じゃなかった
名詞（N）	N	名詞	雨
	Nの	「名詞＋の」	雨の
	N（であり）	「名詞」または「名詞＋で あり」のどちらでも良い	雨（雨であり）
	N 普通形	名詞の普通形	雨だ 雨じゃない 雨だった 雨じゃなかった
	N 名詞修飾型	名詞につく形	雨の 雨じゃない 雨だった 雨じゃなかった

～において／～にわたって／ ～から～にかけて／～て以来 (いらい)

🎧01

> 時や場や領域を表すもの

～において・～においては・～においても・～における

意味 ～で

場所・時代・分野などを示す。
(ばしょ・じだい・ぶんや・しめ)

在……。表示地點、年代、領域等。

接続 **N ＋ において・においては・においても・におけるN**

例

① 2012年のオリンピックはイギリスのロンドンにおいて行われ (ねん)(おこな)
る。

　2012年的奧運會將在英國倫敦舉辦。

② 我が国においても少子化が進行している。 (わ)(くに)(しょうしか)(しんこう)

　我國也已步入少子化。

③ 会議における発言には注意が必要だ。 (かいぎ)(はつげん)(ちゅうい)(ひつよう)

　在會議上發言要小心。

④ 19世紀において電気は最大の発明だろう。 (せいき)(でんき)(さいだい)(はつめい)

　在19世紀，電燈是最大的發明吧！

⑤ この棚は値段は高いが、使いやすさにおいては他のものよりずっ (たな)(ねだん)(たか)(つか)(ほか)
といい。

　這個櫃子雖價格不菲，但在使用方便度上可是比他牌好得多。

＊ 我が…… 我、我們 (わ)

～にわたって・～にわたり・～にわたる

意 味 ～の間ずっと・～の範囲全部

期間・回数・場所・分野などの全範囲、広がりを表す。
きかん かいすう ばしょ ぶんや ぜんはんい ひろ あらわ

歷經……；各個……。表示期間、次數、地點、領域等所有範圍及其擴展。

接 続 **N ＋ にわたって・にわたり・にわたるN**

例

① マーケット調査は 10 か月にわたって行われた。
ちょうさ げつ おこな
市調整整進行了 10 個月。

② 台風のため、広い範囲にわたって大雨が降るでしょう。
たいふう ひろ はんい おおあめ ふ
由於颱風的關係，可能會大範圍地降雨。

③ 5 回にわたる手術でやっと治った。
かい しゅじゅつ なお
歷經多達 5 次的手術終於治好了。

④ 彼は哲学や教育など多くの分野にわたり本を出している。
かれ てつがく きょういく おお ぶんや ほん だ
他在哲學及教育等多項領域都有著作。

＊ マーケット調査……市場調査
ちょうさ

17

～から～にかけて

意味 ～から～までの間
あいだ

時間・期間や場所などの範囲を表す。「～から～まで」ははっきりした範囲を
じかん　きかん　ばしょ　　　　はんい　あらわ　　　　　　　　　　　　　　　　　　　　　はんい
示すが、「～から～にかけて」はだいたいの範囲。時間・期間について言うと
しめ　　　　　　　　　　　　　　　　　　　　　　はんい　じかん　きかん
きは、後文は一回だけのことではなく、継続的・連続的なことを表す文が来
こうぶん　いっかい　　　　　　　　　　　　　　けいぞくてき　れんぞくてき　　　　あらわ　ぶん　く
る。

從……到……。表示時間、期間和地點。「～から～まで」表示確定的範圍；「～から～
にかけて」則是大概的範圍。
用來說明期間、時間的時候，後面接續的內容不能是一次性，必須是表示持續的、連續的
事物。

接続 N ＋ から ＋ N ＋ にかけて

 ① フォークソングは 1960 年代から 70 年代にかけて流行した。
　　　　　　　　　　　　　　　ねんだい　　　　　ねんだい　　　りゅうこう
　　美國鄉村民謠一路從 1960 年代流行到 70 年代。

② 今朝、大阪から名古屋にかけて弱い地震があった。
　　けさ　おおさか　なごや　　　　よわ　じしん
　　今天早上，從大阪到名古屋都有輕微地震。

③ 彼は小さいころ、肩から腰にかけてやけどをした。
　　かれ　ちい　　　　　かた　こし
　　他小時候，從肩膀到腰都被燙傷。

＊ 流 行する……流行
りゅうこう

18

～て以来・～以来

意味 **～てから今までずっと**

後文には過去のある時点から続いている状態のことを表す文が来る。（一回だけのことは来ない★。）

……以來。後面接續表示「過去的某個時候開始，某狀態一直持續」的語句。（不能接續只出現一次的事情）

接続

$$\left.\begin{array}{c} \text{V て形} \\ \text{N} \end{array}\right\} + \text{以来}$$

例

① あの映画を見て以来、映画監督になりたいという夢を持つようになった。

自從看了那部電影以來，我便開始夢想著要成為一位電影導演。

② 去年旅行先からのはがきを受け取って以来、彼からは何の連絡もない。

自從收到去年他在旅遊當地寄來的明信片後，便音信全無。

③ 卒業以来、この学校には来ていなかったので、とても懐かしい。

自畢業以來，再也沒有來過這所學校，真是令人懷念！

★こんな文はだめ！

✕ 大学を卒業して以来、先生に一度会った。

確認テスト |||||||||||||||||||||||||||||||||||||||||||||||||||||||||||||||||||

問題 1 　正しいものに○をつけなさい。

1 インターネット取引き { a. における　b. にわたる } マナーが最近問題に
なっている。

2 東京から名古屋 { a. にまで　b. にかけて } 地震がありました。

3 大統領は明日から 8 か国 { a. にわたって　b. にかけて } 訪問し、来週帰
国する。

4 バロック音楽とは 17 世紀から 18 世紀のヨーロッパ { a. において　b. に
わたって } 作られた音楽である。

5 先月、40 年 { a. にわたって　b. にわたる } 働いた会社を定年退職した。

6 2 か月ぐらい前にかぜを { a. ひいて　b. ひき } 以来、ずっと体の調子が
悪い。

---

* 取引き……交易

問題 2 　（　　　）に入る適当な言葉を□から選びなさい。同じ言葉は一度しか使えません。

において　　　にわたって　　　にかけて　　　て以来

1 日本では毎年夏から秋（　　　　　　　）台風が来る。

2 今の会社に就職し（　　　　　　　）、一度も仕事を休んだことがない。

3 本日午後 2 時から 4 階の大会議室（　　　　　　　）会議を行います。

4 吉田さんは全科目（　　　　　　　）優秀な成績をとることができた。

問題3 （　　　）に入る最も適当なものを一つ選びなさい。

1 夕方から夜中にかけて（　　　）。
あ. 足が痛い
b. 足を痛めた
c. 足が痛くなってきた

2 新しい携帯電話に変えて以来、（　　　）。
あ. 迷惑メールがよく来る
b. 一回だけ使いました
c. 壊れてしまいました

＊ 迷惑メール……垃圾郵件

27 ページで答えを確認！

（第9週5日目の解答）
問題1　**1** b　**2** a　**3** a　**4** b　**5** b
問題2　**1** c　**2** b　**3** a

〜際／〜に際し／〜にあたって／〜に先立って

時・時点を表す言い方

🎧02

〜際・〜際に・〜際は

意味 〜のとき

「とき」の硬い表現。「この際」は、「ちょうどいい機会だから」の意味になる。

在……時候。「とき」的正式用語。「この際」是「剛好趁此機會」的意思。

接続

$$\left\{\begin{array}{l} \text{V　辞書形・た形} \\ \text{Nの} \end{array}\right\} + \text{際（に・は）}$$

例

① 日本からイタリアへ赴任した際、犬を連れていく手続きが大変だった。

從日本前往義大利赴任時，攜犬入境的手續真是夠辛苦的。

② 登録の際に印鑑が必要です。

註冊之際須帶印章。

③ お帰りの際は、忘れ物がないようにご注意ください。

回家時請留意，別忘了帶走您的物品。

④ ひどい風邪をひいて、のどが痛い。この際、禁煙しよう。

罹患重感冒，喉嚨好痛。此時，戒菸吧！

～に際し・～に際して・～に際しての

意味 **～をする前に・～している時に**

特別な出来事や大切なことをする時に使う表現。

做……之前；做……的時候。用於特別場合和重要事情的時候。

接続
$$\left\{\begin{array}{l} \text{V}\quad\text{辞書形} \\ \text{N} \end{array}\right\} + \text{に際し（て）～・に際してのN}$$

例

① 山本先生が退職するに際して、何か差し上げたいと思っている。
山本老師退休之際，我想送點什麼。

② 契約に際し、この書類を必ずお読みください。
簽約之際，請務必詳閱這份資料。

③ この国では、大統領選挙に際して不正が行われないように監視されている。

這個國家在選總統時，為防止舞弊行為一律加以監視。

～にあたって・～にあたり

意味 ～をする前に・～に際して

特別なことをする前の準備や、式典・行事などの改まった場で使う表現。
とくべつ　　　　　　　　　　　　　　　　まえ じゅんび　　　しきてん ぎょうじ　　　　　あらた　　ば　つか ひょうげん

在……的時候；處於……的情況下。是鄭重的場合用的表現，例如：進行某特殊事情的準備時，或典禮、儀式場合等等。

接続 ⎰ V　**辞書形** ⎱ ＋ **にあたって・にあたり**
　　　　 ⎱ N　　　　　 ⎰

例

① テレビに出演するにあたって、2時間かけてメイクをした。
　　　　　しゅつえん　　　　　じかん
　　在電視台演出時，花了2個鐘頭化粧。

② 就職するにあたり、スーツを3着買った。
　しゅうしょく　　　　　　　　ちゃく か
　　要開始上班時，買了3套正式服裝。

③ 開会にあたってのご挨拶を社長の水野から申し上げます。
　かいかい　　　　　あいさつ しゃちょう みずの　　　もう あ
　　開會時，由水野社長致詞。

～に先立って・～に先立ち・～に先立つ

（さきだ）　　　　　（さきだ）　　　　　（さきだ）

意味 ～の前に（まえ）

何かを始める前にすることを表す。特別なことを言うことが多く、日常的なことにはあまり使わない。
（なに）（はじ）（まえ）（あらわ）（とくべつ）（い）（おお）（にちじょうてき）（つか）

在……之前。表示在開始某事之前要做的事情。多用於特殊事物上，不太用在日常生活的事物上。

接続 {V　辞書形　　N} ＋ に先立って・に先立ち・に先立つN

例

❶ 試合を始めるに先立ち、両チームの代表が選手宣誓をした。
（しあい）（はじ）（さきだ）（りょう）（だいひょう）（せんしゅせんせい）
在開始比賽前，兩隊的代表先進行選手宣誓。

❷ 講演を行うに先立って、主催者が挨拶をした。
（こうえん）（おこな）（さきだ）（しゅさいしゃ）（あいさつ）
在演講前，主辦者先致詞。

❸ 留学に先立つ出費は 100 万円以上だった。
（りゅうがく）（さきだ）（しゅっぴ）（まんえん）（いじょう）
留學前的花費至少要 100 萬日圓。

確認テスト ||||||||||||||||||||||||||||||||||||||||||||||||||||

問題1　正しいものに○をつけなさい。

1 図書館を利用した { a. 際して　b. 際に }、身分証明書を見せた。
としょかん　　りよう　　　　さい　　　　さい　　　　　　みぶんしょうめいしょ　み

2 卒業式は大講堂 { a. にあたって　b. において } 行われた。
そつぎょうしき　だいこうどう　　　　　　　　　　　　　　　　おこな

3 株式公開 { a. 以来　b. に先立って } 社内で説明会をすることになってい
かぶしきこうかい　　いらい　　さきだ　　　しゃない　せつめいかい
る。

4 社会人になる { a. にあたって　b. にあたっての } 一人暮らしを始めた。
しゃかいじん　　　　　　　　　　　　　　　　　　　ひとりぐ　　　はじ

5 結婚式 { a. に先立って　b. に先立つ } お互いの親族を紹介した。
けっこんしき　さきだ　　　　さきだ　　　たが　　しんぞく　しょうかい

＊ 株式公開……首次公開募股
　かぶしきこうかい

＊ 親族……親屬
　しんぞく

問題2　（　　　）に入る適当な言葉を□から選びなさい。同じ言葉は一度しか使えません。

において	に先立って	にわたって	際に

1 研究会 （　　　　　　　） 司会の方が挨拶をした。
けんきゅうかい　　　　　　　　しかい　かた　あいさつ

2 現代 （　　　　　　　） パソコンは不可欠なものだ。
げんだい　　　　　　　　　　　　　　　ふかけつ

3 京都へ行った （　　　　　　　） お世話になった先生を訪ねた。
きょうと　い　　　　　　　　　　　せわ　　　　　せんせい　たず

4 シュバイツァーは50年 （　　　　　　　） アフリカで医療活動をした。
　　　　　　　　　　　　ねん　　　　　　　　　　　いりょうかつどう

＊ シュバイツァー……亞伯特・史懷哲

問題3 **どちらか適当なものを選びなさい。**

1 帰国にあたって、＿＿＿＿＿＿＿＿＿＿＿＿。
き こく

   a. ありがとうございます

   b. 皆さんに一言お礼を言わせてください
     みな　　ひとこと　れい　い

2 海外旅行に先立って、＿＿＿＿＿＿＿＿＿＿＿＿。
かいがいりょこう　さき だ

   a. 保険に加入しておいた
    ほ けん　か にゅう

   b. 保険に加入しないで出発した
    ほ けん　か にゅう　　しゅっぱつ

3 お申し込みの際に、＿＿＿＿＿＿＿＿＿＿＿＿。
もう こ　さい

   a. パスポートをお持ちください
      も

   b. 明日から使えるようになったので安心した
    あした　つか　　　　　　　　　あんしん

33 ページで答えを確認！

・・・・・・・・・・・・・・・・・・・・・・・・・・

（第 1 週 1 日目の解答）

問題1 　**1** a 　**2** b 　**3** a 　**4** a 　**5** a 　**6** a

問題2 　**1** にかけて 　**2** て以来 　**3** において 　**4** にわたって

問題3 　**1** c 　**2** a

第1週 3日目 〜最中に／〜うちに／ 〜ところに／〜かけだ

🎧03

途中の時点を表すもの

〜最中に・〜最中だ
さいちゅう　　　さいちゅう

意味 **ちょうど〜しているときに**

何かが進行中のときに、進行していたことが止まるような他の何かが起こること
なに　　しんこうちゅう　　　　しんこう　　　　　　　　　　　と　　ほか　なに　お
を表す。
あらわ

正在……中。表示正在做某事的時候，突然發生意外致使正在進行的事情停止。

接続
$$\left.\begin{array}{l} \text{V　ている形} \\ \text{Nの} \end{array}\right\}\ +\ \text{最中に・最中だ}$$

例

1 食事をしている最中に友達が訪ねてきた。正在吃飯時朋友來拜訪。
しょくじ　　　　　さいちゅう　ともだち　たず

2 会議の最中に携帯電話が鳴った。開會開到一半，手機響了。
かいぎ　さいちゅう　けいたいでんわ　な

3 今パソコンで調べ物をしている最中だから、あとで話しましょ
いま　　　　　しら　もの　　　　　さいちゅう　　　　　　　　はな
う。我現在正在用電腦查東西，有話待會兒說吧！

＊ 調べ物……査找資料
しら　もの

〜うちに・〜ないうちに

（1）〜うちに

意味 **〜の間に**

何かしている間に変化が起こることを表す（例1/2）。または今の状態の間に
なに　　　　あいだ　へんか　お　　　　　　　あらわ　　　　　　　いま　じょうたい　あいだ
（その状態が変わる前に）何かをしておくことを表す（例3/4/5）。
じょうたい　か　まえ　なに　　　　　　　　　あらわ

28

在……期間。表示正在做某事的時候而發生了變化（例 1/2）。也表示在目前的狀態下
（狀態改變之前）做某事（例 3/4/5）。

接 続
$$
\left.\begin{array}{l}
\text{V　辞書形・ている形} \\
\text{イAい} \\
\text{ナAな} \\
\text{Nの}
\end{array}\right\} + \text{うちに}
$$

例

① 休まないで何度も練習するうちに、だんだん上手になりますよ。
やす　　なんど　れんしゅう　　　　　　　　　　　　　じょうず
不停地練習好幾次，練著練著漸漸進步了。

② 友達と話しているうちに、悲しくなってきた。
ともだち　はな　　　　　　　　かな
和朋友聊天，聊著聊著不禁悲從中來。

③ 東京にいるうちに、一度浅草へ行ってみたい。
とうきょう　　　　　　いちど　あさくさ　い
想趁著待在東京時去淺草看看。

④ 朝のうちに草木に水をやろう。
あさ　　　　くさき　みず
趁著早上給花草澆澆水。

⑤ 若いうちに、海外旅行をたくさんしておきたい。
わか　　　　　　かいがいりょこう
趁著年輕，想多到國外旅行。

(2) ～ないうちに

意 味　～の前に

その状態が変わる前に（今の状態の間に）、何かをすることを表す。
じょうたい　か　　まえ　　いま　じょうたい　あいだ　　　なに　　　　　　　　　　あらわ

趁……的時候。表示狀態變化之前（現在的狀態之下）做某些事情。

接 続　V　ない形　＋　ないうちに

例

⑥ 暗くならないうちに、家に帰ろう。趁著還沒天黑，快回家吧！
くら　　　　　　　　　　　いえ　かえ

⑦ 忘れないうちにメモしておいた。趁著還沒忘記先寫記下來。
わす

～ところに・～ところへ・～ところを

【意味】 **ちょうど～とき・～という状況に**

その状況を変化させるようなことが起こることを言うことが多い。
じょうきょう　へんか　　　　　　　　　　　　　　お　　　い　　　　　おお

正當……；正在……的時候。多用於發生使某種狀況改變的事情。

【接続】
$$\left\{ \begin{array}{l} \text{V　辞書形・た形・ている形} \\ \text{イAい} \\ \text{Nの} \end{array} \right\} + \begin{array}{l} \text{ところに・ところ} \\ \text{へ・ところを} \end{array}$$

【例】

❶ ジョンさんと話したいと思っていたところにそのジョンさんが現
　　　　　　はな　　　　　　おも　　　　　　　　　　　　　　　　　　　　あらわ
れた。正當想和約翰講話時，約翰就出現了。

❷ 休日に気持ちよくコーヒーを飲んでいるところへ仕事の電話がか
きゅうじつ　きも　　　　　　　　　　　　　の　　　　　　　　　しごと　でんわ
かってきた。正當放假很舒服地喝著咖啡時，工作上的電話就打來了。

❸ 隣の家の怒鳴り声で、寝ているところを起こされた。
となり　いえ　ど　な　ごえ　　　ね　　　　　　　　　お
正睡得香甜時被隔壁家的怒罵聲吵醒。

❹ いいところに来てくれた。この荷物、重いんだ。運ぶの手伝って
　　　　　　　き　　　　　　　　　にもつ　おも　　　　　はこ　　てつだ
よ。你來得正好。這行李好重，幫我搬一下啦！

❺ ご多忙のところを、また休日ですのに、来ていただいてありがと
た ぼう　　　　　　　　きゅうじつ　　　　　　き
うございます。承蒙您在休假時，百忙之中前來，真的很謝謝您。

➠ ～たところ［第2週1日目］p. 49

＊現 れる……出現	＊怒鳴り声…… 怒吼聲	＊多忙な……繁忙
あらわ	ど な ごえ	た ぼう

～かけだ・～かけの・～かける

意味 **～し始めたが、まだ終わっていない**

ある動作を始めたが、途中の状態で、まだ終わっていないことを表す。

剛……。表示剛開始某個動作，正在進行中並沒有結束。

接続 **V　ます形　＋　かけだ・かける・かけのN**

例

① サンドイッチを食べかけでテーブルに置いたまま出掛けてしまった。

三明治吃到一半，擺在桌上就出門了。

② 彼女は何か言いかけたが、高橋さんの顔を見て話すのをやめてしまった。

她原本想說點什麼，但看到高橋先生的臉便不作聲了。

③ 昔の友達と話していて、忘れかけていた夢を思い出した。

和老朋友聊著聊著便回憶起幾乎已經遺忘的夢想。

④ 読みかけの本が机の上に置いてある。

桌上擺著看到一半的書。

確認テスト ||||||||||||||||||||||||||||||||||||||||||||||||||||||||||||||||||||||||||

問題1 **正しいものに○をつけなさい。**

1 学生の { a. 最中に　b. うちに } 思いきり遊んでおこう。

2 その国を旅行する { a. 際は　b. 最中は } ビザを申請しなければならない。

3 この報告書はまだ { a. 書きかけます　b. 書きかけです } 。

4 友人にメールを { a. 書く　b. 書いている } 最中に、その友人からメールが来た。

5 { a. お疲れのところを　b. お疲れところを } 申し訳ありません。

＊ 思いきり……徹底

問題2 **（　　　　）に入る適当な言葉を□から選びなさい。同じ言葉は一度しか使えません。**

最中に	うちに	ところを	かけの

1 新しい商品をすぐに買ってしまうので、使い（　　　　　）化粧品がたくさんある。

2 知らない（　　　　　）会社のパソコンにウィルスが入ってきていた。

3 たばこを吸っている（　　　　　）先生に見られてしまった。

4 海外旅行をしている（　　　　　）パスポートをなくしてしまって大使館へ行った。

＊ ウィルス……病毒

問題3　（　　　）に入る最も適当なものを一つ選びなさい。

1　旅行の予定を話し合っているところに（　　　）。
りょこう　よてい　はな　あ
　　a. 会議室です
　　　かいぎしつ
　　b. 楽しみだ
　　　たの
　　c. 吉田さんがやってきた
　　　よしだ

2　雑誌を読みかけて（　　　）。
ざっし　よ
　　a. 急いで読んだ
　　　いそ　よ
　　b. 寝てしまった
　　　ね
　　c. 夢中になった
　　　むちゅう

3　（　　　）友達から電話があった。
　　ともだち　でんわ
　　a. シャワーを浴びている最中に
　　　あ　さいちゅう
　　b. シャワーを浴びているうちに
　　　あ
　　c. シャワーを浴びかけているうちに
　　　あ

39 ページで答えを確認！

（第1週2日目の解答）
問題1　1 b　2 b　3 b　4 a　5 a
問題2　1 に先立って　2 において　3 際に　4 にわたって
問題3　1 b　2 a　3 a

🎧04

> 今日は、「すぐ後で」の意味のもの

〜次第
しだい

【意味】 **〜したらすぐに…する**

〜が終わったら、すぐに次のことをする意志を伝える。後文はこれからすること、意志的な行為を表す文になる。そのため後文は過去形「〜ました」や推量「〜だろう」は使えない。

馬上就……。用於表達……結束，馬上就開始下面的事情。後面接續「表示從現在開始就要做某事」的語句。因此，後面不能使用過去式「〜ました」和推測「〜だろう」。

【接続】 $\begin{Bmatrix} V & ます形 \\ N & \end{Bmatrix}$ ＋ 次第

【例】

① 新しい連絡先が決まり次第、お電話します。
　一旦新的聯絡地址確定了，我立刻致電給您。

② 新郎新婦が会場に着き次第、パーティーを始めますので、少しお待ちください。
　新郎新娘一到會場，宴會就會立刻開始，所以請您稍候。

③ ご予約は定員になり次第、締め切らせていただきます。
　一旦額滿，預約將會立即截止。

④ メーカーから商品が到着次第、お客様に発送します。
　製造商寄來商品後，我們會立即寄送給客人。

➡ 〜次第だ［第2週2日目］p. 55

　〜次第で・〜次第では・〜次第だ［第5週1日目］p. 134

＊ 定員になる ……額滿　＊ 締め切る ……截止　＊ メーカー ……廠商

〜たとたん・〜たとたんに

意味 **〜するとすぐに・〜とほとんど同時に**

前文は状態や継続、習慣を表す文（例：家にいる、本を読んでいる）は来ない。驚きや意外な気持ちを含むので、後文で話し手の意思・命令は表さない★。

正當……時候；剛……的時候。前面不會接續「表示狀態和連續、習慣」的語句（例如：在家裏、正在讀書）。由於帶有驚訝和意外的意思，所以後面的語句不能表達說話人的意思、命令。

接続 **V　た形　＋　とたん【に】**

例

① ゴールに入ったとたん、大きな拍手が起こった。
一進入到終點線，立刻響起如雷的掌聲。

② 飛行機を降りたとたんに、その国のにおいがした。
一下飛機，便立刻有該國的味道。

③ 大雨のため試合中止が決定したとたんに、雨がやんで晴れてきた。

因為大雨，結果一決定暫停比賽，雨卻又立刻停了放晴。

★こんな文はだめ！

✕ 家に帰ったとたん、シャワーを浴びよう。

～かと思うと・～かと思ったら・
～と思うと・～と思ったら

意味 **～するとすぐに・～とほとんど同時に**

～が起こった直後、または～の状態の直後に次のことが起こる。話し手の驚きや意外な気持ちを言うので、後文では話し手の意思・命令や行動については言えない★。

正當……時候；剛……的時候。……剛剛發生後，還在……的狀況下，就發生下面的情況。用來表達說話人驚訝和意外的心情，後面的語句不能表達說話人的意思、命令和行動。

接続 **V た形 ＋ かと思うと・かと思ったら・
と思うと・と思ったら**

例

❶ 晴れたかと思うと、また雪が降り出した。今日は変な天気だ。
才想說放晴了，卻又下起雪來。今天天氣真怪。

❷ あの子はさっきまで泣いていたかと思ったら、もう笑って遊んでいる。
才想說那孩子一直哭到剛剛，竟又笑著玩開來了。

❸ 新入社員がやっと仕事を覚えてくれたと思ったら、会社をやめたいと言い出した。
才想說新人終於學會工作內容了，竟說要辭職。

★こんな文はだめ！

✕ 晴れたかと思うと、すぐに出掛けなさい。

＊ 新入社員……新職員

36

～か～ないかのうちに

意味 **すぐに・～とほとんど同時に**

～が起こった直後に次のことが起こる、またはほとんど同時に起こることを表す。前の動詞と後ろの動詞は同じことが多い。後文は意思や命令、「～だろう」は使えない。

正當……時候；剛……的時候。表示在……剛剛發生後，馬上就發生下面的情況，幾乎是同時發生。前後經常使用同一個動詞。後面不能用表示想法和命令的「～だろう」。

接続 **V 辞書形・た形 ＋ か ＋ V ない形 ＋ ないかのうちに**

例

① 彼はたばこが好きで、1 本吸い終わったか終わらないかのうちに 2 本目に火をつけた。
他很愛抽菸，才抽完一根馬上點第二根。

② 終了チャイムが鳴るか鳴らないかのうちに、彼は急いで教室から出て行った。
結束的鐘聲才響，他就馬上衝出教室。

③ 日が昇るか昇らないかのうちに、車で出発した。
太陽一升起便立刻驅車出發。

＊ （日が）昇る……太陽升起

確認テスト ||||||||||||||||||||||||||||||||||||||||||||||||||||||||||||

問題 1　　**正しいものに〇をつけなさい。**

1　私は昼食が { a. 終わってすぐに　 b. 終わったかと思うと } 外出した。

2　お客様との話が { a. 終わったとたん　 b. 終わり次第 }、必ず会議に出席します。

3　会社に { a. 戻ったとたんに　 b. 戻り次第 }、雨が降ってきた。

4　{ a. 暖かくなって　 b. 暖かくなった } と思ったら、しばらく寒い日が続いた。

5　研究会が { a. 終了　 b. 終了の } 次第、友人のお見舞いに行く。

6　全部 { a. 食べ終わって　 b. 食べ終わった } か終わらないかのうちに、店員が皿を持って行ってしまった。

問題 2　　**（　　　）に入る適当な言葉を□から選びなさい。同じ言葉は一度しか使えません。**

かと思ったら	次第	とたんに	かのうちに

1　同点になった（　　　　　　）、相手チームに 2 点入れられてしまった。

2　建設中のビルが完成（　　　　　　）、私達の会社は引っ越しをする。

3　弟はこの間までサーフィンに夢中になっていた（　　　　　）、今はカメラに夢中だ。

4　映画が始まるか始まらない（　　　　　　）、隣の席の人は映画館から出て行った。

＊ 同点……平分、和局

38

問題3　（　　　）に入る最も適当なものを一つ選びなさい。

1　（　　　）、会場にご案内します。
かいじょう　　　　あんない

　　a. 準備ができ次第
じゅん び　　　し だい

　　b. 準備ができたとたんに
じゅん び

　　c. 準備ができたかできないかのうちに
じゅん び

2　帰ったとたんに（　　　）。
かえ

　　a. お腹がすいていたので食事をした
なか　　　　　　　　しょく じ

　　b. 電話がかかってきた
でん わ

　　c. 寝るつもりだ
ね

45 ページで答えを確認！

（第1週3日目の解答）

問題1　1　b　2　a　3　b　4　b　5　a

問題2　1　かけの　2　うちに　3　ところを　4　最中に

問題3　1　c　2　b　3　a

〜たび／〜ては／〜につけ

🎧05

繰り返しを表すもの

〜たび・〜たびに

意味 **〜の時はいつも**

〜する時はいつも同じことになると言いたいときの表現。

毎次……。用來表示在做……的時候，每次都發生同樣的狀況。

接続
$$\left\{ \begin{array}{l} \textbf{V　辞書形} \\ \textbf{Nの} \end{array} \right\} + \textbf{たび（に）}$$

例

❶ 高橋さんは傘を持ち歩くのが嫌いで、雨が降るたび新しい傘を買う。

高橋先生不喜歡帶傘，每每下雨就買新傘。

❷ 幼なじみの彼女は会うたびにきれいになっていく。

青梅竹馬的她每見一次就變美一次。

❸ 会議のたびにコピーをたくさんしなければならない。

每每開會就得印一堆資料。

---

* 幼なじみ……青梅竹馬

～ては

意味 **～した後はいつも**

2つの連続した動作が繰り返されることを言う。

一……就。用於說明兩個連續動作的反覆。

接続 **V て形 ＋ は**

例

① 妹はダイエットしてはリバウンドで太るので体重の増減が激しい。

妹妹每每減肥就又復胖，體重增減激烈。

② 昔の写真を見てはその頃を思い出して、なかなか片付けが終わらない。

每每看到以前的照片就憶起當時，（照片就）怎麼也整理不完。

③ 卒業論文を書いているが、書いては消し書いては消しの繰り返しだ。

雖在寫畢業論文，但寫了又擦，擦了又寫，反反覆覆。

＊ リバウンド……反彈・復胖

＊ 繰り返し……反覆

～につけ・～につけて・～につけても

（1）～につけ

意味　**～の場合はいつも**

～の時(とき)いつも同(おな)じ気持(きも)ちになることを言(い)う。後文(こうぶん)は感情(かんじょう)や思考(しこう)を表(あらわ)す内容(ないよう)になる★。

無論……。說明「做……的時候，每次都有同樣的感受」。後面的語句用於表現感情、想法等等。

接続　**V　辞書形　＋　につけ**

例

① オリンピック選手(せんしゅ)の活躍(かつやく)を見(み)るにつけ、勇気(ゆうき)が出(で)てくる。
　　每次看到奧運國手大展身手，勇氣便油然而生。

② この国(くに)の子供達(こどもたち)の生活(せいかつ)を知(し)るにつけ、私(わたし)も何(なに)かの役(やく)に立(た)ちたいと強(つよ)く思(おも)う。
　　每每知道這個國家的孩子生活狀況，我強烈地想為他們做些什麼。

慣用　**「何か」「何事」について「どんな場合でも」の意味になる。**

例

③ 彼(かれ)は何(なに)かにつけて文句(もんく)を言(い)って、仕事(しごと)をしない。
　　他不管什麼都抱怨，不工作。

④ 何事(なにごと)につけても基礎(きそ)が大切(たいせつ)だ。
　　不管什麼事，基礎最為重要。

★こんな文はだめ！

✕ 困(こま)っている人(ひと)を見(み)るにつけ、助(たす)ける。

（2）～につけ～につけ

意味　**～の場合も～の場合も**

二つの対比した状況を並べて、「どちらの場合も…」という意味を表す。
_{ふた　たいひ　じょうきょう　なら　　　　　　　　　　　　　　　　　　ばあい　　　　　　　　　　　　　いみ　あらわ}

毎逢……。列舉兩個對比的情況，表示「不論在哪種情況下」的意思。

接続
$$\begin{Bmatrix} \text{V　辞書形} \\ \text{イAい} \\ \text{N} \end{Bmatrix} + \text{につけ} \begin{Bmatrix} \text{V　辞書形} \\ \text{イAい} \\ \text{N} \end{Bmatrix} + \text{につけ}$$

例

⑤ 酔っ払い運転のニュースを見るにつけ聞くにつけ、怒りを感じ
_{よ　ばら　うんてん　　　　　　　　　　　　み　　　　　　　き　　　　　　　いか　かん}
る。

　　毎毎看到或聽到酒駕的新聞便怒不可抑。

⑥ 嬉しいにつけ悲しいにつけ、私は何かあるといつもこの歌が聞き
_{うれ　　　　　　かな　　　　　　　わたし　なに　　　　　　　　　　　　　うた　　き}
たくなる。

　　不管是開心還是難過，我一有事就會很想聽這首歌。

⑦ 暑い夏につけ寒い冬につけ、体が弱い母の体調が心配になる。
_{あつ　なつ　　　さむ　ふゆ　　　　　からだ　よわ　はは　たいちょう　しんぱい}
　　不管是炎熱的夏天還是寒冷的冬天，我都很擔心體弱的母親的身體狀況。

＊ 酔っ払い運転……酒後駕駛
_{よ　ばら　うんてん}

＊ 怒り……憤怒
_{いか}

確認テスト ||||||||||||||||||||||||||||||||||||||||||||||||||||||||||||||||||||||

問題 1　**正しいものに〇をつけなさい。**

1 子供の自殺のニュースを聞く {a. ては　b. につけ} 悲しくなる。

2 正月 {a. のたびに　b. につけ}、毎年田舎へ帰っている。

3 お帰りの {a. 際に　b. たびに}、傘など忘れないようにお気をつけください。

4 新しい電話番号が {a. 分かり次第　b. 分かっては} ご連絡いたします。

5 この都市は {a. 訪問する　b. 訪問した} たびに、発展しているのが分かる。

6 彼女の活躍を {a. 知った　b. 知る} につけ、私もまたがんばろうという気持ちになる。

問題 2　**（　　　）に入る適当な言葉を□□から選びなさい。同じ言葉は一度しか使えません。**

たびに		ては		につけ

1 兄弟げんかをし（　　　　　）、よく母に叱られた。

2 このソフトはパソコンの電源を入れる（　　　　　）初期化するものだ。

3 旅行で出会った人たちの笑顔を思い出す（　　　　　）、幸せな気持ちになる。

＊ 初期化する……（電脳）初始化

問題3 （　　　）に入るものとして間違っているものを一つ選びなさい。

1 雨につけ風につけ、（　　　）。

　a. どちらが好きですか

　b. 畑の野菜が倒れないかと心配になる

　c. 故郷の海が思い出される

2 学生の頃、アルバイトをしてお金をためては（　　　）。

　a. 海外旅行をしていた

　b. 将来が不安だった

　c. よく本を買った

3 （　　　）家族にお土産を買う。

　a. 出張のたびに

　b. 出張へ行くたびに

　c. 出張へ行っているたびに

51 ページで答えを確認！

....

（第1週4日目の解答）

問題1　　**1** a　**2** b　**3** a　**4** b　**5** a　**6** b

問題2　　**1** とたんに　**2** 次第　**3** かと思ったら　**4** かのうちに

問題3　　**1** a　**2** b

〜てからでないと／〜てはじめて
〜上で（は）／〜たところ

🎧06

「〜した後で」を表すもの

〜てからでないと・〜てからでなければ

意味 〜した後でなければ

「Aてからでないと（てからでなければ）B」の形で、「Aが終わった後でなければBができない」「Aを先にしなければならない」という意味になる。Bは困難なこと（例1）や不可能の意味の否定的表現（例2）、良くないこと（例3）が来ることが多い。

沒……之前。用「Aてからでないと（てからでなければ）B」的形式，有「不完成A的話B也不能完成」「先不得不做A」的意思。B多半是難題（例1）、不可能的否定表現（例2）、不好的事情（例3）。

接続 V　て形　＋　からでないと・からでなければ

① 十分に勉強をしてからでなければ、この試験に合格することは難しい。

　　若非念書念得很徹底，否則要通過這項考試很困難。

② もっとよく調べてからでないとお返事できません。
　　若非調查得很清楚，否則我們無法回答。

③ 先生にやり方を聞いてからでないと失敗するよ。
　　沒問過老師做法再做的話，會失敗的喔。

～てはじめて

意味　**～してから・～した後で**

あることを経験した後やあることが起こった後で、何かが分かったり何かに気付いたりしたときによく使う表現。後文には意志や依頼の表現は来ない★。

之後……；才……。用於說明經過或發生某種事情後，領會和感受到什麼時候使用。後面不能接續表現意志和委託的語句。

接続　**V　て形　＋　はじめて**

① 病気になってはじめて、健康の大切さを実感した。
生了病才深刻感受到健康的重要。

② 海外に住んでみてはじめて、自分の国のことをあまり知らないことに気付いた。
住在國外才發現自己對自己的國家不太瞭解。

③ このプロジェクトは、全社員が協力してはじめて成功するのだ。
這企劃要全體員工協力幫忙才會成功。

★こんな文はだめ！

✗ 会社に入ってはじめて、一人暮らしをしよう。

＊ 実感する……體會到

～上で（は）・～上の・～上でも・～上での

(1) 意味 ～してから

先に～をして、その結果で次のことをすると言いたいときの表現。前文と後文の動作主は同じ人になる★。後文には意志的な動作を言う。

在……之後。用於表現「先做……，根據結果，再做其他事情」時使用。前後語句的動作主體是同一個人物。後面接續表現意志的行為。

接続

$$\left\{ \begin{array}{l} \text{V　た形} \\ \text{Nの} \end{array} \right\} ＋ 上で・上のN$$

例

① この件については、上司と相談した上でお返事いたします。
關於這件事，容我和上司商量後再回覆您。

② よく考えた上の結論ですから、気持ちが変わることはありません。這是經過深思熟慮後所得出的結論，心意不會改變。

③ この車は何回もの試運転の上で作られた。
這輛車是經過好幾次試開後才造好的。

✕ 部長が外出から戻った上で、私はランチを食べに行った。

★こんな文はだめ！

(2) 意味 ～の面で・～の範囲で

「ある条件や情報によれば」と言いたいときの表現。

……上；在……方面。 想說明「根據某種條件或情況」時使用。

接続 Nの ＋ 上で・上でのN

例

④ あの二人は戸籍の上では、まだ結婚していない。
那兩個人戶籍尚未登記結婚。

⑤ 彼とは仕事の上での付き合いしかないので、プライベートなことは分からない。和他只是在工作上有往來，私事並不知情。

➡ ～上・～上は・～上も［第５週２日目］p. 142
　　～上は［第７週４日目］p. 213
　　～うえ・～うえに［第９週４日目］p. 273

～たところ

意味　**～したら・～した結果**

あることをして、その結果どうだったかを言う表現。後文は「その結果…だと分かった」「～したら、偶然…になった」という意味の文が来る場合（例1/2）と、「～したのに、結果は予想と違って…」という逆接的な意味の文が来る場合（例３）がある。

當……的時候。……結果。用於表現做某事後的結果如何。後面的語句帶有「如果……話，就知道會有這種結果」「如果做了……話，偶然得出的結論」意思的情況下（例1/2），同「做了……，結果卻和預想的不同」，有時會出現意思完全相反的語句（例３）。

接続　**V　た形　＋　ところ**

例

① パーティーへ友達を連れて行っていいかどうか聞いてみたところ、ぜひ一緒に来てくださいという返事だった。
問對方說可不可以帶朋友前往參加派對，對方回應說務必請一起來。

② 毎朝ジョギングを始めたところ、走るだけではなく、早起きも得意になった。
開始每天早上慢跑後發現，不只跑步，早起也變得輕而易舉。

③ 子供の頃、嘘をついてはいけないと思って、お金をなくしたことを父に正直に話したところ、ひどく叱られた。
小時候，我想不可以說謊，於是便把遺失錢的事老實對爸爸說，竟被狠罵了一頓。

➡ ～ところに・～ところへ・～ところを［第１週３日目］p. 30

＊ 正直に……坦白的
　しょうじき

確認テスト ||||||||||||||||||||||||||||||||||||||||||||||||||||||||||||||||||||||||||||||||||

問題 1　正しいものに○をつけなさい。

1 一回自分でやって { a. からでないと　b. はじめて }、私にも使い方は分からない。

2 暦の { a. 上では　b. ところは } 春なのに、まだ寒い日が続いている。

3 よく { a. 考えた上で　b. 考えてはじめて }、決めてください。

4 祖母に手作りのかばんをプレゼント { a. したところ　b. した上で }、とても喜んでくれた。

5 父が { a. 帰ってきた上で　b. 帰ってきてから }、母が出掛けた。

＊ 暦…… 日暦

問題 2　（　　　）に入る適当な言葉を□□から選びなさい。同じ言葉は一度しか使えません。

てからでないと　　　てはじめて　　　た上で　　　たところ

1 必要書類を準備して電話予約し（　　　　　　）、受付まで来てください。

2 話をよく聞い（　　　　　）、アドバイスするのは難しい。

3 日本に来（　　　　）地震を体験した。

4 パソコンに詳しい高橋さんに聞いてみ（　　　　　）、彼にも分からないということだった。

＊ ～に詳しい……精通～

問題3 **（　　　）に入る最も適当なものを一つ選びなさい。**

1 お金を払ってからでなければ（　　　）。
　a. チケットを発行します
　b. チケット発行が可能です
　c. チケットは発行されません

2 会議が始まる時間に会議室へ行ったところ、（　　　）。
　a. 誰も来ていなかった
　b. 忙しかったはずだ
　c. 始められない

3 部下の話を聞いた上で、（　　　）。
　a. どうするか決めるつもりだ
　b. 問題が大きいことに気付いた
　c. その部下は泣き出した

57 ページで答えを確認！

（第1週5日目の解答）
問題1　　**1** b　**2** a　**3** a　**4** a　**5** a　**6** b
問題2　　**1** ては　**2** たびに　**3** につけ
問題3　　**1** a　**2** b　**3** c

~た末（に）／～あげく／
~ぬく／～次第だ
　　しだい

07　　　　　　　　「長い時間やって、最後にどうなったのか」に関係する言い方

～た末（に）・～た末の・～の末（に）
　　　　すえ　　　　　　すえ　　　　すえ

意味　**長い間～した後で・～して最後に**

いろいろなことをした後、または長い時間して最後にどうなったかを言う。
　　　　　　　　　あと　　　　　　　　なが　じかん　　　　　さいご　　　　　　　　　い

結果……；最終……。說明經歷各種過程及長期堅持，最終得到的結果。

接続　｛ V　た形
　　　　N の ｝ ＋ 末（に）・末のN

例

① よく考えた末、日本で就職することに決めた。
　　かんが　すえ　に ほん　しゅうしょく　　　　　　　き
　經過深思熟慮後，我決定在日本工作。

② 彼はいろいろな人からお金を借りた末に、いなくなってしまっ
　かれ　　　　　　ひと　　　かね　か　　すえ
た。
　他向許多人借錢，最後消失得無影無蹤。

③ 長時間にわたる話し合いの末、やっと意見がまとまった。
　ちょうじかん　　　　はな　あ　　すえ　　　　　いけん
　經過長時間的討論後，終於在意見上有了共識。

＊ 意見がまとまる……意見整合
　　いけん

～あげく・～あげくに

意味 **長い時間～したが結局・いろいろなことの最後に**
後文には悪い結果や残念に思うことを言う。
こうぶん　　わる　けっか　ざんねん　おも　い

……結果；結果是……。後面的語句用於說明不好的結果和令人遺憾的事情。

接続 ｛ V た形 ／ Nの ｝ ＋ あげく（に）

例 ① 妹は8年もアメリカで留学生活を送ったあげくに、今度はフラン
いもうと　ねん　　　　　りゅうがくせいかつ　おく　　　　　こんど
スに留学したいと言っている。
りゅうがく　い
妹妹在美留學長達8年，竟還說下次要去法國留學。

② あれこれ考えたあげく、値段が高いほうのパソコンを買ってし
かんが　　　　　ねだん　たか　　　　　　　　　か
まった。
多方考慮後，最後買下較貴的電腦。

③ 長時間にわたる話し合いのあげく、何も決まらなかった。
ちょうじかん　　はな　あ　　　　　なに　き
經過長時間的討論後，依然什麼都沒決定。

53

～ぬく

意味 **最後まで～する**

がんばって最後までやり終えることを述べる。「努力した」とか「徹底して
やった」という気持ちが入る表現。

始終一貫。表示經過不斷地努力，最終達到某種目的。用來表現「已經努力過了」或者
「很徹底做了」的心情。

接続 **V ます形 ＋ ぬく**

例

① マラソンは最後まで走りぬくことが大切だ。
馬拉松最重要的是要跑完全程。

② 兄は考えぬいてから行動する性格だが、私は考える前に行動する
性格だ。
哥哥的個性是考慮周全才行動，但我的個性卻是考慮之前就行動。

③ フランス料理を知りぬいた彼が紹介してくれた店だから、おいし
いはずだ。
由於是深知法國菜的他所介紹的店家，應該好吃。

～次第だ
しだい

意味 …だから～になった

「理由があってこのような状態になった」と説明したいときの表現。改まった
りゆう　　　　　　　　　じょうたい　　　　　　せつめい　　　　　　　　　　ひょうげん　　あらた
ときに使う。
つか

就是……才這樣。用於說明「有理由才造成了這種情況」的時候。於鄭重的場合使用。

接続 V　辞書形・た形・ている形　＋　次第だ

例

① 先日のお礼を申し上げたくて、お手紙を差し上げる次第です。
せんじつ　れい　もう　あ　　　　　　　　　てがみ　さ　あ　　　しだい
想對前一陣子的事向您道謝才寫信給您的。

② 社内でトラブルがあったと聞いて、急いで戻ってきた次第です。
しゃない　　　　　　　　　　き　　　いそ　　もど　　　　　しだい
我聽說公司內部出問題，才趕緊回來的。

慣用 イ形容詞などに接続することがある。

例

③ 私のミスでこのようなことになってしまい、お恥ずかしい次第で
わたし　　　　　　　　　　　　　　　　　　　　　　　は　　　　　しだい
す。

由於我的失誤導致這般狀況，真是羞愧。

④ …。以上のような次第で、私がご挨拶することになりました。
いじょう　　　　しだい　　わたし　　あいさつ
……。誠如上述，故由敝下來致詞。

➡️ ～次第［第1週4日目］p. 34
　～次第で・～次第では・～次第だ［第5週1日目］p. 134

問題 1　正しいものに○をつけなさい。

1　お会いして説明をしたほうがいいと思い、伺った {a. あげくです　b. 次第です }。

2　何度も転職をした {a. 末に　b. あげくに }、やっと自分に合う仕事がみつかった。

3　毎年、お祭りでは 3 時間 {a. 踊る次第だ　b. 踊りぬく }。

4　これはよく話し合った {a. 末の　b. 末に } 結論です。

5　皆様にアンケート調査を行い、このように {a. 決まり　b. 決まった } 次第です。

* 転職をする……更換工作

問題 2　（　　　　）に入る適当な言葉を □ から選びなさい。同じ言葉は一度しか使えません。

あげく	次第	末	ぬく

1　バスで 12 時間もかかる長旅の（　　　　）、やっとサバンナに着いた。

2　新しい仕事だったので大変なこともあったが、やり（　　　　）ことができた。

3　予想していなかったことですので、私達も驚いている（　　　　）でございます。

4　いろいろ悩んだ（　　　　）、残念だが、来月、国へ帰ることにした。

問題3   どちらか適当なものを選びなさい。

1 40km ウォーキング大会で 12 時間歩きぬいて、＿＿＿＿＿＿＿＿＿＿。
   a. とても疲れた
   b. あきらめた

2 高橋さんは、会議中に居眠りをしたり携帯電話で話したりしたあげく
   に、＿＿＿＿＿＿＿＿＿＿。
   a. ずっと眠かった
   b. 会議室から出て行ってしまった

3 ＿＿＿＿＿＿＿＿＿＿、メールをした次第です。
   a. 嬉しいニュースをすぐにお伝えしたくて
   b. お返事を書くかどうかは

＊ あきらめる……放棄

＊ 居眠りをする……打瞌睡

63 ページで答えを確認！

（第2週1日目の解答）
問題1   1 a 2 a 3 a 4 a 5 b
問題2   1 た上で 2 てからでないと 3 てはじめて 4 たところ
問題3   1 c 2 a 3 a

**〜きり／〜きる／
〜一方だ／〜つつある**
いっぽう

08

> どんな進行状態かを示す表現

〜きり・〜きりだ

(1) 意味 **〜したあと、そのままで**

その後の状態が変わらないことを表す。後文には、次に起こるはずのことが
ご じょうたい か　　　　　　　　　　　　あらわ こうぶん　　　　　つぎ お
ずっと起こらないことを示す文が来る。話し言葉では「〜っきり」になること
　　　　　　　　　　しめ ぶん く　　はな こと ば
が多い。
おお

從……以後就再也沒有……；一直沒……。表示做某事之後，情況沒有發生變化。後面的
語句表示應該發生的事情沒有發生。「〜っきり」多用於口語。

接続 **V　た形　＋　きり・きりだ**

例 ① 昨日の昼ごはんを食べたきり、何も口に入れていない。
きのう ひる　　　　　た　　　　　なに くち い
自從昨天的午飯後便未進食。

② 友達にお気に入りのまんがを貸したきり、返ってこない。
ともだち き い　　　　　　　　か　　　　　かえ
借了我喜愛的漫畫給朋友，結果一直沒還我。

③ 田村さんには、卒業式で会ったきりだ。
た むら　　　　　そつぎょうしき あ
自從畢業典禮後，便沒和田村見過面。

(2) 意味 **〜だけ**

とても少ないことを表す。話し言葉では「〜っきり」になることが多い。
すく　　　　　あらわ はな こと ば　　　　　　　　　　　　おお

只……。僅……。表示很少。「〜っきり」多用於口語。

接続 **N　＋　きり**

例 ④ 二人きりで誕生日をお祝いした。就兩個人慶祝生日。
ふたり　　　たんじょうび いわ

⑤ 残っているお金はこれきりだ。所剩的錢就這些了。

＊ お祝いする …… 祝賀

～きる・～きれる・～きれない

【意味】 **最後まで～する**

「～きる」は、ある動作を「完全にやり終える」ことや「十分に・すっかり～
する」ことを表す。「～きれる」は「～きる」の可能形。「～きれない」は
「完全には～できない」の意味になる。

……完。「～きる」表示，將某個動作「全部完成了」和「完完全全地完成了」。「～き
れる」是「～きる」的可能形。「～きれない」是「～不了、不完」的意思。

【接続】 **V　ます形　＋　きる・きれる・きれない**

【例】

① 先月の給料はもう使いきった。
上個月的薪水已經花光了。

② 彼のことを信じきっていたので、不安はありませんでした。
由於一直很相信他，所以並沒有不安。

③ 試合で自分たちの力が出しきれたので、勝つことができたと思
う。
我想是因為我們在比賽中已竭盡全力，所以才能獲勝。

④ こんなにたくさんの料理は食べきれない。
這麼多菜實在吃不完。

～一方だ
いっぽう

意味 どんどん～なる

変化が続いていて止まらないことを表す。「増える・減る・上がる・広がる・
進む・～になる・～くなる・～ていく」などの変化を表す動詞につく★。よく
ないことを言うことが多い。

越來越……。表示不停地變化。經常與「增える、減る、上がる、広がる、進む、～になる、
～くなる、～ていく」等表示變化的動詞相接。多用於說明不好的事情。

接続 V 辞書形 ＋ 一方だ

1. 地球の温暖化は進む一方だ。
   ちきゅう おんだんか すす いっぽう
   地球暖化愈來愈嚴重。

2. 私が日本に住んでいたとき、物価は上がる一方だった。
   わたし にほん す ぶっか あ いっぽう
   我住在日本時，物價一直漲。

3. 最近、仕事は忙しくなる一方で、正月も休めない。
   さいきん しごと いそが いっぽう しょうがつ やす
   最近工作愈來愈忙，過年也無法休息。

➡ ～一方・～一方で・～一方では ［第３週２日目］p. 83

★こんな文はだめ！

✕ 最近、仕事は忙しい一方で、正月も休めない。
　 さいきん しごと いそが いっぽう しょうがつ やす

～つつある

意味 今～している

変化の途中であることを示す。
へんか　とちゅう　　　しめ

正在……。表示正在變化中。

接続 V ます形 ＋ つつある

例

1. もうすぐ日の出だ。空から星が消えつつある。
   ひ　で　　そら　　ほし　き

   馬上就要日出了。星星正從天際消失。

2. 先月は体調が悪かったが、今は良くなりつつある。
   せんげつ　たいちょう　わる　　　　いま　よ

   上個月身體不舒服，現在正漸漸恢復。

3. 終身雇用を願う人は減って、人々の仕事に対する考え方は変わり
   しゅうしんこよう　ねが　ひと　へ　　　ひとびと　しごと　たい　　かんが　かた　か

   つつある。

   要求終身雇用的人減少，人們對工作的想法正在改變。

➡ ～つつ・～つつも［第2週4日目］p. 64

＊ 日の出……日出
　 ひ　で

確認テスト ||||||||||||||||||||||||||||||||||||||||||||||||||||||||||||||||||||||||||

問題 1 **正しいものに〇をつけなさい。**

1 ひどい風邪をひいていましたが、治り { a. つつある　b. 一方です } ので、来週から会社へ行きます。

2 このぐらいの本なら一日で { a. 読みきれる　b. 読みきりだ }。

3 後悔しないように、考え { a. きって　b. ぬいて } 結論を出した。

4 彼は「何でもない」と { a. 言い　b. 言った } きり、黙ってしまった。

問題 2 **（　　　）に入る適当な言葉を□から選びなさい。同じ言葉は一度しか使えません。**

きりだ　　　きる　　　きれない　　　一方だ　　　つつある

1 今、家族はみんな出掛けていて、家には私ひとり（　　　　　）。

2 この町の観光客は減る（　　　　　）。

3 子供の時からパイロットになりたかったので、まだあきらめ（　　　　　）。

4 こんなにたくさんの論文を明日までに読み（　　　　　）のは無理だ。

5 株価は少しずつだが、上がり（　　　　　）。

＊ あきらめる……死心

問題3　**どちらか適当なものを選びなさい。**

1 佐藤さんに仕事の依頼でメールを出したきり、＿＿＿＿＿＿＿。
　　a. 返事が来ないので、電話をしてみようと思う
　　b. すぐに返事が来たので、話が早く進んだ

2 一晩では話しきれないぐらい、＿＿＿＿＿＿＿。
　　a. もう何も話すことがない
　　b. いろいろな経験をした旅行だった

3 学生時代に習ったフランス語は忘れる一方なので、＿＿＿＿＿＿＿。
　　a. まだ話せる
　　b. もう一度勉強したいと思う

69 ページで答えを確認！

（第2週2日目の解答）
問題1　**1** b　**2** a　**3** b　**4** a　**5** b
問題2　**1** 末　**2** ぬく　**3** 次第　**4** あげく
問題3　**1** a　**2** b　**3** a

～つつ／～ながら／ ～ついでに／～ものの

🎧09

「同時じに・並行して」の意味があるもの（つつ・ながら・ついでに）と、 「～のに」「～だが」の意み味があるもの（つつ・ながら・ものの）

～つつ・～つつも

(1) ～つつ

意味 **～ながら（同時に…する）**

二つの動作を同時に行うことを表す。「～ながら」よりも硬い言い方。

……一面……（同時做……）。表示兩個動作同時進行。比「～ながら」更為生硬的說法。

接続 **V ます形 ＋ つつ**

例 ① 店にあるテレビをぼんやり眺めつつ、料理が出てくるのを待った。心不在焉地望著店裡的電視，等著餐點送來。

(2) ～つつ（も）

意味 **～のに・～ているが**

逆接的な用法。「分かっていたのに」「良くないと知っているけど」など、話す人が反省や後悔をしている内容を表現することが多い。前文と後文の主語は同じ人になる。

雖然……但是……。用於逆接。「明明知道的卻……」「明明知道這樣不好卻……」等，多用於表現說話人帶有反省和後悔等情況。前後語句的主語是同一個人物。

接続 **V ます形 ＋ つつ【も】**

例 ② 体に悪いと知りつつ、たばこを一日3箱も吸ってしまう。
儘管知道對身體不好，但一天還是抽3包菸。

③ すぐにお返事を書こうと思いつつ、今日になってしまいました。
儘管想馬上回信，但還是拖到今天。

④ 佐藤さんに元気がないのが気になりつつも、話しかけることができなかった。儘管心裡在意佐藤沒精神，但還是沒能跟他說上話。

▶ 〜つつある［第2週3日目］p. 61

＊ ぼんやり眺める……心不在焉地望著

〜ながら・〜ながらも

(1) 〜ながら

意味 　**〜しているときに、同時に…する**

二つの動作を同時に行うことを表す。「〜つつ」の (1) の意味。→ N5 出題範囲

一邊……一邊……。表示兩個動作同時進行。有「〜つつ」(1) 的意思。※N5 出題範圍。

接続 　**Ｖ　ます形　＋　ながら**

例 　① 携帯電話で話しながら車を運転してはいけない。
　　　不可以邊打手機邊開車。

(2) 〜ながら（も）

意味 　**〜のに・〜けれども**

「〜から普通考える（想像する）ことと違って…」という逆接的な用法。前文と後文の主語は同じ人。(1) の用法と違って、「ながら」の前には動作ではなく状態を表す言葉が来ることが多い。「〜つつ（も）」の (2) の意味だが、「〜ながら（も）」は動詞のほかに、名詞・イ形容詞・ナ形容詞にも使える。

雖然……但……。「與考慮或想像的結果不同」的逆接用法。前後句子的主語是同一個人物。與 (1) 的用法不同，「ながら」的前面不是表示動作，而是多半與表示狀態的語詞相接。有「〜つつ（も）」(2) 的意思，但是「〜ながら（も）」除了動詞以外，還和名詞、形容詞、形容動詞等一起使用。

$$\left.\begin{array}{l}\text{V} \quad \text{ます形・ない形}\\ \text{イAい}\\ \text{ナA}\\ \text{N（＋であり）}\end{array}\right\} + \text{ながら（も）}$$

例

② 私は横浜に住んでいながら、海を見たことがありません。
我雖然住在橫濱，但還沒看過海。

③ 彼は学生でありながら、会社を作って大金持ちになった。
他雖然是個學生，但開了間公司，成了有錢人。

④ 慣れないながらも、新しい仕事を楽しんでいます。
雖然不習慣，但對於新工作很樂在其中。

⑤ 狭いながらも、この庭がとても気に入っている。
儘管不大，但我很中意這座庭院。

⑥ 残念ながら、コンサートは中止になりました。
至為遺憾，演唱會停辦了。

～ついでに

意味　**～する時、一緒に…する**

「～の機会を利用して、追加して別のこともする」ことを表す。前文の内容が前から予定していたことで、後文が追加すること。前文と後文の主語は同一。

順便……。用來表示「趁著做一件事的機會同時做了其他的事情」。前面語句的內容在事先預定的情況下，再追加後面的語句。前後文的主語相同。

接続

$$\left.\begin{array}{l}\text{V} \quad \text{辞書形・た形}\\ \text{Nの}\end{array}\right\} + \text{ついでに}$$

例

① 出張で京都へ行くついでに、お寺を観光するつもりだ。
打算去京都出差時順便參觀寺廟。

② 車にガソリンを入れたついでに、たばこを買ってきた。
給車子加完油後順便買了包菸。

③ 買い物のついでに、郵便局で手紙を出そう。
購物時順便到郵局寄信吧！

～ものの

意味 **～けれども**

「～は本当だが、でも…」と言いたいときに使う。

雖然……但是……。用於說明「……是真的，但是……」。

接続

$$
\left\{
\begin{array}{l}
\text{V・イA　普通形} \\
\text{ナA　名詞修飾型}
\end{array}
\right\}
+ \text{ものの}
$$

例

① 食事をしたものの、まだお腹がすいている。
儘管吃過飯了，但肚子還很餓。

② 明日までにやると言ったものの、今日中に終わるかどうか心配
だ。儘管說做到明天之前，但是很擔心今天內是否能做完。

③ 新しいプロジェクトが始まったのは良いものの、次々と問題が起
こって大変だ。
新企劃已啟動，雖然很不錯，但問題一個一個浮現很棘手。

他 **「名詞／文＋とはいうものの」という形で使うこともできる。**

④ 4月とはいうものの、まだまだ寒い。
儘管已是 4 月，但還很冷。

⑤ N2 は難しくないとはいうものの、勉強しなければ合格できない。N2 儘管不難，但不念書還是不會通過的。

＊ 次々と……不斷地
つぎつぎ

確認テスト ||||||||||||||||||||||||||||||||||||||||||||||||||||||||||||||||||

問題 1 **正しいものに〇をつけなさい。**

1 私はいつも歌を歌い { a. ながら　b. ながらも } シャワーを浴びる。

2 酒を飲み { a. つつ　b. つつあり }、学生時代の懐かしい話をした。

3 新宿で友達と会う { a. ついでに　b. つつも }、デパートに行ってこよう。

4 このノートパソコンは軽量 { a. つつ　b. ながら }、いろいろな機能がついている。

5 あのレストランは値段が高い { a. ものの　b. つつ }、サービスはとても良い。

問題 2 **（　　　）に入る適当な言葉を□から選びなさい。同じ言葉は一度しか使えません。**

ついでに　　　　つつも　　　　ながらも　　　　ものの

1 留学したばかりの時、言葉が分からない（　　　　　）友達がたくさんできた。

2 買い物に出た（　　　　　）、新しくオープンした店にも行ってみた。

3 報告書を書かなければならないと思い（　　　　　）、忙しくて、まだ
書き始めていない。

4 新しいデジカメを買った（　　　　　）、まだ一度も使っていない。

※ デジカメ……數位相機

問題3　（　　　）に入る最も適当なものを一つ選びなさい。

1 この部屋は狭いものの（　　　）。
- a. 駅が遠くて大変だ
- b. 駅が近くて便利だ
- c. 駅が近くてうるさい

2 出掛けたついでに、（　　　）。
- a. 何も買わないで帰ってきた
- b. コンビニで昼ごはんを買った
- c. 寒かったので、すぐ帰ってきた

3 彼は答えを知っていながら、（　　　）。
- a. 親切に教えてくれる
- b. いつも勉強している
- c. 教えてくれなかった

75ページで答えを確認！

（第2週3日目の解答）
問題1　**1** a　**2** a　**3** b　**4** b
問題2　**1** きりだ　**2** 一方だ　**3** きれない　**4** きる　**5** つつある
問題3　**1** a　**2** b　**3** b

～にしたがって／～につれて／～に伴って／～とともに

🎧10

相関関係があるもの

～にしたがって・～にしたがい

意味 ～（の変化）と一緒に

何かが変化すると、それに合わせて別のことも変化することを表す。前文も後文も「増える・減る・広がる・～くなる・～になる・～てくる」などの変化を表す言葉が来る。変化は継続性のあるもの（一回だけの変化には使えない）。

隨著……。表示某事物變化後，相應地別的事物也產生變化。前後文常出現「增える、減る、広がる、～くなる、～になる、～てくる」等表示變化的語詞。用於不斷變化的事物（不能用於表現只有一次變化的情況）。

接続 $\left\{ \begin{array}{l} \text{V} \\ \text{N} \end{array} \right.$ 辞書形 $\left. \right\}$ ＋ にしたがって・にしたがい

例

① 街の工業化が進むにしたがって、失業率も減ってきた。
隨著城市的工業化，失業率也下降了。

② このグラフから、年齢が高くなるにしたがって、貯蓄が増えていることが分かる。
從這張圖表可以得知，隨著年齡的增加，儲蓄也跟著增加。

③ 携帯電話の普及にしたがい、家庭の電話が必要なくなった。
隨著行動電話的普及，家用電話需求度愈來愈低。

～につれて・～につれ

意味 ～（の変化）と一緒に

「～にしたがって」と同じ意味・用法。「～にしたがって」と同じで、一回だけの変化には使えない★。

隨著……。與「～にしたがって」意思、用法相同。與「～にしたがって」相同，但是不能用於表示只有一次變化的情況。

接続

$$\left\{ \begin{array}{l} \textbf{V} \quad \textbf{辞書形} \\ \textbf{N} \end{array} \right\} \; + \; \textbf{につれ（て）}$$

例

① 台風が近づくにつれて波が高くなるので、海へは行かないでください。

隨著颱風逼近，因為浪會愈來愈高，故請勿前往海邊。

② ヨーロッパの株価下落につれ、円高になっている。

隨著歐洲股價下挫，日圓愈益升值。

★こんな文はだめ！

✕ 気温が27度になるにつれ（にしたがって）、アイスクリームがよく売れる。

＊ 円高……日圓升值

～に伴って・～に伴い・～に伴う

意味 ～と一緒に

何かが変化したり起こったりすると、それに合わせて別のことが変化したり
起こったりすることを表す。「～に伴って」は一回だけのことにも使う（例
2/3/4）。

隨著……。用於表示隨著某事物的發生、變化，相應地其他事物也發生、產生變化。
「～に伴って」也可以用於一次性變化。（例 2/3/4）。

接続

$$\left\{ \begin{array}{l} V \quad 辞書形 \\ N \end{array} \right\} + に伴って・に伴い・に伴うN$$

 例

① 結婚しない人が増加するに伴い、少子化も進んだ。
随著不結婚的人愈來愈多，少子化也愈趨嚴重。

② アパートを借りるに伴って、いろいろな手続きをしなければなら
ない。租借公寓時，同時須辦理各種手續。

③ 地震に伴って津波が起こる危険がある。
海嘯常伴隨地震發生，相當危險。

④ 入院に伴う費用は保険で払われるので心配ありません。
住院的費用由保險支付，故無需擔心。

～とともに

(1) **意味** ～（の変化）と一緒に

「～にしたがって」と同じ意味・用法。

和……一起。與「～にしたがって」的意思、用法一樣。

接続 〔 V　辞書形 〕 ＋　とともに
　　　　 N

例 ① 日本での生活が長くなるとともに、友達が増えてきた。
　　　にほん　せいかつ　なが　　　　　　　ともだち　ふ
　　　在日本生活的日子一長，朋友也增多了起來。

　　② 国の経済成長とともに、生活が豊かになった。
　　　くに　けいざいせいちょう　　　　せいかつ　ゆた
　　　國家經濟成長的同時，生活也豐裕了起來。

(2) 意味 ～と同時に

同時に二つのことが起こることや同時に二つの状態にあることを表す。
どうじ　ふた　　　　　　お　　　　　　どうじ　ふた　　　じょうたい　　　　　　あらわ

……的同時。表示兩種事情同時發生和兩種狀態同時出現。

接続 〔 V　辞書形 〕
　　　 イAい　　　　　 ＋　とともに
　　　 ナAである・Nである

例 ③ 外国語学習では、単語を覚えるとともに、多くの人と会話するこ
　　　がいこくごがくしゅう　　　たんご　おぼ　　　　　　　おお　　ひと　かいわ
　　　とが重要だ。
　　　　じゅうよう
　　　在學習外語上，記單字的同時，多和別人會話也很重要。

　　④ 決勝戦に勝って嬉しいとともに、終わってしまって寂しい気持ち
　　　けっしょうせん　か　　うれ　　　　　　　お　　　　　　　　さび　きも
　　　もある。
　　　在決賽贏球，高興的同時也因賽程結束而感到落寞。

　　⑤ 吉田さんは、高校の教師であるとともに、大学院の学生でもあ
　　　よしだ　　　　こうこう　きょうし　　　　　　だいがくいん　がくせい
　　　る。
　　　吉田是位高中老師，同時也是一位研究生。

73

確認テスト ||||||||||||||||||||||||||||||||||||||||||||||||||||||||||||||||||||

問題 1 **正しいものに○をつけなさい。**

1 インターネット申込の開始 { a. にしたがい　b. に伴い }、社員を減らすつもりだ。

2 あの音楽家は素晴らしい芸術家である { a. とともに　b. につれ }、大学の教授でもある。

3 電気工事 { a. に伴う　b. に伴って } 停電の時間は 30 分ぐらいの予定だ。

4 山道を { a. 登る　b. 登った } にしたがって、美しい景色が見えてきた。

5 会社で働く年数が { a. 長い　b. 長くなる } につれて、責任が重くなってきた。

問題 2 **（　　　　）に入る適当な言葉を□□から選びなさい。同じ言葉は一度しか使えません。**

ついでに　　　つけ　　　つつも　　　つれて

1 自分は何の力もないと知り（　　　　　　）、役に立ちたい気持ちでいっぱいだった。

2 母の苦労を聞くに（　　　　）、田舎へ帰りたくなる。

3 この小説は話が進むに（　　　　）、だんだん面白くなってくる。

4 図書館で調べ物をした（　　　　）、新聞を読んできた。

＊ 調べ物……査找資料

74

問題3 **どちらか適当なものを選びなさい。**

1 社会人になってから運動不足になるとともに、＿＿＿＿＿＿＿＿＿。
しゃかいじん　　　　　　　　運動不足
　　a. 太りやすい体になってしまった
　　　ふと　　　　　からだ
　　b. 時間がたってしまった
　　　じかん

2 彼女は＿＿＿＿＿＿＿＿＿どんどんきれいになっていく。
かのじょ
　　a. 成長するにつれて
　　　せいちょう
　　b. 二十歳になるにつれて
　　　はたち

3 日本での生活が長くなるにしたがって、＿＿＿＿＿＿＿＿＿。
にほん　　せいかつ　なが
　　a. 母の作る料理が懐かしい
　　　はは　つく　りょうり　なつ
　　b. 母の作る料理が懐かしくなる
　　　はは　つく　りょうり　なつ

81ページで答えを確認！

（第2週4日目の解答）
問題1　　1 a　2 a　3 a　4 b　5 a
問題2　　1 ながらも　2 ついでに　3 つつも　4 ものの
問題3　　1 b　2 b　3 c

～に応じ（て）／～ば～ほど／ ～に比べて／～に反し【て】

🎧11

二つのことの対応関係や比較を表す言い方

～に応じ（て）・～に応じた

意味 **～に合わせて**

変化や多様性に合わせて（対応して）、後の事柄を変えることを表す。

根據……。表示隨著（對應）前面事物的變化和多樣性，後面的事物也受到影響。

接続 **N ＋ に応じ（て）・に応じたN**

例

① 一人ひとりの体力に応じて、トレーニングの内容を考えます。
因應每個人的體力來考量訓練的內容。

② 売上げに応じ、生産量を変えている。
因應銷售量來改變生產量。

③ ご予算に応じたお食事が用意できます。
我們能提供符合您預算的餐點。

＊ トレーニング ……鍛錬

＊ 売上げ ……營業額

～ば～ほど

意味 ～すれば、もっともっと…

一方の程度が変われば、もう一方の程度も比例して変わることを表す。一つ目と二つ目は同じ言葉が来る。

越……。表示相關一方的程度發生了變化，而另一方的程度也隨著發生變化。前後用同一個語詞。

接続

$$
\begin{cases}
\text{V　ば形} \\
\text{イAければ} \\
\text{ナAなら（であれば）} \\
\text{Nなら（であれば）}
\end{cases}
+
\begin{cases}
\text{V　辞書形} \\
\text{イAい} \\
\text{ナAな} \\
\text{Nである}
\end{cases}
+ \text{ほど}
$$

例

① これは難しい問題で、考えれば考えるほど分からなくなってしまった。

這是個困難的問題，愈思考就愈搞不懂。

② 外国語学習を始めるのは早ければ早いほどいい。

學外語是愈早愈好。

③ 有名人であれば有名人であるほどストレスも多いだろう。

愈是名人壓力就愈大吧！

➠ ～ほど［第5週4日目］p. 152・153

第3週
1日目

～に比べて・～に比べ

意味 ～と比較して・～より

二つ以上のものを比較して述べる。

與……相比；比……。對超過兩種以上的事物，進行比較說明。

接続 $\left\{\begin{array}{l} V\quad 辞書形\ +\ の \\ N \end{array}\right\}$ ＋ に比べ（て）

例

① バスで行くのに比べ、タクシーで行くと時間が節約できる。
跟搭公車比起來，坐計程車去比較省時間。

② 20代に比べ、30代の人はクレジットカードをよく使う。
和20幾歲的人比起來，30幾歲的人較常刷卡。

③ 和食は洋食に比べて健康にいいと言われている。
據說和西餐比起來，和食較為健康。

～に反し（て）・～に反する・～に反した

意味 ～とは反対に・～と違って

実際の結果が予想や期待、意向などと違うことを表す。

與……相反；與……不同。表示實際結果與事先的預測、期待、意願等不同。

接続 N ＋ に反し（て）・に反するN・に反したN

例
1. 予想に反して、私達のチームが優勝した。
   和預期相反，我們隊獲勝了。

2. 親の期待に反し、彼は警官になった。
   和父母親的期待不同，他當上了警察。

3. 試験結果は予想に反する残念な結果になってしまった。
   和預期相反，考試結果相當令人惋惜。

他 「法律や規則に違反する・従わない」という意味もある。

例
4. 会社の規則に反した社員について、会議で話し合った。
   針對違反公司規定的員工，在會議中進行了討論。

確認テスト ||||||||||||||||||||||||||||||||||||||||||||||||||||||||||||||||||||||||||||||||||||

問題 1 　正しいものに◯をつけなさい。

1. 我が社では能力に { a. 応じて　b. 比べて } 給料が決められる。

2. 予想に { a. 応じて　b. 反して }、この子供用ゲームが大人に売れている
ようだ。

3. 駅に近ければ近い { a. に反して　b. ほど }、家賃は高くなります。

4. 私は英語を書くの { a. に応じて　b. に比べ }、話すほうが得意だ。

5. 図書館では、{ a. 静かければ　b. 静かならば } 静かなほど、集中して勉
強できる。

問題 2 　（　　　　）に入る適当な言葉を□から選びなさい。同じ言
葉は一度しか使えません。

ほど	に応じて	に比べて	に反して

1. このレストランは、季節（　　　　　　）メニューを変えています。

2. お金はあればある（　　　　　　）良いとは言えない。

3. 去年（　　　　　　）、今年は雪が降る日が多い。

4. 国民の期待（　　　　　　）、税率は変わらず、高いままだ。

どちらか適当なものを選びなさい。

1 この携帯電話は色が 10 色もあるので、好みに応じて＿＿＿＿＿＿＿。
　けいたいでんわ　いろ　　　しょく　　　　　　　　　　この　　おう

　　a. 売上げも増加する
　　　うりあ　　ぞうか

　　b. 色を選べるのがいい
　　　いろ　えら

2 男性に比べ、＿＿＿＿＿＿＿＿。
　だんせい　くら

　　a. 働いている人が多い
　　　はたら　　　ひと　おお

　　b. 女性は平均寿命が長い
　　　じょせい　へいきんじゅみょう　なが

3 大変であればあるほど＿＿＿＿＿＿＿。
　たいへん

　　a. 達成するつもりだ
　　　たっせい

　　b. 達成できたときの喜びは大きい
　　　たっせい　　　　よろこ　おお

87 ページで答えを確認！

第 **3** 週 1 日目

（第 2 週 5 日目の解答）

問題1　　**1** b　**2** a　**3** a　**4** a　**5** b

問題2　　**1** つつも　**2** つけ　**3** つれて　**4** ついでに

問題3　　**1** a　**2** a　**3** b

二つの面・性質を表す言葉

🎧12

～反面・～半面
　　はんめん　　はんめん

意味　**ある面では～だが、他の面では…**

あることについて、二つの相反する性質を表現する。
　　　　　　ふた　　そうはん　　せいしつ　　ひょうげん

……的另一面；……的反面。說明某個事物具有兩個相反的性質。

接続

$$\left.\begin{array}{l}\textbf{V 辞書形}\\ \textbf{イAい}\\ \textbf{ナAな（である）}\\ \textbf{Nである}\end{array}\right\} + 反面（半面）$$

例

① パソコンが普及する反面、紙の消費も増えている。
　　　　　　ふきゅう　　はんめん　かみ　しょうひ　　ふ
　電腦普及，但另一方面，紙張的消耗也在增加。

② 彼女は外では明るい反面、家ではおとなしくてあまりしゃべらな
　かのじょ　そと　　あか　　はんめん　いえ
　い。
　她在外面很開朗，但另一方面，在家裡卻很乖巧，不太說話。

③ ネットショッピングは便利な半面、いらないものも買ってしまう
　　　　　　　　　　　べんり　　はんめん　　　　　　　　　　か
　ことがある。
　網購固然方便，但另一方面，有時會買下一些用不到的東西。

＊ ネットショッピング ……網路購物

～一方・～一方で・～一方では
いっぽう　　　いっぽう　　　　いっぽう

意味 他の面では…

「～であると同時に…という側面もある」という、あることの二つの面を表現
する。「～一方」は、例１のように、相反することでなくても言うことができ
る。

一方面……。表現同一事物「一面是……的同時，還有另一面……」，具有的兩個方面。
如同例１，「～一方」也可以說明不是相反的事物。

接続
$$
\left.
\begin{array}{l}
\text{V　辞書形} \\
\text{イAい} \\
\text{ナAな（である）} \\
\text{Nである}
\end{array}
\right\} \text{＋　一方・一方で}
$$

例

① 彼は会社員として働く一方で、有名な小説家でもある。
かれ　かいしゃいん　　　　　はたら　いっぽう　　　ゆうめい　しょうせつか

他以一個員工的身分工作，另一方面，也是位著名小說家。

② 人口が増加する地域がある一方、人口が減って困っている地域も
じんこう　ぞうか　　　ちいき　　　　いっぽう　じんこう　へ　　こま　　　　　　　　ちいき
ある。

雖有人口增加的地區，但另一方面，也有因人口減少而大傷腦筋的地區。

③ 大統領がかわって国民の生活は豊かになったが、一方では環境問
だいとうりょう　　　こくみん　せいかつ　ゆた　　　　　　　　　いっぽう　　　かんきょうもん
題など悪化していることもある。
だい　あっか

雖換了總統，國民的生活變得富裕了，但另一方面，環境保護問題等卻在
惡化。

➡ ～一方だ［第２週３日目］p. 60

～かわりに・～にかわって・～にかわり

(1) ～かわりに

意味 ～の反面

「Ａかわりにｂ」で「Ａでもあるし、その反面Ｂでもある」と二つの面を表現する。

雖……但是、不過……。利用「Ａかわりにｂ」句型表示是「既是Ａ的同時，相反的又是Ｂ」。具有兩個方面（既有可取的一面，相反的也有不可取的一面）。

接続
$\left\{\begin{array}{l} \text{Ｖ・イＡ　普通形} \\ \text{ナＡ　名詞修飾型} \end{array}\right\}$ ＋ かわりに

 ❶ このスーパーの野菜は安いかわりに、ときどき新鮮じゃないことがある。這家超市的蔬菜便宜，但是有時卻不新鮮。

(2) ～かわりに

意味 ～と引き換えに

「Ａかわりにｂ」で「Ａするので、それと引き換えに（それに相当する・そのお返しに）Ｂする」。

代替……。用「Ａかわりにｂ」句型表示「做Ａ，與其交換的（與其相當的、與其回敬的），做Ｂ」。

接続 Ｖ　普通形　＋　かわりに

 ❷ 私がスペイン語を教えるかわりに、彼には日本語を教えてもらっている。我教他西語，相對地，請他教我日文。

❸ 家を売ったかわりに、大金が手に入った。
把房子賣了，換來了一大筆錢。

(3) ～かわりに

意味　～をしないで・～の代理で

「AかわりにB」で、「本来の・いつものAではなくて、Bする」という意味を表す。「何かをしないで、別のことをする」ことを表現したり（例４）、「別の人や物が代理でする」ことを表現したり（例5/6）する。

不⋯⋯。代替⋯⋯。用「AかわりにB」表示「不是歷來的A，而是B」的意思。既用於表現「不做經常做的事，而去做其他的事情」（例４），也用於表現「代替別人做某事」（例5/6）。

接続　｛ V　辞書形　／　Nの ｝ ＋ かわりに

例

④ 昨夜は時間があったから、外食するかわりに、久しぶりに家で料理した。昨天有空，所以難得在家作菜沒有外食。

⑤ 水野さんは禁煙しているので、たばこのかわりにガムを噛んでいる。水野先生正在戒菸，所以嚼口香糖取代抽菸。

⑥ 多忙な部長のかわりに、私が出張に行くことになった。由我代替忙碌的經理去出差。

(1)(2) の文はaもbもすることを意味するが、(3) ではaはしないでbだけするのだ。

(4) ～にかわって・～にかわり

意味　～ではなく

「AにかわってB」で、「本来の・いつものAではなくてB」という意味。代理を表したり（例７）、従来使われていたものが新しいものにかわることを表す（例8/9）。

不⋯⋯而。用「AにかわってB」句型表示「不是歷來的A，而是B」的意思。表示代理（例７），也表示歷來的事物由新事物代替（例8/9）。

接続 **N ＋ にかわって・にかわり**

 ⑦ 病気の母にかわって、私が毎晩料理をしている。
由我取代生病的媽媽每天晚上煮晚餐。

⑧ 仕事ではファックスにかわり、電子メールが欠かせない。
在工作上，電子郵件已取代傳真，不可或缺了。

⑨ 人間にかわってロボットが家事をする日も近いだろう。
由機器人取代人類來做家事的日子也不遠了。

＊噛む……咀嚼　　＊多忙な……繁忙　　＊欠かせない……不可缺少的

確認テスト ||||||||||||||||||||||||||||||||||||||||||||||||||||||||||||||||

問題 1 　**正しいものに〇をつけなさい。**

1 あの人は俳優として仕事をする ｛a. 一方で　b. かわりに｝、政治家でもある。

2 映画を見に行く ｛a. かわりに　b. 反面｝、家でビデオを見るほうがいい。

3 専門家の予測 ｛a. に反して　b. の反面｝、円安が進んでいる。

4 このアパートの近くは緑が多くて静かな ｛a. かわりに　b. にかわって｝、駅から遠い。

5 あの先生は生徒に ｛a. 厳しい　b. 厳しく｝一方で、優しい言葉をかけることも忘れない。とてもいい先生だ。

6 日曜日 ｛a. 働いて　b. 働いた｝かわりに、月曜日休んだ。

＊俳優……演員　　＊円安……日圓貶值

問題2 （　　　）に入る適当な言葉を□から選びなさい。同じ言葉は一度しか使えません。

一方では	かわりに	反面

1 さよならは言いたくないので、その言葉の（　　　　　）歌を歌います。

2 新しいプロジェクトは楽しみだが、（　　　　　）不安も少しある。

3 この駅は会社に近くて便利な（　　　　）、自然が少ない。

問題3 どちらか適当なものを選びなさい。

1 新しいプロジェクトは多くの社員に期待されているが、一方では_____。

　a. 私も賛成したい

　b. 反対の意見もある

2 彼は人に優しい反面、_____。

　a. 自分には厳しい

　b. 優しくないときも多い

3 家庭の電話にかわって、_____。

　a. 値段が高いので持つ人が減っている

　b. 携帯電話を持つ人が増えている

93ページで答えを確認！

（第3週1日目の解答）

問題1　**1** a　**2** b　**3** b　**4** b　**5** b

問題2　**1** に応じて　**2** ほど　**3** に比べて　**4** に反して

問題3　**1** b　**2** b　**3** b

～について（は）／～に関して（は）／～に対し（て）／～をめぐって

🎧13

対象を表す言い方を覚えよう

～について（は）・～につき・～についての

(1) ～について（は）・～につき・～についての

意味 ～に関係して・～のことで

「話す・書く・聞く・考える・調べる」などの意味の動詞が後ろに来て、言語行動や思考関係の話題や対象を示す。「～につき」は改まった言い方。

關於……；就……。「話す、書く、聞く、考える、調べる」等的動詞接在後面，表示言行和思考關係的話題及物件。「～につき」是正式的說法。

接続 N ＋ について（は）・につき・についてのN

例

① 新商品についてプレゼンテーションをした。做了有關商品的簡報。

② これはよく読む雑誌についてのアンケートです。ご協力をお願いします。這是有關經常閱讀的雜誌的問卷調查。敬請惠予協助。

③ 環境問題につき、世界会議が京都で開かれた。
在京都召開了有關環保議題的世界會議。

(2) ～につき

意味 ～ので・～ため

理由を表す。改まった文書や手紙で使うことが多い。

由於……；因為……。表示理由。多用於正式的文件和信件。

接続 N ＋ につき

例

④ この道路は工事中につき、一週間通れません。
這條道路目前施工中，一週內無法通行。

⑤ 本日は休日につき、営業時間を午後5時までとさせていただきます。今天適逢假日，營業時間只到下午5點。

（ほんじつ　きゅうじつ　　　　えいぎょうじかん　ごご　じ）

〜に関して（は）・〜に関する
（かん）　　　　　　　　（かん）

意味 **〜に関係して・〜について**

「〜について」より少し硬い言い方。
（すこ　かた　い　かた）

有關……；關於……。比「〜について」更為生硬的說法。

接続 **N ＋ に関して（は）・関するN**

例

① 日本の宗教に関して調べて発表した。
（に ほん　しゅうきょう　かん　　しら　　はっぴょう）
關於日本的宗教，我加以調查並報告過了。

② 敷金に関しては、部屋を出るときに返すことになっている。
（しききん　かん　　　　へ や　で　　　　　かえ）
關於押金，一般都是搬走時歸還。

③ 先週起こった事件に関する情報が警察に集まった。
（せんしゅうお　　　じ けん　かん　じょうほう　けいさつ　あつ）
上週發生的事件的相關資訊都集中在警方那裡。

～に対し（て）・～に対しては・～に対する

たい　　　　　　　たい　　　　　　たい

意味 ～に・～を相手に

行為や感情、態度が向けられる相手や対象を表す。
こうい　かんじょう　たいど　む　　　　　　　　あいて　　たいしょう　あらわ

對……；對於……。表示某種行為和感情、態度所接受的對方和對象。

接続 **N ＋ に対し（て）・に対しては・に対するN**

例

① 年上の人に対しては敬語を使うようにしている。
としうえ　ひと　たい　　　　　けいご　つか

對於長輩我盡量使用敬語。

② 山本先生は生徒に対していつも温かく接してくれる。
やまもとせんせい　せいと　たい　　　　　　　あたた　せっ

山本老師對於學生總是溫和以待。

③ 今の吉田さんの発言に対して、何か意見はありますか。
いま　よしだ　　　　はつげん　たい　　　なに　いけん

對於剛剛吉田先生的發言有沒有什麼意見？

④ 新しい商品に対する苦情がたくさん出てしまった。
あたら　しょうひん　たい　くじょう　　　　　で

針對新商品的抱怨是一樁接一樁。

＊ 接する……接觸
せっ

～をめぐって・～をめぐる

意味 **～を争点に**

争い・対立や議論の対象やうわさなど、争点を持つものを表す。複数 の人で
議論したり対立したりすることを表すので、動作主が一人のものには使えない
★。

圍繞……。表示持有爭論、對立和爭議的事物及傳聞等。用來表現多數人進行議論、對立
的情況，所以只有一個動作者時不能使用。

接続 **N ＋ をめぐって・をめぐる N**

① 小学校での英語教育の問題をめぐって、市民と教師が討論した。
市民及老師針對小學的英語教育加以討論。

② 会議では新しいプロジェクトをめぐって、いろいろな意見が出さ
れた。

在會議上針對新企劃案提出諸多的意見。

③ アパートの契約をめぐるトラブルがあって困っている。
公寓的契約出了問題，真傷腦筋。

★こんな文はだめ！

✕ 私は教育問題をめぐって、レポートを書いた。

91

確認テスト ||||||||||||||||||||||||||||||||||||||||||||||||||||||||||||||||||

問題 1　　正しいものに〇をつけなさい。

1　説明会の日時と場所 { a. に対しては　b. については }、決まり次第お知らせします。

2　彼は日本の食文化 { a. に関する　b. をめぐる } 知識をたくさん持っている。

3　セール期間中 { a. について　b. につき }、返品はご遠慮ください。

4　部長は私の質問 { a. に対して　b. をめぐって } 何も答えてくれなかった。

5　ここに図書館の利用 { a. についての　b. をめぐる } 注意が書いてあるので、お読みください。

問題 2　　（　　　）に入る適当な言葉を□から選びなさい。同じ言葉は一度しか使えません。

に対する　　　　について　　　　につき　　　　をめぐる

1　専門家が集まって、この薬の安全性（　　　　）話し合いが行われた。

2　大学で日本の歴史（　　　　）勉強した。

3　女性や子供（　　　　）暴力は決して許してはいけない。

4　工事中（　　　　）、ここに車をとめないでください。

問題3　どちらか適当なものを選びなさい。

1 医者から母の病気に関して＿＿＿＿＿＿＿＿＿＿。
　　　　（いしゃ　　はは　びょうき　　かん）
　　a. 説明があった
　　　（せつめい）
　　b. 治った
　　　（なお）

2 妹の結婚をめぐって＿＿＿＿＿＿＿＿＿＿。
　　（いもうと　けっこん）
　　a. 私は賛成している
　　　（わたし　さんせい）
　　b. いろいろな人が賛成や反対の意見を言っている
　　　　　　　　（ひと　さんせい　はんたい　いけん　い）

3 10代の子供が親に対して、＿＿＿＿＿＿＿＿＿＿。
　　（だい　こども　おや　たい）
　　a. 兄弟げんかをしていた
　　　（きょうだい）
　　b. 反抗するのは自然なことだ
　　　（はんこう　　　しぜん）

99ページで答えを確認！

・・・・・・・・・・・・・・・・・・・・・・・・・・・・

（第3週2日目の解答）
問題1　**1** a **2** a **3** a **4** a **5** a **6** b
問題2　**1** かわりに　**2** 一方では　**3** 反面
問題3　**1** b **2** a **3** b

🎧14

「〜にかかわらず」と「〜にもかかわらず」を混同しないように注意！

〜にこたえ（て）・〜にこたえる

意味 **〜に沿うように**

他からの期待や要望などに沿うように何かをすることを言う。
（ほか　　きたい　ようぼう　　　そ　　　　　なに　　　　　　い）

回應⋯⋯。說明為回應其他的期待和要求等，做某種事情。

接続 **N ＋ にこたえ（て）・にこたえるN**

例

①　アンコールにこたえて、もう一曲歌った。
　　　　　　　　　　　　　　　　　　いっきょくうた
　　回應安可的要求，再唱一首。

②　お客様の要望にこたえ、値段を安くしました。
　　　きゃくさま　ようぼう　　　　　ね　だん　　やす
　　回應客人的需求降價。

③　国民の期待にこたえる政治家になりたい。
　　　こくみん　き　たい　　　　　　せい　じ　か
　　我想成為一名符合國民期待的政治家。

～を問わず・～は問わず

意味 ～に関係なく

「条件や状況に影響されず」「どちらの場合でも」という意味を示す。「を／は問わず」の前には、反対の意味の語（例：男女、昼夜）、または幅や複数あるもの（例：年齢、国）が来る。

不管……。表示「不受條件和情況的影響」、「無論哪種情況」的意思。「を／は問わず」的前面是反義詞（如：男女、晝夜），或是幅度範圍、複數的詞語（如：年齡、國家）。

接続 N ＋ を問わず・は問わず

① このTシャツは、男女を問わず、人気がある商品だ。
這件T恤是不分性別，男女都愛穿的人氣商品。

② 経験の有無は問わず、若くて元気な人に社員になってもらいたい。
不問經驗有無，想請年輕又有活力的人來我們公司工作。

③ 最近は季節を問わず、マスクをしている人が多い。
近來不分季節均戴口罩的人很多。

④ これは年齢を問わず楽しめるゲームだ。
這是一款不分年齡，什麼人都可以玩的遊戲。

～にかかわらず・～に（は）かかわりなく

意味 **～関係なく**

「状況の変化に影響されないで」「どちらの場合でも」という意味を表す。

不論……都。表示「不受變化狀況影響」、「不論哪種情況」的意思。

接続
$$\left.\begin{array}{l} \text{V　辞書形＋　V　ない形} \\ \text{N} \end{array}\right\} + \begin{array}{l} \text{にかかわらず・} \\ \text{にかかわりなく} \end{array}$$

例

❶ 興味があるないにかかわらず、やらなければいけない仕事がある。

不管有沒有興趣，有些工作是不做不行的。

❷ 年代にかかわらず、携帯電話は普及している。

不管什麼年齡層，行動電話都很普及。

❸ 年齢や学歴にかかわりなく、優秀な人なら社員にするつもりだ。

不管年齡或學歷，只要是優秀的人我都想延攬。

～にもかかわらず

意味 ～のに・～けれども

「～から予想されることと違って…」という逆接的な意味で使い、後文では驚きや意外、残念や不満の気持ちを表すことが多い。少し硬い言い方。

雖然……但是……；儘管……卻。用於「和預想的情況不同……」表示逆接，後文多是表示驚訝和意外、後悔及不滿的語句。語氣比較生硬。

接続

$$\left\{\begin{array}{l} \text{V・イA　普通形} \\ \text{ナA（である）・N（である）} \end{array}\right\} + \text{にもかかわらず}$$

例

① 山本さんは昨夜遅くまで仕事していたにもかかわらず、朝6時に出社した。

山本先生昨天晚上儘管工作到很晚，但還是早上六點到公司。

② 彼が質問したにもかかわらず、誰も答えなかった。

他儘管提問了，但沒人回答。

③ このデジカメは使い方が複雑であるにもかかわらず、よく売れている。

這台數位相機儘管複雜，但賣得很好。

④ 大雨にもかかわらず、大勢の人が集まった。

儘管下大雨，但還是聚集了很多人。

⑤ 今日はご多忙にもかかわらず、たくさんの方に来ていただき、本当にありがとうございます。

今天承蒙各位百忙之中撥冗前來，真是萬分感激。

確認テスト ||||||||||||||||||||||||||||||||||||||||||||||||||||||||||||||||||||||||

問題 1 **正しいものに〇をつけなさい。**

1 親の期待 ｛a. にこたえて　b. を問わず｝、彼は医者になった。

2 彼は 40 歳になった ｛a. にこたえて　b. にもかかわらず｝まだ学生で、
毎月親からお金をもらっている。

3 性別 ｛a. にかかわらず　b. にもかかわらず｝、誰でも挑戦できる。

4 ここでは季節 ｛a. にもかかわらず　b. を問わず｝、一年中花が咲いてい
る。

5 彼は ｛a. 若い　b. 若いである｝にもかかわらず、いろいろな苦労をして
いる。

問題 2 **（　　　）に入る適当な言葉を□から選びなさい。同じ言
葉は一度しか使えません。**

| にかかわらず　　にもかかわらず　　にこたえて　　を問わず |

1 アルコールを飲む飲まない（　　　　　　　）、会費は 3000 円です。

2 ファンの声援（　　　　　　　）、田村選手は手を振った。

3 音楽が大好きで、ジャンル（　　　　　　　）何でも聞く。

4 円安（　　　　　　　）、海外旅行に行く人が多い。

98

どちらか適当なものを選びなさい。

1 拍手にこたえて、＿＿＿＿＿＿＿＿＿。
はくしゅ
　　a. 指揮者はとうとう退場した
　　　しきしゃ　　　　　　たいじょう
　　b. 指揮者は何度も挨拶をした
　　　しきしゃ　なんど　あいさつ

2 参加するしないにかかわりなく、＿＿＿＿＿＿＿＿＿。
さんか
　　a. 返事をください
　　　へんじ
　　b. 遅刻してしまった
　　　ちこく

3 あの人は昼夜を問わず、＿＿＿＿＿＿＿＿＿。
ひと　ちゅうや　と
　　a. 電話してくるので困る
　　　でんわ　　　　　こま
　　b. 答えは難しかった
　　　こた　むずか

第
3
週

4
日
目

- -

103ページで答えを確認！

（第3週3日目の解答）
問題1　**1** b　**2** a　**3** b　**4** a　**5** a
問題2　**1** をめぐる　**2** について　**3** に対する　**4** につき
問題3　**1** a　**2** b　**3** b

〜もかまわず／〜はともかく／〜ぬきで

🎧15

> 「（考えなどに）入れない、はずす」ことを表現するもの

〜もかまわず

意味 **〜を気にしないで**

あることを気にしないで平気でいることを表す。

不管⋯⋯。表示對某事情都不介意、淡然。

接続

$$\left\{\begin{array}{l} \text{V} \quad \text{普通形} \ + \ \text{の} \\ \text{N} \end{array}\right\} \ + \ \text{もかまわず}$$

例

① 私の心配もかまわず、弟はまた仕事をやめてしまった。
也不顧我的擔心，弟弟還是辭掉了工作。

② 人目もかまわず、電車の中で化粧をしている人がいる。
也不顧別人側目，竟有人在電車上化粧。

③ 父は雨に濡れるのもかまわず、急いで出掛けた。
爸爸不顧雨淋，急急忙忙地出門去了。

慣用 **次のように「も」をつけない慣用的な表現がある。**

例

④ ところかまわず、たばこを吸ってはいけない。
不管任何場所，均不得吸菸。

⑤ 10年ぐらい前まで、なりふりかまわず、毎日柔道だけをやっていた。
在約10年之前為止，我一直不在意外表儀容，每天光是練柔道。

～はともかく・～はともかくとして

意味 ～は今は考えないで・～は別にして

「ある事柄を今は問題にしないで（議論の対象からはずし）、それよりも後文
のことを先に考える・問題にする」ことを表す。

暫且不談……；先不管它……。表示「對某事暫且不談（不作為談論的對象），先考慮後
文的事情」。

接続 N ＋ はともかく（として）

① 出張の日はともかく、いつもは仕事が終わったらスポーツジムに
行っている。

暫且不談出差的日子，我總是在下班後跑健身房。

② このレストランは、味はともかくとして、値段が安いので人気が
ある。

提到這家餐廳，味道暫且不談，由於價格便宜，所以很受歡迎。

③ 本当に行くかどうかはともかく、パリのガイドブックを買ってみ
た。

暫且不談要不要去，還是把巴黎的旅遊書給買了下來。

＊ スポーツジム ……健身房

〜ぬきで・〜ぬきに・〜ぬきの・〜（は）ぬきにして

(1) 〜ぬきで・〜ぬきに・〜ぬきの・〜（は）ぬきにして

意味 〜入れないで・〜なしで

「〜がない状態で」「〜を考えないで」という意味を示す。

省去……；免去……。表示「沒有……的狀態下」、「不考慮……」的意思。

接続 N ＋ ぬきで・ぬきに・ぬきにして・ぬきのN

例
1 昼食ぬきで4時まで会議をした。沒吃午餐一路開會到4點。
2 この料理はお世辞ぬきにおいしいですね。
   不是恭維話，這道菜真是好吃。

3 今夜のパーティーでは、難しい話はぬきにして楽しみましょう。
   在今晚的派對上，難懂的事就別談，好好享受吧！

(2) 〜ぬきでは…ない・〜ぬきには…ない・〜ぬきにしては…ない

意味 〜を入れなかったら（〜なしでは）…できない（＝〜を入れれば…できる）

如果不包括、沒有……就不能（＝如果包括……就能）。

接続 N ＋ ぬきでは・ぬきには・ぬきにしては…ない

例
4 この件は、社長ぬきでは決定できない。
   這件事情無法撇開老闆去下決定。

5 仏教をぬきにしては、この国の文化は説明できないと思う。
   我認為，撇開佛教就無法說明這個國家的文化。

＊ お世辞ぬきに ……決不是恭維

確認テスト ||||||||||||||||||||||||||||||||||||||||||||||||||||||||||||||||||||||||||

問題 1　正しいものに〇をつけなさい。

1 近所迷惑 { a. はともかく　b. もかまわず } 、隣の人は夜中にピアノを弾くので、寝られない。

2 雨の日 { a. はともかく　b. ぬきに } 、いつもは自転車で駅まで行っている。

3 朝食 { a. ぬきでは　b. もかまわず } 仕事に集中できない。

4 冗談 { a. もかまわず　b. はぬきにして } 、ちゃんと話し合いましょう。

5 親が { a. 反対　b. 反対するの } もかまわず、ジョンさんは国際結婚をして海外に住んでいる。

問題 2　もっとも適当なものを選び、右と左を結んで文を完成しなさい。

1 ファンの熱い応援ぬきには　・

　　・ a. 熱戦だったので応援に力が入った。

2 昨日の試合は天気はともかく　・

　　・ b. 優勝できなかっただろう。

3 試合では人目もかまわず　・

　　・ c. 大声で応援した

109 ページで答えを確認！

（第3週4日目の解答）

問題1　**1** a　**2** b　**3** a　**4** b　**5** a

問題2　**1** にかかわらず　**2** にこたえて　**3** を問わず
　　　　4 にもかかわらず

問題3　**1** b　**2** a　**3** a

〜にとって（は）／〜として（は）／〜にしたら／〜としたら

🎧16

> ある立場ばを表したり仮定を表したりするもの

〜にとって（は）・〜にとっても・〜にとっての

意味 〜の立場から見れば

ある立場やある人から見たときの価値判断・評価を表す。「大切だ、有り難い、大問題だ、無意味だ」などの述語で、その立場やその人はどう感じているかを述べる。

對於……。表示從某角度和某人的立場，對於價值進行判斷、評價。從後文的「大切だ、有り難い、大問題だ、無意味だ」等述語，可以說明某個角度或某種人的感受。

接続 N ＋ にとって（は）・にとっても・にとってのN

① 私にとってこの絵は思い出がある大切なものなので捨てられません。

　　對我而言，這幅畫是有回憶的重要東西，所以沒辦法丟。

② 仕事とは彼にとっては毎日の食事より重要なものらしい。
　　所謂工作，對他而言似乎是比每日的三餐更加重要。

③ 若い人が減っている日本にとっても、年金は大問題だ。
　　對年輕人愈來愈少的日本而言，年金仍是個大問題。

④ 人間や動物にとっての幸せを考えると、環境問題は無視できない。

　　一考慮到人類及動物的幸福，環保問題便無法忽視。

～として（は）・～としても

(1) ～として（は）・～としても

意味 **～の立場で**

立場・身分・資格・役割や名目を表す。
たちば　みぶん　しかく　やくわり　めいもく　あらわ

作為……。表示立場、身分、資格、職務和名義。

接続 **N ＋ として（は）・としても**

例

① 彼は5年前に留学生として日本へ来た。
かれ　ねんまえ　りゅうがくせい　にほん　き
他在5年前以留學生身分來到日本。

② 最近、携帯電話を電話としてよりカメラとして使うことが多い。
さいきん　けいたいでんわ　でんわ　　　　　　　　　　　つか　　　　　おお
最近，把行動電話當照相機使用的情況比當電話使用的還多。

③ 京都は日本の古い町として知られている。
きょうと　にほん　ふる　まち　し
京都以作為日本的古都而聞名。

④ 彼女は有名な歌手だが、小説家としても活躍している。
かのじょ　ゆうめい　かしゅ　　　　しょうせつか　　　　かつやく
她雖是著名的歌手，但也以小說家的身分大展身手。

(2) ～としても

意味 **もし～場合でも**

するかどうか分からないことや今はしないこと、または事実と違うことについ
わ　　　　　　いま　　　　　　　　　　　じじつ　ちが
て、「もし～する場合でも…」という逆接的な仮定を表現する。
ばあい　　　　　　ぎゃくせつてき　かてい　ひょうげん

即使……也。針對「不知是否將要發生或未發生的事情，或者與事實不同的狀況」，表示
「如果做了……情況下」的逆接假設。

接続 **V・イA・ナA・N　普通形　＋　としても**

例

⑤ 雪が降るとしても、すぐ雨にかわってしまうだろう。
就算會下雪，也會馬上變成雨吧！

⑥ 急いでタクシーで帰ってきたとしても会議には間に合わなかった
だろう。就算急忙搭計程車回來，也趕不上開會的吧！

⑦ 私が大金持ちだとしても、こんなものは買わない。
就算我是個有錢人，我也不會買這種東西。

～にしたら・～にすれば・～にしても

意味 ～の立場で考えると・～の気持ちでは

その人の立場だったらどんな気持ちかを表現する。「～にしても」は、それ以
外の人も同じような気持ちだという意味が含まれる。

若是……的話；從……角度。表示「如果是某人的立場的話，會是什麼心情」。「～にし
ても」含有「除了那個人以外，其他人之心情也是相同」的意思。

接続 **N ＋ にしたら・にすれば・にしても**

例

① 親の期待は子供にしたら迷惑になることもある。
父母親的期待，若從小孩子來看，有時候會是種困擾。

② 消費者にすれば高くて使い方が複雑なものより安くて使いやすい
ものがいい。從消費者的立場來看，比起又貴操作又複雑的東西，倒不

如便宜又易操作的還比較好。

③ 給料が高いほうがいいのは、社長にしても同じだろう。
薪水高比較好，這點就社長來看也是相同的吧！

他 「〜にしても」は「もし〜場合でも」の意味で使うこともある。

 例 ❹ 引っ越すにしても、会社の近くがいい。
ひ こ　　　　　　　　かいしゃ　ちか

就算是搬家，也是靠公司近的好。

〜としたら・〜とすれば

 意味 もし〜の場合

実現するかどうか分からないことや事実と違うことについて、「もし〜を事実
じつげん　　　　　　　　　　　　　じじつ　ちが　　　　　　　　　　　　　　じじつ
だと考えた場合」という仮定を表す。
かんが　　ば あい　　　　　　　　か てい　あらわ

如果……的話。對於能否實現的事情，或與事實不符的事物，表示「想到如果 …… 是事實
的情況下」的這個假設。

 接続 V・イA・ナA・N　普通形　＋　としたら・とすれば

例 ❶ 行くかどうか分からないが、行くとすればバスで行く。
い　　　　　　　　わ　　　　　　　　い　　　　　　　　　　　い

我不確定是否要去，但假設要去的話，會搭公車去。

❷ 日本に留学しなかったとしたら、今頃父の会社で働いていただろ
に ほん　りゅうがく　　　　　　　　　　　　　いまごろちち　かいしゃ　はたら
う。

假設沒留學日本，那我現在應該在父親的公司上班了吧！

❸ 今日が人生最後の日だとしたら、何をしますか。
きょう　じんせいさいご　ひ　　　　　　　なに

假設今天就是人生的最後一天，你要做什麼呢？

整理！

(1) 人・立場　→　〜にしたら、〜にすれば、〜にとって

(2) もし〜場合（でも）　→　〜としたら、〜とすれば

(1) と (2) の意味　→　〜として（も）、〜にしても

確認テスト ||||||||||||||||||||||||||||||||||||||||||||||||||||||||||||||||

問題 1 **正しいものに〇をつけなさい。**

1 私は長い間、看護師 { a. としたら　b. として } 働いていました。

2 結婚する { a. にすれば　b. としても }、結婚式はしないつもりだ。

3 私 { a. にとって　b. としたら } 家族は宝物です。

4 このまま不景気が続く { a. としては　b. とすれば } 私達の会社も安心してはいられない。

5 友達 { a. としては　b. にとっては } 彼が好きだが、一緒に仕事をするのは大変だ。

6 宝くじが { a. あたり　b. あたった } としたら、世界旅行がしたい。

問題 2 **（　　　）に入る適当な言葉を□から選びなさい。同じ言葉は一度しか使えません。**

としては　　　　としても　　　　としたら

1 海外旅行へ行く（　　　　　　　）、来年のことだ。今年は忙しくて行けない。

2 父が病気になったとき、私は医者（　　　　　）何もできなかったが、家族みんなで過ごせたことは良かったと思っている。

3 生まれ変わる（　　　　）、何になりたいですか。

＊ 過ごす……度過

＊ 生まれ変わる…… 轉世重生

108

問題3　**どちらか適当なものを選びなさい。**

1 大学生にとっては＿＿＿＿＿＿＿＿＿＿＿＿。
だいがくせい
　a. 授業よりアルバイトのほうが大切だ
　　じゅぎょう　　　　　　　　　たいせつ
　b. 毎日アルバイトをしている人が多い
　　まいにち　　　　　　　　　　ひと　おお

2 卒業論文のテーマとして、＿＿＿＿＿＿＿＿＿＿＿＿。
そつぎょうろんぶん
　a. 北野武の映画を選んだ
　　きた の たけし　えい が　えら
　b. 映画を見るのが好きだ
　　えい が　み　　　　す

3 社長は一日でも多く私達を働かせたいようだが、社員にすれば
しゃちょう　いちにち　　おお　わたしたち　はたら　　　　　　　　　　　しゃいん
＿＿＿＿＿＿＿＿＿＿＿＿＿＿。
　a. 休みをとるつもりだ
　　やす
　b. 休みは多いほうが嬉しい
　　やす　おお　　　　　うれ

115ページで答えを確認！

（第3週5日目の解答）
問題1　**1** b　**2** a　**3** a　**4** b　**5** b
問題2　**1** b　**2** a　**3** c

～からいうと／～からすると／
～から見ると／～からして
<ruby>見<rt>み</rt></ruby>

17

「から」がつく言い方で、どこから見ているか、観点を示すもの

～からいうと・～からいえば・～からいって

意味 ～の点から考えると

ある<ruby>点<rt>てん</rt></ruby>やある<ruby>立場<rt>たちば</rt></ruby>からの<ruby>考<rt>かんが</rt></ruby>えや<ruby>判断<rt>はんだん</rt></ruby>を<ruby>言<rt>い</rt></ruby>う。<ruby>人<rt>ひと</rt></ruby>を<ruby>表<rt>あらわ</rt></ruby>す<ruby>名詞<rt>めいし</rt></ruby>にはつかない★。

由於……；基於……。表示從某個著眼點和立場來考慮、判斷事物。不能接續表示人物的名詞。

接続 N ＋ からいうと・からいえば・からいって

例

① <ruby>栄養士<rt>えいようし</rt></ruby>の<ruby>立場<rt>たちば</rt></ruby>からいうと、もっと<ruby>塩<rt>しお</rt></ruby>を<ruby>減<rt>へ</rt></ruby>らしたほうがいい。
若從營養師的立場來看，更少點鹽會比較好。

② <ruby>値段<rt>ねだん</rt></ruby>からいえばこれが<ruby>安<rt>やす</rt></ruby>くていいが、<ruby>長<rt>なが</rt></ruby>く<ruby>使<rt>つか</rt></ruby>うので<ruby>性能<rt>せいのう</rt></ruby>がいいものを<ruby>買<rt>か</rt></ruby>いたい。
若從價格來看，這個是既便宜又好，但由於要長期使用，所以我還是想買性能佳的。

③ <ruby>彼女<rt>かのじょ</rt></ruby>の<ruby>性格<rt>せいかく</rt></ruby>からいって、<ruby>遅刻<rt>ちこく</rt></ruby>はしないと<ruby>思<rt>おも</rt></ruby>う。
從她的個性來看，我想她不會遲到。

★こんな文はだめ！

✕ <ruby>栄養士<rt>えいようし</rt></ruby>からいうと、もっと<ruby>塩<rt>しお</rt></ruby>を<ruby>減<rt>へ</rt></ruby>らしたほうがいい。

～からすると・～からすれば

意 味 ～の点から考えると

ある立場から判断したことを言ったり（例1/2）、ある状況から推測したことを言ったり（例3/4）する表現。

從……來說。表示站在某個立場來判斷說明（例1/2），透過某種狀態進行推測說明（例3/4）。

接 続 N ＋ からすると・からすれば

① 親からすれば、子供には安定した仕事に就いてもらいたい。
就父母親看來，他們都想讓子女從事安定的工作。

② 研究者の立場からすると、この図書館は資料が多いので、なくなったら困る。
從研究者的立場看來，這家圖書館的資料很多，少了它會很傷腦筋。

③ 彼の表情からすると、試合に負けたようだ。
從他的表情看來，似乎是輸了比賽。

④ 彼女の語学力からすれば、海外生活は問題ないだろう。
從她的語言能力看來，在國外生活是沒啥問題的吧！

～から見ると・～から見れば・～から見て・～から見ても

意味 **～の点から考えると**

ある点やある立場からの考えや判断を言う。

從……來看。表示以某個著眼點和立場來考慮、判斷事物。

接続 **N ＋ から見ると・から見れば・から見て・から見ても**

例

❶ 新しいホームページは情報セキュリティの面から見ると問題がある。

新網頁就資訊保全這方面來看是有問題。

❷ 彼女は友達が少ないようだが、上司の私から見れば、まじめに仕事をするいい人だ。

她似乎朋友不多，但就身為上司的我來看，她是個認真工作的不錯的人。

❸ この車はデザインもいいし、環境の面から見てもすばらしい。

這輛車設計既好，就環保這方面來看也很棒。

❹ どこから見ても、これは偽物だ。

不管怎麼看，這都是假貨。

＊ 情報セキュリティ ……情報安全性

～からして

(1) 意味 ～の点から考えると

ある状況から推測したことを表現する。そのため人を表す名詞にはつかない。
（じょうきょう）（すいそく）（ひょうげん）（ひと）（あらわ）（めいし）

從……來看。表示透過某種狀態進行推測。因此，不能接續表現人物的名詞。

接続 **N ＋ からして**

1. 彼女の性格からして、知っていたら必ず教えてくれるだろう。
（かのじょ）（せいかく）（し）（かなら）（おし）
就她的個性看來，若是知道的話，一定會告訴我的。

2. 日本に 12 年も住んでいることからして、彼は日本語がかなりう
（にほん）（ねん）（す）（かれ）（にほんご）
まいはずだ。就住在日本長達 12 年來看，他的日文應該相當棒才對。

(2) 意味 第一の例の～でさえ

一つの例を挙げて、「この例だけから判断しても」「これでも（これさえ）そ
（ひと）（れい）（あ）（れい）（はんだん）
うなのだから、他も当然そうだ」と言いたいときの表現。
（ほか）（とうぜん）（い）（ひょうげん）

從……來看。表示透過某一個事例，表現「從舉的例子得出的判斷」、「根據所舉的例
子，由此推測出的結論」。

接続 **(1) と同じ**

3. 今年の新入社員は常識がない。挨拶からして、きちんとできな
（ことし）（しんにゅうしゃいん）（じょうしき）（あいさつ）
い。今年的新進員工缺乏常識。就打招呼來看，連這點都做不好。

4. あのレストランはとてもおいしくて有名だ。材料からして他の店
（ゆうめい）（ざいりょう）（ほか）（みせ）
と違う。那家餐廳相當好吃又有名。從食材來看，和其他店就不一樣。
（ちが）

＊ きちんと ……像樣的

確認テスト ||||||||||||||||||||||||||||||||||||||||||||||||||||||||||||||

問題1　正しいものに〇をつけなさい。

1 消費者の立場 { a. とすれば　b. からすると } 、1円でも安いほうがい
い。

2 自分 { a. としては　b. からしては } 正しいことを言ったつもりです。

3 この街はどうしても好きになれない。天気 { a. からいえば　b. からして
} 好きじゃない。

4 教師 { a. からいって　b. からすれば } 、一人でも多くの学生に合格して
ほしいものだ。

5 このスーツケースの { a. 重い　b. 重さ } からいって、機内持込は無理だ
ろう。

問題2　どちらか適当なものを選びなさい

1 この字からすると、＿＿＿＿＿＿＿＿＿＿＿。
a. 彼が書いたものではないだろう。
b. とてもきれいに書かれている。

2 大人から見ると、＿＿＿＿＿＿＿＿＿＿＿。
a. 子供達はゲームをしていた。
b. つまらないゲームだが、子供達は真剣だ。

3 スポーツジムやプールがあるので、施設の面からいうと、＿＿＿＿＿＿。
a. このホテルに泊まった。
b. このホテルのほうがいい。

4 あの態度からして、＿＿＿＿＿＿＿＿＿＿＿＿。
た い ど

a. 彼は優しくて頭がいいそうだ。
かれ やさ あたま

b. 彼は今日は仕事をする気がなさそうだ。
かれ きょう し ごと き

問題3 最も適当なものを選び、右と左を一つずつ結んで文を完成し
なさい。

1 親からして ・　　　・ a. 子供のけがは軽かったみたいだ
おや 　　　　　　　　　　　　　こ ども かる
ね。

2 親から見れば ・　　　・ b. きちんと挨拶できないんだから、
おや み 　　　　　　　　　　　　あいさつ
子供ができないのは当然だ。
こ ども とうぜん

3 親の様子からすると ・　　　・ c. 子供は何歳になっても心配なもの
おや ようす 　　　　　　　　こ ども なんさい しんぱい
なんだよ。

第
4
週

2
日
目

＊ きちんと ……像様的

- ┌─────────────────┐
121 ページで答えを確認！
└─────────────────┘

121 ページで答えを確認！

（第4週1日目の解答）
問題1 **1** b **2** b **3** a **4** b **5** a **6** b
問題2 **1** としても **2** としては **3** としたら
問題3 **1** a **2** a **3** b

115

～ことから／～というと／
～からといって／～といっても

🎧 18

> 後ろの3つは「～と言う」から出た言い方

～ことから

意味 〜ので

理由・根拠を表す。後文には「～が分かる」「～と言える」「～と呼ばれる」「～と考えられる」などが来ることが多い。

從……來看。表示理由、根據。後面經常接續「～が分かる」、「～と言える」、「～と呼ばれる」、「～と考えられる」等語句。

接続

| V・イA　普通形 |
| ナA・N　名詞修飾型 |

＋　ことから

＊但是N不以「Nの」接續，要以「Nである」接續。ナA則是「ナAな」及「ナAである」兩者皆可。

例

① 窓があいていたことから、犯人は窓から逃げたことが分かった。
就窗戶還開開的這點看來，我們知道犯人是從窗戶逃走的。

② このような本がよく売れることから、日本人は血液型占いが好きだと言えます。
從這類型的書賣得好這點看來，我們可以說日本人很喜歡血型占卜。

③ ここは、昔、六本の松の木があったことから、六本木と呼ばれるようになった。
基於這裡以前有六棵松樹，所以才被稱為六本木。

④ この辺りは星がきれいなことから、観光名所になった。
正因為這附近星星美麗，所以成為觀光勝地。

～というと・～といえば・～といったら

(1) ～というと・～といえば・～といったら

意味 **～と聞いて、思い出す（思い浮かぶ）のは**

話題に関する代表的なものや、その語から連想することなどを言うときに使う。

一提到……就聯想到……。用於提到「與話題相關的代表性事物、由此話題引起聯想」的時候使用。

接続 **V・イA・ナA・N　普通形 ＋ {というと・といえば・といったら}**

＊但是N不會接「だ」。

例

① 試験というと嫌だと思うかもしれませんが、３分ぐらいで終わります。一提到考試也許就覺得厭煩，但３分鐘就會考完了。

② 「歌舞伎を見るのが好きで、ときどき見に行きます。」
「歌舞伎を見るといえば、歌舞伎座は建て直すそうですね。」
「喜歡看歌舞伎，有時會去看。」
「提到看歌舞伎，聽說要重蓋歌舞伎劇場耶！」

③ 夏の食べ物といったら、すいかですよ。
提到夏天的食物，就聯想到西瓜啦！

(2) ～といったら

意味 **～は、すごくて**

驚いたことを強調するときに使う言い方。

說到……。表示強調驚訝時使用。

第 4 週

3 日目

117

接続 **N + といったら**

例

④ 高校生の携帯電話の普及率といったら、たぶん 100％近いでしょ
う。提到高中生的手機普及率，大概接近 100％吧！

⑤ 最近の彼女の忙しさといったら、トイレに行く時間もないぐらい
だ。提到最近的她有多忙，是甚至連上廁所的時間都沒有呀！

〜からといって・〜からって

意味 **〜だけの理由で**

「それだけの理由で…とは言えない」「それだけの理由では判断できない」こ
とを意味し、普通考えられることとは違うことを示す。後文には「〜とは限ら
ない」「〜わけではない」などの否定的表現が来る。「〜からって」は口語的
表現。

不能因為……就……。帶有「僅僅根據那種理由很難說……」、「就根據那種理由不能得
出判斷」的意思，用來表示不同於常理。後面經常和「〜とは限らない」、「〜わけではな
い」等表示否定的語句相接。「〜からって」多用於口語。

接続 **V・イA・ナA・N 普通形 + からといって・からって**

例

① 契約したからといって安心できない。早く全額受け取ったほうが
いい。

即使簽了約也不能大意。最好儘早全額領取。

② 日本人だからといって、正しい敬語が使えるわけではない。
即使是日本人，也並非能正確使用敬語。

③ 社員が親切だからって、それだけで就職先を決めちゃだめだよ。
即使員工親切，也不能光靠這點就決定要在哪上班啊！

～といっても

意味 ～が、実は

「～と聞いて想像することや期待することとは違って、実際は…」という意味。

即是說……也……。「聽到的、想到的和期待的結果不同，實際上是……」的意思。

接続 V・イA・ナA・N　普通形　＋　といっても

＊但是，有時ナA、N不一定會加「だ」接續。

例

1 先月引っ越しました。引っ越したといってもアパートの階がかわっただけですが。

上個月搬家了。雖說搬家了，也只不過是搬到不同樓層而已。

2 暑いといっても、ここは京都の夏よりは涼しい。

雖說很熱，這裡還是比京都的夏天來得涼。

3 安全な国だといっても、この国でも最近は犯罪が増えている。

雖說是個安全的國家，但這個國家最近的犯罪事件也層出不窮。

4 デザイナーといっても、私は洋服のデザイナーではなくてウェブデザイナーです。

雖說是設計師，我卻不是個服裝設計師，而是網頁設計師。

確認テスト ||||||||||||||||||||||||||||||||||||||||||||||||||||||||||

問題 1　**正しいものに〇をつけなさい。**

1 旅行 { a. というと　b. からといって } ハワイの海を思い出す。

2 寒い { a. といったら　b. といっても }、まだコートを着ないで出掛けられます。

3 店の前に行列ができている { a. からといって　b. ことから }、人気がある店だと分かる。

4 けがをした時の痛さ { a. といったら　b. からって }、説明できない。

5 大阪 { a. といえば　b. からといえば }、たこ焼きが有名ですよ。

問題 2　**次の文と同じ意味の「といったら」を使っている文を一つ選びなさい。**

◆ そのモデルの美しさといったら、ことばにできない。

　　a. 頭もいいし服のセンスもいいねといったら、彼は恥ずかしがっていた。

　　b. チョコレートといったら、ベルギーが有名ですよ。

　　c. このゲームの楽しいことといったら、食事も忘れてしまうぐらいだ。

　　d. 日本の観光地といったら、私は最初に京都が思い浮かぶ。

＊ 思い浮かぶ……想起

問題3 どちらか適当なものを選びなさい。

1 最近、年金に関するニュースが多いことから、＿＿＿＿＿＿＿＿＿＿。
- a. 両親は年金で生活している
- b. 日本では年金が大問題になっていることが分かる

2 朝ごはんを食べるのをやめたからといって、＿＿＿＿＿＿＿＿＿＿。
- a. 少しずつやせた
- b. やせるわけではない

3 兄はベトナム語が分かるといっても＿＿＿＿＿＿＿＿＿＿。
- a. 簡単な言葉だけです
- b. 先月ベトナムへ行きました

問題4 **正しい文に〇、間違っているものに×を書きなさい。**

1 （　　） 私は朝早く起きられなかったからといって、朝食を食べなかった。

2 （　　） 彼の声の美しさといっても、他の誰にも真似できない。

3 （　　） この川に魚がまた住み始めたことから、水がきれいになったことが分かります。

> 127ページで答えを確認！

127ページで答えを確認！

（第4週2日目の解答）
問題1　**1** b　**2** a　**3** b　**4** b　**5** b
問題2　**1** a　**2** b　**3** b　**4** b
問題3　**1** b　**2** c　**3** a

🎧19　　　　　　　　　　　　言動の元や基準、参考にするもの

～とおり（に）・～どおり（に）

意味　～と同じように

按……的樣子。

接続　　N　辞書形・た形
　　　　Nの　　　　　　　＋　とおり（に）
　　　　N　＋　どおり（に）

例

① みなさん、私のやるとおりにヨガのポーズをしてください。
　　わたし
　　各位，請跟著我做瑜伽的姿勢。

② そのモデルは雑誌で見たとおり、とてもきれいな人だった。
　　　　　　　ざっし　み　　　　　　　　　　　　　　ひと
　　那個模特兒就如同在雜誌上看到的一樣，是個相當漂亮的人。

③ 言わないで黙っているより、思ったとおりに言ったほうがいい
　　い　　　　　だま　　　　　　　　おも　　　　　　　　い
　　よ。
　　與其沉默不語，倒不如把心裡想的照實說出來比較好。

④ 講演は予定どおり行われた。
　　こうえん　よてい　おこな
　　演講如期舉行了。

～に沿って・～に沿い・～に沿う・～に沿った

第4週 4日目

意味 ～に合うように

川や道など長いもの、または方針、意向などを表す言葉につく。

按照……。經常與「河流、道路等長狀物，或是方針、意向」等語句相接。

接続 N ＋ に沿って・に沿い・に沿うN・に沿ったN

例

① 川に沿って歩いて散歩をした。
沿著河川散步。

② 患者の希望に沿って治療の方法を決めたいと思う。
我想配合病患的要求來決定治療方法。

③ 学校の教育理念に沿った授業が行われているだろうか。
有按照學校教育理念來上課嗎？

～に基づいて・～に基づき・～に基づく・～に基づいた

意味　～を基盤にして

考え方の基盤や根拠を示し、それから離れないようにやることを表す。

按照……。表示遵循事物的基準和標準。

接続　N　＋　に基づいて・に基づき・に基づくN・に基づいたN

例

① この女子大学はキリスト教の精神に基づいて教育が行われている。

這所女子大學乃基於基督教精神施行教育。

② 歴史的事実に基づき、この映画が作られた。
這部電影乃基於史實拍攝。

③ 年間目標に基づいた月間目標を決めなければならない。
必須得以年終目標為基礎來訂定每月目標。

～をもとに・～をもとにして

意味 **～を素材にして**

原型を示したり、材料やヒントにしたものを示す。後文には「作る・書く・開
発する」などの意味の言葉が来ることが多い。

以……為根據。表示「……的原型、材料、構想」。後面經常和「作る、書く、開発する」
等意思的語詞相接。

接続 **N ＋ をもとに・もとにして**

例

① この小説はギリシャ神話の悲劇をもとにして書かれた。
這本小說是以希臘神話的悲劇為藍本撰寫。

② 我が社はアメリカでの実績をもとに、ヨーロッパにも支店を作る
予定だ。
敝公司預定以在美國的實際成績為根據在歐洲展店。

③ 皆さんの意見をもとに、もっといいものに変えていこうと思いま
す。
我打算以各位的意見為基礎，讓它變得更好。

確認テスト ||||||||||||||||||||||||||||||||||||||||||||||||||||||||||||||||||

問題 1　**正しいものに○をつけなさい。**

1 ひらがなとカタカナは漢字 { a. に沿って　b. をもとに } 作られた。

2 道路 { a. どおりに　b. に沿って } 花が咲いている。

3 写真 { a. のとおり　b. をもとに }、きれいな景色だった。

4 ファーストフード店の店員はマニュアル { a. に沿って　b. にとおり } 客
に対応する。

5 彼の作文はテーマ { a. に沿い　b. に沿う } ものではなかった。

6 試合では監督の指示 { a. とおりに　b. どおりに } 動いた。

問題 2　**（　　　）に入る適当な言葉を□□から選びなさい。同じ言
葉は一度しか使えません。**

とおりに　　　　に沿って　　　　に基づいて

1 この小説は本当にあった話（　　　　　　　）書かれた。

2 ナイル川（　　　　　　　）エジプトを旅行した。

3 説明書に書いてある（　　　　　　　）使えば問題ありません。

1 今、流行しているこの歌は、ショパンの曲をもとにして＿＿＿＿＿＿＿。
　　a. 作られた
　　b. 人気がある

2 配られたレジュメに沿って、＿＿＿＿＿＿＿。
　　a. 会議が進められた
　　b. 分からないことがあった

3 国の法律に基づいて＿＿＿＿＿＿＿。
　　a. 裁判が行われる
　　b. 守らなければならない

第**4**週

4 日目

133 ページで答えを確認！

（第 4 週 3 日目の解答）
問題1　**1** a　**2** b　**3** b　**4** a　**5** a
問題2　**1** c
問題3　**1** b　**2** b　**3** a
問題4　**1** ×　**2** ×　**3** ○

🎧20

位置づけや目標に関係した表現

〜のもとで・〜のもとに

意味 〜の影響を受けて・〜の下で

ある環境や条件の影響を受けながら、何かをすることを表す。
かんきょう じょうけん えいきょう う なに あらわ

在……條件下；在……下。表示受到某種環境影響的情況下做某事。

接続 N ＋ のもとで・のもとに

例

① 田村先生の厳しい指導のもとで弟は柔道が上達した。
たむらせんせい きび しどう おとうと じゅうどう じょうたつ
在田村老師嚴格的教導底下，我弟弟柔道進步神速。

② 子供は太陽のもとで元気に遊んだほうがいい。
こども たいよう げんき あそ
小孩子最好在太陽底下活力十足地玩。

③ 人権は法のもとに守られている。
じんけん ほう まも
人權在法律底下受到保護。

128

～を中心に・～を中心として・～を中心にして
ちゅうしん　　　　　　　ちゅうしん　　　　　　　　ちゅうしん

意味 ～を主なものにして・～を真ん中にして

以……為主・以……為中心。

接続 N ＋ を中心に・を中心として・を中心にして

例

① 吉田先生はゲーテを中心にドイツ文学を研究している。
よしだ せんせい　　　　　　　　　　　　ちゅうしん　　　　　　ぶんがく　　けんきゅう

吉田老師以哥德為主研究德國文學。

② 地球は太陽を中心に回っている。
ち きゅう　　たいよう　　ちゅうしん　　まわ

地球以太陽為中心轉動。

③ 東京を中心として広い範囲で地震があった。
とうきょう　　ちゅうしん　　　　ひろ　はん い　　じしん

以東京為中心，周圍廣泛地區發生了地震。

④ 食事療法を中心にして病気を治した。
しょく じ りょうほう　　ちゅうしん　　　　　びょう き　　なお

以飲食療法為主，治好了病。

＊ ゲーテ …… 歌德

～を～として・～を～とする・～を～とした

意味 **～は～だ**

「AをBとして」で「AはBだ（と位置づける）」という意味を示す。

把……做為。用「AをBとして」表示「A是B（或處於這種位置）」的意思。

接続 **N ＋ を ＋ N ＋ として・とするN・としたN**

例

① 佐藤さんをリーダーとして新しいプロジェクトチームが作られた。

以佐藤先生為領導，創造出新的企劃團隊。

② 市民の情報交換を目的としたホームページを作った。

以市民資訊交換為目的製作網頁。

③ これは米を原料として作られた酒です。

這是以米為原料所釀的酒。

～ように

(1) **意味** **～とおり**

如……。

接続

$$\left\{ \begin{array}{l} \text{V 普通形} \\ \text{Nの} \end{array} \right\} + ように$$

例

① 最初に言ったように、今日ここで聞いたことを実行することが大切です。

如同一開始所講的，落實今天在這裡所聽到的事情是很重要的。

② 出張のスケジュールは次のように決まりました。
しゅっちょう　　　　　　　　つぎ　　　　　　　　　　き
出差的日程表決定如下。

(2) 意味 ～ことを目的に・～を期待してV

目的を表す。「～ように」の前は無意志動詞（人の意志に関わらない行為や人
もくてき　あらわ　　　　　　　　　　　　　まえ　む　い　し　どう　し　ひと　い　し　かか　　　　　　　こう　い　ひと
の意志でコントロールできないことを表す動詞、例3）、可能の意味を表す動詞
い　し　　　　　　　　　　　　　　　　　　　　あらわ　どう　し　　　　　　　か　のう　い　み　あらわ　どう　し
（例4）、ない形の動詞（例5）が来る★。
けい　　どう　し　　　　　く

為了……；以免……。表示目的。「～ように」的前面接續無意識動詞（例3）、經常和
可能動詞（例4）、否定動詞（例5）。（無意識動詞表示與人的意識無關的行為和不受
人的意識控制的事物，如例3。）

接続 V 辞書形・ない形・可能形 ＋ ように

例

③ 風邪が早く治るように、薬を飲みます。
か　ぜ　はや　なお　　　　　　　　くすり　の
吃藥好讓感冒趕快好。

④ 速いボールが投げられるように毎日練習している。
はや　　　　　　　　　な　　　　　　　　　　　まいにちれんしゅう
每天練習好能投出快速球。

⑤ 忘れないように手帳に書いておいてください。
わす　　　　　　　て ちょう　か
請先寫在記事本裡以免忘記。

★こんな文はだめ！

✕ 明日の朝、早く出掛けるように今晩準備しておこう。
あした　あさ　はや　で　か　　　　　　　　　こんばんじゅんび

131

確認テスト ||||||||||||||||||||||||||||||||||||||||||||||||||||||||||||||||||||||||||||||

問題 1　　**正しいものに〇をつけなさい。**

1　昨日話した {a. のもとに　b. ように }、今日は午後から会議をします。

2　このゲームは高校生 {a. のもとに　b. を中心に }、若い人に売れている。

3　私は祖父母 {a. として　b. のもとで } 育ちました。

4　A大学合格を目標 {a. として　b. のように } 一生懸命勉強した。

5　この化粧品は石油を原料 {a. とした　b. として } ものだ。

6　もっと長く {a. 泳ぐ　b. 泳げる } ように、練習している。

問題 2　　**（　　　）に入る適当な言葉を□から選びなさい。同じ言葉は一度しか使えません。**

として　　　　　のもとに　　　　ように

1　田村さんを監督（　　　　　　　）野球チームが作られた。

2　必ず返すという約束（　　　　　　　）、両親に留学費用を借りた。

3　遅れない（　　　　　）早く家を出た。

どちらか適当なものを選びなさい。

1 このサッカーチームはリーダーを中心として＿＿＿＿＿＿＿＿。
　　ちゅうしん
　　a. よく団結している
　　　　だんけつ
　　b. ほかのスポーツチームもある

2 後ろに座っている人にも聞こえるように＿＿＿＿＿＿＿＿。
　　うし　　すわ　　　　ひと　き
　　a. うるさかった
　　b. 大きい声で話した
　　　　おお　こえ　はな

3 彼は山本教授の指導のもとに＿＿＿＿＿＿＿＿。
　　かれ　やまもときょうじゅ　しどう
　　a. 尊敬していた
　　　　そんけい
　　b. 研究を続けた
　　　　けんきゅう　つづ

第4週
5日目

139 ページで答えを確認！

（第4週4日目の解答）
問題1　　**1** b　**2** b　**3** a　**4** a　**5** b　**6** b
問題2　　**1** に基づいて　**2** に沿って　**3** とおりに
問題3　　**1** a　**2** a　**3** a

～次第で ／ ～によって ／ ～によると

🎧21

> 「次第」「による」「によって」が使えるようになろう

～次第で・～次第では・～次第だ

意味 ～に対応して変わる・～によって決まる

「～」に対応して、何かが決まったり結果が変わったりすることを表す。

根據……；要看……而定。表示「為了因應～，而決定什麼事情或者結果發生了變化」。

接続 **N ＋ 次第で【は】・次第だ**

例

1. その日の天気次第で試合をするかどうかが決まります。
   端看當天的天氣來決定是否舉辦比賽。

2. 検査の結果次第では、入院するかもしれません。
   視檢查結果而定，搞不好要住院。

3. 合格するかどうかは、あなたの努力次第です。
   是否會及格，端看你的努力。

➡️ ～次第［第1週4日目］p.34
　～次第だ［第2週2日目］p.55

～によって・～により・～による・～によっては

(1) ～によって・～により・～による

意味 ～に応じてそれぞれ変わる

「～」に対応して、異なる物事を表す。後ろには「違う・変わる・いろいろだ」という意味の内容の文が来る。

由於……的不同而……不同。表示因應「～」，而出現不同的事物。後面接續含有「違う、変わる、いろいろだ」等內容的語句。

接続 N ＋ によって・により・によるN

例

① ここから見える景色は季節によって変化する。
從這裡看得到的風景依季節而有所不同。

② その日の気分によって、朝食は食べたり食べなかったりする。
根據當天的心情，有時吃早餐，有時則不吃。

③ 人により考え方は異なるものだ。想法總是因人而異。

(2) ～によっては

意味 **ある～の場合には**

いくつかの状況が考えられることについて、「ある状況・ある場合では…のこともある」と言いたいときに使う表現。

根據……。表示在多種情況下，用於說明「在某種情況、某種場合下……也有可能會……」時使用。

接続 N ＋ によっては

例

④ 仕事が終わる時間によっては、パーティーに間に合わないかもしれない。根據工作結束的時間，搞不好來不及趕上派對。

⑤ 敬語は言い方によっては相手が嫌な気持ちになることもある。
敬語依照說法不同，有時也會引起對方的不悅。

⑥ 父の体調が悪いので、場合によっては病院へ連れて行くつもりです。由於父親身體不舒服，所以打算看情形帶他去醫院。

第5週 1日目

＊気分……心情　　＊異なる……不同

135

(3) ～によって・～により・～による

意味 ～で

原因や手段・方法などを示す。少し硬い言い方。
<ruby>原因<rt>げんいん</rt></ruby> <ruby>手段<rt>しゅだん</rt></ruby> <ruby>方法<rt>ほうほう</rt></ruby> <ruby>示<rt>しめ</rt></ruby> <ruby>少<rt>すこ</rt></ruby> <ruby>硬<rt>かた</rt></ruby> <ruby>言<rt>い</rt></ruby> <ruby>方<rt>かた</rt></ruby>

通過……。表示原因和手段、方法等。口氣比較生硬。

接続 (1) と同じ

例

7 パソコンの普及によって、生活が便利になった。
<ruby>普及<rt>ふきゅう</rt></ruby> <ruby>生活<rt>せいかつ</rt></ruby> <ruby>便利<rt>べんり</rt></ruby>
隨著電腦普及，生活也變得方便。

8 話し合いにより、解決した。
<ruby>話<rt>はな</rt></ruby> <ruby>合<rt>あ</rt></ruby> <ruby>解決<rt>かいけつ</rt></ruby>
透過討論解決了。

9 山火事による死者はとうとう 100 人になった。
<ruby>山火事<rt>やまかじ</rt></ruby> <ruby>死者<rt>ししゃ</rt></ruby> <ruby>人<rt>にん</rt></ruby>
導因於火燒山的死者總計達百人。

(4) ～によって・～により・～による

意味 ～に

受身文の動作をする人・ものを表す。
<ruby>受身文<rt>うけみぶん</rt></ruby> <ruby>動作<rt>どうさ</rt></ruby> <ruby>人<rt>ひと</rt></ruby> <ruby>表<rt>あらわ</rt></ruby>

由……。表示被動句中動作的人物、事物。

接続 (1) と同じ

例

10 アメリカ大陸はコロンブスによって発見された。
<ruby>大陸<rt>たいりく</rt></ruby> <ruby>発見<rt>はっけん</rt></ruby>
美洲大陸由哥倫布所發現。

11 この交流会はボランティアグループにより運営されている。
<ruby>交流会<rt>こうりゅうかい</rt></ruby> <ruby>運営<rt>うんえい</rt></ruby>
這個交流會由義工團體營運。

～によると・～によれば

意味 **～の話では**

伝聞の内容をどこから聞いたかという情報源を示す。後ろには「～そうだ・らしい・ということだ」などが使われることが多い。

根據……。表示消息的來源。後面經常接續「～そうだ、らしい、ということだ」等等。

接続 **N ＋ によると・によれば**

1. 天気予報によると、明日は大雨になるらしい。
   根據天氣預報，明天似乎會下大雨。

2. 彼女の話によれば、吉田さんは来月結婚するそうだ。
   據她所說，聽說吉田先生下個月要結婚了。

3. 資料によれば、あと50年で世界の石油がなくなるということだ。
   據資料顯示，再過50年，全世界的石油將悉數消失。

確認テスト ||||||||||||||||||||||||||||||||||||||||||||||||||||||||||||||||||||

問題 1 最も適当なものを選び、右と左を一つずつ結んで文を完成し
なさい。

1 実験によって ・ ・ a. 進級できないこともある。
  じっけん   しんきゅう

2 試験の成績によって ・ ・ b. クラスが決まる。
  し けん せいせき

3 試験の結果によっては、 ・ ・ c. 車の安全性を確認している。
  し けん けっか   くるま あんぜんせい かくにん

問題 2 次の文と同じ意味の「次第」を使っている文を二つ選びなさ
い。

◆ サービス次第で、この店で注文するかどうかを決めます。
  し だい   みせ ちゅうもん

a. うまくできるかどうかは、あなたのやる気次第ですよ。
  し だい

b. お礼を申し上げたくて、お手紙を書いた次第です。
  れい もう あ   て がみ か し だい

c. 荷物が到着次第、出発できます。
  に もつ とうちゃく し だい しゅっぱつ

d. 結婚の相手次第で自分の人生がかわってしまうかもしれない。
  けっこん あいて し だい じ ぶん じんせい

e. 連絡先が分かり次第、お知らせします。
  れんらくさき わ   し だい し

138

（　　　　）に入る適当な言葉を□から選びなさい。同じ言葉は一度しか使えません。

次第で	によって	による	によると

1 テレビのニュース（　　　　）、5分ぐらい前に地震があったようだ。
2 手帳は使い方（　　　　）役に立ったり役に立たなかったりする。
3 「ロミオとジュリエット」はシェークスピア（　　　　）書かれた。
4 不景気（　　　　）解雇が増えている。

問題 4　　**どちらか適当なものを選びなさい。**

1 _____値段次第だ。

　a. この商品は
　b. 買うかどうかは

2 同じ材料でも、料理する人によって_____。
　a. 味がかわる
　b. お客さんに食べられた

3 データによれば_____。

　a. 留学生の数が決まる
　b. 今年も留学生の数は増えている

第 5 週　1 日目

145ページで答えを確認！

145ページで答えを確認！

（第4週5日目の解答）
問題1　1 b　2 b　3 b　4 a　5 a　6 b
問題2　1 として　2 のもとに　3 ように
問題3　1 a　2 b　3 b

第5週
2日目

〜かぎり（は）／〜に限って／
〜上（は）／〜にかけては

🎧22

今日の学習は、限定して何かを示す語

〜かぎり（は）・〜かぎりでは・〜ないかぎり

意味　〜の間は・〜の範囲では

「〜かぎり」は「その状態が続いている間やある範囲内ならば…だ」という限定を表す。「〜ないかぎり」はその状態にならない場合を述べる文で、「〜なければ」の意味になり、後文には否定的表現や困難を表す文が来ることが多い。

只要……就；只限於……。「〜かぎり」表示限度，指在「某種持續的狀態下，某些可能的範圍內」。「〜ないかぎり」說明「不是某種狀況」，是「〜なければ」的意思，後面接續表現否定和困難的語句。

接続
V　辞書形・た形・ている形・ない形
イAい
ナAな
Nの（である）
＋　かぎり

例

① 「都会に住んでいるかぎり、きれいな星は見られない」と言われた。大家都說「只要住在都市裡，就看不到漂亮的星星」。

② 体が丈夫なかぎり働きたい。只要身體好，就還想工作。

③ 彼が総理大臣であるかぎり、この国はよくならないと私は思う。
只要他還是首相，我想這個國家就不會進步。

④ 私が聞いたかぎりでは、マリアさんには弟が一人いるはずだ。
就我所聽說，瑪利亞小姐應該有一個弟弟。

⑤ 仕事をやめないかぎり、のんびりした生活はできない。
只要不辭掉工作，就沒辦法過悠閒的生活。

＊ のんびりした……悠閒

～に限って・～に限り・～に限らず

(1) ～に限り・～に限って・～に限らず

意味 ～だけ

その場合だけという限定を表す。否定の意味の「ず」がつく「～に限らず…」
は、「～だけではなく…も」の意味になる。

僅限……。表示只限於某種場合。「～に限らず…」是「不僅僅是……還……」的意思。

接続 N ＋ に限り・に限って・に限らず

例

① お一人様ひとつに限り、100 円で買えます。
一位客人限定能以 100 日圓購買一個。

② 当店では、本日に限って割り引きセールをしています。
本店今日限定大特價。

③ サッカーに限らず、スポーツなら何でも好きです。
不限足球，只要是運動，我什麼都喜歡。

(2) ～に限って

意味 ～だけは

「他のことや他の人はそうではないが、この場合だけは…」「～の場合は特
に…」という意味。よくない状況や起こってほしくないことについて言う。

偏偏……是。「不管是其他的人還是其他的事情，只有在這種場合下……」或「……的場
合下更加……」的意思。多用於表示不希望發生不好的情況。

接続 N ＋ に限って

例

④ うちの子に限って、泥棒なんてするはずがない。
特別是我們家那個孩子，才不可能當小偷。

第5週 2日目

141

⑤ 急いでいるときに限って、バスが来ない。
いそ　　　　　　　　　　　　　かぎ　　　　　　　　　　　　　こ

巴士偏偏在趕時間的時候就是不來。

⑥ あの人に限って、うそをつくなんてあり得ない。
ひと　　かぎ　　　　　　　　　　　　　　　　　え

那個人才不可能說什麼謊。

✏➡ あり得ない　→　［第9週2日目］p. 260

～上（は）・～上も
じょう　　　　　　　じょう

意味 ～の面では

「教育上・健康上・経験上・立場上・職業上・法律上・事実上」など、「～
きょういくじょう　けんこうじょう　けいけんじょう　たちばじょう　しょくぎょうじょう　ほうりつじょう　じじつじょう

上」の前は漢語の名詞が使われることが多い。他には「見かけ上・手続き上」
じょう　　まえ　かんご　めいし　つか　　　　　　　　　おお　　ほか　　　　　み　　　じょう　てつづ　じょう

など。

在……方面。用在「教育上、健康上、経験上、立場上、職業上、法律上、事実上」等，
「～上」的前面經常使用漢字名詞。還有「見かけ上、手続き上」等。

接続 N ＋ 上（は）・上も

例

① このテレビドラマは教育上よくない。
きょういくじょう

這齣電視劇在教育上並不好。

② あの二人は結婚はしていないが、事実上夫婦のようなものだ。
ふたり　けっこん　　　　　　　　　じじつじょうふうふ

那兩個人雖還沒結婚，但事實上已像夫婦一般。

③ 高橋さんと佐藤さんは表面上は仲良くしているが、本当は仲が悪
たかはし　　さとう　　　　ひょうめんじょう　なか　よ　　　　　　ほんとう　なか　わる

い。高橋先生和佐藤先生表面上雖感情不錯，但事實上水火不容。

✏➡ ～の上で［第2週1日目］p. 48

　　～上は［第7週4日目］p. 213

　　～うえ・～うえに［第9週4日目］p. 273

～にかけては・～にかけても

意味 ～については

限定されたある分野について、他より能力があることや優れていることを言うときの表現。後ろの文はプラス評価の内容になる★。

在……方面。表示在限定的範疇，比其他方面更有能力和更出色。後面接續用於正面的評價的內容。

接続 N ＋ にかけては・にかけても

例

① 踊りの表現力にかけては、彼女の右に出る者はいない。
她在舞蹈表達能力這方面，無人能出其右。

② 彼は走ることにかけては、いつもクラスで一番だった。
他在跑步這方面，總是班上第一名。

③ 我が社は販売力も高いが、新商品の開発力にかけてもどの会社にも負けない。
敝公司販售能力高，在新商品開發能力這方面也不會輸給任何一家公司。

★こんな文はだめ！

✗ 子供の時から、泳ぐことにかけては不得意だった。

確認テスト ||||||||||||||||||||||||||||||||||||||||||||||||||||||

問題 1　**正しいものに〇をつけなさい。**

1 彼のしたことは法律 { a. 上は　b. にかけても } 何の問題もない。

2 手伝ってほしいとき { a. かぎりに　b. に限って } 誰もいない。

3 このスーパーは新鮮さ { a. かぎりでは　b. にかけては } 信頼できる。

4 彼が { a. 社長　b. 社長である } かぎり、会社が倒産することはないだろう。

問題 2　**（　　）に入る適当な言葉を▢から選びなさい。同じ言葉は一度しか使えません。**

かぎりでは　　上　　に限って　　に限らず　　にかけては

1 私が見た（　　　　　　）、誰も通らなかった。

2 彼は英語（　　　　　　）、西ヨーロッパの言語ならほとんど話せる。

3 経験（　　　　　）、この天気で山を登るのは危険だ。

4 化粧していないとき（　　　　　）写真を撮られた。

5 パソコンを打つ速さ（　　　　　）、誰にも負けません。

どちらか適当なものを選びなさい。

1 この問題はみんなできちんと話し合わないかぎり＿＿＿＿＿＿＿＿。

   a. 解決できた

   b. 解決しない

2 彼は仕事のできるタイプだが、思いやりや優しさにかけても、

＿＿＿＿＿＿＿＿＿＿。

   a. 問題がある

   b. すばらしい人だ

3 傘を持っていないときに限って＿＿＿＿＿＿＿＿。

   a. 雨が降るから嫌になる

   b. 雨が降らなくてよかった

151 ページで答えを確認！

（第5週1日目の解答）

問題1　　**1** c　**2** b　**3** a

問題2　　a・d

問第3　　**1** によると　**2** 次第で　**3** によって　**4** による

問題4　　**1** b　**2** a　**3** b

～わりに（は）／～にしては／
～くせに／～向きだ／～向けだ

> 基準になるものがあって、その基準に照らし
> 合わせて評価かしたり判断したりする表現

◀23）

～わりに（は）

意味 ～なのに、それにふさわしくなく

「わりに」の前で述べられることから通常予想されることと違うことや程度に合わないことを表す。

雖然……但是。表示在「わりに」前面敘述的事情和預想的結果不同及程度不符。

接続
$$\left\{ \begin{array}{ll} V・イA & 普通形 \\ ナA・N & 名詞修飾型 \end{array} \right\} + わりに（は）$$

例

① 妹はたくさん食べるわりに太らない。
妹妹明明吃很多卻不會胖。

② あまり練習しなかったわりにはうまく演奏できた。
明明沒怎麼練習卻演奏得很精彩。

③ 社長は年齢のわりに若く見える。
社長明明有點年紀，看起來卻很年輕。

～にしては

意 味 **～にふさわしくなく**

「にしては」の前で述べられることから予想されることとは違うことを表す。
「～にしては」の前は事実も、また事実かどうか確かでないことも言える。

雖然⋯⋯。表示在「～にしては」前面敘述的事情，和預想不同。「～にしては」的前面，
事實、還無法確定為事實的，都可以提及。

接 続 **V・イA・ナA・N　普通形　＋　にしては**

＊但是ナA・A不以「だ」接續。

例

① 彼は10年もブラジルにいたにしてはポルトガル語が話せない。
他明明在巴西待了10年，卻不會講葡萄牙語。

② 一日に3回も会うなんて、偶然にしてはおかしい。
竟然一天遇到3次，說是偶然也太牽強。

③ 今日は2月にしては暖かい。
今天就2月來說相當溫暖。

～くせに

意味 ～のに

人に対する非難、軽蔑、不満を表す。
ひと たい ひ なん けいべつ ふ まん あらわ

卻……。表示對人責怪，輕視、不滿。

接続
$$\left.\begin{array}{l} \textbf{V・イA　普通形} \\ \textbf{ナA・N　名詞修飾型} \end{array}\right\} + \textbf{くせに}$$

① 昼ごはんをたくさん食べたくせに、もうお腹がすいてしまった。
ひる た なか
午餐明明吃很多，卻已經餓了。

② 弟は体が大きいくせに力が全然ない。
おとうと からだ おお ちから ぜんぜん
弟弟明明身材魁梧，卻手無縛雞之力。

③ あの子は小学生のくせに毎月 3 万円も小遣いをもらっている。
こ しょうがくせい まいつき まんえん こ づか
那個孩子明明還是個小學生，卻每個月拿 3 萬日圓的零用錢。

～向きだ・～向きに・～向きの

意味 **～に合う・～に適している**

何かを使用したり利用したりするのにちょうどいい人や目的を言う。

適合……。表示「使用、利用……時，適合的人選和目的」。

接続 **N ＋ 向きだ・向きに・向きのN**

例

① この雑誌は仕事に関する話題が多く、ビジネスマン向きだ。
這本雜誌有很多和工作相關的話題，很適合商務人士。

② ホームステイを受け入れることにしたので、部屋を若い人向きに
変えた。
由於決定要負責接待寄住，所以把房間改得比較適合年輕人。

③ 彼は映画より舞台向きの俳優だと思う。
比起演電影，我認為他是更適合演舞台劇的演員。

＊ 受け入れる……接受

第5週
3日目

149

～向けだ・～向けに・～向けの

意味 ～のための・～に適するように作られた

何かや誰かに適するように意図して作ったものを示す。

面向……；適合於……。表示為因應某事和某人而特意製作。

接続 N ＋ 向けだ・向けに・向けのN

例

① ここに書いてある金融商品は全部、個人向けです。
寫在這裡的金融商品全部適合個人用戶。

② これは絵本ですが、大人向けに書かれたものです。
這雖然是本繪本，但寫得很適合大人看。

③ このメールマガジンは教育関係の仕事をしている人向けのものだ。
這份電子報很適合從事教育等相關工作的人閱讀。

確認テスト |||||||||||||||||||||||||||||||||||||||||||||||||||||||||||||||||||||||||||||||

問題 1　　正しいものに〇をつけなさい。

1　小学生 { a. くせに　b. にしては } 漢字をよく知っている。
　しょうがくせい　　　　　　　　　　かんじ　　　し

2　お年寄り { a. 向けの　b. わりの } マンションが増えている。
　としよ　　　む　　　　　　　　　　　　　　　　ふ

3　何も知らない { a. くせに　b. わりに }、知っているようなことを言う
　なに　し　　　　　　　　　　　　　し　　　　　　　　　　　　　　　　　い
　な。

4　このケーキは、初めて { a. 作って　b. 作った } にしては、おいしくでき
　　　　　　　　はじ　　　つく　　　　　　つく
　た。

問題 2　　（　　　　）に入る適当な言葉を□から選びなさい。同じ言
葉は一度しか使えません。

くせに	にしては	向き	向け

1　私達は子供（　　　　　　　）に新しいサイトを開設した。
　わたしたち　こども　　　　　　　　　あたら　　　　　　　かいせつ

2　父は飛行機に乗るのが怖い（　　　　　　　）、海外旅行をしてみたいなん
　ちち　ひこうき　の　　　こわ　　　　　　　　　かいがいりょこう
　て言っている。
　　い

3　彼女はモデル（　　　　　　）自分の服に気を使わない。
　かのじょ　　　　　　　　　　じぶん　ふく　き　つか

4　彼の性格は営業（　　　　　）だろう。
　かれ　せいかく　えいぎょう

第5週

3日目

....　157 ページで答えを確認！

（第5週2日目の解答）
問題1　1　a　2　b　3　b　4　b
問題2　1　かぎりでは　2　に限らず　3　上　4　に限って
　　　　5　にかけては
問題3　1　b　2　b　3　a

151

～ほど／～ほどの／ ～くらい／～ほど…はない

🎧24

今日は「ほど」と「くらい・ぐらい」を勉強しよう

～ほど

意味 ～すれば、もっともっと…

一方の程度が変われば、もう一方の程度も比例して変わることを表す。第3週
1日目「～ば～ほど」の「～ば」「～なら」が省略された言い方。

越……越……。表示一方的程度發生變化，另一方的程度也等比發生變化。「第3周1日
目」的「～ば～ほど」句型裡省略「～ば」、「～なら」的說法。

接続
$$\left.\begin{array}{l} \text{V 辞書形} \\ \text{イA い} \\ \text{ナA な} \\ \text{N} \end{array}\right\} + \text{ほど}$$

例

① 楽器は練習するほど上手になる。
樂器是越練習越進步。

② ワインは古いほど値段が高くなる。
葡萄酒是年代越久越昂貴。

③ 優秀な学生ほど就職がなかなか決まらない。
越是優秀的學生，就越難決定就職的公司。

➠ ～ば～ほど［第3週1日目］p. 77

～ほど・～ほどの・～ほどだ

意味 ～と同程度

ある状態がどの程度なのかを「～ほど」の前で言う。

像……那樣。在「～ほど」的前面，說明某種狀態的程度。

接続

$$\left.\begin{array}{l} \text{V　普通形} \\ \text{イAい} \\ \text{ナAな} \\ \text{N} \end{array}\right\} + \text{ほど・ほどのN・ほどだ}$$

例

① 地震が起こって、窓が割れるかと思うほど家が揺れた。
發生了地震，天搖地動到以為窗戶會破掉。

② この映画の主人公の悲しみは痛いほど分かる。
相當能夠體會這部電影主角的悲痛。

③ 彼は全国大会へ行くほどの実力を持っている。
他擁有能前進全國大賽的實力。

④ 家の揺れは、窓が割れるかと思うほどだった。
整個家搖晃到以為窗戶會破掉的程度。

～くらい・～ぐらい・くらいだ・ぐらいだ

(1) 意味 ～と同程度

ある状態がどの程度なのかを「～くらい・ぐらい」の前で言う。「～ほど・ほどの・ほどだ」と同じ意味。

像……。在「～くらい・ぐらい」的前面，說明某種狀態的程度。與「～ほど・ほどの・ほど だ」意思相同。

接続

$$\left.\begin{array}{l} \text{V　普通形} \\ \text{イAい} \\ \text{ナAな} \\ \text{N} \end{array}\right\} + \text{くらい・ぐらい}$$

例

❶ 涙が凍るぐらい寒い。
眼淚會結冰般那麼冷。

❷ 疲れて、もう一歩も歩けないくらいだ。
累到連一步都沒辦法走。

❸ あの人ぐらい英語が話せたら、旅行が楽しくなるだろう。
英文說得像那個人一樣的話，旅行會更有趣吧！

(2) 意味 ～のような軽い程度のものは～

重要ではない、たいしたことではないと感じていることを表す。軽視の意味に なる。「～ほど」にはない使い方。

也……。表示覺得無關緊要、沒什麼了不起。具有輕視的意思。「～ほど」中沒有的用 法。

154

接続 〔V / N 普通形〕 ＋ くらい・ぐらい

例

④ 一度会ったぐらいで、友達とは言えない。
就只是見過一次面，算不上是朋友。

⑤ ひらがなぐらい分かります。
平假名這種，我倒還會。

～ほど…はない・～くらい…はない

意味 ～が一番…だ

「一番・最も…だ」と思ったことを強調して言う。「…はない」の前は名詞。
人の場合は「～ほど／くらい…はいない」になる。

沒有比……更。用來強調「第一、最……」的看法。「…はない」前面是名詞。說明人物
的時候用「～ほど／くらい…はいない」。

接続 〔V 辞書形 / N〕 ＋ ほど ＋ N ＋ はない

例

① 休みの日に DVD を見るほど楽しい時間はない。
沒有比在假日看 DVD 更歡樂的時光了。

② 仕事のあとに飲むビールほどおいしいものはない。
下了班後來上一杯啤酒最讚了。

③ 彼女くらい歌がうまい人はいない。
沒有人比她更會唱歌。

確認テスト ||||||||||||||||||||||||||||||||||||||||||||||||||||||||||||||||

問題 1　正しいものに〇をつけなさい。

1 若い人 { a. ぐらい　b. ほど } 病院へ行きたがらない。

2 忙しくても、メールを打つ { a. ぐらい　b. ほど } できたはずだ。

3 スーツケースに入らない { a. ほどで　b. ほどの } お土産を買ってきた。

4 ここでたばこを吸ってはいけないと、{ a. うるさい　b. うるさくて } く
らい何度も注意した。

問題 2　（　　　）に入る適当な言葉を□から選びなさい。同じ言葉は一度しか使えません。

| 浴びる | 忙しい | 気の毒な | 生活費 | 山 |

1 やらなければならない仕事が＿＿＿＿＿＿ほどある。

2 ＿＿＿＿＿＿ほど酒を飲んだ。

3 ＿＿＿＿＿＿ほど仕事の時間が終わるのが早く感じる。

4 彼は＿＿＿＿＿＿くらい緊張していた。

5 自分の＿＿＿＿＿＿ぐらい自分で稼ぎたい。

＊ 稼ぐ……賺錢

問題3　どちらか適当なものを選びなさい。

1 天井に頭がぶつかるぐらい＿＿＿＿＿＿＿＿＿。
てんじょう　　あたま

　　a. 背が高い
　　　せ　たか

　　b. けがをした

2 映画が分かるくらい＿＿＿＿＿＿＿＿＿。
えいが　　わ

　　a. 英語が使えない
　　　えいご　　つか

　　b. 英語が使えるようになりたい
　　　えいご　　つか

3 彼女ほどきれいな人に＿＿＿＿＿＿＿＿＿。
かのじょ　　　　　ひと

　　a. 驚いた
　　　おどろ

　　b. 会ったことはない
　　　あ

163 ページで答えを確認！

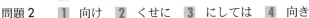

（第5週3日目の解答）

問題1　**1** b　**2** a　**3** a　**4** b

問題2　**1** 向け　**2** くせに　**3** にしては　**4** 向き

～こそ／～さえ／
～さえ…ば／～ないことには

🎧25　　　　　　　　　　　　　強調表現と必要条件の表現

～こそ・～からこそ

意味　本当に～から

「～こそ」は強調、「～からこそ」は理由を強調する表現。
きょうちょう　　　　　　　　　　　りゆう　きょうちょう　ひょうげん

才是；正是。「～こそ」是強調，「～からこそ」是強調理由。

接続　**N　＋　こそ**

V・イA・ナA・N　普通形　＋　からこそ

例

① 「いつもお世話になっております。」
　　　　　　せ わ
　「いいえ、こちらこそお世話になっております。」
　　　　　　　　　　　せ わ
　「總是承蒙您的照顧。」
　「哪兒的話，我才是承蒙您的照顧。」

② 今度こそ合格するつもりだ。
　こん ど　　ごうかく
　這次絕對要考上。

③ 困ったときこそ助け合うのが本当の友達だ。
　こま　　　　　たす あ　　　　　ほんとう　ともだち
　有困難時要互相幫助，才是真正的朋友。

④ 将来のことを考えるからこそ、今、留学したい。
　しょうらい　　　　かんが　　　　　　いま　りゅうがく
　正因為考慮到將來，所以我想留學。

⑤ 自分の子供がかわいいからこそ叱るんだ。
　じ ぶん　こ ども　　　　　　　　　しか
　就是因為自己的小孩可愛才要罵。

⑥ 暑い国だからこそ、辛いものが食べたくなる。
　あつ くに　　　　　　から　　　　　た
　就因為是個炎熱的國家，所以變得很想吃辣。

～さえ・～でさえ

意味 **～も・～でも**

極端な例を出して、「だから他ももちろんそうだ」と言いたいときに使う表現。
_{きょくたん} _{れい} _だ _{ほか} _い _{つか} _{ひょう}
_{げん}

甚至……連。舉出極端的事例，用於說明「……因此其他的事當然也就……」。

接続 **N ＋ さえ・でさえ**

例

① 昨日は酔っ払って、自分の名前さえ言えなかった。
_{きのう} _よ _{ばら} _{じぶん} _{なまえ} _い
昨天狂醉，連自己的名字都不會講。

② 母が病気になった時は水を飲むことさえできなかった。
_{はは} _{びょうき} _{とき} _{みず} _の
媽媽生病時，連水都沒辦法喝。

③ そんなことは子供でさえ知っている。
_{こども} _し
那種事連小孩都知道。

～さえ…ば

意 味 **～だけすれば（あれば）**

「後文のことが成立するためにそれだけ必要だ、他は必要ない」ことを示す。
つまり、「AさえBばC」で、「AだけBならば、Cが成立する」、「AだけBなのは、Cのための必要な条件」。

只要……就。表示「要得出後文的結果就必須這樣，其他不需要」。也就是「AさえBばC」表示「A只要有B就能得出C」、「A與B是為了C的必要的條件」。

接 続

V　ます形　＋　さえすれば

イAく
ナAで　　　＋　さえあれば・さえなければ
N（＋で）

N　＋　さえ　＋

V　ば形
イAければ
ナAなら・Nなら

例

1. この書類を片付けさえすれば、帰れる。
   只要整理這份資料就能回家了。

2. 体が丈夫でさえあれば、ヨットレースに出たい。
   只要身體健康，我想參加帆船競賽。

3. 植物は太陽と水さえあれば生きていける。
   植物只要有陽光及水分就能活。

4. 雨さえ降らなければ、明日はピクニックに行く。
   只要不下雨，那明天就去野餐。

5. 交通さえ便利なら、この家で生活するのだが。
   只要交通方便，我就會在這個家生活下去，不過……。

～ないことには

～なければ

「AないことにはBない」で、「Aしなければ、Bできない」、「AはBのための必要な条件」の意味になる。後文は否定の意味の文が来る。

如果……不。「AないことにはBない」表示「不做A的話就沒有B」、「A是為了B的必須條件」的意思。後面接續否定語句。

接 続
$$\left\{ \begin{array}{l} \text{V　ない形} \\ \text{イAく} \\ \text{ナAで・Nで} \end{array} \right\} + \text{ないことには}$$

例

① 食事をしないことには体力がつかない。
不吃飯就沒體力。

② 最近の音楽プレーヤーは、小さくて軽くないことには売れない。
最近的音樂播放器不輕巧就賣不出去。

③ 自分が幸せでないことには、人を幸せにすることはできない。
自己不幸福，是無法帶給別人幸福的。

確認テスト ||||||||||||||||||||||||||||||||||||||||||||||||||||||||||||||||||

問題 1　　**正しいものに〇をつけなさい。**

1 うちの娘はひらがな { a. こそ　b. さえ } 書けないから、漢字はまだまだ
無理です。

2 一人じゃなくて、みんなでやる { a. からこそ　b. こそ }、楽しいのだ。

3 明日 { a. こそ　b. さえ } ダイエットを始めよう。

4 これを { a. 読み　b. 読む } さえすれば、出掛けられる。

5 背が { a. 高い　b. 高く } ないことには、モデルになるのは無理だ。

問題 2　　**（　　　）に入る適当な言葉を▢から選びなさい。同じ言
葉は一度しか使えません。**

からこそ　　　こそ　　　　でさえ　　　ことには

1 直接言うのは恥ずかしいことでも、携帯電話のメールだ（　　　　　　）
伝えられる。

2 私（　　　　　　）できたんですから、プロの選手だったらすぐにできま
すよ。

3 やってみない（　　　　　　）どうなるか分からない。

4 今年（　　　　　）長い休みをとって海外旅行をしたい。

162

問題 3 **どちらか適当なものを選びなさい。**

1 社長が来ないことには＿＿＿＿＿＿＿＿＿。
  しゃちょう　こ

  a. 会議は始められない
    かい ぎ　　はじ

  b. すぐに会議を始める
    かい ぎ　はじ

2 パソコンさえあれば＿＿＿＿＿＿＿＿＿。

  a. 不便で困っている
    ふ べん　こま

  b. どこでも仕事ができる
    　　　し ごと

3 「はじめまして。どうぞよろしくお願いします。」
  　　　　　　　　　　　　　　　　　　ねが

  「こちらこそ＿＿＿＿＿＿＿＿＿。」

  a. はじめてでした

  b. よろしくお願いします
    　　　　　　ねが

169 ページで答えを確認！

（第 5 週 4 日目の解答）

問題 1　　**1** b　**2** a　**3** b　**4** a

問題 2　　**1** 山　**2** 浴びる　**3** 忙しい　**4** 気の毒な　**5** 生活費

問題 3　　**1** a　**2** b　**3** b

26 今週は主に文末に来る表現を学ぼう。今日は「他はない」の意味の表現

～にきまっている

意味 **必ず・きっと～だ**

話し手が「絶対に～だ、他には考えられない」と断言したいことを表す言い
方。話し言葉的で、強い言い方。

一定……。表示說話人用來斷定「肯定是……、其他的不可能」。用於口語，強調語氣。

接続 **V・イA・ナA・N　普通形　＋　にきまっている**

＊但是，ナA、N不會接續「だ」。

例

❶ こんな大きい舞台でスピーチをしたら、緊張するにきまってい
る。

要在這麼大的舞台上演講，那一定會緊張的。

❷ あんな高い所から落ちたんだから、骨が折れたにきまってるよ。
從那麼高的地方摔下來，難怪會骨折。

❸ 今日中にこの仕事を終わらせるなんて、無理にきまっています。
竟然要在今天之內把這工作做完，不用說當然是不可能的。

〜しかない

意味 **〜するだけだ・〜なければならない**

「他に方法がないから、仕方なく〜しなければならない」という意味を表す。
ほか　ほうほう　　　　　　　しかた　　　　　　　　　　　　　　　い　み　あらわ

只好……；只能……。「沒有其他的方法，不得已非做……不可」的意思。

接続
$$\left\{ \begin{array}{l} \text{V} \quad \textbf{辞書形} \\ \text{N} \end{array} \right\} + \textbf{しかない}$$

例

❶ 試合で負けたんだから、あきらめるしかないよ。
　しあい　ま
　由於比賽輸了，只好放棄了。

❷ 電車がとまっていたので、歩くしかなかった。
　でんしゃ　　　　　　　　　ある
　由於電車停駛，所以只好步行。

❸ 就職できなかったら、帰国しかない。
　しゅうしょく　　　　　　き こく
　若真的找不到工作，就只好回國了。

～ほか（は）ない・～よりほか（は）ない・～ほかしかたがない

意味 ～以外に方法がない

「～しかない」と同じで「他に方法がないのでそれをしなければならない」という意味だが、「～しかない」より少し硬い言い方。

只好……。同「～しかない」一樣，有「除此以外沒有其他的辦法，非得做……不可」的意思，比「～しかない」略為生硬的說法。

接続 V　辞書形　＋　ほかない・よりほかない・ほかしかたがない

例

❶ 漢字は一つずつ覚えるほかない。
漢字只能一個一個記。

❷ 面接試験が終わった。あとは連絡を待つよりほかはない。
面試結束了。剩下來就等通知了。

❸ 電話が通じないので、直接行くほかしかたがない。
由於電話打不通，所以除了直接去別無他法。

～にほかならない

意味 **～以外のものではない**

「まさに～だ」「～は確かだ」と断定したいときに使う。書き言葉的。理由の「から」について「～からにほかならない」で言うこともできる。

無非……。用來斷定「正好是……」、「……是真的」時使用。書面用語。還可以用「～からにほかならない」說明理由。

接続 **N ＋ にほかならない**

① 彼女に会ったのは運命にほかならない。
遇見她無非是命運。

② 政治とは国民に希望を与えることにほかならない。
所謂政治，無非就是帶給人民希望。

③ あの映画が人気を集めたのは、脚本が良かったからにほかならない。
那部電影之所以受歡迎，無非是脚本寫得好。

＊ 与える …… 給予

確認テスト ||||||||||||||||||||||||||||||||||||||||||||||||||||||

問題 1　**正しいものに〇をつけなさい。**

1 16歳で結婚するなんて、親が反対する
   {a. にきまっている　b. よりほかない }。

2 社内でも社外でも大切なのは、人とのコミュニケーション
   {a. にほかならない　b. ほかしかたない }。

3 飛行機が嫌いなのだが、海外出張へ行くことになったので、乗る
   {a. しかない　b. にきまっている }。

4 大学へ進学したいが、生活するためには働く
   {a. にほかならない　b. ほかない }。

5 彼が言ったことは { a. 冗談　b. 冗談だ } にきまっている。

6 合格できたのは、毎日努力した
   {a. からにほかならない　b. にほかならない }。

問題 2　**（　　　　）に入る適当な言葉を▢から選びなさい。同じ言葉は一度しか使えません。**

しかない	にきまっている	ほかはない

1 午前3時でバスも電車も動いていないから歩く（　　　　　　）。

2 彼が嘘はついていないと言っているのだから、信じるより
   （　　　　　　）

3 あんなきれいな女性はプライドが高い（　　　　　　）。

* プライドが高い……自尊心強

168

問題3　どちらか適当なものを選びなさい。

1 引き受けてくれるかどうか分からないが、＿＿＿＿＿＿＿＿＿＿ほかしかたがない。

　　a. あきらめない

　　b. 一生懸命頼んでみる

2 けがをしているんだから、＿＿＿＿＿＿＿＿＿＿しかない。

　　a. 練習を休む

　　b. 練習を休まない

3 親が子供を叱るのは、＿＿＿＿＿＿＿＿＿＿にほかならない。

　　a. 子供を愛さない

　　b. 子供を愛しているから

＊ 引き受ける……接受

---

175 ページで答えを確認！

（第5週5日目の解答）

問題1　**1** b　**2** a　**3** a　**4** a　**5** b

問題2　**1** からこそ　**2** でさえ　**3** ことには　**4** こそ

問題3　**1** a　**2** b　**3** b

🎧27

「ない」を含んだ言い方

〜に違いない・〜に相違ない

意味 **きっと〜だ**

話し手が確信していることを述べる。「〜に違いない」も「〜に相違ない」も
書き言葉的だが、「〜に相違ない」のほうが更に硬い言い方。

一定……。表示說話人確切的判斷。「〜に違いない」和「〜に相違ない」都是書面用語。
「〜に相違ない」的說法更生硬。

接続 **V・イA・ナA・N　普通形　＋　に違いない・に相違ない**

＊但是ナA、N不會接續「だ」。

例

① 兄が描いた絵が優秀賞に選ばれた。母も喜ぶに違いない。
哥哥畫的畫入選佳作。媽媽一定很高興。

② この写真はドイツを旅行したときに撮ったに違いない。
這張照片一定是在德國旅行的時候拍的。

③ このワインは高かったに違いない。
這瓶酒一定很貴。

④ 犯人はあの男に相違ない。
犯人一定是那個男人沒錯。

170

～ざるをえない

意味 ～しなければならない

「他からの圧力など避けられない理由があるから、したくないが、どうしても～する必要がある」という意味を表す。

不得不……。表示「迫於其他方面的壓力等等不可迴避的理由，即使不想做，無論如何都必須做」的意思。

接続 V　ない形　＋　ざるをえない

＊但是「する」則是「せざるをえない」。

① 社長の命令だから、従わざるをえない。
由於是社長的命令，故不得不從。

② 会社が遠くなったので、毎朝、早起きせざるをえない。
由於公司搬到遠處，每天早上都不得不早起。

③ 売れない商品を大量に作ってしまうなんて、調査が不十分だったと言わざるをえない。
竟然大量製造賣不出去的商品，真不得不說是調查不徹底。

171

～ずに（は）いられない

どうしても～してしまう・どうしても～したくなる

気持ちが抑えられなかったり我慢できなかったりすることを表す。主語が3人
称のときは「ようだ、らしい」などをつける。

不得不……；非……不可。表示「無法控制和忍耐」。主語為第三人稱時，接續「よう
だ、らしい」等等。

接 続 **V　ない形　＋　ずに（は）いられない**

＊但是「する」則是「せずに（は）いられない」。

例

① ストレスが多くて、酒を飲まずにはいられない。

壓力大，非喝酒不可。

② オリンピックでの我が国の選手の活躍を期待せずにいられない。

我國的選手在奧運會賽場上的表現真令人期待。

③ 課長は毎朝ジョギングしているので、出張中でも走らずにはいら
れないらしい。

由於課長每天早上都在慢跑，所以即使出差時好像也非跑不可。

172

～ないではいられない

意味 **どうしても～してしまう**

「～ずに（は）いられない」と同じ意味。

不得不……。與「～ずに（は）いられない」的意思相同。

接続 **V　ない形　＋　ないではいられない**

例

① 佐藤さんが結婚するなんて驚いた。誰かに話さないではいられない。

佐藤要結婚了，真令人驚訝。非得和別人說一下。

② あの映画を見たら、泣かないではいられなかった。

看過那部電影後，忍不住哭了。

③ 戦争がなくなるようにと願わないではいられない。

衷心希望不再有戰爭。

> 整理！
> 「～ざるをえない」はやりたくないこと、
> 「～ずに（は）いられない・ないではいられない」
> はやりたいことや気持ちが抑えられないこと！

確認テスト ‖‖

問題 1　　正しいものに○をつけなさい。

1　ビザが出なければ、帰国せ { a. ざるをえない　 b. ずにはいられない } 。

2　傘がない。電車の中に忘れた { a. ではいられない　 b. に違いない } 。

3　大好きなケーキが目の前にあると、食べず

　　 { a. に違いない　 b. にはいられない }

4　この本を読んだら感動

　　 { a. しずにはいられない　 b. せずにはいられない } 。

5　困っている人を見ると、 { a. 助けない　 b. 助ける } ではいられない。

問題 2　　□の中からもっとも適当なものを使って下線の言葉を書き換えなさい。□の中の言い方は一度しか使えません。

　　　ざるをえない　　　ずにはいられない　　　に違いない

1　この歌を聞くと、学生のころのことをどうしても思い出してしまう。

2　出掛けるのは面倒だが、行けばきっと楽しい。

3　大雨のため、残念だが試合は中止しなければならない。

174

問題 3   「～ざるをえない」を使って、次の文を完成しなさい。

1 仕事がどんなにつらくても、生活のためには＿＿＿＿＿＿ざるをえない。

2 今日は大学の入学試験だから、熱があって具合が悪くても＿＿＿＿＿＿ざるをえない。

問題 4   どちらか適当なものを選びなさい。

1 入院のため、＿＿＿＿＿＿＿やめざるをえなかった。

a. 一日 20 本吸っていたたばこを

b. 大嫌いだったジョギングを

2 入院のため、＿＿＿＿＿＿＿何か理由があるに違いない。

a. 私がこんなことをしたのは、

b. 彼がこんなことをするのは

181 ページで答えを確認！

（第 6 週 1 日目の解答）

問題 1   **1** a **2** a **3** a **4** b **5** a **6** a

問題 2   **1** しかない **2** ほかはない **3** にきまっている

問題 3   **1** b **2** a **3** b

28

接続する形を混乱しないように

〜ないことはない・〜ないこともない

意味 **少しは〜だ・〜の可能性がある**

「全然〜ないということではない」、つまり「100%ではないが〜の可能性が少しある」という意味を表す。

不是不……；可以……。表示「不是完全不……」，也就是「不是 100%，但是可能性極少」的意思。

接続

$$\left.\begin{array}{l} \text{V　ない形} \\ \text{イAく} \\ \text{ナAで・Nで} \end{array}\right\} \ + \ \text{ないことはない・ないこともない}$$

 例

① スーツを着ないこともないんですが、仕事のときもたいていジーンズをはいています。

也不是不穿西裝，但工作時大概也都穿牛仔褲。

② 食べられないことはないが、この果物はあまりおいしくない。
也不是不敢吃，但這水果實在不怎麼好吃。

③ 受賞して嬉しくないことはないが、突然なので驚いている。
獲獎也不是不開心，但由於事出突然，實在驚訝。

～にすぎない

意味 **ただ～だけだ**

それ以上のものではないことを言う。程度が低いこと、価値が低いと感じていることを表す。

只不過是……。說明水準不高。表示程度低，沒有價值。

接続 { V 普通形 } + にすぎない
       { N   }

例

① お礼はいりません。私は人として当たり前のことをしたにすぎないので。

無需道謝。我只不過是做了一件為人該做的事而已。

② 宇宙人は想像上のものにすぎない。
外星人只不過是想像中的東西而已。

③ あの野球選手が引退するというのは、うわさにすぎない。
說那個棒球選手要退休，只不過是流言蜚語罷了。

～べき・～べきだ・～べきではない

意味 **～するのが当然だ**

話し手が人として義務と感じることや妥当だと考えることを表し、「～するのが当然」「～しなければならない」という意味になる。またある人に向かって「～したほうがいい」という勧めを表す意味もある。否定形は「～べきではない」で、「～べき」の前に動詞の否定形が来ることはない★。

應該……。表示「說話者表達身為人而感受到的義務以及妥當的想法」。「做……是理所當然的」、「……不做不行」的意思。或是對某人勸告「作了……比較好」的意思。其否定形式是「～べきではない」，「～べき」的前面不能接動詞否定形。

接続 **V 辞書形 ＋ べき・べきだ・べきではない**

＊「する」則是「するべき」、「すべき」均可。

例

① 相手の意見をきちんと聞くべきだ。
該好好聽對方的意見。

② 才能があるんだから、もっと自信を持つべきだよ。
你是有才華的，所以更該對自己有自信才對哦！

③ 国籍でどんな人かを判断すべきではない。
不該看國籍來論斷人。

④ 学生時代にもっと勉強しておくべきだった。
當學生時，真該多看點書啊！

★こんな文はだめ！

✕ 国籍でどんな人かを判断しないべきだ。

～かのようだ・～かのような・～かのように

意味　**本当はそうではないが～みたいだ**

物や言動を似ているものに例えて言う。
もの　げんどう　に　　　　　　　　　たと　い

像……似的。用來比喻事物和言行的相似。

接続　**V・イA・ナA・N　普通形　＋** {かのようだ・
　　　　　　　　　　　　　　　　　　　かのようなN・かのように}

＊但是ナA、N的「だ」要用「である」。

例

① この人形はよくできていて、今にも動きだすかのようだ。
　　　　　にんぎょう　　　　　　　　　　　　いま　　　　うご
　　這個娃娃做得精緻，看起來就像要動起來一樣。

② 彼女は犯人を知っているかのような態度だった。
　　かのじょ　はんにん　し　　　　　　　　　　　たいど
　　她當時一副知道犯人是誰的樣子。

③ 天使が降りてきたかのように、白い雪が降ってきた。
　　てんし　お　　　　　　　　　　　しろ　ゆき　ふ
　　降下皚皚瑞雪，就好像天使下凡一般。

④ 彼は、先週は暇だったはずなのに、とても忙しかったかのように
　　かれ　　せんしゅう　ひま　　　　　　　　　　　　　いそが
　　話していた。
　　はな
　　照理說上個禮拜他應該很悠閒才對，但講得好像很忙似的。

⑤ 先週会った友人は病気であるかのように痩せていた。
　　せんしゅう　あ　　ゆうじん　びょうき　　　　　　　　　　や
　　上個禮拜遇到的朋友瘦得好像生了病似地。

確認テスト ||||||||||||||||||||||||||||||||||||||||||||||||||||||||||||||||||

問題 1 **正しいものに〇をつけなさい。**

1 ここに書いてあることは、一つの例 { a. ないことはない　b. にすぎない }。

2 とても忙しくて、大統領にでもなった { a. かのようだ　b. べきではない }。

3 経済を勉強しているなら、この本を読む { a. にすぎない　b. べきだ }。

4 買えない { a. かのようだ　b. こともない } が、家にパソコンが必要だと思わない。

5 小さい事故でも警察を { a. 呼ぶべきだった　b. 呼んだべきだ }。

問題 2 **（　　　）に入る適当な言葉を▢から選びなさい。同じ言葉は一度しか使えません。**

かのようだ	ことはない	にすぎない	べきだ

1 これは私個人の意見（　　　　　）。

2 小学生が学校で携帯電話を使うのは禁止する（　　　　　）。

3 今日は暖かくて、春が来た（　　　　　）。

4 いつもはビールを飲むが、ワインも飲まない（　　　　　）。

問題3　どちらか適当なものを選びなさい。

1 _____、行くべきではない。

　a. 今、その地域は危険だから

　b. すぐ、その地域の調査をしなければならないから

2 このスーパーの商品も新鮮でないことはないが、_____。

　a. いつもここで買いたいと思う

　b. あちらの店のほうがもっといい

3 私は一人の社員にすぎないので、_____。

　a. 他にもたくさん社員がいますよ

　b. そんなことを聞かれても分かりませんよ

187 ページで答えを確認！

（第6週2日目の解答）

問題1　1 a　2 b　3 b　4 b　5 a

問題2　1 思い出さずにはいられない　2 楽しいに違いない

　　　　3 中止せざるをえない

問題3　1 例：働か　2 例：行か

問題4　1 a　2 b

～まい／～っけ／～とか

🎧29

「～まい」にはいくつかの意味があるよ

～まい・～まいか

(1) まい

意味 **～しないつもりだ**

「絶対に～するのをやめよう」という話し手の強い否定の意志を表す。主語が3人称の場合は「～まいと思っているようだ・～まいと決心する」などの形になる。書き言葉的な表現。

再不……。表現「絕對再也不做……」說話人強烈的否定意識。主語是第三人稱時，變成「～まいと思っているようだ、～まいと決心する」等形式。用於書面用語。

接続 **V　辞書形　＋　まい**

＊第二類動詞也可以用「ない形」接續。「する」是「すまい・するまい・しまい」；「来る」是「くるまい・こまい」。

例

① 二日酔いになると、もう酒を飲むまいと思う。
一旦宿醉，我打算就不再喝酒。

② あの店の店員はひどい。もう二度と行くまい。
那家店的店員太差勁，我絕對不會再去第二次。

③ 親に心配させまいと思って、入院したことは知らせなかった。
心想著不要讓父母親擔心，所以住院也沒通知他們。

(2) まい・まいか

意味 **～ないだろう**

「～まい」で話し手の否定の推量を表す。「～まいか・～のではあるまいか」は「～ではないだろうか」「もしかしたら～だ・かもしれない」の意味になる。書き言葉。

不能……。用「〜まい」表示說話人否定的推測。「〜まいか、〜のではあるまいか」有「不是……吧」、「可能是……」的意思。用於書面用語。

接続　**(1) と同じ**

例

④ しばらく景気は良くなるまい。景氣暫時不會好轉吧！

⑤ この小説家の新しい本が出るのを待っていたのは、私だけではあるまい。引領期待這小說家的新作的讀者不只我一個吧！

⑥ 1か月も頭痛が続いていたので、何か重い病気なのではあるまいかと思った。
由於持續頭痛一個月了，我想我是不是罹患了什麼重病吧！

(3) 〜う（よう）か〜まいか

意味　**〜しようか〜するのをやめようか**

するかしないか迷ったり考えていることを言う。「〜う（よう）」の前と「〜まいか」の前は同じ動詞を使うことが多い。

是不是……。表示做與不做的猶豫狀態。「〜う（よう）」和「〜まいか」前面，經常使用相同的動詞。

接続　**V　意向形　＋　か　＋　V　辞書形　＋まいか**

＊第二類動詞也可以用「ない形」接續。「する」是「すまい・するまい・しまい」；「来る」是「くるまい・こまい」。

例

⑦ 姉は三つ目のケーキを食べようか食べまいか、迷っている。
姐姐正在煩惱要不要吃第三個蛋糕。

⑧ 日本に来る前、会社をやめて留学しようかするまいか、長い間、悩んだ。
我來日本前，有很長一段時間一直煩惱著要不要辭掉工作去留學。

～っけ

意　味 　記憶があいまいなことを確認したいときに使う。話し言葉。

是……吧；是……還是。用於想要確認朦朧記憶的時候。用於口語。

接　続 　V・イA・ナA・N　普通形　＋　っけ

＊「～ましたっけ」、「～でしたっけ」也可以使用。

例

① 「メガネ、どこに置いたっけ。」
「さっきテレビの上に置いたでしょ。」
「我眼鏡放在哪兒啊？」
「剛剛不是還擺在電視上的嗎？」

② 「これ、どうやって電源入れるんだっけ。」
「赤いボタン、押して。」
「這個要怎麼開機啊？」
「紅色的按鈕，按下去。」

③ 「今日は何曜日だっけ。」
「木曜日だよ。」
「今天星期幾來著？」
「星期四哦！」

④ 「息子さんは高校生でしたっけ。」
「いいえ、もう大学生なんですよ。」
「我記得您公子是高中生對吧？」
「不是，已經上大學囉！」

～とか

意味 **たしか～ということだ・～と聞いた**

伝聞。不確かなことやはっきり言うのを避けたい内容を伝えたいときに使う。

……啦；……的。傳聞。用於說明「不明確的事情，或想要回避的內容」時使用。

接続 **V・イA・ナA・N　普通形　＋　とか**

例

1. 妹さんがもうすぐ結婚されるとか。おめでたいことですね。
   聽說您妹妹要結婚了，真是可喜可賀！

2. 「高橋さんはどこですか。」
   「休憩室でたばこを吸ってくるとか言ってたよ。」
   「高橋先生在哪兒？」
   「他有說要去休息室抽根菸哦！」

3. 彼女は来週出張するとかで、忙しいらしいですよ。
   聽說她下禮拜要出差，似乎很忙哦！

4. 来週の土曜日は先生の都合が悪いとか。同窓会はその次の週にしませんか。
   聽說下禮拜六老師不方便，同學會要不要改下下禮拜？

問題 1 次の文と同じ意味の「まい」を使っている文を一つ選びなさい。

◆ 環境問題はすぐには解決できまい。

a. あんな嫌な奴とはもう話すまい。

b. たばこは体に悪いから、もう吸うまい。

c. 雨が降ってきたので、出掛けようか出掛けまいか考えている。

d. 彼が結婚したといううわさを聞いたが、そんなことはあるまい。

＊ うわさ …… 傳聞

問題 2 □ の中からもっとも適当なものを使って下線の言葉を書き換えなさい。□ の中の言い方は一度しか使えません。

っけ	とか	まい	まいか

1 もう絶対に行くのはやめようと思っていた花屋へ先週仕事で行った。

2 「息子さんがヨーロッパに留学するそうですね。」

「ええ、来月から。さびしくなります。」

3 「あの子、あんなに背が高かったかな。」

「ええ、最近また背が伸びたんですよ。」

4 連絡が取れなくなってしまったので、彼は帰国したのではないだろうか。

問題3　**どちらか適当なものを選びなさい。**

1 彼は禁煙中なのに＿＿＿＿＿＿＿＿＿＿。
　　（かれ　きんえんちゅう）

　　a. たばこを吸うまい
　　　　　　（す）

　　b. たばこを吸おうか吸うまいか悩んでいる
　　　　　　（す）　　（す）　　　　（なや）

2 「お母さんが東京にいらっしゃるとか。」
　　　（かあ　　　とうきょう）

　　「＿＿＿＿＿＿＿＿＿＿。」

　　a. ええ、楽しみです」
　　　　　（たの）

　　b. さあ、私も覚えていません
　　　　　　（わたし　おぼ）

3 「ご出身はタイでしたっけ。」
　　　（しゅっしん）

　　「＿＿＿＿＿＿＿＿＿＿。」

　　a. はい、そうです

　　b. ああ、そうだったんですか

・・・・・・・・・・・・・・・・・・・・・・・・・・・・

193ページで答えを確認！

（第6週3日目の解答）

問題1　**1** b　**2** a　**3** b　**4** b　**5** a

問題2　**1** にすぎない　**2** べきだ　**3** かのようだ　**4** ことはない

問題3　**1** a　**2** b　**3** b

～気味／～げ／～ぽい／ ～だらけ／～がちだ

傾向や様子を表す表現

30

～気味
（ぎ み）

意味 少し～の感じがある

様子や傾向が少しあることを表す。よくないことを言うことが多い。

有點……。表示有某種情勢和傾向。常用於說明不好的事情。

接続

$$\left\{ \begin{array}{l} \text{V} \\ \text{N} \end{array} \right\} \text{ます形} + \text{気味}$$

例

① 最近、大統領の支持率は下がり気味だ。
近來，總統的支持度有點下滑。

② 今日は風邪気味なので早く寝たい。
今天有點感冒，想早點睡。

③ 大勢のお客さんの前で、彼は緊張気味だった。
在那麼多客人面前，他略顯緊張。

～げ

意味 **～そうな様子**

そのように見えるという様子を示す。人の気持ちを表す語につくことが多い。

……樣子。表示看來很像……的樣子。經常與表示心情的語句相接。

接続
$$
\left\{ \begin{array}{c} \text{イA} \\ \text{ナA} \end{array} \right\} + げ
$$

＊「ある」也可以作「ありげ」。

例

① パーティーでは、みんな楽しげに話していた。
大家在派對上似乎聊得很開心。

② 彼女は部屋から出ていくとき、寂しげだった。
她走出房間的時候顯得很落寞。

③ その猫は魚をたくさん食べて満足げな表情をしていた。
那隻貓吃了很多條魚，一副很滿足似的表情。

④ 田村選手は自信ありげな顔で対戦相手を見た。
田村選手一副很有自信的表情看著對手。

〜っぽい

意味 〜の性質がある・よく〜する

ある性質を持っていて、その傾向が強いこと（例1/2/3）やそれが頻繁であること（例4）を示す。

具有……；容易……。表示具有某種性質，並且有其強烈的傾向（例1/2/3）和頻繁性（例4）。

接続

$$
\left.
\begin{array}{l}
\text{V} \quad \text{ます形} \\
\text{イA} \\
\text{ナA} \\
\text{N}
\end{array}
\right\}
+ \text{っぽい}
$$

例

① このかばんは高かったのに、安っぽく見える。
這件包包明明很貴，看起來卻很廉價。

② あの女の子はいつも大人っぽい服を着ている。
那個女孩子總是穿得很成熟。

③ あの茶色っぽい建物が私の会社です。
那棟褐色的建築就是我的公司。

④ 父は年をとって、怒りっぽくなった。
父親上了年紀，變得易怒。

～だらけ

意味 **～がたくさんある**

よくないものや汚いものがたくさんある、またはたくさんついていることを表す。
（きたな）（あらわ）

都……。表示有很多不好和骯髒的東西，或者沾滿了什麼東西。

接続 **N ＋ だらけ**

例

① 間違いだらけの答案が返ってきた。
（まちが）（とうあん）（かえ）
發回了一張錯誤百出的答案卷。

② この眼鏡は傷だらけで使えない。
（め が ね）（きず）（つか）
這副眼鏡傷痕累累，不能戴了。

③ 子供の靴は泥だらけになっていた。
（こ ども）（くつ）（どろ）
孩子們的鞋子滿是泥巴。

～がちだ・～がちの

～することが多い・～なりやすい

頻繁にそうなってしまうことを表す。意図したことではなく、自然にそうなってしまうこと。よくないことを言うことが多い。

經常……；容易……。表示頻繁的樣子。沒有意圖，而是自然形成的。經常用於說明不好的事情。

接続
$$\left. \begin{array}{l} \textbf{V　ます形} \\ \textbf{N} \end{array} \right\} + \textbf{がちだ・がちのN}$$

① 子供の時、体が弱くて学校を休みがちだった。
小時候身體不好，常向學校請假。

② 車ばかり乗っているので運動不足になりがちです。
由於老在坐車，所以很容易變得運動不足。

③ 弟は病気がちで、よく薬を飲んでいる。
弟弟容易生病，經常吃藥。

確認テスト ||||||||||||||||||||||||||||||||||||||||||||||||||||||||||||||||||||

問題 1　正しいものに〇をつけなさい。

1 その男は黒 { a. だらけの　b. っぽい } 服を着ていた。

2 冬は肌が乾燥し { a. がちだ　b. げだ } 。

3 今週は忙しくて疲れ { a. 気味　b. だらけ } なので、週末はのんびりしよう。

4 この部屋はしばらく掃除していなかったから、ほこり { a. がち　b. だらけ } だ。

問題 2　適当な言葉を □ から選び、必要なら適当な形に変えて下線部に書きなさい。同じ言葉は一度しか使えません。

言いたい	遅れる	ダラダラする	忘れる

1 天気の悪い日が続いたので、工事は_____気味だ。

2 部下が何か_____げな顔をしている。

3 休みの日はいろいろなことをしようと思うのに、家で_____がちだ。

4 私の上司は_____っぽいので、スケジュール管理が大変だ。

199 ページで答えを確認！

（第6週4日目の解答）
問題1　d
問題2　**1** 行くまい　**2** 留学するとか　**3** 高かったっけ　**4** あるまいか
問題3　**1** b　**2** a　**3** a

〜も〜ば〜も〜／〜やら〜やら／〜にしろ

🎧31

〜も〜ば〜も〜・〜も〜なら〜も〜

意味 〜も〜し、〜も

「Aも〜ば（なら）、Bも〜」で「Aに加えて、その上Bも」という意味を表す。「AもBも」を強調する言い方。

既……又；又……。用「Aも〜ば（なら）、Bも〜」句型表示「加上A之外，B也……」的意思。用於強調「A也……B也……」的說法。

接続

$$N ＋ も ＋ \left\{ \begin{array}{l} V \quad ば形 \\ イAければ \\ ナAなら \end{array} \right\} ＋ N ＋ も$$

例

① 夫は料理もすれば掃除もしてくれるので、私はいつも感謝している。

老公既會作菜又會幫我打掃，我總是很感謝他。

② 水野さんは子供の頃から頭もよければスポーツも得意だった。
水野先生自孩提時代就聰明又擅長運動。

③ あの人は服装も派手なら化粧も濃い。
那個人穿著既花俏，又濃妝豔抹。

～やら～やら

意味 **～や～など**

いくつかの例を取り上げる表現。いろいろあって大変なことや整理されていない状態を示す。

又是……又是。舉出幾個事例來說明。表示有很多重要事情和未能整理的狀態。

接続

$$\left\{ \begin{array}{l} \text{V 辞書形} \\ \text{イA い} \\ \text{N} \end{array} \right\} + やら \left\{ \begin{array}{l} \text{V 辞書形} \\ \text{イA い} \\ \text{N} \end{array} \right\} + やら$$

例

① 同窓会では、みんな酔っ払って歌うやら踊るやら、大騒ぎだった。

大夥在同學會上喝醉了，又唱又跳的，好不熱鬧。

② 試合に負けて悔しいやら悲しいやら、自分の実力不足を感じた。

輸了比賽，既懊悔又難過，感到自己實力不足。

③ 年末は買い物やら大掃除やらで忙しい。

年終時因採買啦、打掃等等，忙得不可開交。

～にしろ・～にせよ

(1) ～にしろ～にしろ・～にせよ～にせよ

意味 ～も～も・どちらでも

いくつか例をあげて、全部当てはまることを表す。

……也好……也好；也罷……也罷……。表示舉出幾個適當的事例得出的結論。

接続

$$\text{V・イA・ナA・N普通形} + \left\{\begin{array}{c}\text{にしろ}\\\text{にせよ}\end{array}\right\} +$$

$$+ \text{V・イA・ナA・N 普通形} + \left\{\begin{array}{c}\text{にしろ}\\\text{にせよ}\end{array}\right\}$$

＊ナA、N不會接續「だ」。但是可以接「である」。

例

① 出席するにしろ欠席するにしろ、必ず連絡します。

要出席也好，不出席也罷，一定都要通知。

② 忙しいにせよ暇にせよ、正月ぐらいは田舎に帰って親に顔を見せなさい。

忙也好，閒也罷，起碼過年時要回鄉下給爸媽看一下。

③ CD にしろ DVD にしろ、このパソコンで再生できるから問題ない。

CD 也好，DVD 也罷，這台電腦都能讀取，沒問題！

＊ 再生する……播放

(2) ～にしろ・～にせよ

意味 ～の場合でも

仮定「たとえ～でも」の意味になり、後文では仮定したことが現実になって
も関係ないことを表す（例4/5）。または既に起こったことや事実を示して、
「そうだったのは分かるが、その場合でも」という意味になる（例6）。

即使……也。表示假設「就算是……也……」的意思，說明後面的假設，即使變成事實
也沒有關係。（例4/5）。還可以表示已經發生的事情或事實，「即使知道可能會……也
……」的意思。（例6）。

接続 V・イA・ナA・N 普通形 ＋ にしろ・にせよ

＊ナA、N不會接續「だ」。但是可以接「である」。

例

④ たとえ転勤するにせよ、家族と離れて生活するつもりはない。
就算轉調工作地，我也不打算離開家人生活。

⑤ どの会社に就職するにしろ、パソコンは使えたほうがいい。
不管要去哪家公司，最好還是要會電腦。

⑥ 病気じゃなかったにせよ、検査しておいて良かったですね。
就算不是生病，還好有檢查一下！

確認テスト ||||||||||||||||||||||||||||||||||||||||||||||||||||||||||||||||

問題 1　　正しいものに○をつけなさい。

1　彼女は性格も { a. いいやら　b. よければ } 頭もいい。

2　たとえ失敗する { a. なら　b. にせよ }、一度は挑戦してみたい。

3　ビールにせよウィスキー { a. にしろ　b. にせよ }、彼は酒を全然飲まない。

4　私達は事件とは { a. 無関係である　b. 無関係の } にしろ、会社のすぐ前で起きたことだから心配だ。

5　あのスーパーは野菜も { a. 新鮮である　b. 新鮮なら } 店員も親切なので、よく利用している。

6　お金も { a. なくても　b. なければ } 暇もないので、旅行には行けない。

問題 2　　（　　　）に入る適当な言葉を□から選びなさい。同じ言葉は一度しか使えません。

～にせよ～にせよ　　　　～も～ば　　　　～やら～やら

1　このゲームは頭（　　　　　　）使え（　　　　　　）体も使うから疲れる。

2　昨日食べた料理は酸っぱい（　　　　）辛い（　　　　　　）で、私の口には合わなかった。

3　正社員（　　　　　　）アルバイト（　　　　　　）、この不景気では仕事に就くのは難しい。

* 口に合う……合口味

198

| 問題3 | （　　　）に入る最も適当なものを一つ選びなさい。 |

1 （　　　）何か感想を言ってください。

a. 面白ければつまらなければ
　おもしろ

b. 面白かったやらつまらなかったやら
　おもしろ

c. 面白かったにせよつまらなかったにせよ
　おもしろ

2 誰からもらったにせよ、（　　　）。
　だれ

a. 心をこめて送った
　こころ　　おく

b. プレゼントは大切にするべきだ
　　　　　たいせつ

c. 誰にもらったものか分からなくなった
　だれ　　　　　　わ

3 合格してびっくりするやら嬉しいやら、（　　　）。
　ごうかく　　　　　　うれ

a. 当然です
　とうぜん

b. まだ信じられない気持ちだ
　しん　　　　き　も

c. 一生懸命勉強したから悔いはない
　いっしょうけんめいべんきょう　　く

＊ 悔い……後悔
　く

205ページで答えを確認！

（第6週5日目の解答）

問題1 　**1** b　**2** a　**3** a　**4** b

問題2 　**1** 遅れ　**2** 言いた　**3** ダラダラし　**4** 忘れ

〜をはじめ（として）／〜といった／〜など

🎧32

例を挙げて言う表現

〜をはじめ（として）・〜をはじめとする

意味 〜を最初の例として・〜を第一に

代表的な例を挙げて、他にも同じようなものがあることを示す。
だいひょうてき　れい　あ　ほか　おな　　　　　　　　　　　　　　　しめ

以……為首；以及……等等。舉出具有代表性的事例，表示還有相近的事例。

接続 N ＋ をはじめ（として）・をはじめとするN

例

① このレストランでは寿司をはじめ、すき焼き、てんぷらなどの日
　　　　　　　すし　　　　　　　や　　　　　　　　　　　　　に
　本料理が食べられる。
　ほんりょうり　た

　這家餐廳除了壽司外，還吃得到壽喜燒、天婦羅等日本料理。

② 京都には金閣寺をはじめとして、有名できれいなお寺がたくさん
　きょうと　　きんかくじ　　　　　　　　ゆうめい　　　　　てら
　ある。

　京都除了金閣寺外還有許多有名又漂亮的寺廟。

③ この研究は山本教授をはじめとする研究チームによって報告され
　　けんきゅう　やまもときょうじゅ　　　　　　　けんきゅう　　　　　　　ほうこく
　た。

　這份研究是由山本教授為首的研究團隊所報告。

～といった

意味 ～などの

例を挙げるのに使う表現。挙げられた例以外にもまだあるという意味を持つ。

這類的……。用於舉例說明。表示在所舉事例之外，還有其他事例的意思。

接続 **N ＋ といったN**

1. 日本の会社ではトヨタ、日産、ホンダといった自動車会社が世界で有名だ。
   日系企業中像豐田、日產及本田等汽車公司都是世界聞名。

2. 駅前には映画館やショッピングモールといった娯楽施設がある。
   站前有電影院及購物中心等娛樂設施。

3. 支店を作る場合、どこに作るか、誰が責任者になるかといった問題がある。
   要開分店的話就會產生要「開在哪裡」、「由誰當店長」等問題。

201

～など・～なんか・～なんて

(1) 意味 例として～

いくつかある中から例として取り上げて言う。「なんか・なんて」は話し言葉。

之類的……。說明在幾個之中選出例子。「なんか、なんて」用於口語。

接続 V　普通形　＋　など・なんて
N　＋　など・なんか・なんて

例

① 野菜を多く食べるなどして、栄養に気をつけている。
多吃蔬菜之類的，我一直都有在注意營養。

② 新しいプロジェクトのチームリーダーですが、佐藤さんなど適任だと思います。
談到新企劃案的團隊領導，我認為佐藤先生等人會很適任。

③ プレゼントには写真立てなんか、どうですか。
買相框當禮物，你覺得如何？

他　「～たりなど（なんか）して」で、ある行動を取り上げて言う。

④ 休みの日は DVD を見たりなんかしています。
假日就看個 DVD 之類的。

(2) 意味 ～のようなものは

軽いものだと軽視する（例5/6）、または意外な気持ち（例7/8）を表す。「なんか・なんて」は話し言葉。

什麼的……。認為無關緊要而輕視（例5/6），也表示意外的心情（例7/8）。
「なんか、なんて」用於口語。

接続 **(1) と同じ**

5 彼の話など誰も信じない。
沒人相信他的鬼話。

6 お金なんかなくても生きていけるよ。
沒錢也活得下去哦！

7 こんな結果になるなんて思わなかった。
沒想到會演變成這種結果。

8 毎朝5時に起きてジョギングしているなんて、すごいですね。
竟然每天早上5點起床慢跑，好厲害哦！

確認テスト ▐▌

問題 1 正しいものに○をつけなさい。

１ 彼はヴァイオリン { a. といった　b. をはじめ }、ピアノやフルートなどいろいろな楽器が演奏できる。

２ プレゼントでしたら、この花 { a. など　b. をはじめとして } いかがですか。

３ 日本の家電メーカーにはソニーやパナソニック
{ a. といった　b. なんか } 会社がある。

４ 急に泣きだしたり { a. などと　b. なんか } して、どうしたの。

５ うそ { a. なんて　b. をはじめ } つきません。

問題 2 最も適当なものを選び、右と左を一つずつ結んで文を完成しなさい。

１ ヤフーをはじめとして　　　・　・　a. 検索エンジンによって情報収集が簡単になった。

２ ヤフーやグーグルといった　・　・　b. 便利だと思います。

３ ヤフーやグーグルなんかが　・　・　c. MSN など検索エンジンはたくさんある。

＊ ヤフー＝ Yahoo ！

＊ グーグル＝ Google

問題 3　**どちらか適当なものを選びなさい。**

1 お父様をはじめ、＿＿＿＿＿＿＿＿＿＿。

　　a. 頑固で困ります

　　b. ご家族の皆様によろしくお伝えください

2 こんなけがなんか＿＿＿＿＿＿＿＿＿＿。

　　a. すぐに治るよ

　　b. ちゃんと病院へ行って治療したほうがいいよ

3 そんなひどいことを言うなんて、＿＿＿＿＿＿＿＿＿＿。

　　a. 彼は冷たい人だ

　　b. 彼はいつもそういう言い方をする

4 DELL やアップル、NEC といった＿＿＿＿＿＿＿＿＿＿。

　　a. 働きたい

　　b. パソコンメーカーで働きたい

211 ページで答えを確認！

（第7週1日目の解答）

問題1　**1** b　**2** b　**3** b　**4** a　**5** b　**6** b

問題2　**1** も・ば　**2** やら・やら　**3** にせよ・にせよ

問題3　**1** c　**2** b　**3** b

さあ、今日も勉強を続けるぞ！

～ばかりか・～ばかりでなく

意味 ～だけではなく

「Aばかりか（ばかりでなく）B」で「AだけではなくBも」という意味。Bの後には「も・まで・さえ」などがつくことが多い。

不僅……而且。「Aばかりか（ばかりでなく）B」表示「不只是A，B也」的意思。B的後面經常接續「も、まで、さえ」等等。

接続
V・イA　普通形
ナA・N　名詞修飾型
＋　ばかりか・ばかりでなく

例

① このロボットは家事ができるばかりか、人と会話もできる。
這個機器人不僅會做家事，也能和人對話。

② 子供の教育は、叱るばかりでなく褒めることも大切だ。
提到小孩子的教育，不僅責罵，誇獎也很重要。

③ 大企業ばかりか中小企業まで海外に工場を作るようになった。
不僅大企業，連中小企業都開始在國外設廠了。

～どころか

(1) 意味 **～だけではなく**

「AどころかB」で「Aはもちろん、それだけではなくBも」という意味になる。Aよりもっと程度の大きいものをBで示す。

不僅……而且……。「AどころかB」表示「當然有A，不僅如此B也……」的意思。表示B在程度比A大。

接続 **V・イA・ナA・N 普通形 ＋ どころか**

＊ナA、N不會接續「だ」。

例
① 「あの人は結婚しているんですか。」
「結婚しているどころか、子供が6人もいるんだよ。」
「那個人結婚了嗎？」
「何止結婚啊，已經有6個小孩了唷！」

② 外は寒いどころか、体が凍ってしまいそうなくらいだ。
外頭何止冷，身體甚至已經快凍僵了。

③ 水野さんは韓国語どころか、中国語やベトナム語、タイ語も話せる。水野先生別說是韓文了，就連中文、越語、泰語都會講。

(2) 意味 **～ではなくて、反対に**

「AどころかB」で「Aではなくて、その反対にB」であることを示す。

哪裡是……反而是。「AどころかB」表示「不是A，相反是B」。

接続 **(1) と同じ**

例
④ スポーツジムへ行っているが、やせるどころか、どんどん体重が増えていく。雖然有在跑健身房，但別說變瘦了，體重反而愈來愈重。

⑤ 今年は給料が上がるどころか、解雇される社員がいる。
今年別說加薪了，甚至還有人保不住飯碗。

整理！

「社長とは話したことがないどころか、会ったこともない。」→ (1) の言い方

「社長とは話をするどころか、会ったこともない。」　　→ (2) の言い方

～というより

意味　**～よりもっと適切な言い方で言うと**

「AというよりB」で「AよりBという表現のほうが当たっている」という意味を示す。

與其……倒不如。「AというよりB」表示「比起A，B更加……」的意思。

接続　**V・イA・ナA・N　普通形　＋　というより**

＊但是ナA・N大部分不接續「だ」。

例

① 久しぶりに海外へ行くので、出張に行くというより、遊びに行くような気分だ。
由於很久沒出國了，所以與其說出差，反而有種去玩的感覺。

② 私は歌手ですが、歌を歌うことは仕事というより趣味なんです。
我雖是個歌手，但唱歌與其說是工作，倒不如說是興趣。

③ 昨日の天気は大雨というより嵐だった。
昨天的天氣與其說是下大雨，倒不如說像是暴風雨。

～どころではない・～どころではなく

意味　**全然～できない**

理由があって、そういう状態や気分にはなれない場合に使う。

哪能……。表示因為某種理由，還不是做某事的狀況和時機。

接続　$\left\{ \begin{array}{l} \textbf{V} \\ \textbf{N} \end{array} \right. \textbf{辞書形} \right\}$ ＋ **どころではない・どころではなく**

例

1　飛行機の中で風邪をひいてしまって、ビーチで泳ぐどころではなかった。

在飛機上不小心感冒了，哪能在海灘上游泳？

2　正月はゆっくり過ごすどころではなく、仕事の電話やメールの対応に追われた。

過年哪能悠哉地過，被工作上的電話及郵件追著跑呢！

3　就職先が決まらなくて、卒業式どころではなかった。

老找不到工作，去什麼畢業典禮啊？

＊ 過ごす……度過

確認テスト ||||||||||||||||||||||||||||||||||||||||||||||||||||||||||||||||

問題 1　**正しいものに〇をつけなさい。**

1 彼は性格が優しい { a. どころではなく　b. ばかりでなく }、お金持ちでもある。

2 私の祖母は95歳ですけど、ファックス { a. というより　b. どころか }、携帯電話のメールも使えますよ。

3 忙しくて旅行 { a. どころではない　b. ばかりでない }。

4 まだ4月だが、今日は暑くて、{ a. 春　b. 春の } というより夏みたいだ。

問題 2　**次の文と同じ意味の「どころか」を使っている文を一つ選びなさい。**

◆ 天気予報によると晴れるそうだが、雨はやむどころか、激しくなってきた。

a. 兄にはそのラーメンは多すぎるどころか、さらに2杯もおかわりをしていました。

b. 彼女は日本語どころか中国語やベトナム語もぺらぺらだ。

c. 「彼はパーティーにはあまり行きたくないって言ってたけど、結局参加したんですね。」
「参加したどころか、歌ったり踊ったりして誰よりも楽しんでいましたよ。」

d. 私は日本酒どころかビールも飲めません。

＊ さらに……又

＊ おかわり……再來一份

210

問題3　どちらか適当なものを選びなさい。

1 この部屋は涼しいというより＿＿＿＿＿＿＿＿。

　a. 寒いくらいだ

　b. 広くてきれいだ

2 彼は外国で大学院を卒業したばかりか、＿＿＿＿＿＿＿＿。

　a. まだ働いた経験はない

　b. 結婚相手まで見つけて帰ってきた

3 パスポートを盗まれてしまって海外旅行を楽しむどころではなく、

　＿＿＿＿＿＿＿＿。

　a. 警察へ行ったり大使館へ行ったりして大変だった

　b. ミュージカルを見たりクラブで踊ったりして遊んだ

- -

217ページで答えを確認！

（第7週2日目の解答）

問題1　**1** b　**2** a　**3** a　**4** b　**5** a

問題2　**1** c　**2** a　**3** b

問題3　**1** b　**2** a　**3** a　**4** b

～以上（は）／～上は／～からには／～だけ

🎧34

理由を表す言い方など

～以上（は）

意味 ～のだから

後文に責任や覚悟の決意、心構え、願望を表す文が来て、その理由や事情を「～以上」で示す。

既然……就。後面接續表示責任和做覺悟的決心、心理準備、願望的語句，用「～以上」表示理由和情況。

接続
$$\left\{ \begin{array}{l} \text{V 普通形} \\ \text{ナAである・Nである} \end{array} \right\} + 以上（は）$$

例

① 家を買う以上は、何十年も長く住める家を買いたい。
既然要買房子，我想買那種可以住個幾十年的房子。

② 日本に来た以上、日本の社会や習慣について詳しく知りたい。
既然來到了日本，我想多瞭解一點日本社會及習慣。

③ 親である以上、子供を大切に思うのは当然だ。
既然身為父母，那珍愛孩子自然是理所當然。

～上は
うえ

意 味 ～のだから

「～以上」と同じ意味だが、より改まった言い方。
いじょう　おな　いみ　　あらた　い　かた

既然……就。同「～以上」意思一樣，是更為正式的說法。

接 続 **V　辞書形・た形　＋　上は**

例

① 政治家を目指す上は、国民のために働くという強い信念が必要
せいじか　めざ　うえ　こくみん　　　　はたら　　　　　つよ　しんねん　ひつよう
だ。

既然要當政治家，那麼為了國民而工作的強烈信念是不可或缺的。

② 会社を作ると決断した上は、上場できるようにがんばる。
かいしゃ　つく　けつだん　うえ　じょうじょう

既然下定決心要開公司，我會加油好能上市。

③ 会議で決定された上は、それに従う。
かいぎ　けってい　うえ　　　　　したが

既然都已經開會決定了，那就得照辦。

➡ ～の上で［第2週1日目］p. 48

～上・～上は・～上も［第5週2日目］p. 142

～うえ・～うえに［第9週4日目］p. 273

＊ 目指す……志在
　めざ

＊ 上場する……股票上市
　じょうじょう

＊ 従う……服從
　したが

～からには・～からは

～のだから

「～という理由があるから、当然」という意味を持ち、後文では「～なければ
ならない・べきだ」などの義務や「～たい・つもりだ」などの願望を示すこと
が多い。

既然……就。具有「有……上述理由，當然就」的意思，後面經常接續「～なければならない、べきだ」等表示義務，和「～たい、つもりだ」等表示願望的語句。

接 続　　　｛ **V　辞書形・た形**
　　　　　　 Nである ｝　**＋　からには・からは**

例

❶ 日本で働くからには、日本のビジネスマナーを知っておくべきだ
と言われた。
大家都說，要在日本工作，那就得先了解日本的商務禮儀。

❷ スポーツジムに通い始めたからには、筋力をつけたい
既然都開始跑健身房了，我想增加點肌耐力。

❸ 社長であるからには、決断力が必要だ。
既然是社長，那就得具備決斷能力。

～だけ・～だけあって・～だけに・～だけの

(1) ～だけ・だけの

意 味　　**～の範囲は全部**

限界まで全部、みんな。

盡可能……。表示極限所及的全部。

接続　**V　辞書形・可能形　＋　だけ・だけのN**

＊動詞的辭書形、可能形以外，也有「好きなだけ・欲しいだけ・Ｖたいだ
け」的用法。

例

① やるだけのことはやったから、あとは合格を祈るしかない。
能做的都做了，剩下來就只有祈求金榜提名了。

② 持てるだけの荷物は全部持ったから、残りは航空便で送ろう。
能拿的行李都拿了，剩下的就用航空郵件寄。

③ 今日は妻の体調が悪いので、できるだけ早く帰ろうと思う。
由於今天我太太身體不舒服，所以我想盡早回家。

④ お腹がすいたでしょう。食べたいだけ食べていいですよ。
你肚子餓了吧！你想吃多少就吃多少。

(2) ～だけの

意味　**～にふさわしい**

後ろに名詞が来て、その名詞に相当する事柄を表す。

值得……。後面接續名詞，表示和該名詞相對應的事情。

接続　**V　辞書形・た形　＋　だけのN**

例

⑤ この映画はとても面白い。映画館まで行って見るだけの価値はあ
る。這部電影很好看。有去電影院看的價值。

⑥ ビジネス文書を自分で日本語に翻訳するだけの力はない。
連靠自己把商業書信譯成日文的能力都沒有。

(3) ～だけあって・だけに・だけのことはある

意味　**～にふさわしく**

～に相当する結果や能力があることを言う。努力や才能を褒めたり感心したりするときに使う。

不愧是……。表示「有與……相當的結果、能力」。用於稱讚、感佩其努力及才能時使用。

接続

| V・イA　普通形
なA・N　名詞修飾型 | + | だけあって・だけに・
だけのことはある |

＊但是N不接續「の」。

例

7 5年もドイツで働いていただけに、彼女はドイツ語がうまい。
真不愧在德國工作長達5年，她德語講得真好。

8 高かっただけあって、このカメラはきれいに撮れる。
實在貴得值得，這台相機拍得好漂亮。

9 彼が作るケーキはおいしい。有名なだけのことはある。
他做的蛋糕好好吃，真不愧是名聞遐邇。

(4) ～だけに

意味 **～だから、普通以上に**

「～という理由があるから、もっと・余計に」という意味。

正因為……所以「有……的理由，更加、不用說」的意思。

接続 **(3) と同じ**

例

10 合格すると思っていなかっただけに、合格の知らせが来たときは
嬉しかった。
正因為一直沒想到會考上，所以當錄取通知書寄到時我好高興。

11 苦労して集めた本だけに、売ってしまうのは残念だ。
正因為是辛辛苦苦蒐集來的書，所以要把賣掉真是遺憾。

確認テスト ▮▮

問題 1 正しいものに〇をつけなさい。

1 約束した {a. 以上　b. だけ}、守らなければならない。

2 日本へ行く {a. 上で　b. からには} 歌舞伎を見ようと思っている。

3 泣きたい {a. からには　b. だけ} 泣いたら、気持ちが落ち着いた。

4 会議で決定された {a. 上は　b. だけあって}、それに従わなければならない。

＊ 落ち着く……平静下來

＊ 従う……服從

問題 2 （　　　）に入る適当な言葉を▢から選びなさい。同じ言葉は一度しか使えません。

だけ　　　　だけあって　　　　だけに　　　　だけの

1 この本、面白いよ。買って読む（　　　）価値はあるよ。

2 彼女は成績優秀な（　　　）、有名大学に入学が決まっている。

3 勝てると思っていなかった（　　　）、優勝を知ったときは嬉しかった。

4 休みの日は好きな（　　　）DVD を見て過ごしている。

223 ページで答えを確認！

（第7週3日目の解答）

問題1　1 b　2 b　3 a　4 a

問題2　1 a

問題3　1 a　2 b　3 a

217

35

原因・理由を表すいろいろな言い方

〜おかげで・〜おかげだ

意味 **〜の助けがあったので**

誰かや何かが良い結果を生む原因・理由になっていることを表す。「〜おかげ」の前に原因・理由を表すものが来る。皮肉で悪い結果に使うこともある（例5）。

幸虧……。表示因某人或某事，而產生好的結果。在「〜おかげ」的前面接續表示原因、理由的內容。也會用諷刺的方式，用於不好的結果上（例5）。

接続

```
V・イA    普通形
ナA・N    名詞修飾型
```
＋ おかげで・おかげだ

例

① 友達が手伝ってくれたおかげで、引っ越しが早く終わった。
拜朋友幫忙所賜，搬家很快就搬完了。

② 体が丈夫なおかげで、10年間仕事を休んだことがない。
拜身體強壯所賜，10年來沒請過假。

③ 先生のご指導のおかげで、高校を卒業できました。ありがとうございます。

拜老師指導所賜，我才得以從高中畢業。真是謝謝您。

④ 会社がここまで成長できたのは、お客様のおかげです。
公司之所以能夠發展至此，全拜顧客所賜。

⑤ パソコンが普及したおかげで、家へ帰っても仕事をするようになってしまった。

拜電腦普及所賜，即使回到家也要工作了。

218

～せいだ・～せいで・～せいか

意味 **～が原因で**

悪い結果を生む原因・理由を表す。「～せいか」はそれが原因かどうかはっきりしていない場合に使う。

由於…。表示產生不好結果的原因、理由。「～せいか」用於原因不確切的情況。

接続
$$\left\{ \begin{array}{l} \textbf{V・イA} \quad \textbf{普通形} \\ \textbf{ナA・N} \quad \textbf{名詞修飾型} \end{array} \right\} + \textbf{せいだ・せいで・せいか}$$

 例

① バスが遅れたせいで、会社に遅刻してしまった。
都是巴士誤點害我上班遲到。

② 実際の年齢より高く見られてしまうのは、いつも着ている服が地味なせいだ。
之所以總是被說比實際年齡老，全是老穿樣素衣服害的。

③ 久しぶりに会った母は、年のせいか、疲れているように見える。
好久不見的母親，不知道是不是因為年紀大了，看起來很疲倦。

〜ばかりに

〜だけが原因で

それだけが原因で悪い結果になったということを表現する。後悔や残念な気持
ちがある。

正因為……才……。表示由於某種原因，造成不好的結果。帶有後悔和遺憾的心情。

接 続

$$\left. \begin{array}{ll} \text{V・イA} & \text{普通形} \\ \text{ナA・N} & \text{名詞修飾型} \end{array} \right\} + \text{ばかりに}$$

＊N不以「Nの」接續，以「Nな」接續。ナA、N則是「である」亦可。

例

① 定期券を忘れたばかりに、切符代を3000円も使ってしまった。
正因為忘了帶回數票，竟花了我3000日圓的車票錢。

② 彼は英語ができるばかりに、1年の半分は海外出張をする生活
だ。

正因為他會英文，所以過著一年中有半年都在國外出差的生活。

③ 彼女は明るくていい人なのだが、言い方がきついばかりに会社で
は嫌われている。

她雖然是個既開朗又好的人，但是正因為講話很犀利，所以在公司並不受
歡迎。

～あまり

意味 **とても～ので・～過ぎて**

程度が極端なことを表す。「あまり」の後ではそのために起こった悪い結果を
言う★。イAは「～さ」の名詞の形で言う（例3）。

非常……；過於……。表示程度過分。在「あまり」的後面，説明由此引起的壞結果 。
イA以「～さ」的名詞形式表示（例3）。

接続

$$\left.\begin{array}{l} \text{V 辞書形・た形} \\ \text{ナAな} \\ \text{Nの} \end{array}\right\} + \text{あまり}$$

例

① 子供の将来を心配するあまり、無理やり学校へ行かせた。
太過於擔心孩子的將來，所以硬逼他去上學。

② 彼は研究に熱心なあまり、給料も全部、研究に使ってしまう。
他太熱衷於研究，連全部的薪水都用在研究上。

③ 彼女は忙しさのあまり、夫の誕生日を忘れてしまった。
她忙碌之餘竟忘了老公的生日。

★こんな文はだめ！

✕ 彼は仕事熱心なあまり、みんなから信頼されている。

221

確認テスト ||||||||||||||||||||||||||||||||||||||||||||||||||||||||||

正しいものに〇をつけなさい。

1　週末は暇だと言った { a. ばかりか　b. ばかりに }、父の仕事の手伝いを
　　させられた。

2　働きすぎた { a. あまり　b. おかげで }、病気になった。

3　電車の事故の { a. せいで　b. ばかりに }、仕事に遅れた。

4　友達がやり方を教えてくれた { a. おかげで　b. ばかりに } パソコンソフ
　　トが使えるようになった。

5　{ a. 嬉しいの　b. 嬉しさの } あまり、知らない人に抱きついてしまっ
　　た。

＊ 抱きつく ……抱住

**（　　　）に入る適当な言葉を□から選びなさい。同じ言
葉は一度しか使えません。**

あまり	おかげ	せい	ばかり

1　痛さの（　　　　）、動けなくなってしまった。

2　有名人である（　　　　）に、プライベートな写真まで雑誌に出てしまっ
　　た。

3　家賃が安い（　　　　）で、貯金ができる。

4　花粉症の（　　　　）か、喉と頭が痛い。

問題 3　（　　　）に入る最も適当なものを一つ選びなさい。

1 彼は英語ができるばかりに、（　　　）。
　　a. 仕事熱心な人だ
　　b. 仕事がよくできる
　　c. 仕事が増えてしまう

2 学校では、子供の個性を伸ばそうと考えるあまり、（　　　）。
　　a. 頭のいい子供が増えてきた
　　b. 基礎学力が低下してしまったと言われている
　　c. はっきり自分の意見が言えるようになってきた

3 （　　　）ストレスのせいだ。
　　a. 食欲がないのは
　　b. 部屋がきたなくて
　　c. 毎日仕事が楽しいから

229 ページで答えを確認！

・・・・・・・・・・・・・・・・・・・・・・・・・・・・

（第7週4日目の解答）
問題1　　**1** a　**2** b　**3** b　**4** a
問題2　　**1** だけの　**2** だけあって　**3** だけに　**4** だけ

🎧36

「わけ」を使った言い方

〜わけがない・〜わけはない

意味 **絶対に〜ない・あり得ない**

強く否定する言い方で、そうなる理由や可能性がないことを表す。

不可能……；不會……。強烈否定的說法，表示沒有理由或可能。

接続

$$
\left.
\begin{array}{l}
\text{V・イA　普通形} \\
\text{ナA・N　名詞修飾型}
\end{array}
\right\} + \text{わけがない・わけはない}
$$

例

① こんな汚れた川で魚がとれるわけがない。
在這種骯髒的河裡不可能捕得到魚。

② 心をこめて手紙を書いたんだから、気持ちが伝わらないわけはない。
誠心誠意寫下的信，心意一定可以傳達給對方。

③ 息子「この自転車が古いから壊れたんだ。」
父親「古いわけがないだろう。先月買ったばかりなんだから。」
子：「這輛腳踏車很舊了，壞了。」
父：「怎麼可能舊了？不是上個月才買的嗎？」

④ 離婚して平気なわけがない。最近、高橋さんが元気がないのは当然だ。
離了婚怎麼可能不在乎？可想而知最近高橋先生很消沉。

➠ こめる → ［第9週3日目］p. 269

～わけだ

(1) 意味　～ということだ・～という結論になる

事実や状況からそうなる、そういう結論になることを表す。

當然……；自然……。表示根據事實或狀況，而自然引發的結論。

接続
$$\left.\begin{array}{ll} \text{V・イA} & \text{普通形} \\ \text{ナA・N} & \text{名詞修飾型} \end{array}\right\} + \text{わけだ}$$

例

❶ この本は、1日5ページ勉強すれば2か月で終わるわけだ。
　　這本書只要一天念5頁，2個月自然就會念完。

❷ 観光旅行で日本へ来て、日本が好きになり、そのまま住んでしまったわけです。
　　來到日本觀光後喜歡上日本，自然而然就這樣住了下來。

❸ 営業成績でボーナスの金額が決まるから、社員はみんな真剣なわけだ。由於獎金金額是看業績而定，難怪員工個個認真。

(2) 意味　だから～のだ

理由があって、そうなるのは当然だと納得したことを表現する。

因為……所以。表示由於某種原因，而得出理所當然的結論。

接続　**(1) と同じ**

例

❹ 吉田「田村さん、赤ちゃんが生まれたそうですね。」
　　佐藤「そうなんですか。それで最近急いで帰っているわけだ。」
　　吉田「聽說田村先生的小孩子出生了。」
　　佐藤「原來如此。難怪他最近都歸心似箭。」

❺ 暑いわけだ。エアコンがついていない。　難怪會熱，空調沒開啊！

～わけではない・～わけでもない

意 味 **全部が～ではない・必ず～とは言えない**

完全に否定するのではなく、部分否定を表す。「～ないわけではない」は部分
的に肯定する言い方。

並不是……；並非……。表示「不是完全的否定，而是部分否定」。「～ないわけではな
い」用於部分肯定。

接 続 V・イA　普通形 ナA・N　名詞修飾型 ＋ わけではない・わけでもない

例

① ゲームが大好きだけど、毎日しているわけではないよ。
我最愛電動了，但並非每天都在玩。

② 忙しいからといって、売上げがいいわけではない。
雖說很忙，但並非銷售好。

③ 嫌いなわけでもないんですが、チョコレートはあまり食べません。
雖並非討厭，但我不太吃巧克力。

④ 彼女の気持ちが分からないわけではないが、賛成はできない。
我並非不了解她的心情，但我不賛成。

～わけにはいかない・～わけにもいかない

意味　～できない

したい気持ちはあるが、理由があってできないことを表す。「～ないわけには
いかない」は「～なければならない」の意味になったり（例3）、「～したい
気持ちが抑えられない」の意味になったり（例4）する。

不可能……。表示「想做某事，但是由於某種原因而無法做」。「～ないわけにはいかな
い」有「不做不行」的意思（例3），或有「不能壓抑想要去實行的心情」的意思（例
4）。

接続　V　辞書形　＋　わけにはいかない・わけにもいかない

① 明日提出するレポートがまだ書けていないので、寝るわけにはい
かない。

明天要交的報告我還沒寫好，不能睡。

② 車で来たから、お酒を飲むわけにもいかない。
因為是開車來，所以不可以喝酒。

③ 仕事上のパーティーだから、行かないわけにはいかない。
因為是商務派對，所以不去不行。

④ 500円でケーキ食べ放題と聞いたら、行かないわけにはいかな
い。

一聽到500日圓蛋糕吃到飽，哪有不去的道理？

確認テスト ||||||||||||||||||||||||||||||||||||||||||||||||||||||||||||||||||

問題 1 　**正しいものに〇をつけなさい。**

1　あんな背の高い子が小学生の { a. わけがない　b. わけではない }。
　　せ たか こ　　しょうがくせい

2　熱があるけど、今日は重要な会議があるから、会社を休む
　　ねつ　　きょう じゅうよう かいぎ　　　　　 かいしゃ やす
　　{ a. わけがない　b. わけにはいかない } んだ。

3　あの二人は双子だからそっくりな { a. わけだ　b. わけにもいかない }。
　　ふたり ふたご

4　忙しい { a. わけだ　b. わけでもない } が、ランチを外で食べる時間が取
　　いそが　　　　　　　　　　　　　　　　　　　　そと た　じかん と
　　れない。

5　{ a. 嫌いだ　b. 嫌いな } わけではないが、カラオケはあまり行かない。
　　きら　　　きら　　　　　　　　　　　　　　　　　　　　 い

問題 2 　**（　　　）に入る適当な言葉を□□から選びなさい。同じ言葉は一度しか使えません。**

わけがない　　　わけだ　　　わけではない　　　わけにはいかない

1　みんな忙しそうだから、手伝ってもらう（　　　）。
　　いそが　　　　　　　　 てつだ

2　単語を1日3つ覚えれば、1か月で90個覚えられる（　　　）。
　　たんご にち　 おぼ　　　　　 げつ　 こ おぼ

3　いつも優しい彼がそんなひどいことを言う（　　　）。
　　やさ かれ　　　　　　　　　　　 い

4　あの会社は忙しくて有名だが、毎日残業している（　　　）。
　　かいしゃ いそが　　ゆうめい　　まいにちざんぎょう

最も適当なものを選び、右と左を一つずつ結んで文を完成しなさい。

1 お世話になった先生が　　　・
　　せわ　　　せんせい
　　招待してくださったので
　　しょうたい

2 忙しくて行けないが、　　　・
　　いそが　　い
　　楽しそうな同窓会に
　　たの　　　　どうそうかい

3 休みが 3 日しかないのに　・
　　やす　　　か
　　ヨーロッパ一周旅行なんて
　　　　　　いっしゅうりょこう

　　　　　　　　　　　・　a. 行けるわけがない。
　　　　　　　　　　　　　　い

　　　　　　　　　　　・　b. 行きたくないわけではない。
　　　　　　　　　　　　　　い

　　　　　　　　　　　・　c. 行かないわけにはいかない。
　　　　　　　　　　　　　　い

235 ページで答えを確認！

（第 7 週 5 日目の解答）
問題 1　　**1** b　**2** a　**3** a　**4** a　**5** b
問題 2　　**1** あまり　**2** ばかり　**3** おかげ　**4** せい
問題 3　　**1** c　**2** b　**3** a

～ことか／～ことだ／
～ことだから／～ことなく

🎧37

「こと」を使った言い方

～ことか

意味 **とても～だ**

強く感じたこと、程度が強いことを表す強調表現。「どんなに・どれだけ・なんと・何回・何度」などの言葉と一緒に使うことが多い。

多麼……啊。用來強調「感受和程度很深」。經常和「どんなに、どれだけ、なんと、何回、何度」等詞語一起使用。

接続
$$\left\{ \begin{array}{l} \text{V・イA　普通形} \\ \text{ナA　名詞修飾型} \end{array} \right\} + \text{ことか}$$

例

❶ 姉が留学先から帰ってくる。母がどれだけ喜ぶことか。
　姐姐即將學成歸國，媽媽會多麼高興啊！

❷ 庭の木に今年やっと花が咲いた。何年待ったことか。
　庭院裡的樹今年終於開花了，等了好幾年了啊！

❸ 子供のころ両親が亡くなって、彼はどんなにつらかったことか。
　小時候便失去雙親，他有多麼辛苦啊！

❹ 大勢の客の前で演奏できるのは、なんと素敵なことか。
　能在那麼多的客人面前演奏，多麼棒啊！

＊ 亡くなる …… 去世

～ことだ

(1) 意味 **とても～だ**

話し手が驚いたことや感動したことなどを言う。

太……。表示說話人驚訝和感動等情景。

接続 $\left\{ \begin{array}{l} \textbf{イAい} \\ \textbf{ナAな} \end{array} \right\}$ ＋ **ことだ**

 ① 夏休みが２か月もあるなんて、うらやましいことだ。
　　　暑假竟然有２個月，太令人羨慕了！

② 風邪をひいて試合の応援に行けなかった。残念なことだ。
　　　因為感冒而沒去賽場上加油，太遺憾了！

(2) 意味 **～しなさい・～したほうがいい**

命令や助言を表す。目上の人に対しては使わない。

最好……；應該……。表示命令和忠告。不能對長輩使用。

接続 **V 辞書形・ない形 ＋ ことだ**

 ③ 強くなりたければ、毎日練習することだ。
　　　想變強的話，就得每天練習。

④ 親を心配させるようなことは話さないことだ。
　　　不該說會讓父母親擔心的事。

～ことだから

意味 ～だから、たぶん

人を表す名詞について、その人の性格から予想されることを述べる。

因為是……。對於表示人物的名詞，說明根據其性格來預測事情的結果。

接続 Nの ＋ ことだから

❶ きれい好きな彼のことだから、部屋も片付いているに違いない。

因為是愛乾淨的他，所以房間一定整理得一塵不染。

❷ 小さい子供のことだから、けんかしてもすぐに仲直りできます。

因為是小孩子，吵架也能馬上和好。

❸ 佐藤さんのことだから、誰よりも早く待ち合わせ場所に来ていると思うよ。

因為是佐藤，所以我想他會比任何人都早到約定地點。

＊ きれい好き……喜愛潔淨

＊ 仲直りする …… 和好

＊ 待ち合わせ場所……碰頭地點

～ことなく

意味 ～しないで

「～しないで」の少し硬い言い方。

不……。是「～しないで」的比較生硬說法。

接続 V　辞書形　＋　ことなく

①　久しぶりに会ったのに、兄と弟は一度も話すことなく別れた。
明明很久沒見了，哥哥和弟弟卻沒說一次話就分開了。

②　この工場は休むことなく一年中動いている。
這間工廠終年無休。

③　いつ来ても変わることなく、ここから見る景色は美しい。
不管什麼時候來都沒變，從這裡望去的風景真優美。

第8週 2日目

確認テスト ||||||||||||||||||||||||||||||||||||||||||||||||||||||||||||

問題 1　　**正しいものに○をつけなさい。**

1 知られたくないなら、誰にも言わない { a. ことだ　b. ことではない }。

2 いつも元気な彼女の { a. ことだから　b. ことなく }、すぐに新しい友達ができるだろう。

3 連絡がとれなくなったので、どれだけ心配した
　　{ a. ことか　b. ことだ }。

4 { a. 迷う　b. 迷った } ことなく、日本で就職することに決めた。

5 海外で仕事をしている父が帰ってくることになった。どんなに
　　{ a. 待つ　b. 待った } ことか。

問題 2　　**（　　　）に入る適当な言葉を□から選びなさい。同じ言葉は一度しか使えません。**

ことか　　　ことだ　　　ことだから　　　ことなく

1 優しい彼の（　　　　　）、いいお父さんになるだろう。

2 子供の頃は公園で飽きる（　　　　　）遊んでいた。

3 悩みがあるときに話を聞いてくれる友達がいるのは、ありがたい
　　（　　　　　）。

4 忙しくて忙しくて、仕事をやめようと何度考えた（　　　　　）。

1 ＿＿＿＿＿＿＿＿＿＿＿＿、早く寝ることだ。
　　a. 風邪をひいている時は
　　b. もう電気が消えていたから

2 その男は警察官に気付かれることなく、＿＿＿＿＿＿＿＿＿。
　　a. ビルに入った
　　b. ついに捕まった

3 性格が明るい弟のことだから、＿＿＿＿＿＿＿＿＿。
　　a. 東京で何年過ごしただろうか
　　b. 東京でも楽しく過ごしているだろう

第8週
2日目

241 ページで答えを確認！

（第8週1日目の解答）
問題1 　**1** a 　**2** b 　**3** a 　**4** b 　**5** b
問題2 　**1** わけにはいかない 　**2** わけだ 　**3** わけがない
　　　 4 わけではない
問題3 　**1** c 　**2** b 　**3** a

～ことには／～ことになっている
～ことはない／～ということだ

🎧38

「こと」を使った言い方。Part 2

～ことに（は）

意味 **とても～だ**

話し手の気持ちを強調する言い方で、後文の内容について強く感じたことを
「～ことに」の前で言う。後文には意志を表す文は来ない★。

令人……的是。用於強調說話人的心情，在「～ことに」的前面說明「對後面的內容感觸深刻」。後面不能接續表示意志的語句。

接続
$$\left.\begin{array}{l} \text{V た形} \\ \text{イAい} \\ \text{ナAな} \end{array}\right\} \ + \ ことに（は）$$

例

① 驚いたことには、水野さんと私は同じ高校を卒業していた。
令人驚訝的是，水野先生竟和我是同一所高中畢業的。

② 嬉しいことに、誕生日に友達から花をもらった。
令人開心的是，生日當天朋友送我花。

③ 不思議なことに、祖母が亡くなる前の日に祖母の夢を見た。
不可思議的是，祖母去世前一天，我夢到了祖母。

★こんな文はだめ！

✕ 嬉しいことに、来年はカナダへ留学するつもりだ。

～ことになっている・～こととなっている

意味 ～と決まっている

規則、慣例や予定などで決まっていることを述べる。
<small>き そく　かんれい　　よ てい　　　　き　　　　　　　　　の</small>

按規定……。敘述按照規則、常規和計畫等決定的情況。

接続 V　辞書形・ない形　＋　{ ことになっている・こととなっている }

例

① 日本では女性は 16 歳、男性は 18 歳から結婚できることになって
<small>に ほん　　じょせい　　さい　だんせい　　　さい　　けっこん</small>
いる。

在日本規定女性滿 16 歲，男性滿 18 歲便可以結婚。

② この会社では、毎朝、社員全員で体操をすることになっている。
<small>かいしゃ　　まいあさ　しゃいんぜんいん　たいそう</small>
在這間公司裡，規定全部員工每天早上都要做體操。

③ 講演の前に、弊社の社長の佐藤が挨拶をさせていただくことと
<small>こうえん　まえ　　へいしゃ　しゃちょう　さ とう　あいさつ</small>
なっております。

在演講之前，請敝公司的佐藤社長致詞。

④ ここでは写真を撮ってはいけないことになっている。
<small>しゃしん　と</small>
這裡規定不能拍照。

～ことはない・～こともない

意味　～する必要はない

しなくてもいいことを伝える表現で、助言や忠告に使うことが多い。

不必要……。說明沒有必要做某事，多用於建議和忠告。

接続　**V　辞書形　＋　ことはない・こともない**

例

①　ちょっとけがをしただけだから、心配することはない。

只是受點傷而已，不用擔心。

②　メールで要件を伝えればいいので、わざわざ行くこともないだろう。只要寫郵件表明要件就好，沒必要特地跑一趟吧？

③　カラオケへ行っても、無理に歌うことはない。歌いたい人が歌えばいい。即使去唱卡拉 OK 也不用勉強唱歌，想唱的人再唱就好。

④　待ち合わせ時間に遅れたのは申し訳ないけど、そんなに怒ることはないでしょう。

沒趕上約好的時間，深感抱歉，但也沒必要氣成那樣吧？

～ということだ

(1)　意味　～そうだ

他から聞いたり読んだりして知ったことを言う表現。伝聞。

據說……。說明透過耳聞目睹而瞭解到某些事情。傳聞。

接続　**V・イA・ナA・N　普通形　＋　ということだ**

＊ナA、N不接「だ」也可以。也可以用句子的形式接續（例４）。

例

① 天気予報によれば、今夜は雪が降るということだ。
　根據天氣預報，今晚聽說會下雪。

② この店は若い女性の間で話題になっているということだ。
　聽說這家店在年輕女孩子間引發話題。

③ この高校は制服がないので、服装は自由ということだ。
　由於這間高中沒有制服，所以聽說可穿便服上學。

④ 時間がある人は手伝ってくださいということです。
　說是有時間的人請幫一下忙。

(2) 意味 　**〜という意味だ**

何かを解釈したり言い換えたり結論を出して言う表現。

……的意思。用於說明辯解或是換一種說法而得出某種結論。

接続 　　**(1) と同じ**

例

⑤ 「一緒に働きましょう」と言われた。つまり合格したということ
　だ。

　他和我說「一起工作吧」。也就是說我考上了！

⑥ 「来月から大阪にある父の会社で働くことにしました。」
　「え、じゃあ、この会社をやめるということですか。」
　「我決定下個月要在爸爸位於大阪的公司上班了。」
　「真的？那也就是說你要辭掉這家公司囉？」

確認テスト ||||||||||||||||||||||||||||||||||||||||||||||||||||||||||||||||||||

問題 1　**正しいものに〇をつけなさい。**

1 困った { a. ことか　b. ことに }、車が壊れてしまった。

2 日本では 20 歳から酒が飲める
　　{ a. ことになっている　b. こともない }。

3 まだ時間はあるから、急ぐ { a. ことはない　b. ということだ }。

4 駅前のラーメン屋はいつも行列している
　　{ a. ことだ　b. ということだ }。

5 飛行機の中ではたばこは { a. 吸えない　b. 吸っている } ことになっています。

問題 2　**□ の中からもっとも適当なものを使って下線の言葉を書き換えなさい。□の中の言い方は一度しか使えません。**

ことになっている　　ことはない　　ということだ

1 部長がまだ外出中なので、会議は 4 時から始めるそうだ。

2 あなたは何も悪いことをしてないんだから、謝らなくてもいい。

3 私の会社では、年に 2 回、研修を受けると決まっている。

問題3　**どちらか適当なものを選びなさい。**

1 おめでたいことに、＿＿＿＿＿＿＿＿。

　　a. 彼女と結婚しようと思う
　　　かのじょ　けっこん　　　おも
　　b. 田村さんに赤ちゃんが生まれたそうです
　　　たむら　　　あか　　　　う

2 美術館は撮影禁止だ。カメラを持って行っても＿＿＿＿＿＿＿＿。
　　びじゅつかん　さつえいきんし　　　　　　　も　　い

　　a. 役に立つということだ
　　　やく　た
　　b. 役に立たないということだ
　　　やく　た

3 ＿＿＿＿＿＿＿＿ 新しい服を買うことはない。
　　　　　　　　あたら　ふく　か

　　a. 入社式のためにわざわざ
　　　にゅうしゃしき
　　b. せっかくの入社式だから
　　　　　　　にゅうしゃしき

4 7月に彼のコンサートが＿＿＿＿＿＿＿、中止になってしまった。
　　がつ　かれ　　　　　　　　　　　　　　ちゅうし

　　a. 行われることになっていたが
　　　おこな
　　b. 行われたことになっているが
　　　おこな

* おめでたい…… 可喜

247 ページで答えを確認！

（第8週2日目の解答）

問題1　**1** a　**2** a　**3** a　**4** a　**5** b
問題2　**1** ことだから　**2** ことなく　**3** ことだ　**4** ことか
問題3　**1** a　**2** a　**3** b

🎧39

「もの」を使った言い方

〜もの

意味 〜から

文末につけて理由を表す。親しい人とのくだけた会話で、個人的な理由や言い訳を言うときに使う。「〜もん」は「〜もの」がくだけた形。

因為……。放在句尾，表示理由。用於同熟人密切交談時，說明個人的理由和辯解。「〜もん」是「〜もの」口語形式。

接続 Ｖ・イＡ・ナＡ・Ｎ　普通形　＋　もの

＊「〜んだもの・〜んだもん」的形式也常使用。

例

① 一人で行けますよ。地図を書いてもらったんですもの。
我可以一個人去啦！因為有請人家幫我畫了地圖。

② 「ケーキ、全部食べちゃったの？」
「だって、おいしかったんだもん。」

「蛋糕，你全都吃光啦？」
「因為很好吃嘛！」

③ ゲームを持っていこう。待っているとき、退屈だもん。
帶電動去吧！因為等的時候會很無聊嘛！

④ 誰でも悩みはあります。人間だもの。
任誰都有煩惱的。畢竟是人嘛！

～ものか

意味 **絶対に～ない・全然～ない**

「～しない・～したくない・～じゃない」という話者(わしゃ)の強(つよ)い否定(ひてい)の気持(きも)ちを表(あらわ)す言(い)い方(かた)。「～もんか」も同様(どうよう)。

決不……；難道……嗎。表示說話人「～しない、～したくない、～じゃない」強烈的否定心情。同「～もんか」意思一樣。

接続
$$\left.\begin{array}{ll} \text{V・イA} & \text{普通形} \\ \text{ナA・N} & \text{名詞修飾型} \end{array}\right\} \; + \; \text{ものか}$$

＊N不可用「Nの」接續，要以「Nな」接續。

例

① ちょっとけがをしたくらいで負(ま)けるものかと頑張(がんば)った。
自我鼓勵說，只是受了點傷怎麼會輸呢？

② あんなひどい店(みせ)、二度(にど)と行(い)くものかと思(おも)った。
那種差勁的店，我怎麼會再去呢？

③ 「この仕事(しごと)は楽(らく)だって店長(てんちょう)が言(い)ってたよ。」「楽(らく)なもんか。大変(たいへん)なんだ。」
「店長說這份工作很輕鬆哦！」「輕鬆？很累的！」

④ あんな人(ひと)は立派(りっぱ)な政治家(せいじか)なものか。公約(こうやく)したことを全然(ぜんぜん)守(まも)らないんだから。
那種人哪是卓越的政治家啊？承諾的事全都跳票啊！

～ものだ・～ものではない

(1) 意味 ～が普通だ

本来そうあるべきこと、常識、もともとの性質などを言い表す。一般的な性質を述べるときに使う表現で、個別の性質については使わない★。

是……的。表示「理所應當 、常識、本來的性質」。用於説明事物的一般性質，不能用於個別的性質。

接続
$$\left.\begin{array}{ll} \text{V・イA} & \text{普通形} \\ \text{ナA・N} & \text{名詞修飾型} \end{array}\right\} + \text{ものだ・ものではない}$$

例
① 毎日勉強するのはつらいものだ。每天唸書很辛苦的。
② 何歳になっても親は子供のことが心配なものだ。
不管小孩子幾歳，父母親都會擔心。

★こんな文はだめ！

✕ 私は息子が大人になっても心配なものだ。

(2) 意味 ～するのが当然だ

(1) の意味から、それを助言として言う言い方。

應當……。根據 (1) 的意思，對其提出建議的説法。

接続 V 辞書形・ない形 ＋ ものだ・ものではない

例
③ お年寄りには席を譲るものだよ。應該讓座給老年人哦！
④ 人の悪口を言うものではない。不該說人家的壞話哦！

(3) 意味 **本当に～だなあ**

感心したことや驚いたことなどを気持ちを込めて言う言い方。

真……呀。帶著感歎和驚訝等等語氣的說法。

接続 **(1) と同じ**

⑤ 彼は不真面目な学生だったのに、よく卒業できたものだ。
他以前明明是個不認真的學生，還真的畢業了啊？

⑥ もう、12月だ。一年が終わるのは早いものだ。
已經12月了。一年過得可真快啊！

(4) 意味 **昔はよく～した**

以前よくやったことや以前の状態を懐かしんで言う言い方。

常常……了。用於想念過去經常做的事情和過去的狀態。

接続

$$\left.\begin{array}{l} \text{V　た形} \\ \text{イAかった} \\ \text{ナAだった} \end{array}\right\} \text{ ＋ もの だ}$$

⑦ 大学生のころは、朝まで友達と酒を飲んだものだ。
還在唸大學時，常和朋友喝酒到天亮。

⑧ 昔つき合っていた彼とよくここへ来たものだ。
和以前交往過的他，經常來到這裡。

⑨ この辺は何もなくて静かだったものだ。
以前這附近什麼都沒有，很安靜。

＊お年寄り……老年人　　＊席を譲る……讓座　　＊つき合う……交往

～ものがある

意味 ～と感じる

～と感じさせるような特徴や要素があることを表す。

覺得……。表現對某些事物感受到的特徵和因素。

接続

$$\left\{ \begin{array}{l} \text{V　辞書形} \\ \text{イAい} \\ \text{ナAな} \end{array} \right\} ＋　ものがある$$

例

① 彼のヴァイオリンの演奏には人を感動させるものがある。
他的小提琴演奏讓人感動。

② 自分が通った学校がなくなるのはさびしいものがある。
自己唸過的學校即將廢校，不勝唏噓。

③ 知らない人と簡単に知り合いになれるネット上のコミュニティは危険なものがある。
可以和不認識的人輕鬆變朋友，網路世界真危險。

確認テスト ||||||||||||||||||||||||||||||||||||||||||||||||||||||||||||||||||||

問題 1 **正しいものに〇をつけなさい。**

1 母親「どうしてすぐに連絡、くれなかったの。」
息子「だって、近くに電話がなかったんだ { a. もん　b. もんか }。」

2 留学は楽しみだが、友達と会えなくなるのはつらい { a. ものか　b. ものがある }。

3 試合に負けたぐらいで泣く { a. ものか　b. ものだ }。

4 よく知らない人に電話番号や住所を教える
　{ a. ものだ　b. ものではない }。

5 薬はにがい { a. ものがある　b. ものだ }。我慢して飲みなさい。

6 学生の時は週末によく { a. テニスをして　b. テニスをした } ものだ。

7 父が優しいって？優しい { a. 父親の　b. 父親な } ものか。私は叱られて
ばかりだ。

問題2　次の文と同じ意味の「ものだ」を使っている文を一つ選びな
さい。

◆ 学生時代は毎週映画館へ行って映画を見た<u>ものだ</u>。
　a. うちの犬は誰にでもすぐ吠える。困った<u>ものだ</u>。
　b. 同級生と会って話をするのは楽しい<u>ものだ</u>。
　c. きれいな服を着ると気分も変わる<u>ものだ</u>。
　d. 兄弟げんかをしてよく親に叱られた<u>ものだ</u>。

＊ 吠える……吠叫

253 ページで答えを確認！

（第8週3日目の解答）
問題1　1 b　2 a　3 a　4 b　5 a
問題2　1 始めるということだ　2 謝ることはない
　　　　3 受けることになっている
問題3　1 b　2 b　3 a　4 a

🎧40

〜ものだから

意味 〜だから

理由を表す。後文に命令や意志を表す文は来ない★。言い訳に使うことが多い。「〜もので」も同じように使う。

因為……。表示理由。後面不能接續表示命令和意識的語句。多用於辯解。用法和「〜もので」一樣。

接続

$$\left.\begin{array}{ll} \text{V・イA} & \text{普通形} \\ \text{ナA・N} & \text{名詞修飾型} \end{array}\right\} + \text{ものだから}$$

＊N 不能用「Nの」接續，要以「Nな」接續。

例

① バスが来ないものだから、タクシーを使ってしまった。
因為巴士不來，所以就搭計程車了。

② 先週は忙しかったもので、メールの返事が遅れてしまいました。
由於上個禮拜很忙，所以郵件很晚才回。

③ 吉田「佐藤さんの机の上はいつも物がたくさん置いてあるね。」
佐藤「すみません。片付けるのが面倒なものですから。」
吉田：「佐藤先生桌上總是擺著一堆東西。」
佐藤：「不好意思，因為要整理很麻煩。」

★こんな文はだめ！

✗ バスが来ないものだから、タクシーを使いましょう。

248

～ものなら

(1) 意味 たぶんできないが、もし～ができるなら

「実現する可能性が低いが、もしできると仮定した場合」という意味で、後文
で希望、話者の意志、命令などを述べる。

假如……。「就算實現的可能性很低，但是還是有可能實現的情況下」的意思，在後面的
內容裏說明「希望、說話人的意圖、命令等」。

接続 **V 辞書形 ＋ ものなら**

例
① 学生の頃に戻れるものなら戻りたい。
要是能回到學生時代，我真想回去。

② 治るものなら、いくらお金がかかっても構わない。
要是治得好的話，不管花多少錢我都在所不惜。

③ 明日までに書けるものなら、書いてみろ。
要是明天能寫好，就寫寫看吧！

(2) 意味 もし～したら

もし～したら大変なことになることを意味し、後文では大変な事態を表す文が
来る。

如果……。表示「如果……，就會出現嚴重的後果」。後面接續表示事態嚴重的語句。

接続 **V 意向形 ＋ ものなら**

例
④ 姉の服を着ようものなら、すごく怒られる。
如果穿姐姐的衣服的話，會馬上挨罵。

⑤ 授業中にあくびでもしようものなら、先生からチョークが飛んで
くる。要是在上課中打哈欠的話，會被老師丟粉筆。

＊ あくびをする ……打哈欠

～というものだ

それは～だ

話し手が何かについての感想を言ったり主張をしたりする、断定的な言い方。

就是……。說話人對某事發表感想和主張，表示判斷的說法。

接続 **V・イA・ナA・N　普通形　＋　というものだ**

＊ナA、N有時不接「だ」。

例

① 今頃、本当の母親ではないと言われても、信じられないというものだ。

事到如今，即使你告訴我不是我親媽媽，實在難以置信。

② 私の描いた絵が表彰された。努力した甲斐があったというものだ。

我畫的畫受到表揚了。真的是努力有了回報。

③ 働いている人に1日5時間勉強しろなんて、無理というものだ。

竟然要已在工作的人一天唸5小時的書，太強人所難了。

④ 何が起こるか分からないのが人生というものだ。

永遠不曉得會發生什麼事，這就是人生。

〜というものではない・〜というものでもない

意味 **〜とは言えない**

「いつも・必ず〜とは限らない」という意味を表す。

並不是⋯⋯。表現「和常規的情況不同，不一定」的意思。

接続 **V・イA・ナA・N　普通形　＋　というものではない・というものでもない**

＊ナA、N有時不接「だ」。

例

① 転職したら給料がよくなるというものでもない。
換工作，薪水不一定就會變好。

② 航空券は安ければいいというものではない。
機票並不一定便宜就好。

③ 語学ができる人は就職に有利だというものでもない。
並非語言強的人找工作較有利。

確認テスト ||||||||||||||||||||||||||||||||||||||||||||||||||||||||||||||||

問題 1　正しいものに〇をつけなさい。

1 空を飛べる { a. というものだから　b. ものなら }、すぐにでも家に帰り
たい。

2 サプリメントを飲めば健康になる { a. というものでもない　b. ものがあ
る }。

3 楽しかった { a. ものだから　b. ものなら }、飲みすぎてしまいました。

4 男女で給料が違うのは { a. 不公平　b. 不公平な } というものだ。

5 夜遅くにギターを { a. 弾く　b. 弾こう } ものなら、家族全員に怒られ
る。

問題 2　（　　　）に入る適当な言葉を□から選びなさい。同じ言葉は一度しか使えません。

ものだから　　ものなら　　というものだ　　というものではない

1 途中で仕事をやめるなんて、無責任（　　　）。

2 雨が降ってきた（　　　）、濡れてしまった。

3 遅く帰ろう（　　　）、家に入れてもらえなかった。

4 何でも新しければいい（　　　）

＊ 濡れる……淋濕

問題3　　**どちらか適当なものを選びなさい。**

1 みんなに会うのが久しぶりなものだから、＿＿＿＿＿＿＿＿＿＿＿。
　　a. 名前を思い出しなさい
　　b. 名前を思い出せない人もいる

2 旅行に行けるものなら＿＿＿＿＿＿＿＿＿＿。
　　a. 行きたい
　　b. 休みが取れない

3 授業中は静かに先生の話を聞いていればいいというものではない。
　　＿＿＿＿＿＿＿＿＿＿＿。
　　a. 積極的に発言するべきだ
　　b. うるさい学生は教室から外に出される

259 ページで答えを確認！

（第8週4日目の解答）
問題1　　1 a　2 b　3 a　4 b　5 b　6 b　7 b
問題2　　1 d

第9週 1日目 ～てしょうがない／～てならない／～っこない／～ようがない

🎧41

「ない」を含んだ言い方はいろいろある！

～てしょうがない・～てたまらない

意味 とても～だ

「我慢できないくらいとても～だ」という意味で、話し手の強い感覚や感情を表す。第3者について言うときは、文末に「らしい・ようだ」などをつけて言う。「～てしかたがない」も同じ意味。

非常……。「難以忍受，非常……」的意思，表示說話人強烈的感受和感情。說明第三人的時候，句尾接續「らしい、ようだ」等。與「～てしかたがない」意思相同。

接続
$$\left\{ \begin{array}{l} \text{V て形} \\ \text{イAくて} \\ \text{ナAで} \end{array} \right\} + \text{しょうがない・たまらない}$$

例

① 昨日から何も食べていないので、お腹がすいてしょうがない。
由於昨天開始就什麼都沒吃，所以肚子餓得受不了。

② 近くで花火大会をしているから、外はうるさくてしょうがない。
由於附近在放煙火，所以外頭吵得不可開交。

③ 最近は会社で仕事をしている時間が楽しくてしょうがない。
最近我非常享受在公司上班的時間。

④ 最新のデジカメが欲しくてたまらない。
非常想要最新型的數位相機。

⑤ 将来のことを考えると不安でたまらない。
一想到將來就相當不安。

～てならない

意 味 **とても～だ**

「自然に～という気持ちが出てきて、その気持ちが抑えられないくらいとても
～だ」という意味。話し手の感覚や感情などを言う。第 3 者について言うとき
は、文末に「らしい・ようだ」などをつけて言う。

非常……。表示「自然而然的感覺，難以壓抑這種感覺，感到很……」的意思。表達說話
人的感受和感情等。說明第三人的時候，句尾接續「らしい、ようだ」等。

接 続

$$\left.\begin{array}{l} \textbf{V　て形} \\ \textbf{イAくて} \\ \textbf{ナAで} \end{array}\right\} + \textbf{ならない}$$

例

 今日の佐藤さんは元気がなかったので、気になってならない。
由於今天佐藤沒什麼精神，我好擔心。

② この試合で監督が辞めてしまうのは残念でならない。
在這場比賽過後教練就要辭職了，真是可惜。

③ 彼女はどうして自分が合格したのか不思議でならないようだ。
她似乎對於自己為什麼通過考試的這件事，感到十分不可思議。

第
9
週

1
日
目

～っこない

意味 **絶対に～ない**

「～わけがない」と似た意味で、話し手が可能性を強く否定する表現。くだけ
た会話で使う。

不會……。同「～わけがない」的意思相似，表示說話人強調否認其可能性。用於親近者之
間的會話。

接続 **V　ます形　＋　っこない**

1. 宝くじなんて当たりっこない。
   彩券這種東西，怎麼可能會中呢？

2. 3日で漢字100個も覚えるの？そんなこと、できっこないよ。
   3天要背100個漢字啊？那種事，辦不到的啦！

3. まだ学生なのに彼女に結婚しようなんて言えっこない。
   明明還是個學生，不可能向女朋友說要結婚的。

～ようがない・～ようもない

意味 **～できない**

方法や手段がないからできないことを表す。
ほうほう しゅだん あらわ

無法……。表示因為沒有方法和手段，而無法做某事。

接続 **V ます形 ＋ ようがない・ようもない**

例
① 私は山本さんの電話番号も住所も知らないから連絡しようがな
わたし やまもと でんわばんごう じゅうしょ し れんらく
い。

因為山本先生的電話號碼及住址我都不知道，所以無法聯絡。

② まだ調査中なので、事故の原因を聞かれても答えようがない。
ちょうさちゅう じこ げんいん き こた
由於還在調查中，所以即使你問我事故的原因，我也答不上來。

③ 彼の音楽の才能は素晴らしい。天才としか言いようがない。
かれ おんがく さいのう すば てんさい い
他的音樂才華真卓越。除了天才之外，找不到字可以形容。

④ 両親は結婚させたがっているが、本人が結婚したくないと言って
りょうしん けっこん ほんにん けっこん い
いるのだからどうしようもない。

雖然雙親想要讓他們結婚，但當事人說不想結，所以無計可施。

確認テスト ||||||||||||||||||||||||||||||||||||||||||||||||||||||||||||||||||

問題 1 **正しいものに○をつけなさい。**

1 質問の意味が分からないので答え { a. てたまらない　b. ようがない }。
　しつもん　いみ　わ　　　　　　　　こた

2 先週受けた試験の結果が気に { a. なるっこない　b. なってならない }。
　せんしゅう う　　しけん けっか　き

3 昨日あまり寝ていないので、
　きのう　　　　ね

　　{ a. 眠くてたまらない　b. 眠いっこない }。
　　　ねむ　　　　　　　　　　ねむ

4 新車なんて高くて { a. 買えっこない　b. 買えてならない } よ。
　しんしゃ　　たか　　　か　　　　　　　か

5 父に会えなかったのが { a. 残念　b. 残念な } でたまらない。
　ちち あ　　　　　　　　ざんねん　　ざんねん

6 そんなこと家族には { a. 言え　b. 言える } っこない。
　　　　　　かぞく　　　い　　　い

問題 2 **□の中からもっとも適当なものを使って下線の言葉を書き換えなさい。□の中の言い方は一度しか使えません。**

っこない　　　　ならない　　　　ようがない

1 私の気持ちなんてあなたには絶対に<u>分からない</u>。
　わたし きも　　　　　　　　　　ぜったい わ

2 捨てられた犬が<u>とてもかわいそうだ</u>。
　す　　　　いぬ

3 彼に謝ろうと思ったが、連絡がとれないので<u>謝ることができない</u>。
　かれ あやま　　おも　　　れんらく　　　　　　あやま

問題3 （　　　）に入る最も適当なものを一つ選びなさい。

1 （　　　）。どうしようもない。

　　a. 手術をすれば治るかもしれない

　　b. この病気は現代の医学では治せない

　　c. けがは治ったからもうすぐ退院できるだろう

2 仕事中にお腹がすいてしょうがないので、（　　　）。

　　a. いつもお菓子を持っている

　　b. 仕事に集中して忘れてしまう

　　c. 昼ごはんは食べる必要がない

3 （　　　）、断われっこない。

　　a. 私は忙しいから

　　b. 先生に頼まれたことだから

　　c. はっきり言ったほうがいいから

第9週 1日目

265 ページで答えを確認！

（第8週5日目の解答）

問題1　　**1** b　**2** a　**3** a　**4** a　**5** b

問題2　　**1** というものだ　**2** ものだから　**3** ものなら

　　　　　4 というものではない

問題3　　**1** b　**2** a　**3** a

～得る（～得る）／～おそれがある／ ～かねる／～がたい

 42

可能性や可能・不可能を示す言い方

～得る（～得る）／～得ない

意味 **～できる／～できない**

「～得る」は「できる」または「可能性がある」の意味で、「うる」と読む場合と「える」と読む場合がある。「～得ない」は「できない」または「可能性がない」ことを意味し、読み方は「えない」のみ。「～得る」も「～得ない」も、能力的にできる・できないの意味では使わない。「あり得る」は可能性がある、「あり得ない」は可能性がないという意味になる。

可能……/ 不可能……。「～得る」有「できる」也有「有可能性」的意思，可讀「うる」和讀「える」。「～得ない」有「不可能」也有「沒有可能性」的意思，讀音只有「えない」。「～得る」和「～得ない」都不能用在表示有無能力的語句。「あり得る」表示有可能性，「あり得ない」表示沒有可能性。

接続 **V ます形 ＋ 得る・得ない**

例

① 日本では、地震はいつでもどこでも起こり得ることだ。
在日本，地震是不管何時，不管何地皆有可能發生。

② 仕事でトラブルがあったが、考え得る一番いい方法で解決した。
雖然工作上遇到問題，但用能想到的最好方法加以解決了。

③ 旅行をするとテレビや雑誌では知り得ないことを見たり聞いたりできる。一旦去旅行，就能看到、聽到在電視或雜誌上無法得知的事。

④ 私の会社はヨーロッパやアジアに支店があるので、海外転勤もあり得る。
我的公司在歐洲及亞洲等地都有分公司，所以轉調國外也不無可能。

⑤ 彼は出張中だから、ここへ来るなんてあり得ない。
因為他去出差了，所以不可能來這裡。

260

～おそれがある・～おそれもある

～という心配がある

悪いことが起こる可能性があることを表す。
<small>わる　　　お　　　か のうせい　　　　　　　あらわ</small>

恐怕⋯⋯。表示有可能發生不好的事情。

接 続 　V　辞書形　　＋　おそれがある・おそれもある
　　　　　Nの

例

① 明日かあさって、台風が来るおそれがある。
<small>あした　　　　　　　たいふう　く</small>
明天或後天，恐怕有颱風要來。

② 祖父は心臓病の発作が起こるおそれがあったので、いつも薬を飲
<small>そふ　しんぞうびょう　ほっさ　お　　　　　　　　　　　　くすり　の</small>
んでいた。
由於祖父有心臟病發作之虞，所以總是在吃藥。

③ 地震のあとは、津波のおそれもあるので注意が必要だ。
<small>じしん　　　　　　つなみ　　　　　　　　　　ちゅうい　ひつよう</small>
地震之後，由於有發生海嘯之虞，所以得當心。

～かねる／～かねない

～できない / ～の可能性がある

「～かねる」は、しようという気持ちがあっても心理的に抵抗があってできない、またはするのが難しいという意味を表す。丁寧に断るときに「～かねます」を使うこともできる（例3）。「～かねない」は、悪いことが起こる可能性を言い、話し手の不安や心配を表す。

難以……；不能……。「～かねる」表示「主觀上想做某事，但是由於心理上的抵抗而難以做到，並且做起來很難」。「～かねます」可以用於委婉的拒絕（例3）。「～かねない」表示有可能發生不好的事情，並由此引起說話人的不安和擔憂。

接続 **V ます形 ＋ かねる・かねない**

例
1. 彼女の考えには賛成しかねる。難以贊成她的想法。
2. 母の誕生日に何をプレゼントしようか、決めかねている。
   難以決定媽媽的生日要送什麼當禮物。
3. その件については分かりかねますので、後ほどお答えします。
   難以了解那件事，容我稍後回覆您。
4. そんなにスピードを出したら、交通事故を起こしかねない。
   加速加得那麼快，有可能會引發事故。
5. 「高橋さん、酔っ払って窓ガラスを割ったらしいよ。」
   「ああ、あの人なら、やりかねないね。」
   「高橋先生，他好像喝醉打破玻璃了哦。」
   「啊，那個人的話，是有可能幹出這種事。」

> 整理！
>
> ～かねる ＝ できない
>
> ～かねない ＝ 可能性がある

～がたい

意味　**～するのは難しい**

それをするのは難しいまたは不可能だということを表す。心理的なことを言う
ことが多く、能力的にできる・できないの意味では使わない★。

難……。表示很難或不可能做某事。多用於心理原因，不能用於說明有無能力。

接続　**V　ます形　＋　がたい**

① 力の弱い人に暴力を振るうなんて許しがたいことだ。
　對於弱勢的人動用暴力，是件難以原諒的事。

② 自分が大勢の人の前で歌を歌っている姿は想像しがたい。
　很難想像自己在很多人面前唱歌的樣子。

③ 信じがたいことに、佐藤さんと吉田さんが結婚するらしい。
　難以置信的是，佐藤先生和吉田小姐好像要結婚了。

★こんな文はだめ！

✕ 100 メートルを 10 秒では走りがたい。

＊ 暴力 を振るう……實施暴力

確認テスト ||||||||||||||||||||||||||||||||||||||||||||||||||||||||||||||||||||

問題 1 **正しいものに〇をつけなさい。**

1 交通事故は誰にでも起こり { a. 得る　b. かねる } ものだ。

2 子供はケーキが焼けるのを待ち { a. がたくて　b. かねて } 遊びに行って
しまった。

3 忘れ { a. がたい　b. 得る } 経験ができて、みんなに感謝している。

4 今年の夏は雨が全然降らないので、水不足の
{ a. あり得る　b. おそれがある }。

5 バランスのいい食事をしないと病気になり { a. かねない　b. かねる }。

6 ギャンブルにお金を使う人の気持ちは
{ a. 理解しがたい　b. 理解がたい }。

問題 2 **（　　　）に入る適当な言葉を□から選びなさい。同じ言
葉は一度しか使えません。**

得ない　　　おそれがある　　　がたい　　　かねない

1 宇宙人なんて存在し（　　　　　）と私は考える。

2 海外留学では得（　　　　　）経験ができた。

3 世界中で新型ウィルスが流行する（　　　　　）。

4 今、仕事をやめたら無責任だと言われ（　　　　　）。

どちらか適当なものを選びなさい。

1 この件については私一人では決めかねますので、＿＿＿＿＿＿＿＿＿。
けん　　　　　　　わたしひとり　　　き

  a. 今すぐ判断できます
　　　いま　　はんだん

  b. 社に戻ってからお返事いたします
　　　しゃ　もど　　　　　へんじ

2 彼は子供の時、イタリアに住んでいたので、＿＿＿＿＿＿＿＿＿。
かれ　こども　とき　　　　　　　　　す

  a. イタリア語が話せる
　　　　　　ご　はな

  b. イタリア語が話せ得る。
　　　　　　ご　はな　う

271 ページで答えを確認！

・・・

（第9週1日目の解答）

問題1 　**1** b　**2** b　**3** a　**4** a　**5** a　**6** a

問題2 　**1** 分かりっこない　**2** かわいそうでならない

　　　　3 謝りようがない

問題3 　**1** b　**2** a　**3** b

～をきっかけに／～を契機に／ ～を通じて／～をこめて

🎧43

> 今日と明日は主に文の途中に出てくる文型

～をきっかけに・～をきっかけとして・～をきっかけにして

意 味 **～が動機や機会になって・～のときから**

何かを始める最初の機会や動機になったことを表す。

以……為契機；趁……機會。表示開始做某個事情的開端和動機。

接 続 **N ＋ をきっかけに・をきっかけとして・をきっかけにして**

例

① 大学入学をきっかけに、一人暮らしを始めた。

趁著上大學的機會，我開始一個人生活。

② 学生時代の旅行をきっかけとして、旅行ガイドになりたいと思う ようになった。

拜學生時代旅行之賜，我開始想當一個導遊。

③ たばこの値上げをきっかけにして、禁煙した。

趁著香菸漲價的機會，我戒菸了。

④ 素敵な花瓶をいただきました。これをきっかけにいつも玄関に花 を飾ろうと思います。

收到了一個漂亮的花瓶。我打算趁這個機會在玄關裝飾些花朵。

～を契機に・～を契機として・～を契機にして
けいき　　　　　　　けいき　　　　　　　　　けいき

意味 **～を機会に・～のときから**

転機になった機会を表す。後文は良い状態に変化したことや発展したこと
てんき　　　　きかいあらわ　こうぶんよ　じょうたいへんか　　　はってん
など
を述べる。
の

以……為轉捩點；從……時候開始。表示成為轉機的機會。後面的語句用來說明，情況向
好的方向變化和發展。

接続 **N ＋ を契機に・を契機として・を契機にして**

例

① 年金問題を契機に、人生設計を考えるようになった。
ねんきんもんだい けいき　じんせいせっけい かんが
以年金問題為契機，我開始思考人生規劃。

② この映画の上映を契機として、若い人にドラッグの怖さを知って
えいが じょうえい けいき　　わか ひと　　　　　　こわ　　し
ほしい。
以這部電影的上映為契機，我希望年輕人能知道毒品的可怕。

③ オリンピックを契機にして、この都市は大きくなった。
けいき　　　　　 とし おお
以奧運會為契機，這個都市愈趨壯大。

～を通じて・～を通して

(1) 意味 ～を媒介して

手段や方法、媒介するものを表す。

透過……。表示作為手段和方法、媒介。

接続 N ＋ を通じて・を通して

例

① インターネットを通じて、世界中の人と知り合いになれる。
透過網路，全世界的人們都能變成朋友。

② 申し込みは事務所を通して行ってください。
請透過事務所進行申請。

③ スポーツを通して生涯の友人と出会った。
透過運動，我遇到了這輩子的好朋友。

(2) 意味 ～の間ずっと

「その期間の初めから終わりまでずっと」という意味。

整個……。「從開始到結束的整個過程，一直……」的意思。

接続 (1) と同じ

例

④ ここでは一年を通じて、きれいな花が咲いている。
這裡一年四季都有美麗的花卉綻放。

⑤ 彼女は生涯を通して、貧しい人のために働いた。
她一輩子都在為貧窮的人工作。

268

～をこめて

意 味 **～という気持ちを入れて**

「気持ちや願いを充分伴って」の意味。
<ruby>気<rt>き</rt></ruby><ruby>持<rt>も</rt></ruby>　<ruby>願<rt>ねが</rt></ruby>　<ruby>充分伴<rt>じゅうぶんともな</rt></ruby>　　<ruby>意<rt>い</rt></ruby><ruby>味<rt>み</rt></ruby>

充滿……。「充滿感謝的心情或願望」的意思。

接 続 **N ＋ をこめて**

例

① お世話になった人へ感謝の気持ちをこめて手紙を書いた。
<ruby>世話<rt>せわ</rt></ruby>　　<ruby>人<rt>ひと</rt></ruby><ruby>感謝<rt>かんしゃ</rt></ruby><ruby>気<rt>き</rt></ruby><ruby>持<rt>も</rt></ruby>　　　　<ruby>手紙<rt>てがみ</rt></ruby><ruby>書<rt>か</rt></ruby>
滿懷對承蒙照顧的人感謝而寫了這封信。

② 明るい子に育ってほしいという願いをこめて、明子という名前を
<ruby>明<rt>あか</rt></ruby>　　<ruby>子<rt>こ</rt></ruby><ruby>育<rt>そだ</rt></ruby>　　　　　　<ruby>願<rt>ねが</rt></ruby>　　　　　<ruby>明子<rt>あきこ</rt></ruby>　　<ruby>名前<rt>なまえ</rt></ruby>
つけた。

滿懷著希望妳成長為一個明朗的孩子的願望，所以幫妳取名明子。

③ 心をこめて作ったネックレスを母にプレゼントした。
<ruby>心<rt>こころ</rt></ruby>　　　　<ruby>作<rt>つく</rt></ruby>　　　　　　　　<ruby>母<rt>はは</rt></ruby>
把精心製作的項鍊送給媽媽當禮物。

第9週

3日目

確認テスト ||||||||||||||||||||||||||||||||||||||||||||||||||||||||||||||||||||||

問題 1 **正しいものに○をつけなさい。**

1 スポーツ大会 { a. をきっかけで　b. をきっかけに }、彼女と仲良くなっ
た。

2 一日も早く元気になるように願い { a. をこめて　b. を通して } 花を送り
ます。

3 30 歳になったの { a. を契機に　b. を通じて } マラソンを始めた。

4 この国は一年 { a. をきっかけとして　b. を通して } 暖かい。

5 { a. 愛　b. 愛の } をこめて、手紙を書く。

問題 2 **（　　　　）に入る適当な言葉を□から選びなさい。同じ言
葉は一度しか使えません。**

契機として　　　こめて　　　通して

1 愛を（　　　　　　　）指輪を贈ります。

2 人材派遣会社を（　　　　　　　）、今の会社で働くようになった。

3 帰国を（　　　　　　　）、まじめに働くことを考えるようになった。

どちらか適当なものを選びなさい。

1 _____プレゼントをおくります。

   a. 心<ruby>心<rt>こころ</rt></ruby>をこめて

   b. 手紙<ruby>手紙<rt>てがみ</rt></ruby>をこめて

2 花<ruby>花<rt>はな</rt></ruby>を育<ruby>育<rt>そだ</rt></ruby>てることを通<ruby>通<rt>とお</rt></ruby>して、_____。

   a. 庭<ruby>庭<rt>にわ</rt></ruby>がきれいだ

   b. 命<ruby>命<rt>いのち</rt></ruby>の大切<ruby>大切<rt>たいせつ</rt></ruby>さを学<ruby>学<rt>まな</rt></ruby>んだ

3 一人暮<ruby>一人暮<rt>ひとりぐ</rt></ruby>らしをきっかけとして、_____。

   a. 栄養<ruby>栄養<rt>えいよう</rt></ruby>が気<ruby>気<rt>き</rt></ruby>になっている

   b. 栄養<ruby>栄養<rt>えいよう</rt></ruby>に気<ruby>気<rt>き</rt></ruby>をつけるようになった

4 インターネットを通<ruby>通<rt>とお</rt></ruby>して_____。

   a. 料金<ruby>料金<rt>りょうきん</rt></ruby>がかかっている

   b. 無料<ruby>無料<rt>むりょう</rt></ruby>でテレビ電話<ruby>電話<rt>でんわ</rt></ruby>ができる

第**9**週 3日目

277 ページで答えを確認！

（第9週2日目の解答）

問題1　**1** a　**2** b　**3** a　**4** b　**5** a　**6** a

問題2　**1** 得ない　**2** がたい　**3** おそれがある　**4** かねない

問題3　**1** b　**2** a

～に加え（て）／～うえ（に）／ ～はもちろん／～のみならず

🎧44

付加をする言い方

～に加え（て）
くわ

意味 **～だけでなく、さらに**

他のものをプラスする表現。「Aに加え（て）B」で、「Aも、そしてBも」
ほか　　　　　　　ひょうげん　　　　　　くわ
の意味になる。
いみ

不但……還。表示同時還伴有其他的事情。以「Aに加え（て）B」表示「A和B都」的意思。

接続 **N ＋ に加え【て】**

例

1 昨日から体調が悪い。咳に加えて熱も出てきた。
きのう　　たいちょう　わる　せき　くわ　ねつ　で
昨天就身體不舒服，不但咳嗽甚至還發燒。

2 高速道路の料金に加え、ガソリン代も安くなった。
こうそくどうろ　りょうきん　くわ　　　　　だい　やす
高速公路的費用和油錢都變便宜了。

～うえ（に）

意味 ～。そして

何かにプラスして他のことも言う表現。良いことには良いことをプラスし、悪いことには悪いことをプラスする。

不僅……。表示累加什麼事情，來說明其他的事物。既用於累加好事，也用於累加壞事。

接続
$$\left\{ \begin{array}{l} \text{V・イA　普通形} \\ \text{なA・N　名詞修飾型} \end{array} \right\} + \text{うえ（に）}$$

例

① 彼は毎日スポーツジムに通っているうえ、家でもトレーニングをしていて、熱心だ。

他除了每天跑健身房外，在家也在訓練，相當有熱忱。

② この仕事は楽しいうえにやりがいもある。

這份工作除了讓人樂在其中外，也很有做的價值。

③ 彼女はわがままなうえにプライドが高い。

她除了任性之外還很高傲。

➡ ～の上で［第２週１日目］p. 48

　～上・～上は・～上も［第５週２日目］p. 142

　～上は［第７週４日目］p. 213

第９週
4日目

273

～はもちろん・～はもとより

意味 ～は当然

「Aはもちろん B」で「Aは当然だが、それだけではなくBも」という意味。
「～はもとより」は「～はもちろん」より硬い言い方。

自不必說……。以「AはもちろんB」表示「當然有A，但是不僅是如此B也」的意思。
「～はもとより」比「～はもちろん」的説法更生硬。

接続 N ＋ はもちろん・はもとより

例

① 彼女は日本語はもちろん、フランス語と韓国語もぺらぺらだよ。

日語自不待言，她連法文及韓文都説得一級棒。

② スポーツは見るのはもちろん、するのも大好きです。

看運動不用説，做運動也是最愛的。

③ 不景気のため、中小企業はもとより、大企業も倒産する可能性が
ある。

由於不景氣，中小企業不用説，大企業也有面臨倒閉的危機。

＊ ぺらぺら……流利

～のみならず・～のみではなく

意味 **～だけでなく**

「それだけではなく、他にも・さらに～」という意味。後に「～も」が来ることが多い。「～のみでなく」も同じ意味。

不僅……。「……不僅如此，而且還……」的意思。後面經常接續「～も」。與「～のみでなく」的意思相同。

接続 **V・イA・ナA・N　普通形　＋　のみならず**

＊ナA、N不接續「だ」。但可以接續「である」。

例

① スポーツは勝ち負けを競うのみならず、心と体を鍛えることができる。

運動不僅要拚輸贏，也能鍛鍊心理及身體。

② 入院生活は退屈であるのみならず、体力が失われるように感じる。

住院不僅無聊，也感到體力漸漸流失。

③ この歌は日本のみならず、ヨーロッパやアジアでも歌われている。

這首歌不僅日本，歐洲及亞洲也普遍傳唱。

④ このレストランは魚料理のみでなく、肉料理もおいしい。

這家餐廳不僅是魚，肉品也很好吃。

＊ 競う……競爭

＊ 鍛える……鍛鍊

＊ 失う……失掉

確認テスト ||||||||||||||||||||||||||||||||||||||||||||||||||||||||||||||||||||||

問題1 **正しいものに〇をつけなさい。**

1 この携帯電話は、国内 {a. はもちろん　b. うえに }、海外でも使えま
す。

2 あの歌手は歌 {a. うえに　b. のみならず } ダンスもうまい。

3 今日は気温が低い {a. うえに　b. に加えて } 雨も降っていて寒い。

4 この棚は大きくて {a. 邪魔だ　b. 邪魔な } うえ、古くて壊れそうだ。

問題2 **（　　　　）に入る適当な言葉を▢から選びなさい。同じ言葉は一度しか使えません。**

うえ　　　加えて　　　のみならず　　　もとより

1 マルクスは経済（　　　　　）、哲学にも影響を与えた。

2 この病院では医者は（　　　　　）、看護師も足りない。

3 寝坊した（　　　　）、雨で電車が遅れて大変だった。

4 頭が痛い。それに（　　　　　）熱が出てきた。

＊ マルクス ……馬克思

（　　　）に入る最も適当なものを一つ選びなさい。

1 彼女は明るいうえに、（　　　）。
　　かのじょ　あか
　　a. とても親切な人だ
　　　　しんせつ　ひと
　　b. とてもつまらない人だ
　　　　　　　　　　　ひと
　　c. とてもわがままな人だ
　　　　　　　　　　　ひと

2 ヨガをすると、体はもちろん、（　　　）。
　　　　　　　　　　からだ
　　a. けがもする
　　b. お金もかかる
　　　　かね
　　c. 心もきれいになる
　　　　こころ

3 ここでは食べ物のみならず（　　　）。
　　　　　　　た　もの
　　a. 水も貴重だ
　　　　みず　きちょう
　　b. 生きていくことができない
　　　　い
　　c. 準備しておいたほうがいい
　　　　じゅんび

4 この花瓶は色の美しさに加えて、（　　　）。
　　　　かびん　いろ　うつく　　くわ
　　a. 形もきれいだ
　　　　かたち
　　b. 形はつまらない
　　　　かたち
　　c. 形に色がついている
　　　　かたち　いろ

282 ページで答えを確認！

第
9
週

4
日
目

（第9週3日目の解答）
問題1　**1** b　**2** a　**3** a　**4** b　**5** a
問題2　**1** こめて　**2** 通して　**3** 契機として
問題3　**1** a　**2** b　**3** b　**4** b

尊敬語・謙譲語／
尊敬語と丁寧語／その他の表現
<small>そんけいご　けんじょうご</small>
<small>そんけいご　ていねいご　ほか　ひょうげん</small>

🔊45

> 敬語をマスターしよう。

尊敬語・謙譲語（動詞）
<small>そんけいご　けんじょうご　どうし</small>

(1) 規則的に変化する動詞
尊敬語

- **お／ご〜になる**

  1. 部長はもうお帰りになった。
     <small>ぶちょう　　　　かえ</small>
     經理已經回家了。

  2. 先生がご説明になります。
     <small>せんせい　せつめい</small>
     老師要說明。

  3. ここならゆっくりお話しになれますよ。
     <small>はな</small>
     這裡的話，您可以慢慢說。

- **〜れる／〜られる**

  4. 部長は明日この書類を読まれるだろう。
     <small>ぶちょう　あした　　　しょるい　よ</small>
     經理明天會看這份資料吧。

  5. 社長がタクシーを降りられます。
     <small>しゃちょう　　　　　　お</small>
     社長要下計程車了。

謙譲語

- **お／ご〜する**

  6. 先生、私が荷物をお持ちします。
     <small>せんせい　わたし　にもつ　　　も</small>
     老師，就由我來拿行李！

  7. 私がみなさんを工場までご案内する予定です。
     <small>わたし　　　　　こうじょう　　　あんない　　よてい</small>
     預定由我來帶領各位到工廠。

278

(2) 不規則に変化する動詞

	尊敬語	謙譲語
言う <small>い</small>	おっしゃる	申す・申し上げる <small>もう　もう　あ</small>
する	なさる	いたす
いる	いらっしゃる・おいでになる	おる
行く <small>い</small>	いらっしゃる・おいでになる・ おこしになる	あがる・伺う・参る <small>うかが　まい</small>
来る <small>く</small>	いらっしゃる・おいでになる・ おこしになる・見える（お見えになる） <small>み　　　　み</small>	参る <small>まい</small>
食べる・飲む <small>た　　の</small>	召し上がる・あがる <small>め　あ</small>	いただく
見る <small>み</small>	ごらんになる・ごらんくださる	拝見する <small>はいけん</small>
聞く <small>き</small>	―	伺う <small>うかが</small>
受ける <small>う</small>	―	承る <small>うけたまわ</small>
会う <small>あ</small>	―	お目にかかる <small>め</small>
見せる <small>み</small>	―	お目にかける・ <small>め</small> ごらんに入れる <small>い</small>
借りる <small>か</small>	―	拝借する <small>はいしゃく</small>
知っている <small>し</small>	ご存じだ <small>ぞん</small>	存じる・存ずる・存じておる・ <small>ぞん　　ぞん　　ぞん</small> 存じ上げる <small>ぞん　あ</small>
思う <small>おも</small>	―	存じる・存ずる <small>ぞん　　ぞん</small>
着る <small>き</small>	お召しになる <small>め</small>	―
～てくる	～ていらっしゃる・～ておいでになる	～ておる
～てくる	―	～てまいる

(3) 授受動詞

	尊敬語	謙譲語
くれる	くださる	―
～てくれる	～てくださる	―
もらう	―	いただく・頂戴する <small>ちょうだい</small>
～てもらう	―	～ていただく
あげる	―	さしあげる
～てあげる	―	～てさしあげる

尊敬語と丁寧語（形容詞など）
そんけいご　ていねいご　けいようし

	尊敬語	丁寧語
ある	—	ございます ・ ここに 申 込書がございます。 　もうしこみしょ
い形容詞	お＋い形容詞＋くていらっしゃいます ・ お 忙 しくていらっしゃいます 　いそが	（お）＋い形容詞（う）＋ございます ・ お寒うございます 　さむ ・ 大 きゅうございます 　おお
な形容詞	お／ご＋な形容詞＋でいらっしゃいます ・ お 上 手でいらっしゃいます 　じょうず	な形容詞＋でございます ・ 幸 せでございます 　しあわ
名詞	お／ご＋名詞 ・ お名前 　なまえ ・ ご研 究 　けんきゅう 名詞＋でいらっしゃいます ・ あの方は作家でいらっしゃいます。 　かた　さっか	名詞＋でございます ・ ここが会 場 でございます。 　かいじょう

その他の表現
ほか　ひょうげん

- お／ご_____だ／です

  ❶ 社長がお呼びですよ。（社長找你喔！）
  　しゃちょう　よ

- お／ご_____ください

  ❷ 厳しくご指導ください。（請您嚴加指教！）
  　きび　　しどう

- お／ご_____くださる

  ❸ 本をお貸しくださった。（借了我書。）
  　ほん　か

- お／ご＿＿＿＿＿なさる

  ④ 何をご研究なさっているのですか。（您研究的是什麼呢？）

- お／ご＿＿＿＿＿いたす

  ⑤ ご案内いたしますので、こちらへどうぞ。（我帶您過去，這邊請。）

- お／ご＿＿＿＿＿いただく

  ⑥ あとでご説明いただくことになっています。（稍後請您說明。）

- お／ご＿＿＿＿＿願う

  ⑦ 電話があったことをお伝え願えませんか。

  （可以煩請轉達有人來電一事嗎？）

  ⑧ ぜひご検討願います。（敬請加以討論。）

- ＿＿＿＿＿ていただけませんか・＿＿＿＿＿てくださいませんか

  ⑨ この本を貸していただけませんか。（這本書可以借我嗎？）

- お／ご＿＿＿＿＿いただけませんか・お／ご＿＿＿＿＿くださいませんか

  ⑩ この本をお貸しいただけませんか。（這本書可以借我嗎？）

- （さ）せていただけませんか

  ⑪ 明日、休ませていただけませんか。（明天可以讓我休假嗎？）

確認テスト ||||||||||||||||||||||||||||||||||||||||||||||||||||||||||||

問題 1 　**正しいものに〇をつけなさい。**

1 最初に私が { a. ご説明になります　b. ご説明いたします }。
　さいしょ　わたし　　　　　せつめい　　　　　　　せつめい

2 明日、先生は研究室に { a. いらっしゃいます　b. 伺います } か。
　あした　せんせい　けんきゅうしつ　　　　　　　　　　　　　　　　うかが

3 社員「社長はこの映画を { a. ごらんになりました　b. ごらんに入れまし
　しゃいん　しゃちょう　　　えいが
　た }か。」

　社長「ああ、先週、見たよ。」
　しゃちょう　　　せんしゅう　み

4 先生が私に本を貸して { a. いただいた　b. くださった } ので、買わずに
　せんせい　わたし　ほん　か　　　　　　　　　　　　　　　　　　　　　　　　　　か
　読めました。
　よ

5 今朝はずいぶん { a. お寒い　b. お寒う } ございますね。
　けさ　　　　　　　　さむ　　　　さむ

問題 2 　**（　　　　）に入るもっとも適当なものを一つ選びなさい。**

1 この仕事、ぜひ私に（　　　　）。
　しごと　　　わたし
　a. やっていただきます　　　b. やっていただけませんか
　c. やらせていただけませんか

2 「すみません。図書館にこの本があるか（　　　　）。」
　　　　　　　　　　としょかん　　　ほん
　「分かりました。今調べますので、お待ちください。」
　　わ　　　　　　　　いましら　　　　　　ま
　a. お調べしたいのですが　　　b. お調べ願いたいのですが
　しら　　　　　　　　　　　　　　しら　ねが
　c. お調べくださいますのですが
　しら

3 あまり時間がありませんので、（　　　　）。
　じかん
　a. お急ぎください　　　b. お急ぎでいらっしゃいませんか
　いそ　　　　　　　　　いそ
　c. お急ぎになられていただけませんか
　いそ

21ページで答えを確認！

（第9週4日目の解答）
問題1　**1** a　**2** b　**3** a　**4** b
問題2　**1** のみならず　**2** もとより　**3** うえ　**4** 加えて
問題3　**1** a　**2** c　**3** a　**4** a

282

國家圖書館出版品預行編目資料 (CIP)

無痛 N2 日檢文法總整理 / 遠藤ゆう子 著;洪玉樹
譯. -- 初版 -- [臺北市]:寂天文化,
2014.08　面; 公分

ISBN 978-986-318-270-2 (20K 平裝)
ISBN 978-986-318-271-9 (20K 平裝附光碟片)

1. 日語　2. 語法　3. 能力測驗

803.189　　　　　　　　　　　　103014659

作者簡介

遠藤ゆう子

早稻田大學日本語教育研究中心兼任講師。ARC 日本語教師養成科修畢。早稻田大學研究所日本語教育研究科修畢。ARC 學校的專任講師,擔任日本語教育、日本語教師養成等等工作。2007 年以後從事現職。

遠藤由美子

ARC 澀谷校、新宿校校長。早稻田大學研究所日本語教育研究科修畢。著書有《かなマスター》(專門教育出版);共著書有《漢字マスター Vol.1 ～ Vol.4》(專門教育出版)、《風のつばさ》(凡人社)等等。

無痛 N2 日檢文法總整理

作　　者	遠藤ゆう子
監　　修	遠藤由美子
譯　　者	洪玉樹
校　　對	楊靜如／洪玉樹
編　　輯	黃月良

製程管理	宋建文
內文排版	謝青秀
出版者	寂天文化事業股份有限公司
電　　話	886 2 2365-9739
傳　　真	886 2 2365-9835
網　　址	www.icosmos.com.tw
讀者服務	onlinesevice@icosmos.com.tw

Yonjyugonichikande Kanzenmasuta Nihongonouryokushikentaisaku
N2bunpousoumatome & N2bunpoumondaishu
Copyright©2014 ARC Academy
Chinese translation rights in complex characters arranged with
SANSHUSHA LTD., through Sun Cultural Enterprises Ltd., Taiwan

出版日期　2014 年 8 月初版　　　　　200101
郵撥帳號　1998-6200　寂天文化事業股份有限公司

・劃撥金額 600 元(含)以上者,郵資免費。
・訂購金額 600 元以下者,請外加郵資 65 元。

【若有破損,請寄回更換,謝謝。 】